# 鲁迅
## 话语系统研究

张春燕 著

中国社会科学出版社

图书在版编目（CIP）数据

鲁迅话语系统研究／张春燕著.—北京：中国社会科学出版社，2022.6
ISBN 978－7－5227－0363－3

Ⅰ.①鲁… Ⅱ.①张… Ⅲ.①鲁迅著作研究 Ⅳ.①I210.97

中国版本图书馆 CIP 数据核字(2022)第 104923 号

出 版 人 赵剑英
责任编辑 王 琪
责任校对 党旺旺
责任印制 王 超

出 版 中国社会科学出版社
社 址 北京鼓楼西大街甲 158 号
邮 编 100720
网 址 http://www.csspw.cn
发 行 部 010－84083685
门 市 部 010－84029450
经 销 新华书店及其他书店

印 刷 北京明恒达印务有限公司
装 订 廊坊市广阳区广增装订厂
版 次 2022 年 6 月第 1 版
印 次 2022 年 6 月第 1 次印刷

开 本 710×1000 1/16
印 张 17.5
插 页 2
字 数 288 千字
定 价 95.00 元

# 自　序

　　《金刚经》上说："不可以三十二相得见如来。"与鲁迅相遇，进入他的世界，对我来说是对于这句话的证悟过程。从最初晕眩于他的气象万千，到清晰感受到自己的生命被他一寸一寸打开。在不断吸收光也吸收"毒"的过程中，他让我不断重新看待世界与自己。

　　赵园先生说："与一些有非凡气象的人物相遇，让我心存感激。"——与气象非凡的鲁迅相遇，我始终心存感激。他对于我的原初意义，是让我在对文学和文学研究一无所知时，即看到了高维的审美和超越的气象，因此在进入文学研究之后，不至于被低端的书写带偏。他始终是那个，你以为自己在某个点上懂了他，但不管什么时候重读，他还是在给你发着不一样的牌的作家。——是的，我喜欢那些能持续给我"迷路感"的人和作品，而我似乎也一直在鲁迅的"迷津"和"指引"的循环中打转——妄做解人而入迷津，陷于"拣择"而得指引。鲁迅于我们的根本意义，是提示我们在混沌世界中对精确自我的辨识和确认。每一个读者或研究者，自认为遇到了自己的宿命般的对象，或许只因为你在他的身上遇到了从一开始就笼罩你的问题，你不断探入他的世界，也是在寻找自己的答案。于是这对象才成为你的宿命。可是愚钝如我，至今还没有找到自己的答案，我还在他的森林里。那"前面的声音"也在召唤我，尽管我并不知道它到底是什么。

　　或许是最初击中我的《墓碣文》，那是"秉有魔血"的诗人以其天才的、神秘的、澎湃的暗黑能量在我的世界中卷起的飓风。读《墓碣文》，目瞪口呆地看着恶魔与天使缠斗，他们如此深刻、痛苦、不停歇地纠缠在一起，你知道那恶魔与天使其实都是他——鲁迅比你更知道，他一直都知道，恶魔从来都是天使的另一面，他始终只是在让我们勇敢一点，向恶魔睁开眼睛，当你拥有了这勇气的那一刻，也正是你人性中闪耀着神性的时刻。可是像他那样逼视渊鱼，抉心自食，我们总是孱弱而没有勇气的。尼采说："我确是有着幽深树木的黑暗的森林：可是不畏惧我的黑暗的人，也会在我的柏树下面看到玫瑰花的斜坡。"——不畏惧鲁迅的黑暗的森林，才能看到他生命中的玫瑰花。因为黑暗是让平面的生命变成立体的另一维，与自身的阴影共处才能让生命有张力。"待我成尘时，你将见我的微笑。"《墓碣文》最终显现的那个生命，是在风浪平息之后的一派澄清的宇宙中回视世界的。魔鬼身上的天使开始显现，正是这"黑暗"的涤荡力——它如此清洁，它让我们更专注、看得更远。

或许还有《颓败线的颤动》给过我的铭心的阅读体验。在那样的深夜中，曾清晰地看见和感受到浩瀚而亘古的星河，巨大的时间之流中，那个险行于宿命的钢索之上的微茫而壮绝的个体，他有着如此汹涌而隐秘的激情，和如此澄明又混沌、广爱和怨愤的灵魂。我似乎和他一样被某种荒远浩瀚的悲哀与孤独攫住了，或许是它莫名让人想起"舜往于田，号泣于旻天"，相映照的荒凉苍茫而孤绝神圣的那一瞬，无比微渺，无比广大；无比委屈，无比倔强。那茫远、洪荒中暗隐着固执的追问：我在众生中，在宇宙洪荒里，谁与我息息相通？谁知我孤独无助？谁知我罪孽深重？谁知我饮鸩止渴？——那一瞬映照着的，是我们自身，每一个宇宙中的微茫生命。而鲁迅是百年来仅有的，我们自我孤独的验证。再后来，我在台静农"起向荒原唱山鬼，骤惊一鸟出寒林"中看到了这种验证。我第一次意识到一卷文字的能量足以摧毁或重建某些深夜中的异类存在。也开始意识到他的生命在某一个我未曾料到的维度显现，我知道，至少在那个刹那，这一浩瀚生命是曾向我显现过的——哪怕只有那神秘的一瞬间，听到语言中的语言，看到文字深处的文字。

也或许，是鲁迅生命内核的"动"——明了结局，明了世界和人性的局限，依旧可以纵身其中，抵死挣扎。延寿大师《宗镜录》中曰："一念妄心才动。即具世间诸苦。如人在荆棘林。不动，即刺不伤。"——鲁迅却正是处荆棘中而不能不动的人。即使在被命名为"沉默的十年"的岁月里，他的生命内部，依然有着惊涛骇浪。他在给许寿裳信中言及所处"荆天棘地"，编定全集时最早自名后期杂文集为"荆天丛草"，鲁迅深谙佛经，他何尝不了悟"身"与"境"。但他"心动"因为爱——广大的爱："创作总根于爱。"（《小杂感》）这点上的鲁迅总是叫我想起尼采在《子夜歌》中所说的："多么希望我就是那夜。然而我却是光啊！光所围绕的正是我的孤独！"在望远皆悲的确认中，逆风执炬，披棘而行。反抗绝望，也难免自伤。鲁迅何其执也。

在重新修改书稿的过程中，我第一次意识到《故事新编》的不凡。我是将其视作返视鲁迅整个文学过程和整个话语体系的媒介的，在此意义上，《故事新编》题目中的那些"动作"——补天、铸剑、出关、奔月、采薇、起死、理水——里面有着耐人寻味的意义，鲁迅在不断地绝望之中，依然有着由内里生长出的"动"的冲动。他是明了一切限制和困局，但依然能够在自己生命内部掀起风暴的人。

这本书的书写也停在了《故事新编》，这并不是我最初设想的停笔之处，言犹未尽，却在此处遇到了自我言说的闭环。我是在"回向偈"这个意义上看鲁迅的《故事新编》的：回向更广袤的世界，也回向自身的一切言说。但它又不是寻常意义上的闭环，它更像"莫比乌斯环"，没有尽头的悖论与荒诞，但同时也是在自我言说的尽头，一切又将重新开始，是"贞下起元"之象（鲁迅最后一篇小说名为"起死"，真的是很妙）。鲁迅和他的言说都同时兼具魔性与佛性，是令人惊怖的幽暗往复的世界，却同时拥有无限的再生能力，这能力是通向"无穷"的。

# 目　录

绪　论 ……………………………………………………………………（1）

第一节　"话语"与鲁迅话语研究 ………………………………………（3）

　　一　福柯"话语"的内涵 ……………………………………………（3）

　　二　鲁迅话语问题的出现及研究向度 ………………………………（5）

第二节　鲁迅话语建构的"图式"群与系统性 ……………………………（11）

　　一　国民性话语和个人性话语的合力作用模式：支撑和悖反 ……（12）

　　二　"铁屋子"：基本寓言、基本"关系体"和"时空体" ………………（15）

　　三　"异乡人"与话语空间建构的多重模式 …………………………（17）

　　四　"双漩涡"作为鲁迅话语实践的动态衍生图式 …………………（20）

　　五　"身外——以对抗的方式抗世""身内——召唤痛感
　　　　用以自省"的生命哲学图式 ………………………………（23）

第三节　鲁迅话语的动态衍生性 …………………………………………（25）

　　一　"双漩涡"的"自反"驱动性与动态衍生性 ………………………（26）

　　二　拒绝话语"闭环"的折叠、开放性 ………………………………（27）

　　三　"动"与鲁迅的根本精神 …………………………………………（30）

第四节　鲁迅话语研究中的悖论与平衡 …………………………………（31）

　　一　启蒙的悖论与平衡 ………………………………………………（32）

　　二　传统与现代的悖论与平衡 ………………………………………（34）

　　三　话语的悖论与平衡 ………………………………………………（35）

第一章　鲁迅话语的发生：国民性话语与个人性话语的合力 ………（38）

第一节　鲁迅国民性话语分析 ……………………………………………（39）

　　一　国民性"知识型" …………………………………………………（40）

二 鲁迅与国民性话语语境的契合与背离关系 …………… (44)

第二节 "回心"、个人性话语的参与和"元鲁迅"的产生 ………… (58)

一 屈辱:个人、民族与国民性批判 …………………………… (61)

二 《狂人日记》:"铁屋子"、对立结构与自省意识的发生 …… (64)

三 现代、传统与个人的困境:失怙与成长 ………………… (76)

四 "禁欲""纵欲":反抗的个人生命意志 ………………… (83)

第二章 "铁屋子"与鲁迅话语建构 …………………………… (95)

第一节 "铁屋子"寓言的建构及其关系体系 ……………… (96)

一 "铁屋子"的复制、变形和位移 ………………………… (97)

二 "铁屋子"关系体系建构 ………………………………… (102)

三 "铁屋子"的内在生成机制:黑暗 ……………………… (109)

第二节 "看与被看":双重差异的发现/产生 ……………… (117)

第三节 从信仰到抵抗:拯救话语建构与流变 …………… (126)

一 拯救话语的建构与流变 ………………………………… (126)

二 拯救话语的双重权力:"铁屋子"结构/构成及其悖论 …… (131)

第三章 "铁屋子"中的异乡人与话语空间的建构 ………… (139)

第一节 清醒者与"铁屋子"的多维空间 …………………… (141)

一 "铁屋子"的空间体式和价值表呈 ……………………… (142)

二 "铁屋子"的时间形式及其知识型 ……………………… (143)

三 "个人"的精神"铁屋子" ………………………………… (144)

第二节 多重话语空间的建构 ……………………………… (148)

一 整体上的"囚牢"模式:权力话语空间建构 ………… (148)

二 内部的阻隔模式与多重话语空间 …………………… (152)

三 还乡模式与"铁屋子"中的异乡人 …………………… (160)

四 寻路模式与流寓者身份的确立 ……………………… (162)

第三节 异乡人与话语空间的分割及还乡小说的
结构模式 ………………………………………… (165)

一 陌生化的故人相遇 ……………………………………… (166)

二 故人与故事 ……………………………………………… (169)

三　在情感阻断和修补之间 ……………………………………（173）

**第四章　"双漩涡"：鲁迅话语原点与话语系统的生成** ………（178）

第一节　"两个中心"的发现 ……………………………………（179）

一　"两个中心" ………………………………………………（179）

二　研究成果 …………………………………………………（181）

第二节　"双漩涡"的话语系统 …………………………………（184）

一　造境与反境 ………………………………………………（188）

二　自我确立与反我 …………………………………………（193）

三　话语意志与反意志 ………………………………………（196）

第三节　"双漩涡"与鲁迅的精神结构 …………………………（200）

一　认知世界与生命存在的形式 ……………………………（201）

二　价值世界与心理动力 ……………………………………（203）

**第五章　鲁迅的话语范式及其生命存在形式** …………………（206）

第一节　生命体系与话语体系的合一 …………………………（207）

一　关系：话语与存在 ………………………………………（207）

二　自反：修复破碎生命的方式 ……………………………（211）

第二节　鲁迅话语范式与其生命存在形式 ……………………（213）

一　"身外"：否定、对抗的生命意志和"抗世"的价值追求 ……（214）

二　"身内"：荒原体验与痛感召唤 …………………………（220）

第三节　话语范式的流变与整合 ………………………………（225）

一　《呐喊》：意志召唤行动——"召唤—质疑—回应" ………（227）

二　《彷徨》《野草》："召唤—沉默—聆听自我" ……………（232）

三　《朝花夕拾》："独白—和解" …………………………（239）

四　《故事新编》：与自己文学世界的对话和回归行动的
自我言说 …………………………………………………（248）

**参考文献** ………………………………………………………（266）

**后　记** …………………………………………………………（271）

# 绪　　论

　　言说与表达，自我言说与公共言说交织，以表达断"旧"启"新"，始终是新文学的中心命题。新文学的一切发生、建构、完成都与话语息息相关。话语问题，是所有作家的重要问题，但鲁迅及其同代作者可能比任何时代的作家都更能自觉意识到话语的"问题"性，也更自觉地在其文学实践中以话语作为思想的载体，以期对社会群体进行精神塑造。这一代作者的独异之处，正在他们的"话语的自觉性"。而作为这一代作者的中心，鲁迅的话语问题也必然是重要问题。他的《狂人日记》所开辟的白话文学的新世界，他惊天呐喊发现的"吃人"背后的话语权力问题，他的所有创作所建构的新文学的基本话语范式，他一生致力的"启蒙"与"立人"的话语体系，他在建构话语和抵抗话语权力的悖论中的挣扎与突围……统统都在显示着一个作家在其思想与言说中的话语问题。

　　对于所有作家来说，毫无疑问，"话语意识"先于言说行动，而对于鲁迅来说，他的"话语意识"，先是对于"话语"本身的"意识"，以及实践的自觉。——对于话语的"意识"使得鲁迅一生都在抵抗话语的笼罩，他的本质从来不在言筌之中。而话语实践的自觉使他的话语的表象世界、他的话语建构过程，背后都有另外一个发源的中心，那个中心正是他这"自觉"的书写的驱动。这个"驱动"的复杂作用体系，是他的体验、认知、价值、审美综合作用之后，他的理解世界的方式、思维方式、表达方式，最终形成的浩瀚而繁复的体系。所以，"鲁迅话语系统"研究，重要的不是鲁迅的话语显现出来的表象的"命题世界"，而在于他的话语世界最终建构完成的方式，更在于其背后的"驱动体系"，以及这一"驱动体系"作用的方式。这是一个有层次的、深度"内旋"的体系。

日本学者竹内好论及鲁迅研究的难以逼近中心，他说："就像一块磁石，集约性地指向一点。这是什么呢？靠语言是表达不出来的。如果勉强而言的话，那么便只能说是'无'。但这种东西的确是有的。……因为如果没有这种东西，也就不可能有各种各样的显现，作为显现的鲁迅也就不能不消亡。……根源上的东西是实际存在着的。而我认为，《野草》的确明示着它的位置。"① 竹内好所认为的《野草》"明示的位置"，是"不再经过小说造型"的"原汁原味"的"抽象的观念"。② 竹内好的这一发现却并没有继续的问题，正是需要继续探讨的问题。寻找鲁迅作品世界内部的那个"中心"，也正是本书所抱有的野心：描述鲁迅的话语体系，并"沿波讨源"，破译"造型"的密码，抵达他的中心。

然而鲁迅的文学世界"波"谲云诡，骇浪惊涛，其"源"更是苍茫幽邃，大象泱泱。——若论从传统的深处走出，又与现代的前沿汇聚，其内在种种各异的属性（身份的、价值的、哲学的、生命的）相互产生的"化合反应"，其纵横交错的生命感受维度，及其多元多致的认知与命题……统统在一身汇聚，并在一个巨大的历史时空中向着一个未知的承诺奔赴，以殊途同归的方式去聚合、离散、碰撞和平衡，从而在自身的猛烈撞击与融汇中掀起巨浪，成为中心的中心的那个人——那个飓风的动力源，只有鲁迅，他是千秋仅笔。这样的鲁迅当然是拒绝被提炼的，他是巨大的混沌，是不断生长的生命和能量，甚至可以说，他是新文学的创世盘古和弱水三千。所以本书的"讨源"，自然不是想要强行确定某个"核心"，或验证某些公式，那是数学的，不是文学的。竹内好曾不断强调：他的研究不是"为鲁迅造型。那是不可能的。告诉我这不可能的，不是别人，正是鲁迅。我只想用语言来为鲁迅定位，用语言来填充鲁迅所在的周围"③。这也是笔者的言说起点。

---

① ［日］竹内好：《近代的超克》，李冬木、赵京华、孙歌译，生活·读书·新知三联书店2005年版，第173页。

② ［日］竹内好：《近代的超克》，李冬木、赵京华、孙歌译，生活·读书·新知三联书店2005年版，第167页。

③ ［日］竹内好：《近代的超克》，李冬木、赵京华、孙歌译，生活·读书·新知三联书店2005年版，第178页。

# 第一节　"话语"与鲁迅话语研究

话语是西方现代文学理论中的常见术语。何谓话语？"话语"最早属于语言学范畴。根据语言学家索绪尔的观点，广义的语言有语言、言语和话语三个层面。语言是语言系统，是作为形式系统的语言，而言语是实际的说话（或写作），是说话的行为。话语可看作言语的同义词或近义词。自福柯以来，话语理论逐渐成为社会科学领域的重要理论。福柯的话语理论不是基于"语言"的，而是重在文本"话语"的系统性。但是，究竟什么是"话语"？学界并没有统一的定义，不同的人实际上在不同的意义上使用它。文贵良从"话语生存论"的视角对话语的意义域进行了较完整的界定："话语比语言要具体，比对话要系统，话语包含了个体使用的语言/言语，话语的陈述群在某种意义上就是对话的筛选，话语更有言语和对话无法容纳的言语与言语之间、对话与对话之间的组建方式。"① 话语不仅仅是言语或表达，更是言语的实践和体系，以及生存和精神的表达体系。

## 一　福柯"话语"的内涵

福柯自己对"话语"的使用其实也是在不同的层次上，他自己承认在三个层面上论述了"话语"的意义："时而是所有陈述的整体范围，时而是可个体化的陈述群，时而又是阐述一些陈述的被调节的实践。"② 福柯的"话语"有着复杂的内涵和交叉渗透的层次。但总体来说，福柯的"话语"包含着以下内涵。

一是"话语—实践"的层面：在福柯的表述中，话语是由陈述组成的，陈述是话语的单位，话语就是"一些陈述群"。③ 而这一话语是由陈述在一定的关系或者说组织原则中构成的。福柯说，如果能够在一组陈述

① 文贵良：《何谓话语》，《文艺理论研究》2008 年第 1 期。
② ［法］米歇尔·福柯：《知识考古学》，谢强、马月译，生活·读书·新知三联书店 2003 年版，第 85 页。
③ ［法］米歇尔·福柯：《知识考古学》，谢强、马月译，生活·读书·新知三联书店 2003 年版，第 127 页。

之间，描述一种散布系统，这种散布系统体现了对象、陈述行为、概念与主题之间某些固定的规律性，这些规律性指的是次序、对应关系、位置和功能、转换等，这样的一组陈述我们就可以说形成了一种话语。① 由此可知，陈述、概念、主题，从属于话语，是话语的成分。但不是话语成分的集合完成了话语，而是这些话语成分按照一定的规律、逻辑建构以及转换的关系和实践，形成了话语。

高玉认为："话语外在表现为语言形式，但它并不是纯粹的语言问题，而是思想以及相应的历史以一种语言方式的表达"，但"它始终与话语实践联系在一起，具有人文力量和实践力量的二重性"②。英国语言学家诺曼·费尔克拉夫也指出："在使用'话语'一词时，我的意图是把语言使用当做社会实践的一种形式，而不是一个纯粹的个体行为或情景变量的一个折射。"③ 话语从根本上是一种意义的聚合与建构。也就是说，话语分析不是对于文本内容、形式、叙事、修辞等方面的分析，而是深入文本的内部，还原话语实践的过程。此话语实践中，作品在话语范式的建构、解构或转换中影响并建构人与现实的关系。但也需要指出，"话语不是思考、认识和使用话语的主体庄严进行的展示；相反，它是一个主体的扩散、连同它自身的不连续性在其中可以得到确定的总体"④。也就是说，不是主体在使用话语，而是在建构它，并且，事实是，话语建构过程中生成了话语本身，也生成了主体。

二是"话语—权力"的层面：话语内含着权力关系，也是权力关系运作的产物。福柯在《规训与惩罚》里将"空间"引入他的话语理论，将空间的权力、规训、监狱的诞生连接在一起。"一种真实的屈服自动地产生于一种虚构的关系。"⑤ "虚构的关系"揭示出话语隐匿在人们的潜

① ［法］米歇尔·福柯：《知识考古学》，谢强、马月译，生活·读书·新知三联书店2003年版，第41页。

② 高玉：《"话语"视角的文学问题研究》，中国社会科学出版社2009年版，第42页。

③ ［英］诺曼·费尔克拉夫：《话语与社会变迁》，殷晓蓉译，华夏出版社2003年版，第59页。

④ ［法］米歇尔·福柯：《知识考古学》，谢强、马月译，生活·读书·新知三联书店2003年版，第59页。

⑤ ［法］米歇尔·福柯：《规训与惩罚》，刘北成、杨远缨译，生活·读书·新知三联书店2007年版，第202页。

意识里，对人实施支配作用，决定着人的思维和行为方式。而这种潜意识的形成与特定历史条件和社会环境息息相关，正是这些因素决定话语的内容和形式，深潜于话语中的，是必然的"集体无意识"，这就是话语的社会性，也正是一定社会历史中的人的文化和认知结构。这一结构内化为人的精神和心理结构，于是影响甚至控制着话语的实践路径和表现形式。

福柯的话语理论从"话语—实践"和"话语—权力"两个层面展开，前者需要描述两方面的内容：描述话语的实践过程；描述话语实践过程中话语体系的形成。后者需要研究的是权力、知识和话语之间的关系和规训作用，包括对于知识构成和知识存在形态的研究。也就是说，话语的研究，不但要研究话语的本质、话语的形成体系，还要追问话语实践的过程，以及话语中的知识存在形态及其作用方式。

从上面的梳理中，我们能够获得的更为明确的信息是：福柯的话语理论所指，其实是关于"人与世界"的问题。不管是话语的实践、话语体系的形成、话语权力的运用，都是在人与世界的关系之中进行展示、活动和获得意义。话语不仅仅是表述，它更是社会性的，体现着人的存在和精神结构，是关于人与世界对话的表述体系。正如文贵良在他的《话语与文学》中所说："话语是生存的话语。对话语的分析，还需要回到对主体的分析。""不管是结构，还是话语，只有在面向具体的个体时才有意义，于是，话语的分析必须回到当下的人，回到主体，回到对人的生存状态的展露。"[①] 对于话语的研究，在某种程度上说是"去本质化"的，是去追问和探究已经固定的那些概念、命题何以"本质化"的原因，追问其建构的路径以及影响这些话语最终成形的复杂的原因。

## 二　鲁迅话语问题的出现及研究向度

在福柯的理论中，话语是与历史、政治、权力等一系列社会概念相联系的。英国语言学家诺曼·费尔克拉夫也指出："在使用'话语'一词时，我的意图是把语言使用当做社会实践的一种形式，而不是一个纯粹的

---

① 文贵良：《话语与文学》，上海文艺出版社 2012 年版，第 9 页。

个体行为或情景变量的一个折射。"① 那为什么会出现"鲁迅话语"的问题？原因在于，不管是鲁迅生前从事的一系列文化活动，包括他的创作，文学史研究，创办和扶持文学杂志，支持木版画，还是他生前或死后围绕他的论争和研究，他的留痕之处，正是那一历史时空中的种种话语聚集、涌现之处，他始终是那个文学的话语场域的漩涡中心。鲁迅的创作所产生的能量，已经不单纯限于其创作文本，而形成了中国现代文学史上完全绕不过去的种种"话语事件"。郁达夫在鲁迅逝世后曾说："要了解中国全民的民族精神，除了读《鲁迅全集》以外，别无捷径。"② 虽然是从国民性话语的角度阐释鲁迅的文本，但这也是鲁迅的文本之所以成为那个巨大的历史时空的集体话语的"中心"的明证。同时也有学者犀利地指出，"谈论鲁迅毕竟是我们自己的建构工作，是我们自己的思想史、学术史甚至政治史的一部分"，"鲁迅的思想和文学一直没有如他所愿地'速朽'，对它所作的解释——无论是意识形态的利用和反利用，还是思想性的阐发和学术性的整理——一直构成着近代以来'中国意识'的重要内容"③。可以说，鲁迅的文本与中国社会的联结、它对于历史的介入，已经成为一个并非寂静的存在。它在自身之中与自身之外始终在变动和生长。

也正是基于这样的理解，笔者在阅读鲁迅作品的时候，越来越明晰地意识到鲁迅话语这一问题。对于鲁迅话语的惯常的研究是沿着"鲁迅说了什么"和"鲁迅为什么这样说"类似的路子，沿着这样的方向，前人给我们提供了宝贵的资源和丰硕的成果，使得我们能够站在前人的肩膀上思考问题，并拓展新的路径。

总体来说，从话语角度对鲁迅进行研究，有这样几种向度：

一是语言研究。研究者从语言学的视域中观照鲁迅的文本，一方面是对语言形式、语言观念的研究；一方面是在语言变迁中对鲁迅的文学世界的观照。

---

① ［英］诺曼·费尔克拉夫：《话语与社会变迁》，殷晓蓉译，华夏出版社2003年版，第59页。

② 郁达夫：《鲁迅的伟大》，《郁达夫忆鲁迅》，陈子善、王自立编注，花城出版社1982年版，第21页。

③ 高远东：《鲁迅的可能性——也从〈破恶声论〉寻找支援》，《鲁迅研究月刊》2003年第7期。

二是对鲁迅话语的陈述及关键命题的剖析。如钱理群在《心灵的探寻》中提出，通过探讨鲁迅独特的"单位观念和单位意象"①　而进入鲁迅心灵的研究路向，对鲁迅话语问题有所涉及。众多研究者在"话语"层面进行的研究也多集中在"命题"方面，即探究鲁迅的关键命题的形成过程及其内涵。

三是对鲁迅话语形构的整体性研究。进一步深入和系统地对鲁迅话语进行研究的，是朱崇科的《鲁迅小说中的话语形构："实人生"的枭鸣》。其中对于"身体话语""知识型话语""儿童话语""青年话语""乡村政治话语""经济话语"等分别进行了梳理和剖析。②　而汪卫东的《鲁迅与20世纪中国民族国家话语》则将鲁迅放置在现代民族国家意识的建构中，在此开阔视域中探讨鲁迅的参与方式，挖掘鲁迅思想与文学为中国现代民族国家的转型提供的视点、思路和精神元素。③

四是对鲁迅的话语形式、结构与修辞的研究。追问和勾勒鲁迅的话语形式，由此对鲁迅的思想和精神做出阐释，这方面的努力早在李长之的《鲁迅批判》就已经开始，《鲁迅批判》分析了鲁迅频繁使用的某些特殊句式和"转折词"，凸显的是鲁迅的话语方式与其思想的关系。④　这方面，众多学者都关注到鲁迅话语方式中的"否定性""转折性"倾向，且都有不同角度的阐释。汪晖对鲁迅"与传统的语言对抗"的分析，⑤　王乾坤对鲁迅"中间物"概念"不断地否定来消解"的哲学内涵的深入释读，⑥　张克对于鲁迅"倘若""然而"话语范式的深入剖析，⑦　彭小燕对于鲁迅"批判—解构"型话语形式的总结，⑧　都是这方面的重要成果。而曹禧修

①　钱理群：《心灵的探寻》，河北教育出版社2000年版，第7页。

②　朱崇科：《鲁迅小说中的话语形构："实人生"的枭鸣》，人民出版社2011年版。

③　汪卫东：《鲁迅与20世纪中国民族国家话语》，百花洲文艺出版社2018年版。

④　李长之：《鲁迅批判》，天津人民出版社2010年版，第82页。

⑤　汪晖：《反抗绝望：鲁迅及其文学世界》（增订版），生活·读书·新知三联书店2008年版，第246页。

⑥　王乾坤：《鲁迅的生命哲学》，人民文学出版社1999年版，第63页。

⑦　张克：《从"且夫……然则"到"倘若……然而……"——鲁迅与中国传统的话语方式》，《鲁迅研究月刊》2012年第3期。

⑧　彭小燕：《"反叛—抗世"型生命范式　"批判—解构"型话语形式——青年鲁迅的精神建构之一》，《云梦学刊》2006年第5期。

的研究从"话语与结构"、叙事策略、修辞等角度不断深入，也推进了鲁迅的话语研究。①

五是从现代性角度追问鲁迅的话语，探讨鲁迅的言说困境。这对于鲁迅话语的阐释有较大的推进。徐麟的《在言说和生存的边缘》从鲁迅的话语方式与话语生存的维度展开，由话语进入鲁迅的哲学存在的悲剧性，是重要突破。

六是从话语权力的角度着眼，对鲁迅的国民性话语提出质疑。刘禾的《跨语际实践：文学，民族文化与被译介的现代性（中国，1900—1937）》从话语实践、话语权力的运作方面考察了国民性话语，以鲁迅为例证，对国民性话语的真理性提出了质疑。这一对于"话语实践、知识的来龙去脉以及各种概念和范畴的运作"②的追问，对于本书的研究具有启发性。而郜元宝则相反，他强调了鲁迅"反抗被描写"的一面，这是对于鲁迅话语意识的重要发现，《鲁迅六讲》中，鲁迅对于话语权力的认知被重新审视，郜元宝这一研究具有重大意义。③

以上这些研究已触及鲁迅话语的主要方面，研究成果多着力于具体作品、具体话语命题的探究，以及鲁迅整体的价值意向在其语言表达中显现的语态和形式感。从话语体系角度对于鲁迅的生存体验、精神原点的剖析还未见整体性的研究论断。而在鲁迅的整体精神世界里，话语内容、话语形式的特异性与他的话语选择的矛盾性都与他的独特体验方式、思维方式、精神气质相关。在这方面，前人的研究注意到了鲁迅话语的纷繁错综的意蕴，也对此进行过论述，但其内部究竟有着怎样的隐秘规则和有待破译的符码，是一个始终困扰着众多研究者的问题。围绕这个问题，形成了连绵不断的追问，众多研究者从不同的角度对此进行研究，并形成了自己的论断。

李长之从分析鲁迅的言说方式进入："'虽然'，'自然'，'然而'，'但是'，'倘若'，'如果'，'却'，'究竟'，'竟'，'不过'，'譬

---

① 曹禧修：《话语与结构：言说的双主体——论〈狂人日记〉的内结构及其叙事策略》，《中国现代文学研究丛刊》2004 年第 3 期。

② ［美］刘禾：《跨语际实践：文学，民族文化与被译介的现代性（中国，1900—1937）》（修订译本），宋伟杰等译，生活·读书·新知三联书店 2008 年版，第 104 页。

③ 郜元宝：《鲁迅六讲》，北京大学出版社 2007 年版，第 131—132 页。

如'……他惯于用这些转折词，这些转折词用一个，就引人到一个处所，多用几个，就不啻多绕了许多弯儿。"① 李长之的论述是从鲁迅的运笔特色着眼，最早从语言的角度提示了我们鲁迅言说的纠结盘绕性与他的思想多元性之间的关系。稍后的竹内好针对鲁迅作品内蕴的错综性提出了鲁迅小说的"两个中心"："它们既像一个椭圆的中心，又像两条平行线，其两种物力，相互牵引，相互排斥。"② 杨义在《中国现代小说史》中提到鲁迅小说的"一笔多意""一笔兼写诸端"③，已触及鲁迅话语内涵的问题。严家炎提出了鲁迅的"复调小说"④ 命题，第一次从话语理论中寻找依据来分析鲁迅小说中的"多声部"现象。

以上这些研究者或感性或理性地从不同的角度提到鲁迅作品的复杂性问题，也提示着我们注意鲁迅文学世界中的纷繁的言说，而这些言说，与鲁迅的话语问题息息相关。

《鲁迅全集》浩瀚深广，但如果完全将鲁迅的话语问题文本化，那么它的形成条件以及文本之外的意义构成就会被忽略，至少会被简化。文本就会变成无声的文本。话语研究的工作正是在于："把这些单位从它们所谓的明确中拯救出来，澄清它们提出的问题，承认它们并不是寂静之处。"⑤ 根据福柯的理论，话语"不是自然而就，而始终是某种建构的结果，而我们要了解的正是这种建构的规则，并对它作验证"⑥。

也正是在这样的基础上，笔者试图提出如下问题：鲁迅的文本整体作为研究对象，除了呈现出来的表象、寓意以及背后的作者的精神和思想之外，它到底是怎么出现和建构的？它在如何陈述事实与历史，陈述的是什么样的事实和历史？它以何种方式展示人与世界的关系，又在陈述人与世界的怎样的关系？鲁迅话语体系的研究并不会完全摒弃"鲁迅说了什么"

①　李长之：《鲁迅批判》，天津人民出版社 2010 年版，第 83 页。

②　[日] 竹内好：《近代的超克》，李冬木、赵京华、孙歌译，生活·读书·新知三联书店 2005 年版，第 88—89 页。

③　杨义：《中国现代小说史·第一卷》，人民文学出版社 1986 年版，第 198 页。

④　严家炎：《论鲁迅的复调小说》，北京大学出版社 2011 年版，第 62 页。

⑤　[法] 米歇尔·福柯：《知识考古学》，谢强、马月译，生活·读书·新知三联书店 2003 年版，第 26 页。

⑥　[法] 米歇尔·福柯：《知识考古学》，谢强、马月译，生活·读书·新知三联书店 2003 年版，第 26 页。

和"鲁迅为什么这样说"这样的问题，但这些都仍旧是表象。就像是小时候玩的拼图，那些碎片是什么并不重要，重要的是，那些碎片提示的组合的信息和连接的关系。也就是说，文本的"本质"，它赖以存在和产生意义的基础包含着构成它的材质，但更重要的是，显示着作者的思维、精神和存在的那些言说和结构的方式。所以，"鲁迅发现了什么，说了什么"这一问题的重要性，绝不及"鲁迅如何以鲁迅的方式发现问题，以鲁迅的方式言说"这样的问题更切近于他的精神内里（甚至他的本质）。所以本书的侧重在于，鲁迅话语体系是怎样建构起来的？它走过了哪些路径？生成了怎样的体系？又建构了什么样的历史和存在的关系？这才是真正能够贴近他的精神根源的进入点。

具体到本书中，是以鲁迅话语整体为研究对象，从鲁迅的文学实践入手，主要着眼于以下问题：（1）鲁迅的话语是怎样生成的；（2）鲁迅话语实践的方式；（3）鲁迅文本内外的话语空间建构的机制是怎样作用的；（4）鲁迅话语的散布的体系关系；（5）鲁迅话语形态与主体存在的关系；（6）鲁迅话语的流变，其呈现出来的身份、立场与社会、历史的关系等。这里面也包含着鲁迅的生存体验与其话语内容、鲁迅的精神结构与其话语建构的图式、鲁迅的生命形态与其话语范式、鲁迅的立场与其话语抉择、鲁迅的话语与其所在语境的关系等方面的内容。本书也正是通过对于这些问题的梳理和分析，追问鲁迅话语的实践方式、体系生成、动态演变，意图勾勒出完整的鲁迅话语系统，并由此进入他的话语系统中暗藏的精神结构模式。

但需要指出的是，对于福柯的理论，本书只是适当地借用，但不完全倚重。诚如孙郁在《鲁迅话语的维度》一文中所说的那样："鲁迅的文本都很生动、多致，但要归纳出来，却难矣哉。……他几乎没有被任何理论所左右，形成了一个属于自己的认知方式。每一种理论都与他非重叠的。研究鲁迅，差不多都要遇到描述的困难。"① 本书借助福柯的理论对鲁迅进行分析，但却不是要给鲁迅贴上标签。另外一点需要强调的是，对于"鲁迅话语系统"的分析也绝不是"封闭的"，而始终着眼于鲁迅话语内部的不断生成性和动态性。

---

① 孙郁：《鲁迅话语的维度》，《鲁迅研究月刊》2011年第2期。

# 第二节　鲁迅话语建构的"图式"群与系统性

鲁迅话语形式的纠结盘绕性、话语意旨的不确定性，鲁迅与语境的"在而不属于"的密切又疏离，他的理念与生命的磅礴和不可化约，他的精神图像的混沌激荡，似乎难以被任何理论、逻辑的"取景框"捕捉。这使得他有着阐释不尽的无穷魅力，也使得对于他的话语的系统性的整体把握变得困难重重。但我们的确发现了反复出现的那些具有鲁迅精神凝缩性的具象——作为他的话语世界中的"标志性建筑"。把握这些"标志性建筑"一定不是把握到了鲁迅的全体，但它们依旧提示着鲁迅文学世界中存在的种种"建构的秩序"。大部分的研究者正是这么做的，比如著名的"铁屋中的呐喊"，著名的"反抗绝望"，正是通过把握"地标"而切近鲁迅的世界。所以，笔者的研究也是遵循这样的探索路径，梳理鲁迅话语建构中的那些"标志性建筑"，即鲁迅话语建构和实践中的某些具有象征意味的"图式"——它们只是对于鲁迅话语进行描述的"理想模式"，其内在自然还有着无数变量。而鲁迅的话语系统中，这样的"图式"并不是单一存在，而是在不同的维度上有不同的"图式"，它们向我们敞开鲁迅话语世界中的一个个"微型体系"，显示着特定维度上的关系建构路径，而它们彼此之间也凸显着话语中的各种"关系"建构。由这些"微型体系"连接成为群落，最终指示着鲁迅话语的"整体架构的系统"。

罗赞诺夫在《陀思妥耶夫斯基的"大法官"》中说："在艺术领域里几乎每个创造者那里我们都能够找到一个中心，有时几个，但总是不多，其所有作品都聚集在这些中心周围。"[①] 在鲁迅的话语世界中，这样的中心是存在的。在鲁迅话语的不同的维度，存在着不同的中心，它们在"小空间"内凝聚和容纳着那些同质的陈述、命题，又不断衍生出更繁复的陈述和命题，且最终汇入更中心的话语。

---

① ［俄］罗赞诺夫：《陀思妥耶夫斯基的"大法官"》，张百春译，华夏出版社2002年版，第3页。

### 一 国民性话语和个人性话语的合力作用模式：支撑和悖反

从发生学的视域中统观鲁迅的文学实践的发生，以及话语背后繁复的作用元素及其作用方式，是对于鲁迅话语系统的初步探入。

在鲁迅的精神历程和生命体系中，《坟》体现着周树人过渡到鲁迅的线索，源于"荒野"，而进入"剧场"（在鲁迅话语世界中，《新青年》文学现场的剧场性质显而易见），他是携带着自己的不能忘却的旧梦，同时携带着荒原中呐喊的孤独进入那个"鲜花着锦烈火烹油"闹哄哄的现场的。而《呐喊》却起于生命的"废墟"——"鲁迅"是周树人在失败坍塌的世界中重建而生的那个主体。属于周豫才的创伤底色、周树人的黑洞般的"前缘"与《新青年》文学现场的遇合，产生了"鲁迅"。探究这"遇合"的发生、其背后复杂作用的种种机制，其外在促发与内生意志的合力作用，正是鲁迅话语的"发生"研究。

一方面，鲁迅身在启蒙的语境中，国民性批判始终是启蒙话语的核心，也是鲁迅话语体系的重要维度。另一方面，任何一种命名、命题的形成或改变，其实都指涉着人与世界的关系结构的新变，蕴藏着一系列的知识构成与价值谱系。"国民性话语"自然包含着复杂的知识系统、文化机制，它在话语实践中不断"本质化"，其背后的建构策略和路径，刘禾的《跨语际实践：文学，民族文化与被译介的现代性（中国，1900—1937）》①、杨联芬的《晚清至五四：中国文学现代性的发生》② 都有深入的研究。而鲁迅与这一话语之间的关系，也绝不是简易的"一体性"的关系。

鲁迅与国民性话语语境有着既契合又超越的关系。鲁迅的国民性话语与西方的中国国民性话语、日本反思国民性思潮以及晚清国民性话语的语境有着不可分割的联系。鲁迅的国民性话语是"晚清—五四"整体的国民性话语的组成部分，而且是主要部分。他的国民性话语建构和身在的语境具有同频性：同一语源，共同的民族危机的触发，但鲁迅却依旧与整体

---

① ［美］刘禾：《跨语际实践：文学，民族文化与被译介的现代性（中国，1900—1937）》（修订译本），宋伟杰等译，生活·读书·新知三联书店 2008 年版。

② 杨联芬：《晚清至五四：中国文学现代性的发生》，北京大学出版社 2003 年版。

殊异。鲁迅的国民性话语是去"种族主义"的国族性话语，其秉持的准则是"个人"。他是从更超越的"人类性"的维度上进入、从更具生命哲学性的"人的精神和存在"的维度上建构这一话语的。其建构的旨归也并不在知识、认知层面，而在于反省与自我批判机制的引入。"反诸己"的自我省思的生命存在形式是鲁迅国民性话语的真正本质，而其根本目的，是要塑造既破除"旧的"文化话语的囚禁也不被"新的"话语束缚的获得根本性"自觉"的人。哲学层面的人性体察与民族主义的话语动因纠结在一起，呈现了鲁迅在民族危机、西方理性文明、知识分子身份与生命本位的价值诉求之间的复杂关系。

而鲁迅言说内生的真正根源，是他个人性话语背后的"自我"的体验与认知。对于鲁迅来说，最初的社会性甚至政治性层面的理念、价值在日本时期已经在构形中，但此时到初回国的启蒙和革命实践的阶段，他依然是周树人，对于"鲁迅"来说，依然是未完成的。"鲁迅"的完成还需要切实的"挫败"、需要体验世界的重构、认知结构的整合、文化血脉的重新融汇，其间洪莽激荡的自我生成、"元鲁迅"的根柢性属性的获致，正是在 1909—1918 年间。

追问"元鲁迅"的问题，追问鲁迅的"发生"契机，本书要在此维度上与日本学者竹内好的"回心说"进行对话：以竹内好为肇始的对于鲁迅"绍兴会馆时期"（1912—1918）的研究，普遍认为这个阶段是鲁迅的"骨骼的形成"期，而本书提出新的观点，即 1909—1912 年，是"鲁迅"发生的关键节点：激情和斗志最终卷陷于"新"与"旧"的冲突，故乡终于成为荆榛遍地的所在。这是一个由现实的困塞触发了成长中的屈辱体验和创痛体验的过程。触发一旦启动，他的生命暗区也整体性地开启了："铁屋子"认知结构与"自省"意识的发生、成长创伤的触发、反抗的个人生命意志的生成，都在此阶段见出端倪。甚至可以说，鲁迅的民元经历和记忆构成了他日后所有书写的原点。而绍兴会馆时期，一方面，完成了知识、文化、理念、价值、认知、体验的大整合，在对西方文化与传统文化的双重承接与双重超越中，形成了"元鲁迅"的独特的认知世界和价值世界；另一方面，属于天才作家的神秘和超验的世界也在悄然打开：那些剑在鞘中的沉默的、暗黑的、读佛经抄古碑的、冥想的、独自与苍茫宇宙对话的时刻，"观古今于须臾，抚四海于一瞬"——鲁迅的"碎片"在汇聚,在撕扯,在弥合,在重构,在生长。对于周树人来说,这个过程是残酷的;对于鲁迅来说,却如同走到生命世界的边界和尽头又重返内心,从而超越。

经由"绍兴会馆时期"的文化体系的汇聚和大重构、精神哲学在幽深之域的"淬火"之后,众多要素发生了综合作用,极其复杂、极其深邃的鲁迅的内在生命以及精神意志成形,"鲁迅"由此获得了他的根本"属性"。这是鲁迅的个人性话语的根柢。

我们不断发现,鲁迅的国民性话语建构中,始终内含着对于自我生命存在的持续关注,这一话语一方面支撑着国民性话语的形构;另一方面又成为明显的异质力量,颠覆了国民性话语的指向。源自个人生命体验的"屈辱感"不断参与话语的建构,比如"幻灯片事件"中话语转换中透露的个人的"屈辱感";比如"看与被看"这一鲁迅国民性话语建构的稳定模式,其间也暗含着少年经历中的"被看"的屈辱。这是个人性话语与国民性话语同构的一面。同时,鲁迅的失怙的创伤体验,初回国遭遇的种种失败、碰壁的孤独的现代性体验,在他的生命结构和认知结构中,共同生成了对于世界的"铁屋子"本质以及个人与群体的对立模式的确认。这同样是个人性体验对于国民性话语最终建构完成的支撑。

另外,鲁迅的个人性话语是对国民性话语的颠覆,他自身的文化资源整合、"创伤"情感结构构形、现代体验的生成,使他身在新文学的启蒙语境中,却始终具有启蒙话语整体"知识结构"中的"小气候"的性质。这个带有深渊秉性的写作者,既是他身在的"剧场"中合唱的主唱,也决绝地坚持着自己的声音。合唱而异质,身在而超越,他在共振中,却始终有偏离和错位:一是,在新文学开端集体性的宏大叙事中,历史话语中的鲁迅与实际的鲁迅的参与度,有着偏差:在"史"的视野中,他是主将和中坚力量,但在"现场",他却是这浩荡大流中的边缘者。二是,他的以《狂人日记》为代表的启蒙言说的旨向是深刻、多重的,但是追随者接收到的层面却是单一的,或者说,其阐释者在更功利的启蒙目的中,取其犀利峻急,取其深刻智远,将鲁迅归拢至了明确的语境的潮涌方向中,而略其湍流斑驳,去其幽暗绝望。三是,鲁迅既是这宏大叙事建构中的强力,却也因深刻明了结局而袒露其深渊般的绝望气息,但他又始终在抵抗对这结局的"确信",所谓"恃意力以辟生路者也"。这些驳杂繁复的错位，正是因为鲁迅个人性话语的异质力量。事实上，鲁迅着笔的先行者的孤独，未尝没有在同人群体中的孤独。他的超越语境的高度，迥异于语境的斑驳深邃的气象，在百年之后愈发清晰地显现。

可以说，鲁迅的个人性话语熔铸了鲁迅的生命体验和生命意志，与理性的启蒙意向构成了一种双构的话语结构。鲁迅个人的生命体验支撑了国民性话语的"立人"而"立国"的建构意志；但他的生命意志也构成了对于理性启蒙的颠覆。而鲁迅的话语整体，正是在这种双构互生之中形成的。

### 二　"铁屋子"：基本寓言、基本"关系体"和"时空体"

《〈呐喊〉自序》中，鲁迅书写了一个阐释不尽的意象："铁屋子"。它作为社会结构的寓言，被阐释得相当充分。但"铁屋子"却不仅仅是一个单纯的意象或隐喻，它凝缩着鲁迅话语的多个维度。在鲁迅话语整体的建构中，"铁屋子"作为鲁迅对"人与世界"关系的根柢性认知，以其提炼性、抽象性的架构，提示着鲁迅话语的重重侧面，是鲁迅国民性话语与个人性话语关系体系的原型。在鲁迅话语建构方式、话语系统内部关系的架构方面，"铁屋子"具有理论的高度，具有"图式"性特征，是我们探入鲁迅话语整体、对其进行梳理的"理想模式"。

第一，"铁屋子"是一个意象和隐喻。它的象征意味、结构形式、构成元素前人多有论及，但本书旨在寻找"铁屋子"作为基础隐喻，在鲁迅的话语世界中不断被复制、迁移和变形的轨迹和实践方式：其囚禁性质以狂人、疯子的癫狂话语进行了复写；其描写的内空间与外空间并置和对峙的模式位移至还乡叙事中；其噩梦感和突围欲望在《野草》里大规模地衍生；内质的"黑暗"正是"铁屋子"的作用机制。"铁屋子"作为鲁迅话语中不断复写的意象，其黑暗性和囚牢性是鲁迅对于中国传统文化的造形，而其内部复杂的关系结构体现着鲁迅对于生命个体与世界的关系的认知。

第二，"铁屋子"在一个有限的空间设置中，呈现出了复杂的关系结构。它不仅仅是一个意象，它是一个"关系体"。在这一层面，"铁屋子"是鲁迅对生命个体与世界的关系的描述和建构。它内部存在着复杂的结构层次和悖论关系，可以勾画出一个鲁迅话语体系的图谱：清醒者与铁屋子整体所显示的自我与世界的对立、清醒者的身在"铁屋子"中且与昏睡者同一结局显示的自我与世界的同源关系;"铁屋子"的价值构成与"铁屋外"价值构成的对峙和抵抗关系;清醒者与"铁屋外"世界的关系;自我与"吃人的我"的关系;等等,都呈现着鲁迅话语体系的复杂构成。这个关系谱系,正是鲁迅话语体系的基础和核心结构,而其本质是对自我与世界的关系的认知与建构。由这种关系出发,"个"与"群"的对立的建构机制是"差异"的发现和运作:经由"清醒"和"昏睡"状态的差异书写,建构二者之间的对立关系。也就是说,通过"差异"的发现而产生对象,并完成了个体从群体中的超越。而自我与世界的同源关系则指向鲁迅的拯救话语的建构和悖论性。因为清醒者与昏睡者身在同一"铁屋子",面对同样的"死灭"的危机,这种境遇中的话语建构,自然指向"拯救话语",也正是鲁迅始终强调的引起"疗救"的注意。但是关于"铁屋子"的拯救话语却又始终在犹疑,"铁屋子"中的重要话语意志正是"拯救"与拯救的"悖论",而这正是国民性话语与个人性话语合力作用的结果。

第三,"铁屋子"是中与西、旧与新交错并置的"时空体",呈现出时空交汇的"中间"形态。它既是中国近代遭遇的象征,也是个人精神困境的寓言。首先,空间维度上,"铁屋子"呈现出相异的价值结构:清醒者发现了"铁屋子"的囚禁本质和规训本质,这说明清醒者有着"铁屋子"之外的认知和价值,这就构成了"铁屋子"话语中的价值对峙结构,也建构了多重的话语空间,在此空间中,清醒者这一生命个体的"异乡人"身份凸显。正是"异乡人"的介入,建构了现代话语与传统话语、国民性话语与个人性话语遭遇的话语空间,这些并置的空间及其价值构成之间形成了彼此冲突和解构的力。在鲁迅的话语系统中,主要呈现为启蒙话语与民间话语的对峙。其次,时间维度上,清醒者和昏睡者在"进化论"链条的不同阶段,是"新"与"旧"的关系,这正是新文学开端处依赖"时间"进行的重要话语建构。在这一维度上我们需要重新认识"进化论"在新文学话语建构中的重要作用。最后,"铁屋子"这一"时空体"显示的宏大叙事中的价值对峙、认知错位,也同样指向更具哲学性的个体精神状态:清醒者的精神结构与"铁屋子"是对应的,他自身的精神体系中同样存在着"内"与"外"、"新"与"旧"的错位。在空间维度上，他是"内""外"都无处容身的"异乡人"；在时间维度上，他在对"新"的占领和言说中，依旧背负着沉重的"旧"的"鬼气"。他的精神体系中存在着与"铁屋子"同构的悖论。而这正是"中间物"的身份确认和建构的方式。

总而言之，以巴赫金的"时空体"理论观照"铁屋子"的内部结构，探究"铁屋子"呈现出的空间体式与价值构成、时间形式与知识型，与鲁迅个人精神结构的"时空体"的关系，我们从中把握到了鲁迅在社会历史层面的"中间物"的身份坐标及其"铁屋子"的精神体式。同时，"铁屋子"以其抽象的"图式"性向我们敞开了鲁迅话语空间的建构和话语权力的运作；同时也以"质问"形式凸显出个人性话语的内在强力，从而形成话语体系的自反和悖论。可以说，"铁屋子"结构也同时是鲁迅国民性话语与个人性话语关系体系建构路径的原型。

### 三　"异乡人"与话语空间建构的多重模式

话语的权力本质决定着话语有其产生作用（行使权力）的空间。在鲁迅的话语实践中，一方面在不遗余力地揭示传统话语权力产生作用的空间和方式；另一方面也在建构其自身的话语空间。而这二者，都依赖于一个关键的叙事者：以"异乡人"的身份特征出现的启蒙者。——由他的行动和叙事，完成了话语空间的成形和分割。

1. "离乡者—囚牢""在乡者—阻隔"的空间叙事模式

故乡是鲁迅话语建构的重要支点，基于这个支点，在不同层次和空间中衍生出独具鲁迅气质的话语场域，其呈现着鲁迅话语的实践方式和规则图式。

从离乡者的视角看，故乡因启蒙话语的渗入呈现出以"吃人"为内质的囚牢模式，这一层次体现出的，是"启蒙话语"的权力性质。

话语生成模式之一：空间焦虑。鲁镇中的祥林嫂，未庄中的阿Q，吉光屯中的疯子，咸亨酒店里的孔乙己，S城和寒石山中的魏连殳……都在"囚牢"的围困之中，并被"囚牢"中的"吃人"的力量绞杀。鲁迅始终着力于人与生存空间的紧张关系。巨大的空间焦虑，推动着"故乡—吃人"叙事的完成。故乡在言说过程中逐渐演化为鬼域：其间的言说规则为：故乡＝地理空间＝社会/秩序空间＝牢笼＝吞噬/吃人＝地狱。从实有的空间意象，到感知意象，再到象征意象的转换，空间焦虑内化入叙事，成为"故乡—吃人"话语完成的关键契机。

话语生成模式之二："我—他们"。"他们"是被侮辱和被损害的群体，是"我"的"个人"理念观照中被意识到的生命存在本质。"他们"——孔乙己、祥林嫂、阿 Q……对于身在的"囚牢"的吃人本质是"无知无觉"的，只有在"我"——这一故乡的"异己者"携带的现代文明的参照中，故乡变为他者，"囚牢"本质才得以呈现。也就是说，只有跳脱出"铁屋子"的那个外部的眼睛，看到了"铁屋子"整体上的囚禁。

从在乡者的视角看，他们并未意识到身在空间的"囚牢"性，他们对于空间的感知最先是"阻隔"——想进入群体而不能的空间焦虑。这一阻隔呈现的关系图式为"他—他们"。祥林嫂、孔乙己、阿 Q……那些被侮辱和被损害的"他"，无不被阻隔在巨大的"他们"的"共同世界"之外。"他"与"他们"同在囚牢之中，但"他—他们"之间的森严的壁垒恰恰是"吃人"的利齿。而"他"的始终想要融入"他们"的努力，"他们"中的所有人认同和维护身在的秩序，正是空间规训的凸显。这一层面上的故乡话语沿着这一规律言说和深入：乡民＝空间中的人＝认同秩序和规则的人＝被空间驯化的人（被吃者）＝排斥秩序之外的人（吃人者）＝鬼众。

2. "回乡者—故人—故事"作为还乡小说的结构模式

在鲁迅的"还乡小说"中，存在着一个稳定的三角形结构，如图 0—1 所示。

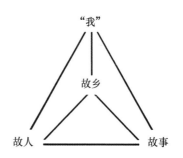

图0—1 "还乡小说"结构模式

故乡是中心，"我"与故人（"我"与闰土、"我"与祥林嫂、"我"与吕玮甫、"我"与魏连殳）、故人与故事（少年闰土的故事、祥林嫂讲述的阿毛的故事、吕玮甫讲述的迁坟和送剪绒花的故事、魏连殳讲述的祖母的故事）、"我"与故人讲述的故事之间呈现着不同的情感关系和话语向度。在这一结构中，实质上有三个不同的叙述者，从三个不同的维度上展开言说。而每一个维度上都有一个反推力。

（1）"我"与故人的维度

以"故人相遇"为模式的还乡叙事中，突出的不是我们熟悉的故人相遇的悲喜沧桑的知己模式，而是凸显彼此的认知、价值、理念的"陌生化"。"相遇"是话语展开的"界面"，也是"异质"凸显的聚焦处。"我"作为归来者的理念、价值与故人的认知、价值"相撞"，文化空间由此分割，话语指向也不再单一。一方面，以"我"的价值主导生成了对于故人（及其代表的故乡的文化体系）的审视，故人与故乡因此审视而变为"他者"，国民性话语建构也由此得以完成。而另一方面，"陌生"的设置产生的另外的作用就是，启蒙话语的难以融入，故人成为"我"对于自我身份内省的契机——《祝福》中，启蒙者意识到自身的无力；《在酒楼上》里，"我"意识到自己的永恒的"客子"身份。故人映照出的，恰恰是一个他者性的自我。也就是说，在"我"与故人的叙事维度上，出现了双向的"他者"。

（2）故人与"故事"的维度

鲁迅的还乡小说中，恒定出场的"故人"讲述的"故事"，有着令人惊异的恐怖的内核，在以"我"与故人的相遇为契机的还乡叙事中，嵌套着一个个故事：《祝福》里祥林嫂重复讲述阿毛被吃的故事；《在酒楼上》吕玮甫讲述为小兄弟迁葬、为阿顺送剪绒花的故事，更深处还有吕玮甫与老发奶奶相遇时后者讲述阿顺死亡的故事；《孤独者》中魏连殳讲述祖母的故事。这些统统以独白的形式呈现的与死亡有关的故事，建构出了文本中的另外一个空间。在"故人相遇"的维度上呈现出来的"我"的审视中的故人，至此有了属于自己的叙事。故人—故事—故乡结构出的话语场域，与"我"—故人—故乡的场域迥然不同。在这一空间中，以死亡为内核的小故事，凸显出人的生存、情感、伦理、宿命——这些带着沉重的生命痛感和真实的故乡的"体温"的元素。死亡故事的讲述者与故事的关系，恰恰截断了"故人相遇"维度上的理性审视。因为我们一再被这个故事的讲述者带入他的生命哀感中。

（3）叙事者"我"与"故事"的维度

从还乡小说的三角形结构中，我们能看到一个被遮蔽的关系结构和言说暗区，即还乡小说中"我"与故事之间的情感阻断关系。这一暗藏的模式却恰恰凸显出鲁迅的精神结构的复杂性和生命选择的悖论性。

那些"故事"叙事的重复出现，像是作者在注视着自己的"心魔"——他一次又一次进入这样的叙事，一次又一次注视着借由故人才能讲述的故事。作者在面对这个故事的时候，预先设置了情感的隔断，所以这些关乎伦理和情感纠缠的故事，借由故人才能实现讲述——正是这一模式拉开了叙事者与"故事"的"视距"以及情感距离，以此使启蒙话语得以建构；然而作者分明始终是心有挂碍的，所以才会一再进入这一叙事循环，一再去碰触那些痛感元素。——更何况，所有的内核故事：少年闰土、小兄弟的死、迁葬、顺姑、非亲生的祖母，都是鲁迅自身的亲历。属于作者的"本事"以被讲述的小故事的形式、以还乡叙事的内核模式被放置在"我"的审视、判断中的时候，启蒙话语事实上被削弱了，而鲁迅自身处于故乡、亲情、价值世界中的悖论位置得以还原，其暗在的情感修补也由此凸显。

在还乡小说的建构图式中，在这个稳定的结构中，每一种关系维度上都建构了不同的话语空间，而每一个维度上都有双向的审视、抵拒，"阻断"和"弥合"始终在角力。话语在施力的同时，也被反推至相反的向度。鲁迅话语建构中的自反性力量在这种撕扯和抗衡中得以凸显，而言说主体"彷徨于无地"的异乡人身份也同时愈加凸显。

## 四 "双漩涡"作为鲁迅话语实践的动态衍生图式

在前面的图式的分析中，国民性话语和个人性话语的合力作用模式，是从总体上显示着鲁迅话语的建构方向；"铁屋子"显示着鲁迅话语的关系体系，而在鲁迅的话语研究中，还存在着一个更为重要的维度，那就是鲁迅话语的生成体系。很多研究者都意识到鲁迅话语的混沌性、无序性、反规则性，在鲁迅纷繁复杂的陈述中描述出"规则"和"秩序"，厘清鲁迅的众多陈述的生成方式，相互作用、相互转换的模式，自然是不易的，笔者也并不认同存在着一个能够完全覆盖，或从各个方向上看都无懈可击的鲁迅话语建构的规则。但是，不能否认的是，有一些"规则"在重复出现，并在某种简化了的描述中显示出一种具有原点性质的结构。笔者试图以"双漩涡"对其进行描述。

鲁迅的话语系统是建立在"两个中心"的相互作用的基础之上的。事实上，从李长之、竹内好，到杨义、严家炎、高远东等学者，对于鲁迅话语的"两个中心"都有过不同层面、不同程度的分析。笔者尝试做的工作是，从话语的角度对这"两个中心"的呈现形态进行分析，对这"两个中心"做进一步的明确，并描述"两个中心"彼此之间的关系和作用方式，以及由这"两个中心"进一步衍生的话语的系统。

"两个中心"的前提必然是鲁迅的国民性叙事的基点——鲁迅在启蒙和立人的实践中建构出来的命题："吃人"——以具象化的方式凝缩了的世界本相的认知。"吃人"具有和"铁屋子"同样的中枢性意象的特质，以其为核心，像"漩涡"一般形成一个涌荡的、不断向深处探入的空间——极具穿透力的国民性话语正是赖此建构的。如果这是一个相对完整的空间的话，同时存在的，是鲁迅生命内部的绝对的反抗性力量；如果说以"吃人"为基点的世界是鲁迅话语建构的前提的话，这一自我抵抗也是同时存在并反作用于前者的力量。

其关系图式为：

"吃人"中心↔"自反"中心

在这一关系结构中，"'自反'中心"是"自反"作用的结果；而"↔"显示着话语和精神的自我对抗，是"自反"的作用方式。也就是说，"两个中心"之间有着相反的作用力，通过这种撕扯的反向作用，打开了鲁迅的多维的话语空间和多重的语义指向。

这"两个中心"共同组成了鲁迅话语的完整基点，且同时都在不断地进行话语的衍生，有不断向外推进的话语层次和话语点，这两个中心辐射出鲁迅话语的体系，并体现着话语系统的动态生成和演变规律。这正是"双漩涡"的形态。也正是在此意义上，"双漩涡"显示着鲁迅话语的关系系统性、动态生成性、语义扩散性的"纲目"甚或原点性的特征，也是鲁迅的文学通向开放和整全世界的路径。其多重话语间的组合关系中暗藏着鲁迅精神、哲学的波动曲线。

话语的漩涡式推进的层次关系为：

造境（现实认知+以心造境） ↔ 反境（话语内部的颠覆和打破）
↓ ↓
自我（境中人的自我发现） ↔ 反我（觉醒者的自审和自我对抗）
↓ ↓
话语意志（话语建构的指向） ↔ 反意志（话语建构中的犹疑和反转）

**图 0—2 "双漩涡"的话语衍生图式**

首先，造境与反境。以"吃人"为中枢和国民性话语建构的起点，鲁迅显示出他极其开阔的认知维度，和由其核心意象辐射而生的话语世界的建构方式。在"吃人"的世界中，存在着吃人/被吃/看吃人/提防被吃/劝阻吃人……的群落和网罗。所有人都存在于一个由"人吃人"辐射出来的话语"境"中，互相牵连、制约，人人都身在此网不得挣脱。人在"境"中的存在，这是鲁迅话语的一个重要维度。而"造境"正是鲁迅话语建构的出发点。鲁迅的"造境"，即世界的对象化——前面已言及的"铁屋子""故乡空间"均在此列。但正如前面同样言及的，所有的"境"中，都有着打破的力量。就如同"还乡小说"内部的那些带有亲缘性、伦理性、自审性的"故事"表现出来的鲁迅的逆向性的"境"的建构，就如同造境这一建构方式中始终若隐若现的"异乡人"的视角的存在。

其次，自我确立与"反我"。由意识到"困境"而发现自我的存在，由自我觉醒再次确认"困境"，这是鲁迅话语世界中的重要层次和悖论关系。不需说那些意识到牢笼的、欲以癫狂出逃的孤独者群体的塑造，在鲁迅的笔下，《祝福》中祥林嫂开始追问"魂灵"、《阿 Q 正传》中阿 Q 在死亡来临的刹那看到恶狼的鬼火般的眼睛，也都闪耀了"自我"意识的星火。因身在的世界被意识到是"我"之外的世界，"我"开始成形。——成形却绝不是单一向度的自我完成，鲁迅话语建构中几近本能的抵抗也同时发力，启蒙者和孤独者的形象开始外延其边界，哲学性的更内在的知觉开始杂糅，于是，自我审视的、自我厌弃的、自我复仇的个体也同时出现。而自我的"知"与"觉"和其导向的结果之间形成巨大的撕裂和矛盾，发现困境→发现自我→确认困境→自我审视，成为鲁迅的话语圈套，其精神的内在盘诘可见。

最后，话语意志与反意志。话语意志，是鲁迅话语建构的"预设"和指向，预设的启蒙、立人的宏大叙事，是新文学语境中的凸显的话语。鲁迅所谓"听将令"也是自愿进入这一话语实践。但鲁迅以其更开阔的视域和更多维的省思截断了预设话语建构中可能的线性逻辑，鲁迅对有着绝对明确的意义和命题趋附的叙事，始终是不信任的。事实上，他在以精神的肉搏的方式打破这一叙事。所以他的文本中处处可见犹疑、自罪、对峙，形成话语意志在向前奔流中的一处处湍流景象，从而使他的话语整体性地进入更混沌也更内深幽曲的世界。

在"双漩涡"的话语建构图式中，自反是鲁迅话语的核心驱动力，这也是鲁迅的生命哲学和精神原点。在这一层面，"反抗绝望"不再是单一核心，它也退为更宽阔的"自反"的一个维度。

### 五　"身外——以对抗的方式抗世""身内——召唤痛感用以自省"的生命哲学图式

鲁迅文学的本质，其话语的本质，始终是自我与世界关系的终极探索。——"我"存在于世界，"我"与世界的关系决定了"我"的存在形态，而"我"对世界的叙事，体现着"我"与世界的关系。但在对鲁迅的"世界叙事"这一问题的阐释中，往往纠缠于主题、观念，事实上，鲁迅如何以鲁迅的方式描述世界，比命题、观念更能暴露他的认知和精神。鲁迅的话语形态（而不是那些命题或观念）中隐藏着主体的生成方式和存在形态。——这是《金刚经》上说"不可以身相得见如来"的意义，鲁迅的本相，不是那些命题、概念、言说呈现出来的纷繁的"相"，他的"实相"，是他的存在本身。——他的"悖论性"的精神本质，"自反性"的生命内核，都反映在他的话语方式中。他的话语之间的构架关系，正是他的生命存在方式的具体表达式。

鲁迅的话语世界的建构显现出明显的"内"与"外"两个世界并置交缠的图式特征：施力于外的《呐喊》，以凸显的国民性批判的方式建构出启蒙者主体；施力于"内"的《彷徨》《野草》，以分裂的、对抗性的自我对话进行自审和自啮，以此实现主体性自我的存在。

"身外——以对抗的方式抗世"：鲁迅建构外向的话语空间的时候，

对象是身外世界，他的话语形式表现为向外的否定性，以拒绝、否定、反抗为特征，以否定式行为和意志介入外在世界，以"介入"实现对世界的有效作用，以此达到其"抗世"的目的。"悲悯他们的前途，然而仇恨他们的现在"，可言尽这否定、对抗（"仇恨"）与抗世（"悲悯"）之间的关系。而以"违世情"的决绝的"不"的姿态进入世界这一叙事模式中，凸显的是主体的独异精神，及其同时存在的难容于世的孤独。否定、介入、超越、隔膜，周而复始，自我与世界的难契也周而复始。

"身内——召唤痛感用以自省"：在建构"身内"世界的时候，鲁迅的话语形式呈现为向内的自省，是一种自啮性、自戕式否定。向内是通过自我分裂、对抗来建构一种自省式的生命存在。《墓碣文》中"欲知本味"而"自啮其身"，以其"身"为对象确证生命主体，以其"身"的"创痛酷烈"的知觉性，作为主体存在的证明。

鲁迅"身外——以对抗的方式抗世""身内——召唤痛感用以自省"的精神具象在《复仇》中获得了它的结构表达式，即"他＋她"："路人们"的关系模式。这一模式具有鲁迅精神结构的"模型"性质。整体上的"他＋她"："路人们"的关系正是"身外"的否定、抵抗关系，其核心哲学正是"不"："也不拥抱，也不杀戮，而且也不见有拥抱或杀戮之意"。通过重重的"不"对"身外"世界（"路人们"）进行嘲弄和复仇：拒绝成为谈资、拒绝成为鉴赏的对象，拒绝成为"吃人者"筵宴上的食物。而"他＋她"的模式，则是"身内"世界，是一个整体的"自我"，主体与客体之间的分裂、相亲、敌视、对抗的关系以恒定的"寂静"中蕴含澎湃的"动势"的形式呈现，也正是鲁迅生命内部蕴蓄着的激烈风暴的外现。

在这一"复仇式结构"中，"身外"世界更关乎价值建构，"身内"世界则更内倾于精神哲学。而其间核心的精神命题依旧在"自反"。鲁迅正是经由"自反"实践，在自我与世界、自我与空虚、自我与对象化的自我之间建立了否定、抵抗、自啮的关系；鲁迅的自反精神也正是通过话语的重重否定找到了自己的表达方式，并贯穿于他的言说过程的始终。在他的话语系统中，恒定的否定力量正是其言说的动力，是驭"万象在旁"的"弥满真力"。

综上，鲁迅的话语体系中存在着众多的话语建构的"图式"。这些

"图式"构成了鲁迅话语体系的基底——由这些结构关系"图式"建构出来的鲁迅话语的"框架"和"网格",由这些"框架"的复写、变形而成的更大的结构体系,在这些"框架"之中生长、衍荡出的更繁复的、多维的、悖论重重的话语,以及一直在生长的新的话语阐释的枝丫——每一个维度上都再生出另外的意义空间,那些点点面面之间阡陌交通、相互勾连牵引,最终衍生成为让人有迷路感的洪莽森林般的鲁迅的话语世界。

其间最核心的问题,是"关系"的体系及其建构。这些"图式"从不同的向度上呈现的鲁迅话语的建构方式和话语内部的关系结构,是鲁迅话语研究的根本问题,也是鲁迅精神结构的根本问题。"图式"所显现出来的话语之间的"关系"以及话语建构的"模式",最终都指向鲁迅的精神世界、心灵图式的广袤和繁复。这重重"图式"所呈现出来的鲁迅话语体系的整全性——鲁迅的精深的逻辑性与绝对的反逻辑性的话语方式及其无限延伸,正是在这一层面提示我们在多维与高维的视域中通向对世界"整全"认知的途径。这并不是说鲁迅在概念式地、规律地、严整地表达他的体系,而是,我们据此"图式"寻找更适合进入他的方式,在"拓扑学"意义的层面探究其生发的关系——尽管,鲁迅的根本迷人之处恰恰在于其枝蔓丛生的意义、繁复纠葛的言说。我们只能以这样基本的浓缩化、简易化、"理想化"了的"图式"进入鲁迅的话语体系,但依旧深恐这种撷炼有在本质主义的陷阱里打转的危险。所以,笔者并不是完全以这些"图式"作为鲁迅话语大厦的建筑基石,而是将之视为由"我"及"他"的起点,并以此掌舵撑篙,越过鲁迅的浩荡烟波,尽量让自己不至于丢失在他的迷津。

## 第三节　鲁迅话语的动态衍生性

话语的实践性决定着话语建构的动态性。我们以"图式"提炼的方式,对鲁迅的话语体系进行整体性的梳理和多维度的追问,始终会遇到的问题是鲁迅文学世界的不可条分缕析,话语在以鲁迅的非逻辑的方式进行"动态性"的衍生,我们不断遭遇到话语世界内部的偏移、涌动、对抗的力量,话语意志的幽伏与涌荡、潜抑与喷发始终在角力,这是一个"较劲儿"的世界。

### 一 "双漩涡"的"自反"驱动性与动态衍生性

"双漩涡"的内涵体现在三个方面:一为"双",即对于鲁迅话语体系的"两个中心"的本质的认识。二为"漩涡",是对于鲁迅话语由中心"生发""衍荡""扩散"的体系性的认识。三为"双漩涡"之间的"自反性"动态生成,指的是两个中心彼此触发、激荡,进而生成新的中心,并再次聚集、离散,经由重重悖反而完成"化学反应"。

再次进入"双漩涡"话语建构中的话语推进的层次关系,如图0—3所示。

造境(现实认知+以心造境) ↔ 反境(话语内部的颠覆和打破)
↓ ↓
自我(境中人的自我发现) ↔ 反我(觉醒者的自审和自我对抗)
↓ ↓
话语意志(话语建构的指向) ↔ 反意志(话语建构中的犹疑和反转)

**图0—3 "双漩涡"的话语衍生图式**

这种动态关系,是在以下两个方向上展示的。

一是,横向上的"自反"力,通过重重的自反,将语义导向相反的方向。这最先体现为鲁迅的话语建构的"限定性"特征——他的所有命题都不在被"绝对信任"的线性言说的走向上,而是存在着多视角的整体观照。在话语的建构与话语的打破之间存在着属于鲁迅的逻辑——他在这一过程中的瞬间逆反,所有的命题和陈述在建构的时候,都会遭遇到来自内部的反向的审视和抵抗,经由反向的审视和抵抗而将整一世界撕裂。鲁迅几乎本能的自我抵抗的惯性,瞬间将一个言说点变成两个,两点成线,两线成面,话语空间瞬时成为多维。而话语生长的动力中枢正是上面图式中的"↔"。事实上,这一符号性的双向的意志和力量正是鲁迅的生命存在本身。——他不在任何命题或陈述之中,他在他的话语建构的模式之中,其核心的模式正是这个撕扯的、能动的、永动的"双漩涡"的中枢。

二是,横向上的话语生成所赖的自反力量是一种生命意志、哲学性生存,因此其话语生成方式体现着鲁迅非逻辑的逻辑性,而纵向上的话语的层层演进，更代表了鲁迅话语的建构方式的理性逻辑。在纵向的话语建构中，个人话语的建构即自我的发现，而自我发现是先预设了对象，这个对象化了的世界的建构方式正是"造境"，由"造境"而实现主体自我的生成：生命个体在"鬼境""困境"中的巨大碰撞导致的被损坏感和自我意识的苏醒，是自我建构的重要因素。自我在困境中被发现、被确认之后，生命个体开始重新审视世界和自我，于是在"造境""自我"两个语义层次的基础上生成新的认知与命题，这就是纵向上的第三个语义层次：话语意志。这是一个由各种密集的"命题"构成的话语世界。

在这个纵向的话语的推进过程中，话语在层层外延，不断产生（并扩散）其言说的意旨。同时，作为其中枢的支撑性存在，"↔"始终"恒在"，并让"自反"中心进入重重的内旋。新的思考与言说，也再一次蕴势、生发、聚集、离散。在这个整体性结构中，话语的生成有着近乎"道生一、一生二、二生三，三生世界"的意味。在不断生成、扩散、相互指涉、彼此悖反的话语世界中，文复生文、波属云委，"双漩涡"的动态性特质也凸显了出来。

## 二　拒绝话语"闭环"的折叠、开放性

话语生成的动态性的另一表现，是鲁迅对于话语闭环的拒绝。他警惕"断语"，警惕话语的单一目的性。在鲁迅的每一个论断、每一个命题形成的同时，他的灵魂会立即分裂出一个针对他的话语的"不"。同一事件的触发，同一主体的存在，甚至同一命题的完成，在他的话语中会立刻将其反向（或多向）地剥离开来，甚至多次反向剥离。否定，已经由他的精神自反性进入他的思维模式中。似乎他对自己的言说总是不满意，他不允许一篇小说内部形成统一的或者说唯一的旨向，所以他一边建构自己的话语，一边警惕话语牢笼的形成，他在建构话语系统的同时，也在不遗余力地打破话语空间的封闭性。这就使鲁迅小说中始终有一种冲决力，他一次次地打破话语的封闭，打破文本内部的"话语平衡"，这种不断的否定和打破使他的话语意志攀越到一个个更深邃的语意境界中和更广袤的视界中，从而由这多维的话语实现了真正的诗学和哲学的平衡。

拒绝封闭和指向单一，最先是话语形式上的反复转折、反复质疑、重重自反。譬如他的著名论断的书写形态：

> 革命，反革命，不革命。革命的被杀于反革命的。反革命的被杀
> 于革命的。不革命的或当作革命的而被杀于反革命的，或当作反革命
> 的而被杀于革命的，或并不当作什么而被杀于革命的或反革命的。革
> 命，革革命，革革革命，革革……①

他是在一种近乎彻底绝望的确定中，书写其间的"不确定性"。依赖
于他的自反的思辨，语意不断折射，话语不断前行和生长，并形成了语义
空间的衍生和叠加。而通过空间的叠加，对世界的整体认知也从"低维"
世界中挣脱。同样的还有下面的表述：

> 我不过一个影，要别你而沉没在黑暗里了。然而黑暗又会吞并
> 我，然而光明又会使我消失。
> 然而我不愿彷徨于明暗之间，我不如在黑暗里沉没。
> 然而我终于彷徨于明暗之间，我不知道是黄昏还是黎明。……
> 呜乎呜乎，倘若黄昏，黑夜自然会来沉没我，否则我要被白天消
> 失，如果现是黎明。②

同样地，每一个"然而"都"折叠"出新的话语空间，在"黑暗"
与"光明"这悖论的两点之间，鲁迅天才性地以其不断转折，建立了世
界的第三维、第四维……在这一层面，鲁迅似乎有着对于"无穷"的神
秘感受，并执着于将此感知赋之描述。其语义形成抽象表达中不断逼近的
"∞"——抽象思维的巨大空间和无限延伸。《野草》赖此拥有了它无与
伦比的宗教感和宇宙感（《野草》不是一个睁着眼睛看到的世界，而是闭
上眼睛才能感受到的世界）。

在以重重转折的方式警惕和拒绝话语的闭合之外，我们还会不断发现
鲁迅话语的"绝处求生"的性质。在话语意义濒临坍塌的时刻，反转话
语的走向，或进入更极限的世界，从而打开话语的新空间。从《呐喊》
到《彷徨》《野草》，从"身外"世界建构，到"身内"世界建构，都体

---

① 鲁迅：《小杂感》，《鲁迅全集》第3卷，人民文学出版社2005年版，第556页。
② 鲁迅：《影的告别》，《鲁迅全集》第2卷，人民文学出版社2005年版，第169—170页。

现了这种"触底反弹"式的话语的扭转。启蒙话语始终在建构，但是它的中枢——自我却在这种建构中愈是凸显愈是暴露其绝路难生的前景——从《狂人日记》中鲁迅发现了困于牢笼、越挣扎越紧缚的宿命的时候，他已经穿越了表象世界而进入了精神黑洞，这个认知与穿透力对于获得它的主体来说，是不可逆的，在真相被发现之后，他便再也回不去表象世界了，所以鲁迅自己也同那个"狂人"一般，即使文言小序中他看似回归到秩序中了，但从此他的悲剧也开始了。所以这个狂人注定了要在现实与精神的分裂中，成为半人半"鬼"的存在。但孤绝灵魂在濒临倾圮毁灭的时刻，个体与现实世界的角力反转了视角，成为孤绝个体与其内在幽深世界的角力，"向内"的门打开了，世界反转了，反向的抵抗，使现实中的绝境英雄在意志和哲学的世界中被打捞上来：到《铸剑》以及此前的《过客》，乃至《野草》整体，"孤绝"的映照物由现实的蒙昧世界，变成哲学的荒芜世界。孤独个人也不再是出发之初的时代洪流中的孤独者，而是无量时间中的畸人。他由现世空间走向了时间鸿蒙，他走向了永恒性。《铸剑》的鼎中头颅，叫人想起颠僧临行偈中的"炉中大雪"，哲学性地映照了《野草》的有无、虚实、生死悖论。这在绝境处的旋乾转坤之力，同样源自鲁迅生命内部的自反意志，是反抗绝望的表现之一。

鲁迅话语的非闭合性，还体现为话语旨向的延宕，即以延宕的方式将即将坠落的话语引向敞开的未知空间。鲁迅的叙事始终留着一个"缺口"——我们太熟悉他的小说结构的类似"封闭性"特征（譬如《孤独者》的以送殓始、以送殓终的叙事模式），但鲁迅的话语旨向却是敞开的，大多数以"走"为结尾的小说，也以"走"为其叙事留白，同时将话语引出文本。就如同他始终在强调的"揭出病苦，以引起疗救的注意"，事实上就是将话语的落点（疗救）搁置了的处理方式。这种搁置、延宕的模式，就拒绝了言说的封闭，而将语义空间敞开给了未知。

而这"延宕"，也带来了鲁迅话语衍生的另一种模式，那就是重重互文。每一个文本的"缺口"，都是下一个文本重回的"入口"，鲁迅以此互文体系建构繁复，扩大了他的话语世界。比如对于"铁屋子"的重重复写和还乡叙事的一再"重回"，其间以机杼般的意象（"铁屋子""故乡""吃人"……）为核心而围拢来的相互勾连和呼应的关系体系、由隐喻性的言说（"吃人""铁屋子"）互相映射建构的世界图像……我们前面已经阐释过。而对先觉者生命的无数次探入，同样是在以互文映照的方式将他的命题的意义域不断扩大。由《狂人日记》开始，到魏连殳、过客、宴之敖者，鲁迅一次次重回"先觉者"的生命体系，他一次次尝试将那些孤独者在一种新的言说中打捞起来，试图探索先觉者的出路，一个人在另一个人的回响中被重新映照——在这一具有同源性、聚合性的孤独者群体的言说中，鲁迅不断地从前文本的裂隙处重回与探入，他的语意也在这复写中映照彼此，也同时分叉，当然也流向它自身最终的"闭合"——这些先觉者们，他们在彼此的映照中最终确证了唯一个体的、彻底的孤独。鲁迅一次又一次走向绝路，最终在《铸剑》中结束了他的探索。

但这重重互文的映照，也使得鲁迅的话语悖论重重。拒绝话语"闭环"的结果，是将他的所有言说以及鲁迅自身的言说行动，都带向了"悖论"，没有闭环的永恒闭环——他的言说最终建构成了一个巨大的"莫比乌斯环"，他永恒地行走于这环中。

### 三 "动"与鲁迅的根本精神

鲁迅话语的动态性衍生，始终依赖于一个内在的关键的"动者"——由他的"行动"而实现话语空间的成形和分割；由他的"能动"而实现话语空间的扭转、扩大和叠加。呐喊、行走的行动性，肉搏、自啮的能动性，它们整合于一体时，共同驱动了话语的发生和生长。

"行动者"之所以是话语建构中的动态因素，是因为他在整个话语建构中的视角意义和"界面"意义。这个"行动者"，是不断在"归乡""离乡"中行动并确认自身永无归属的"异乡人"，他有着巨大的空间和时间的焦虑，被危机感驱赶着、被无归属感驱逐着，被他的现代认知牵引着——他的行动、他的审视、他的反叛、他的言说将原有的"完整和谐"的世界图像彻底打破了。世界的图像因为这一"视角"的变化而变化——世界的呈现，以他的认知视域和价值框架为根本，所以也因他的行动而生成不同的图像。而他的"异"与"动"，是现代与传统、启蒙与蒙昧……种种话语遭遇的"界面"，经由这一"界面"的对话性、碰撞性，实现了文化空间、价值空间和话语空间的切割，及其在同一文本中的并置与对峙。"界面"的变动引发的话语空间的变化，也使得整个话语体系居于变动之中。

在鲁迅的世界中，行动者也是"能动者"，是自我内部永不停息地挣扎并掀起风暴的"疑"与"异"的生命主体。这个"能动者"相较于"行动者"在现实层面的挣扎，更具有哲学性，更关注存在意义上的生命价值，他始终注视以图催生关于人的"内觉"。鲁迅话语的建构，文学世界的建构，都不是直线地或平面地表达思想或揭示世界，它在更深层的意义上，指向个体生命的永恒建构。所以，生命个体的"疑"和"异"是内发意志，有着"逆向"的生命能动性。在《狂人日记》中现实逻辑的转向——白话日记是文言小序的现实逻辑的逆向运演，这正是鲁迅以否定对抗的形式介入世界的形式：逆现实逻辑地进入现实，从而穿透表象世界。所以鲁迅话语世界中有不断的"异"、不断的"冒犯"、不断的反叛、不断的内省，处处都是异峰突起。其内在世界的极限性探入和延展，正是鲁迅所谓的"殆将立狂风怒浪之间，恃意力以辟生路者也"①。你可以想象这"秉有魔血"的生命个体，是宇宙深处的天风，大泽深处腾舞的蛟龙，因其动而蓄势，并为话语造形，且不断拓展话语的边界，它是鲁迅话语体系不断生成的内在能量。

## 第四节　鲁迅话语研究中的悖论与平衡

本书的研究力求呈现出完整的鲁迅的话语系统，并发掘他的话语的建构方式，从中把握鲁迅的精神结构、生命哲学。整体上看，鲁迅话语的系统可以提炼出两个层面的问题：社会历史问题（价值依托）和个人精神结构（生命存在）问题。前者是关乎社会的、历史的，甚至是政治的，但后者却立足于人性与生命本身。这是鲁迅的双重的"在"。进入鲁迅的话语体系，需要对这两个方面的鲁迅都给予关注和明确。所以本书对于鲁迅文本中的多重的对话性进行研究的过程中，尽可能地从双重的视角进入他的话语，因其间存在多重维度上的悖论的对话：国民性话语与个人性话语的对话关系、"铁屋子"关系体系（反映人与世界的对立、同源关系）与"铁屋子"时空体式（"中间物"精神结构）的对话关系、"双漩涡"的"吃人"中心与自反中心的对话关系、"身外"世界与"身内"世界

---

① 鲁迅：《文化偏至论》，《鲁迅全集》第1卷，人民文学出版社2005年版，第57页。

的对话关系……这些对话关系都是基于社会历史与生命存在的双重立场的对话，它们共同构成了鲁迅的话语系统。

但问题并不仅仅如此。如果仅仅是这两个层面的鲁迅的矛盾性划分，也是失于简单的。而且对于鲁迅来说，并不存在绝对整齐划一的话语的体系性和系统性。在具体的研究中，需要越过上述分界，从更细部的关系中，探讨鲁迅的多样存在。比如，我们发现鲁迅的世界也涉及另外几组对话：鲁迅的还乡小说的结构模式——故人相遇模式、故人讲故事模式、情感阻断与情感修补这三个维度上都显示出相反的作用力；启蒙者与在乡者的话语很难判断强弱对错，二者势均力敌。而这种对话关系的基点并非上述的价值依托与生命存在的悖反，而是源于现代理性和传统伦理的相悖。鲁迅的拯救话语中内含的"铁屋子"的核心悖论：叫醒昏睡者，"你倒以为对得起他们吗"？指向的是政治与伦理的龃龉。

因为鲁迅话语世界中的悖论关系的复杂性，所以提出鲁迅话语生成中"自反"的动态性时，本书试图突出的，不是话语内容的错综对话，而是着力于鲁迅话语形式中的悖论结构（也即精神悖论）。虽然是两个中心，但在每一个中心话语中都存在着反向作用力，甚至在反向生成之后，再次经过自反。越过重重言说的悖论，只立足于"悖论结构"本身，我们即发现，不论是怎样的悖论关系，鲁迅都存在于悖论双方之间的张力世界中。这是鲁迅的独异性。不管是社会层面、价值层面、生命哲学层面，鲁迅都并不能完整地属于一方，他立足于思想取向、价值依托和精神姿态的磁场的中心，而这一立足处，是属于生命存在形式的，是鲁迅内在精神的抗衡性能量施予整个话语系统建构的力。

悖论性是鲁迅的话语系统的建构原点。也正因这悖论的冲突，建立了世界的多重维度。但悖论又不是简单的"纯粹形态"，而是以彼此的悖反张力、彼此的交叉叠印，实现话语世界的微妙的平衡。

## 一　启蒙的悖论与平衡

鲁迅的话语系统中，现代的"个人""自我"与"国族""群体"的观念是共同出现的，不论其具体的词源和意旨之天差地别，从命题的提出来看，二者却出于"救世"的同脉。鲁迅的启蒙话语建构也正是在这两个维度上展开。其表现为：启蒙动机的"国族""群体"性，启蒙所赖的工具却是"个人""自我";同时,启蒙的终极目的既是"个人"的,也与"民族"息息相关。在本书第二章,笔者把这一矛盾结构放置在救赎话语的悖论中进行了解释。但在鲁迅话语整体中,作为启蒙手段的"个人"的言说,汇入(却并不融入)启蒙话语的"国族"指向——鲁迅的"个人"话语的建构是要在历史的必然之外开辟一个绝对价值世界。所以他不致力于新的制度、思想和伦理的建立,鲁迅从没有执着于这样实体的目标(或许可以由此看到鲁迅的根柢,始终是生命性的)。

我们从表象上看到的鲁迅的悖论是启蒙动机与启蒙手段之间的悖反,但鲁迅更执着于解决的矛盾,却是他建构这个绝对价值的目的与其话语逻辑之间的相悖。这表现为,鲁迅要建构的是"立人"的话语体系,但这一价值建构在他的叙事中却无以为继。正如我们前面分析的,他的小说将所有的叙事终结为"走",是为了给话语留一个缺口,但不得不承认的前提却是,鲁迅的所有叙事都走向了死胡同。同时,鲁迅在建构一个强大的主体性的自我的时候,这个自我对于传统的抨击和摒弃无异于自杀,个人不但失去归属,同时也失去生命的一部分。我们必须承认,传统的某一部分深刻地浸透了鲁迅。这一部分传统与新文学启蒙者决绝要摒弃的那一部分本是一体:杀掉那个"坏的"部分,"好的"一部分也同时死去。《孤独者》的自戕式复仇的快意也正在于此:"我"杀掉了那个爱着你们的"我"!《复仇(其二)》中说:"他在手足的痛楚中,玩味着可悯的人们的钉杀神之子的悲哀和可咒诅的人们要钉杀神之子,而神之子就要被钉杀了的欢喜。"咒诅着、仇恨着世界的那部分生命,玩味着悲悯世界的那部分生命的被钉杀——钉杀"我",也就是钉杀他,钉杀他,也就毁掉了你们被拯救的希望。——这正是鲁迅通过身体建构主体自我与客体自我的关系的最终叙事走向。《墓碣文》同样是这叙事的死胡同的极好例证:"抉心自食,欲知本味"的结果只有肉体死亡,而肉体一旦死亡,精神也再无依恃。传统与现代在鲁迅这里也最终呈现这一模式:解剖批判他的来处,他也将失去去处。当所有的叙事都进入"吾与汝偕亡",来处与去处统统消失,生命的最终依恃只剩下了"行走"。到底是生命意志的强悍,还是无奈?鲁迅无法解决这一悖论。

在这一层面,鲁迅的自反,既源于鲁迅的生命动力,其实也因为鲁迅对于结果的确信与其坚执的启蒙行动之间始终难以实现自洽性。

启蒙动机的传统性与启蒙价值的现代性之间的悖论关系还存在于话语操作程序之中。在现代启蒙话语的建构中，"个人"的标举是将自我从群体性中解放出来。但事实上，一旦进入启蒙行为本身，自我即被"群体""大我"所吞没。之后的革命文学即体现了这种话语操作，《伤逝》中"我是我自己的"所展示的个人，是从家族伦理中解脱出来的个人，但这种"小我"很快被交付于社会甚至革命这样的"大我"。而鲁迅恰恰是在这个地方开始展现出他的现代人格。对于鲁迅来说，负重和责任意识是顽强的传统性的，但在以"个人主义"为工具的操作层面，个人主义也已经成为思维方式本身。所以鲁迅的独异的反抗哲学就不仅仅是"知其不可为而为之"的儒家意志，而是更具现代特征的生命意志。所以鲁迅在日本时期关注并提出的"理想人性"具有非凡的超越性，因为他的"理想人性"直指人的人格、精神，而不仅仅是智力、技艺和体制，甚至也与道德无涉。鲁迅的思想内容是反传统的，但其动机却与传统息息相关；他的精神本质是反宗教的，但其运思方式又是宗教的。他推崇的内容与他表达的形式始终在相互因应中相互背离。

启蒙的悖论，鲁迅自己也曾以"个人主义"和"人道主义"表述过。这始终是鲁迅文学世界里两个纠缠的、互动互生的但也彼此颠覆的层面。建构"大说"与穿透"大说"的挣扎，正是国民性话语和个人性话语之间的互动关系、悖反关系。前者是"信"的，后者是"疑"的。鲁迅始终在自身的"疑"的、"反"的、"异"的精神体系中孤行，却将其所"行"，永恒地放置在前者的脉络中。鲁迅始终是社会的，但也始终是个人的。

## 二　传统与现代的悖论与平衡

关于"传统"与"现代"的纠缠，在鲁迅这里始终是显见而别扭的命题。但这也正是来自鲁迅自身的别扭。就如同上述耶稣以死向世界复仇、魏连殳以自戕复仇一样的运思方式。鲁迅在《魏晋风度及文章与药及酒之关系》中对于阮籍的判语广被征引："表面上毁坏礼教者，实则倒是承认礼教，太相信礼教。"[①] 本书的最后一部分也试图探入鲁迅隐秘的

---

① 鲁迅：《魏晋风度及文章与药及酒之关系》，《鲁迅全集》第3卷，人民文学出版社2005年版，第535页。

精神血脉和传统依赖。鲁迅呼喊"传统吃人",与尼采扬言"上帝死了",其实是一个层面上的。许寿裳曾提及鲁迅所说,"佛教和孔教一样,都已经死亡,永不会复活了"①。所谓"上帝死了",并不是说"没有上帝",其本质是要"拯救上帝"。而鲁迅所说的佛教和孔教都死了,并不是说没有传统,而是说,传统的价值体系已经崩毁。鲁迅所做的工作,是以激烈的反传统而试图回归最传统(他根柢里深"信"的那个价值世界,而不是经过了话语阐释的、被利用了的传统)。也在此处,我们才能理解鲁迅的目光、言说,何以从未离开"传统"这一对象世界。他将外显的话语深深扎根入文化乃至整个文明的地下土壤,他与那个世界始终如此真实地贴近着,又如此难以言说。

而另一方面,在他自身破除历史记忆和传统文化结构,同时历史记忆和传统文化结构被破除的过程中,也参与了鲁迅话语的建构和完成,其内部的挣扎是剧烈的。同样,笔者不是在传统与现代的断裂这一实践层面理解鲁迅,他既是那把截断传统的利刃,也同时是在传统与现代的裂隙之中,填满其间的"进度条"的巨大存在。因为他的存在,才使得传统向现代永恒延伸,他是填补裂隙的。

他深谙中国文化系统中最根柢的永恒与苍茫(晦暗与脓疮),甚至在他已不在(却永在)的时空中,他身外被建构晕染的巨大光晕也是正大、浩瀚的——但他依然不属于"静"的、不属于"信"的那些传统,他是"动"的、"疑"的、"异"的那个部分,但他在重新定义它们,那些异端的词汇。鲁迅的真正能量在于,在如此激荡汹涌的内在力量中——它是个人性的,是极其幽暗癫狂的——依然是广大的,甚至正统的,他的生命体系和价值体系之间悖论重重,他在自身平衡这二者,当然它们是彼此对抗的,正是这对抗将鲁迅的整体形象扩展到了过去一百年的文化中心的位置。

## 三　话语的悖论与平衡

自觉到"话语"而抵抗和破除"话语"——以"话语建构"的方

---

① 许寿裳:《亡友鲁迅印象记》,《诗人　斗士　预言家——许寿裳谈鲁迅》,东方出版社2008 年版,第 207 页。

式，这一鲁迅的核心悖论愈到他的生命后期，愈显出其悖论性和悲剧性。他越是在自身的话语建构的深度和广度上拓展，越是警惕和恐惧于话语的权力。而最终，他清醒地意识到"弄文罹文网"的重要层面——他同时被自己建构的话语紧缚。在这一点上，鲁迅是他那一代文学者中最悲怆的一位。

鲁迅的话语悖论的出现，是因为他天然地领会到生命所有维度上都是"受限"的个体。领悟到受限，就能看透所有维度上的困局——鲁迅几乎不是在选择了之后重新审视才发现困境，而是他本能地知道，所有的话语在导向其预设结果的同时，也建立了新的束缚和困境。——哪一条路都走不通，北方不是旧乡，南来只能是客子，这是鲁迅的存在哲学的隐喻式表达。所以，"双漩涡"的话语建构中，"自反"的双向作用，其根柢却是生命的受限性。哪一个向度上的话语的建构，最终都只是请神来的受制于神。鲁迅的话语建构，终也是清醒地煎熬在"借来火种煮自己的肉"的宿命之中。

所以，话语的悖论正是他自身的悖论。"两个中心"最终衍荡成为全方位的"除魅"话语："吃人"中心在除传统之魅、历史之魅，"自反"中心同时对这一除魅话语本身的"魅"进行破除。鲁迅话语世界的建构，事实上也最终在"话语"的层面化作真实的悖论，将他自己缠绕其中。——鲁迅最终只能在杂文的世界中挥剑的选择，是源此而自觉的。

但本书的中心落点"双漩涡"，既是蕴势、不断衍生的体系，也在"两个中心"之间形成微妙的制衡关系，互相辩难，相克相生。一个始终在打破平衡的"异见"者，却在他的文学和话语整体中，保持着近乎严整的"平衡"与"对称"（就像他的作品中那些一对一对出现的题目）。尽管，这"对称"中的巨大的悖反张力才是他的根本，但经由这悖反所抵达的文学空间的整体，却依旧在其结构上呈现出均衡的古典性。

在"双漩涡"的横向关系（"吃人"中心↔"自反"中心）上呈现出来的鲁迅话语建构的模式，是一个"负阴而抱阳"（《道德经》）的结构，也正体现着鲁迅在历史维度上（时间）、价值维度上（空间）的"中间物"的存在形态。但更妙的却是，鲁迅的哲学气息也对应着老子的"冲气以为和"（《道德经》）。所谓"冲气"，即冲突、撕裂、激荡——也就是上面图式中的"↔"（自反而产生的双向作用），所以"冲气"是鲁迅的根本，既为混沌，也终将冲决；既是悖反，又终以整合。在此间，竹内好对于鲁迅文本的感知力让人惊叹，他说鲁迅的中心是"无"①，若以"大盈若冲"（《道德经》）理解竹内好关于鲁迅的虚无中心说，当感受到鲁迅文本的悖论而平衡，涌荡而沉静。无相而无穷相。

---

① ［日］竹内好：《近代的超克》，李冬木、赵京华、孙歌译，生活·读书·新知三联书店2005年版，第173页。

# 第一章

# 鲁迅话语的发生:国民性话语与
# 个人性话语的合力

从《狂人日记》发表开始,鲁迅在《新青年》喧嚣的话语场中的出场、他的文本、创作实践、文化活动,便不断成为中国现代文学史上的"话语事件"。具有身份性、符号性的"鲁迅"——周树人在自身的"废墟"上重建而生的这一生命个体和文化个体——的出场,便如惊天呐喊的那个"狂人"的亮相一般,具有"话语事件"的性质。正是这一"事件",引我们想去探问,那些在《呐喊·自序》中平静又苍凉地草草交代的周树人的"过往"中,究竟有着怎样不外现的巨浪。我们自然知道,正是这样的周树人与《新青年》话语场域的"遇合",才产生了"鲁迅"。所以,鲁迅话语的发生,是鲁迅话语系统研究的起点问题。毫无疑问,鲁迅话语的生成并非凭空而来,或一蹴而就的,其必然与当时错综的社会文化语境以及鲁迅自身的生命体验有着千丝万缕的联系。在这"生成"的探究中,周树人的认知和生命体验的"前结构"、其与语境"遇合"的方式都需要重新考量。

鲁迅的话语世界中最醒目的、在其研究史中始终凸显的就是"国民性批判"。在浩大而复杂的历史时空中,凸显鲁迅身在整个文化场域中的这一"历史性命题",必然是走进鲁迅世界的第一步。梳理国民性话语的源流、脉络,分析其话语生产机制等研究工作,前辈学者如刘禾、杨联芬等均已做过。而笔者试图进入对鲁迅的话语体系的整体把握,也依然有无法绕过去的问题:鲁迅的国民性话语是如何与晚清到"五四"的国民性话语语境相连接的。或者说,国民性批判并不是由鲁迅开始的,但鲁迅将其铺衍为新文学的巨大命题和核心话语，且赋予其灵魂性特质。鲁迅在接收、进入、融汇、实践且发扬这一话语的过程中，有哪些关键性的契机，有哪些共振的维度，有哪些相斥的元素，有哪些整合的途径……将鲁迅放置于这一混乱驳杂却极富生气、实现着前所未有的思想文化大融合的历史场域中，考察其与国民性话语的连接关系，并探讨鲁迅国民性话语的生成和最初构形。这是本章第一节的主要问题。

　　自然，国民性话语并不能完全涵盖鲁迅话语系统。在这一系统中，还存在着另一深潜而涌荡不息的力量，那就是鲁迅的个人性话语。也就是说，宏大的社会性的话语建构中，始终有着对于个体生命存在的持续关注——鲁迅的个人性话语一方面支撑着国民性话语的形构，另一方面又成为明显的异质力量，颠覆着国民性话语的指向。而此个人性话语的发生与呈现形态和鲁迅的生命体验无法分割。还原这一个人性话语的发生过程，也就是追问一个"元鲁迅"，也是本章的重要问题。

## 第一节　鲁迅国民性话语分析

　　鲁迅的文本一向被纳入启蒙的阐释框架之下而被释读为国民性批判。国民性批判经由鲁迅的发扬成为现代文学的重要问题之一。可以说，国民性话语与鲁迅文学是纠缠在一起的，是鲁迅话语整体中一个无法绕过去的存在。它在鲁迅话语体系生成中的重要性不言而喻。关于鲁迅国民性批判的研究层出不穷。对此，何浩在《价值的中间物：论鲁迅生存叙事的政治修辞》中有这样的总结："关于国民性的话题，学术界的研究成果已经显得相当繁重。归纳起来无非两种思路：一种是沿着鲁迅的思路，继续思考中国国民性的种种弊端，这种思路的学者众多，比如钱理群、孙玉石等；另一种以刘禾为代表，以后学为理论背景，反思国民性话语的产生、运作的历史条件。"[1]

　　在这两种对于国民性话语的研究思路中，前者对于国民性话语与鲁迅的解读更多注目于国民性在鲁迅文本中呈现的形态和方式，而忽视了话语

---

　　① 何浩：《价值的中间物：论鲁迅生存叙事的政治修辞》，北京大学出版社 2009 年版，第51 页。

范畴的追问；后者以考察国民性话语出现的方式入手进而质疑宏大叙事的话语权力问题，但权力问题的解读将鲁迅放置在了对于西方殖民主义话语的屈从的位置，忽视了对国民性话语的接受、选择、建构过程中鲁迅的能动性，以及鲁迅与国民性话语的关系问题。

从晚清到"五四"，国民性话语经历了自身从生产到发展的过程，并产生了自己的语境。鲁迅始终在此语境中，他与国民性话语在整体步调一致的同时，也有非常明显的疏离的地方。这是本节试图解决的问题：将鲁迅放置在这种国民性话语的语境中，考察他的话语选择中的自主性因素，探讨他对国民性话语接受过程中的差异性，及其与当时语境之间的关联与疏离。以此进入鲁迅的精神结构的独异性。

## 一 国民性"知识型"

有论者指出："国民性作为话语也意味着一系列的关于'国民性'陈述的知识，以及构成这些知识的文化机制。把国民性视作话语并不是对国民性话语的历史意义的阐释，而是要追问如何和为什么如此陈述，进一步讲，是要探讨这些陈述形成的话语规则和文化机制。"① 所以先要解决的问题是国民性"知识型"。"知识型"是福柯的话语理论的一个重要术语。"是指能够在既定的时期把产生认识论形态、产生科学，也许还有形式化系统的话语实践联系起来的关系的整体；是指在每一个话语形成中，向认识论化、科学性、形式化的过渡所处位置和进行这些过渡所依据的方式。"② 国民性话语的知识型即国民性话语赖以生成的基本的知识系统整体，是国民性话语"本质化"过程中采取的路径和方式，以及它的话语实践过程中建立的历史关系。忽视了这个角度，对于国民性话语的探究就会简单化、省略化，就会失却对于国民性话语内部各种不同倾向及其彼此之间的内在关联，以及国民性话语的历史性存在的追问。所以，对于国民性话语的分析，先应该在"知识型"意义的层面上进行，即以国民性话

---

① 孙强：《国民性研究的理论反思——兼论话语研究的意义》，《文艺争鸣》2010 年第 5 期。

② ［法］米歇尔·福柯：《知识考古学》，谢强、马月译，生活·读书·新知三联书店 2003 年版，第 214 页。

语的生成规则、生成条件、生成逻辑的变化为依据进行。刘禾在《跨语际实践：文学，民族文化与被译介的现代性（中国，1900—1937）》中提出了"翻译的国民性"，以鲁迅为例，认为中国的国民性话语是对西方殖民话语的"翻译"，尤其指出了鲁迅对于史密斯的《中国人气质》的接受；① 而杨联芬则在承认"史密斯及日本人的中国国民性言论对鲁迅的影响"基础上指出，"鲁迅的国民性改造思想，上承清末的国民性改造思潮，严复、梁启超等的思想言论是最初的来源"② 。不能否认，这些知识的构成确实是鲁迅国民性话语的重要内容。笔者将从知识来源的这两个方面进入，分析鲁迅早期的国民性思想，即留日时期的鲁迅与国民性话语的关系问题。

需要先寻找国民性话语的源头。国民性话语最早见于 19 世纪欧洲的种族主义理论中，它内含着种族、民族的分界和差异。比如，法国的乔治·居维叶认为，"三大人种按白种人、黄种人、黑种人形成高低不同的等级，并在文化与智力方面形成差异，也就是文明的差异"，"白种人因其优越而支配了世界，并在科学方面取得了最快的进步。中国人进步较少，因为他们的颅骨的形状更像动物的颅骨。而黑人处于奴隶地位"。③ 日本明治维新时出现的反思国民性的思潮与欧洲的种族主义话语密切相关。日本的反思国民性的代表人物福泽谕吉的著作《文明论概略》（1875年）完全按照西方的"文明"标准将世界分为文明的、半开化的、野蛮的三种："文明、半开化、野蛮这些说法是世界的通论，且为世界人民所公认。"④ 而梁启超深受福泽谕吉的影响，并接受他的观点，梁启超在《自由书》（1899 年）之《文野三界之别》中说："泰西学者，分世界人类为三级。一曰蛮野之人，二曰半开之人，三曰文明之人。其在春秋之义，则谓之据乱世、升平世、太平世。皆有阶级，顺序而升。此进化之公

① ［美］刘禾：《跨语际实践：文学，民族文化与被译介的现代性（中国，1900—1937）》（修订译本），宋伟杰等译，生活·读书·新知三联书店 2008 年版，第 77—97 页。

② 杨联芬：《晚清至五四：中国文学现代性的发生》，北京大学出版社 2003 年版，第166 页。

③ 刘文明：《19 世纪欧洲"文明"话语与晚清"文明"观的嬗变》，《首都师范大学学报》2011 年第 6 期。

④ ［日］福泽谕吉：《文明论概略》，北京编译社译，商务印书馆 1959 年版，第 9 页。

理,而世界人民所公认也。"①

从以上关于国民性的言说中可见,不管是在中国,还是在日本,这种种族主义的观点之所以被普遍接受,主要原因在于在这种民族分界中融入了进化论思想的时间维度。以进化论为话语框架界说文化:文化的不同不是因为不同民族对于世界的不同理解方式,而是因为所处文化进化的不同阶段。梁启超的国民性话语的使用往往与进化论纠结在一起。《新民说》《新民丛报》,"新"迅速成为主流价值形态,并以强势的话语力量获得了文学和历史书写中的价值制高点。这一新/旧、进步/落后的时间分野正是进化论话语实践的痕迹。当民族被放置在社会达尔文话语的框架之下,本民族与世界之间的强弱关系被放置在一个时间的坐标之中,中国与西方处境和地位的对比显示出了一种时间的分野:落后的/进步的,旧的/新的,以"适应性"为中心的进化论通过这种对比关系而被误读为"进步论"。以历史的"超前性"获得的话语的权威性,使西方语境中的国民性话语取得了在中国知识精英中的真理性地位。进化论的时间维度赋予了西方话语以权力性。

但中国的知识分子对此话语的接受背后,有着复杂的历史原因和深切的民族焦虑。当中国传统与西方遭遇,其在军事、政治的对撞中不堪一击的结果对于知识分子产生了巨大的冲击,体现出他们对于本国的民族遭遇的错愕、焦虑和功利性,这迫使他们转向审视自身的文化系统。当他们从自身的知识系统中无法寻找到能够解释这一历史境遇的话语,进化论对于历史的解释性作用,其"进步性"提供的现代民主国家建立的愿景,都成为理想的参照物。这种对于未来的期许给处于断裂中的中国知识分子一个安放自身和民族未来的处所。而进化论带来的种族竞争与灭绝的危机,更增加了这种话语的接受度。所以,在中国传统与西方文化的碰撞中,西方话语获得了凌驾于中国传统话语之上的权威性,其表现就是当时的知识分子将西方话语视为真理性的理念、价值、意义的载体。国民性话语最后成为国民劣根性的"本质化"话语出现的依据,与其说是西方文化的真理性,倒不如说,是西方国家强盛的实力带来的副产品。

另一方面,晚清启蒙运动是以现代的、非奴隶的国民促成现代国家的建立。据杨联芬的研究,梁启超最早对"国民"概念进行界定,"旨在强

---

① 张品兴主编:《梁启超全集》第1册,北京出版社1999年版,第340页。

调国民在现代国家中的绝对意义（国家主体）"①。当"国民"被塑造成现代国家的主体的时候，"国民"概念就已经承载了现代国家的理念。它被塑造成主体，也必然地承担起理想国家的精神期待。同样，它也必然地承担起对于国家积弱与落后的批判指摘。事实上，国民性话语从这一源头上就有责任转嫁的性质。正是在这样的语义中，"国民"概念内含着丰富而又有明确指向的召唤意义，隐含着独立、平等这些内涵，它的意义召唤性质使得这个概念本身的范畴发生了悄然的转移。于是，"国民"的语义转向了现代国家的"理想国民"，进入了对于国民的性格、精神以及道德的范畴。也因此，对于"国民"的思考被牵引到另外一个意义场，即当前国民的劣根性、奴隶性。康有为、谭嗣同、邹容、章炳麟等人的言说都对中国国民的奴隶状态有所涉及。在当时的语境中，"国民性"无法逃避地成形于民族国家话语的母胎之中，并由此限制，而将奴隶性定性为"理想国民性"的对立面予以批判，并承担起了国家贫弱的历史责任。于是，当时国民性的"奴隶性"就生成了。是惩罚找到罪恶，还是罪恶被惩罚，二者之间截然不同。其间凸显的正是话语建构的秘密。这一过程中内含着话语的生产机制，同时也是国民性话语的实践和变化过程。这种变化，也就是由国民性批判演变为国民性本质的过程。其实是这种语境的制约导致了"晚清启蒙运动中'国民'意识的倡导"，"迅速转移到对'国民性'的反省和评判上"。②

　　这就是中国国民性话语的源头。一方面是带有种族主义色彩的西方国民性话语，一方面是以"群""国"为本质的晚清国民性话语。前者以进化论为理论核心，后者虽然以"民权"为依托，但仍旧在中国传统的"群体""国家"伦理的框架之中。从中我们可以窥知国民性话语的知识构成及其在中国的话语生产。需要指出的是，国民性话语虽然从源头上就被罩上了摆脱奴隶状态、获得自由的期许意义，但其话语的内质却并没有真正的现代意义上的国民立场，也就是说，对于早期的"国民"话语的

---

① 杨联芬：《晚清至五四：中国文学现代性的发生》，北京大学出版社2003年版，第161页。

② 杨联芬：《晚清至五四：中国文学现代性的发生》，北京大学出版社2003年版，第163页。

言说者们而言，"民"其实仍旧是隶属于"国"的。"国民"话语不是指向"民"权，而是直接指向国家奴隶地位的摆脱。而这个差异，正是鲁迅与国民性话语场的疏离之处。但这并不是说，鲁迅的国民性话语的形构中摒弃了国家、民族的因素，只是，鲁迅将国民自身的"主体性"获得与国家、民族的解放是放在同一高度的。

### 二　鲁迅与国民性话语语境的契合与背离关系

#### (一)"人类性"与民族主体性的话语接受层面

国民性这一知识型建立起来，里面有一个很重要的问题，即，西方文化/话语成为普适性价值。这是西方话语能够运用到对中国的描述和解释中的必要前提。这种话语的普适性成为前提性的存在，它的不证自明性往往被我们忽略。笔者感兴趣的是，鲁迅是如何理解西方话语的"度越前古，凌驾亚东"[1] 的"真理性"的？他是怎样接受这种文化/话语的人类普适性这一前提的？或者说，他是在什么层面上接受并建构这一话语的？这是鲁迅接受国民性话语先要在自身解决的问题，也是当时的知识精英们需要解决的问题。由于鲁迅对于一切外在包括观念的惯性质疑，所以，他对于西方的国民性话语的"轻易"接受就显得格外引人注目。这是笔者要对这一问题进行追问的初衷。

"中国的国民性批判在 1901 年后形成思潮"[2]，而鲁迅最初开始关注国民性问题，据许寿裳的回忆是在弘文学院时期，也就是 1902—1903 年间，这说明鲁迅对于当时的国民性批判思潮是敏感的。但鲁迅对于国民性话语的接受却是两方面的，他既直接接触了日本的反思国民性的思潮，也同时关注了梁启超等人的国民性批判。留日时期鲁迅与这一根源于民族主义的国民性话语的关系并不像我们日后看到的那样合而为一。鲁迅对于美、日学者关于中国国民性的言论，并不是完全接受的，而且他的接受的角度，即他进入/使用国民性话语的路径与我们之前理解的是有一定的偏差的。

不可否认，鲁迅对于国民性话语的关注也与当时中国的民族危机相关

---

① 鲁迅：《文化偏至论》，《鲁迅全集》第 1 卷，人民文学出版社 2005 年版，第 56 页。

② 杨联芬：《晚清至五四：中国文学现代性的发生》，北京大学出版社 2003 年版，第166 页。

联。他在《文化偏至论》里对于超人的期待中，显然包含了民族主义的话语动因。"近百年以来，严复译《天演论》申物竞天择之义，鲁迅作《斯巴达之魂》力图改变国民的精神，都是以忧患深重的'危言'作为立论的前提的。"① 同时，鲁迅也对于进化论话语持肯定的态度。"鲁迅对于进化论的理解实际上也是循着'进化就是进步'的思路进行的。其典型的文本是《人之历史》和《科学史教篇》。"② 鲁迅也部分接受了世界结构中中国所处的落后位置，并将中国放置在新/旧的坐标中去思考中国的出路问题。许寿裳的《回忆鲁迅》中说："有一天，谈到历史上中国人的生命太不值钱，尤其是做异族奴隶的时候，我们相对凄然。从此以后，我们就更加接近，见面时每每谈中国民族性的缺点。因为身在异国，刺激多端。"③ 这"身在异国，刺激多端"的言说从另外一方面证明了鲁迅国民性思考中的民族主义成分。

但显然，鲁迅对于种族的等级是拒绝接受的。需要注意的是，章太炎就认为中国与西方之间种族是平等的，白种人与黄种人一样有德性和智慧，"皆为有德慧术智之氓"④，虽然他认为亚洲、欧洲、非洲都存在夷狄，但他对于中国人的种族的平等地位的认识并不受西方种族话语影响，从留日时期鲁迅同章太炎一度过从甚密看，章太炎的这一看法对鲁迅可能是有一定影响的。鲁迅在《破恶声论》中，对于"惟援甲兵剑戟之精锐，获地杀人之众多，喋喋为宗国辉光"的观点是持批判态度的："则孤尊自国，蔑视异方，执进化留良之言，攻小弱以逞欲，非混一寰宇，异种悉为其臣仆不慊也。"⑤ 可以说，鲁迅对于进化论话语中的殖民主义意味并非没有认识，虽然在文本中鲁迅是在批判民族主义中的"兽性的爱国"，但其对于"执进化留良之言，攻小弱以逞欲"的批判，恰恰体现出了鲁迅对于话语权力的深刻而超前的洞察。如果说，中国的国民性话语源流来自

① 胡河清：《胡河清文集》（下），安徽教育出版社 2014 年版，第 464 页。

② 刘春勇：《多疑鲁迅：鲁迅世界中主体生成困境之研究》，中国传媒大学出版社 2009 年版，第 56 页。

③ 许寿裳：《回忆鲁迅》，《新华日报》1944 年 10 月 25 日。

④ 章太炎：《訄书·原人第十一》，《章太炎全集》（三），上海人民出版社 1985 年版，第 21 页。

⑤ 鲁迅：《破恶声论》，《鲁迅全集》第 8 卷，人民文学出版社 2005 年版，第 33—35 页。

西方的进化、种族话语，鲁迅与国民性话语的联系中却并不包括对于这一话语建立他者世界作用的响应。留日时期的鲁迅的国民性话语构成中剔除了种族主义的成分。但这也并不是说鲁迅在这一时期的国民性思考是拒绝国族概念的。杨义对于鲁迅"外之既不后于世界之思潮，内之仍弗失固有之血脉"有深刻的解释："'不后于'可以理解为与世界思潮接轨或同步，也可以理解为不为世界思潮之后而亦步亦趋。关键在于那个'取'字，强调具有主体性而非流于奴才性的择取。"①

据许寿裳回忆，鲁迅在弘文学院时期（1902—1903 年）经常探讨的三个问题为：一、怎样才是最理想的人性？二、中国国民性中最缺乏的是什么？三、它的病根何在？② 鲁迅对于后两个问题给出了答案：中国人缺乏诚与爱，病根在于两次异族压迫。

第一个问题的提出方式是典型的鲁迅式的，他关注国民性从一开始就是从"人性"的普遍性层面把握的，"理想的人性"的问题，鲁迅没有给出答案，但他对于问题的提出方式，却已经超越了当时的国民性话语。"'理想人性'无论作为一个模糊的概念、朦胧的意象，还是一种形而上的生命意向，它都远远超出了家族乃至民族与国家的命运。尽管它只是一个非常抽象的东西，可能还空无内容，但它使鲁迅占据了一个精神制高点，并且在他对人性、文化和历史的观照中，预示了一种潜在的意向性深度。"③ 也就是说，鲁迅提出和进入的问题，不仅仅停留在"此时"的民族和社会的问题（但这是他提出问题的触发点），而是在更高维度、更具哲学性和永恒价值的层面对"人"进行深思。

竹内好对于鲁迅的认知方式有过如此观点："鲁迅在他的性格气质上所把握到的东西，是非宗教的，甚至是反宗教的，但他把握的方式却是宗教的。"④ 他对鲁迅把握事物方式的分析对笔者认识这一问题有启发性。那就是，鲁迅对于文化的人类普适性的认知不成为问题的原因就在于鲁迅

---

① 杨义：《鲁迅与中国文化的现代启示》，《文学评论》2006 年第 5 期。

② 许寿裳：《亡友鲁迅印象记》，《诗人　斗士　预言家——许寿裳谈鲁迅》，东方出版社2008 年版，第 180 页。

③ 徐麟：《鲁迅：在言说与生存的边缘》，山东文艺出版社1997 年版，第 15 页。

④ ［日］竹内好：《近代的超克》，李冬木、赵京华、孙歌译，生活·读书·新知三联书店2005 年版，第 8 页。

对事物把握方式的"宗教性"，笔者将之理解为鲁迅对于世界的哲学的、生命的以及存在意义层面的体认。这种认知方式给他提供了哲学层面的人类的整体化图景，即哲学意义上的人类共通性，这样的把握方式融通了西方的话语，使之内化为自己的知识结构。有论者即曾指出鲁迅的人类观中有"哲学的无政府主义"[①] 倾向。也就是说，他更倾向于站在人、生命这样的角度去思考世界和人类，这种对于世界的把握方式使他在接受西方话语的时候摒弃了社会、文化相异层面的顾虑。所以他的《破恶声论》中会有这样的表述："凡有危邦，咸与扶掖，先起友国，次及其他，令人间世，自繇具足，眈眈皙种，失其臣奴。"[②] 这样的表述与他之后所写的"度尽劫波兄弟在，相逢一笑泯恩仇"的人类胸怀是相通的。

这种人类情怀在鲁迅那里是一以贯之的。鲁迅在《一个青年的梦·译者序》中说："我对于'人人都是人类的相待，不是国家的相待，才得永久和平，但非从民众觉醒不可'，这意思，极以为然。而且也相信将来总要做到。现在国家这个东西，虽然依旧存在；但人的真性，却一天比一天的流露。"[③] 鲁迅这里所用的"人的真性"正是在一种"人类主义"的眼光中体现出来的对于"真的人"的呼求。而紧接着的对于中国国民性的自省，则是从"人"的视角进行的自我批评。同一文本中依然有如此言说：

> 昨天下午，孙伏园对我说："可以做点东西。"我说，"文章是做不出了。《一个青年的梦》却很可以翻译。但当这时候，不很相宜，两面正在交恶，怕未必有人高兴看。"晚上点了灯，看见书脊上的金字，想起日间的话，忽然对于自己的根性有点怀疑，觉得恐怖，觉得羞耻。人不该这样做，——我便动手翻译了。[④]

---

① 参见孟庆澍《自性与中迷——理解青年鲁迅的两个关键词》，《鲁迅研究月刊》2005年第9期。孟庆澍认为，"兼具庄老、佛学、尼采、叔本华背景的鲁迅，由于处在东西方个人主义的交汇点，因而早早地成为了哲学的无政府主义者"。但他同时也指出，鲁迅仅仅是哲学意义上的无政府主义者，也即是说，他更多地是从"自性"的有无来判断国家、政府的价值。

② 鲁迅：《破恶声论》，《鲁迅全集》第8卷，人民文学出版社2005年版，第36页。

③ 鲁迅：《一个青年的梦·译者序》，《鲁迅全集》第10卷，人民文学出版社2005年版，第209页。

④ 鲁迅：《一个青年的梦·译者序》，《鲁迅全集》第10卷，人民文学出版社2005年版，第210页。

由此依然可见鲁迅对国民性话语接受中的人类情怀，这种认知和把握的方式尤其体现在鲁迅翻译作品的选择以及翻译方式的选择等方面，正是在这种不同文化对接的地方，鲁迅话语的本质才展露无遗："译笔下流露出超阶级、跨国界的总基调，有着强烈的全人类关怀和生命本位意识。……这种对于生命解放的冲动，和生命哲学的整体观照正烛照了现代性的起源。"①

所以说，鲁迅身处当时国民性话语的语境之中，但他对此的接受却有着自身的特点：一方面摆脱了种族主义，一方面进入"个体"，一方面仍旧有国族性。也就是说，鲁迅对国民性话语的接受中，存在着民族主义的成分，以"立人"而"立国"就是在民族主义的框架之下进行言说的；但相对于晚清国民论述的"民"隶属于"国"，鲁迅却是将"民"与"国"并举的，鲁迅的"立人"是非常纯粹的生命本位的。许寿裳所提及的三个问题中隐藏着鲁迅国民性话语生成过程中的各种历史关系。其中暗示着鲁迅国民性话语的逻辑关系：哲学层面的人性体察与民族主义的话语动因纠结在一起，呈现了鲁迅在西方理性文明、中国落后状态、知识分子身份与生命本位的价值诉求之间的关系。

（二）鲁迅国民性话语的价值尺度与准则

事实上，鲁迅对于外在事物的人类性的、人性的把握方式使他从一开始就显现出与其他启蒙者的差异性。虽然他早期的文章有很明显的时代话语的痕迹，也明显受到当时主流观念的影响，但他对国民性话语的接受和运用已然显示出明显的异质性。

鲁迅的改造国民性的"首在立人，人立而后凡事举"，将"立人"放置在中心地位，这并没有将他与其他启蒙者区别开来，这是当时的主流话语，或者说是一种共同性话语。而真正将他独立出来的，是他的"如何立人"。鲁迅提出了一系列的"自性""我性""个人""己"等概念，以表述他的"立人"主张。正是对世界的基于"人"的把握，使鲁迅获得了在众多的话语中坚守自己的判断和言说的立场。

鲁迅的"个人主义"吸收了施蒂纳、尼采、克尔凯郭尔"新神思宗"

---

① 姜异新：《翻译自主与现代性自觉——以北京时期的鲁迅为例》，《鲁迅研究月刊》2012年第3期。

而来，诚如上文所说，鲁迅的"个人主义"中内含着"哲学的无政府主义"倾向，但又是拒绝"世界人"的，是在"国人之自觉至，个性张，沙聚之邦，由是转为人国"① 以及"声发自心，朕归于我，而人始自有己；人各有己，而群之大觉近矣"② 的民族主义目标下阐释的。但在《破恶声论》中鲁迅对于"国民""世界人"的概念都予以了批驳："聚今人之所张主，理而察之，假名之曰类，则其为类之大较二：一曰汝其为国民，一曰汝其为世界人。"③ 前者"国民"与民族主义相关，后者"世界人"则带有无政府主义倾向。这就提出了一个问题：鲁迅的"个人主义"既有无政府主义的自由个体的影子，同时也与民族主义密切相关，鲁迅为何又对二者都采取了批判的态度呢？

问题的根柢在于，鲁迅的"个人主义""民族主义"都是在文化的、哲学的层面上，甚至，我们用"主义"这样的词语来阐释鲁迅的时候，就已经是对鲁迅本意的背叛。鲁迅的国民性话语恰恰是弃绝"主义"的。也就是说，鲁迅并不是以某种"主义"的或者说"真理"的实体的形式来阐释国民性话语，他的话语呈现出来的绝非知识，而是以哲学的方式把握到的某种"精神"。所以鲁迅说"去其偏颇，得其神明"④。"神明""神思"即体现为超越具体的"个人""超人"的能动的力量。郜元宝的《鲁迅六讲》里说："他强调的始终不是什么国民性，而是'精神'。……在鲁迅，'国民性批判'只是一种值得借鉴的现象描述法，而要深入透视这些现象，就必须触及隐藏在国民性现象背后的中国人的'根性'与'心'。""在鲁迅，'国民性'是从别人那里接过来的话题和谈论这一话题的方法，他自己更关心、更常用的则是'心'、'人心'诸概念。"⑤ 郜元宝的这一论述的确把握到了鲁迅的"国民性话语"的灵魂性特质及其超越于语境之处。

正是这样的判断，使鲁迅作为国民性话语言说的代表人物，"因其个人的独特风格而获得了很大的历史影响，但在整个中国近现代启蒙运动

---

① 鲁迅：《文化偏至论》，《鲁迅全集》第 1 卷，人民文学出版社 2005 年版，第 57 页。
② 鲁迅：《破恶声论》，《鲁迅全集》第 8 卷，人民文学出版社 2005 年版，第 26 页。
③ 鲁迅：《破恶声论》，《鲁迅全集》第 8 卷，人民文学出版社 2005 年版，第 28 页。
④ 鲁迅：《文化偏至论》，《鲁迅全集》第 1 卷，人民文学出版社 2005 年版，第 57 页。
⑤ 郜元宝：《鲁迅六讲》，北京大学出版社 2007 年版，第 12 页。

中，他实际上只处于一种边缘状态"①。比较梁启超与鲁迅对于国民奴隶性的话语就可以看出鲁迅的着眼点是多么不同：梁启超认为国民奴隶性的根源在于"民智未开"，需要通过教育实现国民的觉醒；而鲁迅则直接将知识、教育这样外在赋予的东西抛开了，他的目标直指"主观之内面精神"②，也就是说，鲁迅将"人"从价值、道德等社会化概念之中剥离出来，还原了人的本质。

"五四"时期的国民性话语已经不完全是政治领域的话语，而是进入文化领域和思想领域，但其对于国民性改变的期待却依旧是对中国内部的政治力量的凝聚，而鲁迅的国民性话语的异质性也正是在这个切入的地方显现出来：鲁迅所关心的不是政治力量的唤醒，而是着眼于新的文化/秩序的价值本质，即，新的世界中，人本身的地位、人的独立性是否能够实现。从鲁迅提出"铁屋子"的对话中已经能够看到这种异质性。《〈呐喊〉自序》中"我"与"金心异"的对话实际上是在不同的话语层面上。"金心异"所说的毁坏"铁屋子"的希望是在社会的、历史的、政治的或者说革命的层面，但"我"却直指人的生命存在的本质以及生命个体的价值。这个文本的价值就在于，它暗示了鲁迅的国民性话语实践与"五四"新文化运动中的国民性话语实践是在相异的层次，却显出融合的、一致的指向：推翻"铁屋子"。

需要指出的一点是，国民性话语在"五四"话语场中具有明确的政治性目标，鲁迅的国民性批判也并非排斥政治性，此时鲁迅所从事的文学活动实质也是社会活动，甚至是政治活动的某种延伸，他的话语选择对社会性功用的强调自然是主要的。因此，鲁迅在对国民性话语的使用过程中，纠结着哲学层面的"个人"，而对于个人话语的使用，也内含着民族主义期待。鲁迅与其他启蒙者所不同的地方在于，从未放弃对于"个人"的纯粹性的追问。鲁迅的"立人"主张强调的不是统一，而是差异。只是，鲁迅的"立人"与"立国"是相统一的。但这种国民性话语的"个人主义"评判标准在话语的实践过程中所显示出来的悖论却成为鲁迅话语中的多重复调，也成为鲁迅的悲剧性根源，即，鲁迅的一切努力都指向

① 徐麟：《鲁迅：在言说与生存的边缘》，山东文艺出版社1997年版，第14页。
② 鲁迅：《文化偏至论》，《鲁迅全集》第1卷，人民文学出版社2005年版，第54页。

一个明确的价值标准，那就是社会、民族，而不是个人。这种精神、价值悖论也完全可以从他的话语实践的痕迹中找到，即，鲁迅的话语模式呈现为：一边批判"民族""国家"这样的以"群"的形式存在的概念，号召"个"的可贵性，一边又以必然的论证得出这样的结论——若不如此，国将不国。鲁迅的文本反复出现这样的句式：

> 中国历来就独多民气论者，到现在还如此。如果长此不改，"再而衰，三而竭"，将来会连辩诬的精力也没有了。①
>
> 我的话已经说完，去年说的，今年还适用，恐怕明年也还适用。但我诚恳地希望他不至于用到十年二十年之后，倘这样，中国可就要完了。②

诚如丸尾常喜在《"人"与"鬼"的纠葛——鲁迅小说论析》中所说："鲁迅以新文学者身份登场……这一时期鲁迅的评论中，潜藏着他留学时代的英雄主义姿态，同时'人类'一词反复出现。前者是由辛亥革命后体验到的苦痛与沉潜所致，后者是因为第一次世界大战前后世界各地涌起的'人道主义'潮流与'人性'的具体表露，更加使他确信'人类''人道'的存在。在这里，我们可以看到鲁迅既是民族主义者，又是人类主义者和世界主义者。"③

（三）鲁迅国民性话语的本质：反省与自我批评机制

虽然关注国民性问题，但留日时期鲁迅的文章中并未直接言及国民性问题。而在"五四"时期，鲁迅成为最激烈的国民性批判者。一个重要的问题需要解决，那就是，鲁迅是否真的是以"翻译的国民性"而成为中国新文学的"总设计师"的？或者如冯骥才所说，"鲁迅的国民性批判来源于西方人的东方观"，而鲁迅却"没有看到西方人的国民性分析里所埋伏着的西方霸权话语"④。这一问题依旧有待于分析。他们虽然是在话

---

① 鲁迅：《忽然想到（十）》，《鲁迅全集》第3卷，人民文学出版社2005年版，第96页。

② 鲁迅：《"公理"之所在》，《鲁迅全集》第3卷，人民文学出版社2005年版，第514页。

③ ［日］丸尾常喜：《"人"与"鬼"的纠葛——鲁迅小说论析》，人民文学出版社1995年版，第5页。

④ 冯骥才：《鲁迅的功和"过"》，《收获》2000年第2期。

语范畴发现了鲁迅国民性话语中的西方因素，但却依旧局限于鲁迅国民性话语的内容，或者说知识层面。而事实是，鲁迅的国民性话语的本质却是要建构一种文化中的反省机制。

需要指出的非常重要的一点是，鲁迅对于国民性话语的接受和理解，并不在知识层面。西方话语对于鲁迅绝不是知识输入，而是给他带来了近似话语策略方面的启示。也就是说，鲁迅对于国民性话语的接受更接近于一个话语的"框架""支点"，或者说形式、方法，其主要的目的并非按照西方的中国想象来描述中国人，而是以此引进一种"反诸己"① 的自我批评、自我反省的机制，以此获得自身的更新和成长。

如果我们把鲁迅论及关于中国国民性的书时所采取的话语方式提炼出来，就会发现鲁迅对国民性的话语的指向：

①他似乎很相信 Smith 的 *Chinese Characteristies*，常常引为典据。这书在他们，十年前就有译本，叫作《支那人气质》；但支那人的我们却不大有人留心它。

我们试来博观和内省，便可知道这话并不过于刻毒。②

②然而洗刷了这一点，并不足证明中国人是正经的国民。要得结论，还很费周折罢。可是中国人偏不肯研究自己。③

③我至今还在希望有人译出史密斯的《支那人气质》来。看了这些，而自省，分析，明白那几点说得对，变革，挣扎，自做工夫，却不求别人的原谅和称赞，来证明究竟怎样的是中国人。④

鲁迅对于国民性的批判往往着眼于中国人的"瞒和骗"，这样的陈述也说明了鲁迅的国民性话语的本质是对不肯"反诸己"的心理结构的批判：

---

① 鲁迅：《破恶声论》，《鲁迅全集》第 8 卷，人民文学出版社 2005 年版，第 35 页。
② 鲁迅：《马上支日记》，《鲁迅全集》第 3 卷，人民文学出版社 2005 年版，第 344 页。
③ 鲁迅：《马上支日记》，《鲁迅全集》第 3 卷，人民文学出版社 2005 年版，第 349 页。
④ 鲁迅：《立此存照（三）》，《鲁迅全集》第 6 卷，人民文学出版社 2005 年版，第 649 页。

　　我将鼓吹改奴隶二字为"弩理"，或是"努礼"，使大家可以永远放心打盹儿，不必再愁什么了。但好在似乎也并没有什么人愁着，爆竹毕毕剥剥地都祀过财神了。①

　　中国人的不敢正视各方面，用瞒和骗，造出奇妙的逃路来，而自以为正路。在这路上，就证明着国民性的怯弱，懒惰，而又巧滑。一天一天的满足着，一天一天的堕落着，却又觉得自见其光荣。②

　　汪晖即有过猜测说："鲁迅对于民族主义、世界主义的双重否定，这种否定形式是否才是最重要的内容？经由否定建立'独具我见之士'。"③自我批评话语的引进，才是鲁迅国民性话语的真正核心。这在他最早提及国民性的文章《摩罗诗力说》中已有体现："意者欲扬宗邦之真大，首在审己，亦必知人，比较既周，爰生自觉。"④

　　郜元宝谈到鲁迅的翻译问题时说："中国人向西方和别国学习，目的是要得到一种认清自己的'自觉'，'自觉'是鲁迅'立人'思想的一个主要内容。并非实用主义地直接拿别人的东西来用，而是通过了解别国人内心的想法，促使自己内心发生一种自觉——这个翻译的过程，被鲁迅高度概括为'煮自己的肉'。"⑤郜元宝的这一观点极其准确地抓住了鲁迅作为一个言说主体与其所处的话语场的关系，即，鲁迅对于西方话语的接受中存在着一个抵抗和融通的对话过程，也即通过"审己""知人"而达到"自觉"的这一过程中，是以自身与外在于自身的价值观念相遇，通过一种自我否定和自我批评的方式，来生成新的自己。正是这样的出发点和认知方式决定了鲁迅的"反诸己"，不管是对自我的内省，还是对民族的自我批评。鲁迅对国民性话语的接受并不是简单"拿来"，或者"翻译"，而是从普世的"人"出发，对于自身的剖析和忏罪。所以他会说："我从

---

　　①　鲁迅：《咬文嚼字》，《鲁迅全集》第 3 卷，人民文学出版社 2005 年版，第 10 页。

　　②　鲁迅：《论睁了眼看》，《鲁迅全集》第 1 卷，人民文学出版社 2005 年版，第 254 页。

　　③　汪晖：《声之善恶：什么是启蒙？——重读鲁迅〈破恶声论〉》，《开放时代》2010 年第 10 期。

　　④　鲁迅：《摩罗诗力说》，《鲁迅全集》第 1 卷，人民文学出版社 2005 年版，第 67 页。

　　⑤　郜元宝：《从舍身到身受》，《鲁迅研究月刊》2004 年第 4 期。

别国里窃得火来，本意却在煮自己的肉的。"① 而他的国民性话语正是在这一个层面上进行的。

与留日时期从正面树立"新的"国民性格有所不同，"五四"时期的鲁迅不再正面弘扬"个人主义"，而是开始否定式的、批判性的话语模式，因为此时的鲁迅经历了回国后的碰壁，经历了辛亥革命的失败，经历了漫长的绍兴会馆的"蛰伏"时期，他对于当时中国现状的认知更加深刻，国民性话语已经与他的关于中国社会的"知识前结构"发生了共鸣，成为相互激发的认知结构。他把握到的中国形象即那个著名的"铁屋子"，无法打破的、顽固存在的文化结构和人格心理，其核心是一成不变和缺乏自省。鲁迅的国民性批判正是以否定式的话语模式展开的对于"铁屋子"的打破。

自我反省机制是鲁迅国民性话语的核心。从他以新文学者的身份踏进国民性话语场域中，就在《狂人日记》中明确了这一"罪的自觉"。狂人对于"自己也吃人"的发现，正是自我批判的话语模式的雏形。

而鲁迅的自我批评的话语模式却不局限于批判本身，它最终仍旧是指向建构的。鲁迅在提及史密斯的《支那人气质》时便明确说了他的国民性话语的目的："来证明究竟怎样的是中国人。"②"证明"二字何其重要，这正与他的"民族的脊梁"说互为表里，是出于最终的人性的催生目的。

（四）双重抵抗：鲁迅国民性话语的反话语权力性质

在《文化偏至论》中，鲁迅就已经指出："古之临民者，一独夫也；由今之道，且顿变为千万无赖之尤，民不堪命矣，与兴国究何与焉？"③ 在《破恶声论》中，这一观点更进了一步，"以独制众者古，而众或反离，以众虐独者今，而不许其抵拒"④，这正是鲁迅对中国儒教世界的整体性把握：奴隶与奴隶主没有分别。"五四"之后，鲁迅对此是这样说的："我觉得革命以前，我是做奴隶；革命以后不多久，就受了奴隶的

① 鲁迅：《"硬译"与"文学的阶级性"》，《鲁迅全集》第4卷，人民文学出版社2005年版，第214页。

② 鲁迅：《立此存照（三）》，《鲁迅全集》第6卷，人民文学出版社2005年版，第649页。

③ 鲁迅：《文化偏至论》，《鲁迅全集》第1卷，人民文学出版社2005年版，第47页。

④ 鲁迅：《破恶声论》，《鲁迅全集》第8卷，人民文学出版社2005年版，第28页。

骗，变成他们的奴隶了。"① 这种体认已经将他从当时的国民性话语中超拔出来。鲁迅对于国民的奴隶性的判断看上去与近代的国民性批判源流并无不同，但鲁迅的言说实质已经进入对双重话语的抵抗：国民的奴隶性批判指向传统文化结构对人的束缚的批判；而奴隶变身为奴隶主，则是对新的知识话语权力的批判。这样的认识，也是他与当时国民性话语语境偏离的表现。也就是说，不论是在晚清国民性话语中，还是在"五四"国民性批判之中，"国民"被塑造成国家的主体，而这一话语的制造者——知识分子话语生产的主体地位和优越性，已经被鲁迅勘破。

《〈呐喊〉自序》中"幻灯片事件"的话语生产机制就很明白了，鲁迅将中国人被杀头这样的身体惩罚的规训形式转换成了麻木的"看与被看"的模式。而这种看的麻木正是对于规训的不知情。他的国民性批判正是从这里出发，他以"精神"的疗救为目的展开他的话语，也正说明，鲁迅的国民性话语针对的是国民自身"精神被规训"的无知这一层面。"铁屋子"叙事中的"昏睡"状态也正是明证。这正是所谓"做稳了奴隶"。唤醒他们，改变他们对于自身被规训的无知状态，也就是将他们从话语的权力中解救出来，使之摆脱奴隶地位而成为真的人，是"不和众嚣，独具我见之士"②。

所以，鲁迅虽然是对国民性批判最为激烈的一个，但具体到鲁迅的话语内部，其往往又与国民性话语有着不同的指向，其中之一就是鲁迅批判国民性的矛头不仅指向传统文化结构对于人性的戕害，也同时指向现代话语对人的再次禁锢。可以说，鲁迅的国民性话语的实质是反话语，即，揭开传统话语的实践和作用机制，同时怀疑现代话语对人的权力实施。鲁迅对于知识的话语权力认知是非常深刻的。他论及传统文化以"恩"的纲常置换和扭曲"爱"的天性时曾说："便在中国，只要心思纯白，未曾经过'圣人之徒'作践的人，也都自然而然的能发现这一种天性。"③ 鲁迅在《破恶声论》中说中国古代的文化"世未见有其匹"，但是"顾民生多

① 鲁迅：《忽然想到（三）》，《鲁迅全集》第 3 卷，人民文学出版社 2005 年版，第 16 页。

② 鲁迅：《破恶声论》，《鲁迅全集》第 8 卷，人民文学出版社 2005 年版，第 27 页。

③ 鲁迅：《我们现在怎样做父亲》，《鲁迅全集》第 1 卷，人民文学出版社 2005 年版，第 138、140 页。

艰，是性日薄，洎夫今，乃仅能见诸古人之记录，与气禀未失之农人；求之于士大夫，戛戛乎难得矣。"① 也正是指向传统话语的权力对于人的摧残。

《采薇》正是这样一个以"道德""仁义"等传统话语的虚伪摧残"人的生存"的文本。在这里，竹内好的鲁迅阐释仍然会对我们有所帮助。竹内好赞同李长之所说的，鲁迅的思想并没有超出"人得要生存"这种生物学观念。② 事实上，鲁迅最早接受进化论也正是基于生物学的"生存"角度，在这一层次上，鲁迅的国民性话语接受也是出于"生存"的目的，包括个人的生存以及民族的生存。他将批判的矛头指向对于生存本身有阻碍作用的诸多概念形式，正是对传统话语权力的反抗。鲁迅在《北京通信》里说，"我之所谓生存，并不是苟活"，他以"北京的第一监狱"为"人的苟活的理想乡"，以此比喻"古训"，认为将人从苟活中解救出来，就是从牢狱里引出来。③ 这里所谓的"监狱"，也正是"铁屋子"的变形，其实质正是对人成为真正生存的"人"的阻碍。这一比喻方式甚至与几十年后的福柯有神交的地方。鲁迅所谓的"古训"对于人的规训作用，正是日后福柯理论中的监狱对人的规训作用。

其实，鲁迅早在《破恶声论》中即已表现出非同一般的判断力。对于"恶声"的破除正是对于话语权力的抵抗。鲁迅在《破恶声论》中说："众倡言自由，而自由之蕉萃孤虚实莫甚焉！"同时又说："聚今人之所张主，理而察之，假名之曰类，则其为类之大较二：一曰汝其为国民，一曰汝其为世界人。"④ 这正是鲁迅对于概念性的话语本身的抵抗：拒绝所谓"民主""自由""国民""世界人"的噱头对人的再次异化。因为，"在他看来，现代社会不过是一个新的独裁形式：大众的独裁，媒体的独裁，舆论的独裁，即与独夫专制不同但更为专制更为严密的大众专制"⑤。其

---

① 鲁迅：《破恶声论》，《鲁迅全集》第 8 卷，人民文学出版社 2005 年版，第 29 页。

② ［日］竹内好：《近代的超克》，李冬木、赵京华、孙歌译，生活·读书·新知三联书店 2005 年版，第 7 页。

③ 鲁迅：《北京通信》，《鲁迅全集》第 3 卷，人民文学出版社 2005 年版，第 54—55 页。

④ 鲁迅：《破恶声论》，《鲁迅全集》第 8 卷，人民文学出版社 2005 年版，第 28 页。

⑤ 汪晖：《声之善恶：什么是启蒙？——重读鲁迅〈破恶声论〉》，《开放时代》2010 年第 10 期。

实质正是对于话语权力的质疑。鲁迅对于"绅士""正人君子""导师""前辈"，以及"真理""正义""公德"这样的"名目"的强烈反对也正是从这一层面出发的："但我又知道人们怎样用了公理正义的美名，正人君子的徽号，温良敦厚的假脸，流言公论的武器，吞吐曲折的文字，行私利己，使无刀无笔的弱者不得喘息。"① 《铸剑》中也借黑衣人来表达他对于这一类"概念"的弃绝："仗义，同情，那些东西，先前曾经干净过，现在却都成了放鬼债的资本。"②

鲁迅超越于语境及其他人的地方正在于，他对于启蒙者本身的话语生产者地位的认知和抵抗。所以说，鲁迅的启蒙怀疑论是不成立的，鲁迅不但不怀疑启蒙，反而因为坚持"双重的启蒙"而呈现出反启蒙的面貌。

另外，即便是从人类性的层面对西方话语进行把握，鲁迅对于西方话语中中国的被"对象化"也是深有认知的。《未来的光荣》里，鲁迅这样说："我们要觉悟着被描写，还要觉悟着被描写的光荣还要多起来，还要觉悟着将来会有人以有这样的事为有趣。"③ 郜元宝认为这一警告"包含了鲁迅对现代中国文化内在危机的体认"，"强烈的危机意识浓缩在'被描写'三字中"。④

所以我们能够发现，鲁迅的国民性话语绝非对于西方话语的翻译，鲁迅一度经过对民族文化血脉的回溯而完成了与西方文化、话语的对话。鲁迅在《文化偏至论》时期有如此观点："此所为明哲之士，必洞达世界之大势，权衡较量，去其偏颇，得其神明，施之国中，翕合无间。外之既不后于世界之思潮，内之仍弗失固有之血脉。"⑤ 这种自身文化主体性的坚持其实是贯穿了鲁迅的整个文化实践的。这正是以自身的文化血脉与西方文化的对话和对抗。也就是说，"西方"对于鲁迅来说，并不是简单拿来的对象，而是有选择和扬弃的；"传统"也不是完全否定的，而是要在对西方的抵抗、对话、接受、融合中形成的新的文化传统。一个很明晰的阶

① 鲁迅：《我还不能"带住"》，《鲁迅全集》第 3 卷，人民文学出版社 2005 年版，第 260 页。

② 鲁迅：《铸剑》，《鲁迅全集》第 2 卷，人民文学出版社 2005 年版，第 440 页。

③ 鲁迅：《未来的光荣》，《鲁迅全集》第 5 卷，人民文学出版社 2005 年版，第 444 页。

④ 郜元宝：《鲁迅六讲》，北京大学出版社 2007 年版，第 131—132 页。

⑤ 鲁迅：《文化偏至论》，《鲁迅全集》第 1 卷，人民文学出版社 2005 年版，第 57 页。

段，正是在北京的"蛰伏"时期，笔者不认为鲁迅这段"蛰伏"是沉默的，这段时间完成了鲁迅自身文化结构的重新组合，这种文化、知识结构的重组之后，才发生了竹内好所说的鲁迅的"回心"①。这一"沉默"期，鲁迅曾说是"沉入于国民中，回到古代去"，这里的"国民"并不是他日后着力批判的"懒洋洋的踱出"②的国民，而是越文化中的刚健的国民。"回到古代"，"沉入于国民"，正是一场看上去波澜不惊，其实质却波澜壮阔的文化的对话。国民性话语经由这种对话（抵抗）而获得新的意义。这种抵抗是确实存在的，也正是这个过程，驱除了鲁迅话语的"翻译"色彩，而生成了真正的鲁迅。本章的第二节，会在这个问题上延续。

## 第二节 "回心"、个人性话语的参与和"元鲁迅"的产生

纵使众多的研究纷纷指向鲁迅国民性话语，但鲁迅话语的内质，却依旧是个人性的。这不仅仅体现在国民性话语中无处不在的个人的影子，还包括，个人性话语对于国民性话语（社会性话语）的双向作用力：支撑和颠覆。简单地说，鲁迅的个人生命体验中形成了对于世界的原初认知，这一认知会以理解"前结构"的形式进入鲁迅的认知系统之中，成为鲁迅话语中的非知识性的构成。比如他的"铁屋子"构形中就深藏着个人性的体验，这一体验支撑了他的国民性话语的形构。同时，他的个体生命意识也以异质性的力量解构着他的社会性话语。这就使他的话语系统出现了"众声喧哗"的效果。

上一节从历史、认知层面上梳理了鲁迅国民性话语的发生，那么，这一节，笔者试图进入鲁迅个人的生命体验，对鲁迅个人性话语做发生学的解释。从鲁迅的话语系统出发，笔者认为，"元鲁迅"是存在的，他的生命中确实存在着一个"发生"的时期。鲁迅从参与新文化运动伊始，就

---

① 竹内好以"回心"这个词来说明鲁迅的觉醒和转变。参见［日］竹内好《近代的超克》，李冬木、赵京华、孙歌译，生活·读书·新知三联书店2005年版，第119页。

② 鲁迅：《头发的故事》，《鲁迅全集》第1卷，人民文学出版社2005年版，第484页。

拿出了一套非常成熟而独立的话语。但从周树人到鲁迅，却并不是一蹴而就的，鲁迅的诞生经过了漫长的准备期，知识结构、个人经验、生命体认，众多的要素经过相互作用和积淀之后，鲁迅才逐渐获得了他的根本的"属性"。这个"元鲁迅"的问题，笔者认为涉及这样一些方面：在"鲁迅"以强势的文化符号出现之前，这个文化形象的载体是如何存在的？鲁迅在新文化运动中进行自我表述的时候，他的这套话语是如何形成的？其来自学养背景、经历体验的认知和精神的构成是怎样的？对于鲁迅的"来处"的追问，会与第一节对其文化背景的探讨形成互补。竹内好认为鲁迅的生命中存在着一个"回心"的时刻，他认为这一时刻，是鲁迅的骨骼形成时期。笔者想要做的工作，就是还原这一个人性话语的发生契机和过程。

李欧梵在《铁屋中的呐喊》中曾指出鲁迅话语中的"内在的声音"：

> 在他的意识中似乎存在着"公众"与"私自"两种领域的不断交叉。因此，在他笔下，外部的现实极少是"客观地"描写或评论出来的。相反，总是由一种根植于苦恼心理的高度"主观的"感受折射出来。①

李欧梵对于鲁迅的"内在的声音"的敏锐洞察也证明了一个事实，那就是鲁迅话语中的个人因素。而鲁迅自己也说："我早有点知道，我是大概以自己为主的，所谈的道理是'我以为'的道理，所记的情状是'我以为'的情状。"② 忽略掉鲁迅这一言说的语境，事实上，鲁迅的话语建构中，国民性话语最终都是被纳入个人话语体系中的。典型的例证就是鲁迅的自序，里面暗藏着鲁迅话语的多重层次的交接契机：《〈呐喊〉自序》中，"五四"的宏大叙事完全被纳入个人精神史；《坟》《华盖集》这样激烈的国民性批判的文集最终被归为"生命的一部分""陈迹""生活的余痕""丘陇中曾经活过的躯壳"，③"辗转而生活于

---

① ［美］李欧梵：《铁屋中的呐喊》，尹慧珉译，河北教育出版社2002年版，第111页。
② 鲁迅：《新的蔷薇》，《鲁迅全集》第3卷，人民文学出版社2005年版，第291页。
③ 鲁迅：《写在〈坟〉后面》，《鲁迅全集》第1卷，人民文学出版社2005年版，第298—304页。

风沙中的瘢痕"①。如果从鲁迅的序言作品中去寻找他的话语的根源，往往会得到这样的表述：

> 我在年青时候也曾经做过许多梦……而我偏苦于不能全忘却，这不能全忘的一部分，到现在便成了《呐喊》的来由。②
>
> 在我自己，还有一点小意义，就是这总算是生活的一部分的痕迹。③
>
> 我的生命，至少是一部分生命，已经耗费在写这些无聊的东西中……这是我辗转而生活于风沙中的瘢痕。④

鲁迅作品的自序中，大都可以看到这一倾向，即，国民性话语统统被纳入个人话语之中。宏大的社会性的话语建构中，一种个人性的、对于个体生命存在的持续关注成为明显的异质力量。这与鲁迅早期极力倡导的"朕归于我""以己为中枢"的个人性观念是一致的，而这也正是上节论及的，鲁迅国民性话语的价值尺度和标准：个人的价值获致。因此，鲁迅的个人经验、个人的主体诉求、生命意志与文本之间的连接关系成为鲁迅话语建构的重要层面。甚至在某些方面，话语在个人性与社会性之间来回转换。二者的关系呈现出两种不同的向度：个人性话语支撑了国民性话语的形构，鲁迅的个人体验作为国民性话语的"非知识性"的认知结构参与国民性批判；另一方面，鲁迅个人的生命意志却解构了国民性话语，个人性话语的伦理的、主观的甚至情绪的陈述在国民性话语整体中造成了断裂和悖论。个人性话语如何成为鲁迅话语矛盾的承担者，正是问题的核心所在。所以笔者想要解决的问题是：鲁迅话语系统中个人话语的存在状态以及个人性的陈述所呈现出来的面貌和方式。问题包括：

（1）个人性话语与国民性话语的交接契机；

---

① 鲁迅：《〈华盖集〉题记》，《鲁迅全集》第3卷，人民文学出版社2005年版，第4—5页。

② 鲁迅：《〈呐喊〉自序》，《鲁迅全集》第1卷，人民文学出版社2005年版，第437页。

③ 鲁迅：《〈坟〉题记》，《鲁迅全集》第1卷，人民文学出版社2005年版，第4页。

④ 鲁迅：《〈华盖集〉题记》，《鲁迅全集》第3卷，人民文学出版社2005年版，第4—5页。

（2）"铁屋子"认知结构与"自省"意识的发生；

（3）成长的创伤：现代、传统与个人的困境；

（4）反抗：个人生命意志的生成。

这一节的目的，是试图通过对以上问题的探讨，还原个人性话语在鲁迅话语整体中的存在状态及其与国民性话语的交接方式。

### 一　屈辱：个人、民族与国民性批判

鲁迅的国民性话语与个人性话语之间的相互渗透和相互作用，成为鲁迅话语中一个不能越过的层次。在鲁迅的文本中，个人与国民性批判衔接的契机在《〈呐喊〉自序》中有很明确的交代，那就是一直作为鲁迅研究中的热点存在的关于"幻灯片事件"的陈述：

> 有一回，我竟在画片上忽然会见我久违的许多中国人了，一个绑在中间，许多站在左右，一样是强壮的体格，而显出麻木的神情。据解说，则绑着的是替俄国做了军事上的侦探，正要被日军砍下头颅来示众，而围着的便是来赏鉴这示众的盛举的人们。①

研究者们往往将《〈呐喊〉自序》中的"幻灯片事件"作为鲁迅弃医从文与启蒙行为开始的事件。毫无疑问，弃医从文不但是个人性行为，也同样是具有社会性和历史意义的"话语事件"。弃医从文构成了鲁迅个人性话语的一个非常重要的陈述。这一陈述中的关键性机制，便是"幻灯片事件"的话语建构。最早以文学的形式看待这一陈述的，是日本学者竹内好。竹内好提出了鲁迅第一次蛰伏期间的"回心"的问题：他认为鲁迅的骨骼生长在绍兴会馆时期，在这个晦暗不明的阶段，鲁迅的生命发生了质变。但竹内好拒绝承认《〈呐喊〉自序》中的"幻灯片事件"是鲁迅"回心"的契机，他认为这只是一次文学性的描述。他以共性的"屈辱"将这一事件与"找茬事件"放在一起，将它们统统看作鲁迅生成的坩埚中的一片铁片。笔者不打算纠结于"幻灯片事件"的真实与否的问题，它的真实或虚构都不重要，重要的是鲁迅在回顾自己的文学历程时

---

① 鲁迅：《〈呐喊〉自序》，《鲁迅全集》第 1 卷，人民文学出版社 2005 年版，第 438 页。

的话语选择和进入这种话语中的方式，即"幻灯片事件"是怎样被言说的。《〈呐喊〉自序》写作在《呐喊》结集的时候，所以其叙事有着解释说明性。如果我们越过这一文本真实与否的问题，从其话语本身进入对这一自序的接受和解释，那么我们可以看到鲁迅的言说策略和话语选择的侧重。

笔者赞同竹内好的鲁迅研究对于"幻灯片事件"的提问方式，但同时又有自己需要解决的问题，即鲁迅的"幻灯片事件"的话语建构中包含的一个绕不开的问题。不是这一事件真实与否，或者它对鲁迅的影响，而是暗藏着的鲁迅本身需要解决的问题，那就是：民族主义与国民性话语之间的衔接问题。民族意识不是让鲁迅发展成向外的对于外族的抨击，而是转变为对于本民族的自省的国民性批判。它们是在什么层面上获得了一致性和同构性？

鲁迅并不经常书写作为弱国子民在日本的遭遇，但联系郭沫若、郁达夫等人对于留日经历的回溯，我们不难想象，鲁迅曾经历过的被歧视的事件，一个可以作为佐证的文本即是《藤野先生》里的因为学业成绩而发生的"找茬事件"。而藤野先生在《谨忆周树人君》中的回忆也证实了这一点："周君来日本的时候正好是日清战争以后。尽管日清战争已过去多年，不幸的是那时社会上还有日本人把支那人骂为'梳辫子和尚'，说支那人坏话的风气。所以在仙台医学专门学校也有这么一伙人以白眼看待周君，把他当成异己。"[1] 周作人曾说"豫才在那个时代的思想我想差不多可以民族主义包括之"[2]。由鲁迅当时参加的一系列的社会活动以及《摩罗诗力说》《文化偏至论》等文章内容来看，日本时期的鲁迅是民族主义的，他的文学活动的触发点的确是当时中国的边缘性地位。但奇怪的就是，作为民族主义者的鲁迅在描述这场奇怪的以中国为战场的日俄战争中的中国人遭遇时，突出了"示众的材料和看客"，却有意无意地忘记了中国人被日本人砍头这一重似乎更加尖锐的对立，从而遮蔽了其中的民族矛

---

① ［日］藤野严九郎著、薛绥之主编：《谨忆周树人君》，《鲁迅生平史料汇编·第 2 辑》，林思云译，天津人民出版社 1982 年版，第 179—180 页。

② 周作人著、钟叔河编订：《关于鲁迅之二》，《周作人散文全集》第 7 卷，广西师范大学出版社 2009 年版，第 447 页。

盾和政治权力关系。通过这种有意识的话语的选择,鲁迅将"幻灯片事件"建构成了一次话语事件,将民族问题置换成了国民性问题。笔者要尝试提出并解决的问题是:民族主义话语与国民性话语通过什么获得一致?其内在的话语机制是什么?

其重要的话语形成机制正在于个人性生命体验在叙事中的参与和渗透。幻灯片事件的言说方式暗藏着鲁迅心里的秘密。竹内好认为这是一种屈辱感:"屈辱不是别的,正是他自身的屈辱。与其说是怜悯同胞,倒不如说是怜悯不能不去怜悯同胞的他自己。"① 事实上,正是这种屈辱感引领他的个人性体验强势介入了话语建构过程。如果我们能够细心一点,就能够想到,这样的处境,在鲁迅的少年期就已经经历过一次,那就是祖父入狱事件,这一事件中的祖父毋宁说正如被展览于人前的示众的材料,祖父被围观,因为血缘关系建立起来的"共同体",自己也是被围观的。鲁迅怜悯祖父,同时他也痛恨带给自己这种屈辱感的祖父和围观者。幻灯片事件正是往事的重演,只不过这一次,建立起"共同体"的是民族。这种刺痛之下的话语选择连通了鲁迅对待中国与对待祖父相通的复杂情感:爱、屈辱、尊严、怨恨的杂糅。《〈呐喊〉自序》的叙事走向是明显的由"家族"而"民族",家族的屈辱和民族的屈辱在鲁迅的身上连接起来。这种屈辱的相通性也表现为个人尊严与民族尊严的相通。这与鲁迅个人性情中的自尊和自强有着极大的关系。作为落魄子弟逃异地的鲁迅在写给家中弱弟的信中表达过"我有一言应记取,文章得失不由天"② 的鼓励之语。其实这在《风筝》中亦可见,作为大哥对于弟弟做"没出息的孩子所做的玩意"表现出来的愤怒与之后他在国民性批判过程中采取了相似的态度。同样可以作为佐证的是周作人的回忆:

　　大概我那时候很是懒惰,住在伍舍里和鲁迅两个人,白天逼在一间六席的房子里,气闷得很,不想做工作,因此与鲁迅起过冲突,他老催促我译书,我却只是沉默的消极对付,有一天他忽然愤激起来,

① ［日］竹内好:《近代的超克》,李冬木、赵京华、孙歌译,生活·读书·新知三联书店2005年版,第57页。

② 鲁迅:《别诸弟（其三）》,《鲁迅全集》第8卷,人民文学出版社2005年版,第531页。

挥起他的老拳，在我头上打上几下，便由许季茀赶来劝开了。①

这里分明是"怒其不争"的情绪表达。而鲁迅对于国民性的批判也正是催人自强的"怒其不争"的呐喊。"我至今还在希望有人翻出斯密斯的《支那人气质》来。看了这些，而自省，分析，明白那几点说的对，变革，挣扎，自做工夫，却不求别人的原谅和称赞，来证明究竟怎样的是中国人。"② 鲁迅对这本书中关于中国国民性的描述虽然是赞同的，但也是充满屈辱感的，所以才会要"来证明究竟怎样的是中国人"。

如果将上述这些连接起来分析，一个浮出水面的知识和精神结构的衔接契机就是：家族中的长子长孙角色对于家族责任的自觉承担转化为知识分子对于民族国家的道义的承担。鲁迅所呈现出来的根本姿态依旧是在传统价值体系之中。血缘共同体与民族共同体及其背后的文化系统，仍旧是鲁迅话语选择的"潜意识"，这一"群体"的潜意识出发点与"个人"的自觉性追求衔接在一起的契机，正是弱国子民的屈辱与落魄少年的屈辱之间的连接契机。

事实上，如果把鲁迅身上的这种耻辱意识作为他的话语生成的原动力也未为不可。这种耻辱感在鲁迅的话语生成中有着双向的作用力：一方面，加固了他对于国民性话语的坚守；另一方面，又绝不会把自己从批判的人群中隔离开。他把自己也对象化为批判的对象，这是鲁迅与当时的启蒙者的最大区别。屈辱感甚至带来对于国民性话语的戒备，尽管看上去他是最激烈的一个，但这种激烈姿态也像是一种情感的反弹。

## 二 《狂人日记》："铁屋子"、对立结构与自省意识的发生

如果我们尝试勾勒鲁迅人生的轨迹，时间段上大致可以如此分割：明亮温暖的童年——晦暗屈辱的少年——激扬压过屈辱的青年——初回国施展抱负而受挫——教育部任职（绍兴会馆）期——《狂人日记》发表之后的《呐喊》阶段——"五四"退潮、兄弟失和之后的《彷徨》《野草》

---

① 周作人著、止庵校订：《邬波尼沙陀》，《周作人自编文集·知堂回想录（上）》，河北教育出版社 2002 年版，第 261 页。

② 鲁迅：《立此存照（三）》，《鲁迅全集》第 6 卷，人民文学出版社 2005 年版，第 649 页。

阶段——上海最后十年。这个简单的勾勒其实已经为我们解决了很多问题。少年经历对于鲁迅的影响不言而喻，甚至是他的世界观生成的决定期。他的"人与世界的对立"的认知最初的触发正在此时。但问题在于，这之后的鲁迅并没有消沉绝望，而是由于客观环境变化的原因进入人生中最为热情激昂的时期，即便上文提到的"幻灯片事件"的屈辱感中隐现着少年经历中"被看"的屈辱，但需明确的是，这一话语事件的形成是在 1922 年底，其中带有的情绪未必就是事件发生时的真实感受。事件发生的前后，他是南京跑马场上策马狂奔的少年周树人，是"我以我血见轩辕"的理想主义者，是召唤摩罗战士的剑气如虹的呐喊者，是辛亥革命时提着一把大刀带着学生走向街头的慷慨激昂的革命者，是"木瓜之役"中意气风发的"拼命三郎"——这个阶段的鲁迅，无论如何都不能说已经被"家庭变故"改变了他的精神结构。可以说，鲁迅在相当长的一段时期内是英雄主义的。问题在于，鲁迅生命中的亮色是怎样被抹去的？经历了一段充满政治抱负的激情人生之后，鲁迅的人生开始接续上了他的晦暗的少年经历，并使后者成为他文本中挥之不去的痛楚暗流（《〈呐喊〉自序》中对于"幻灯片事件"的重构正是再现了这一痛苦）。这个接续的契机在哪里？

　　上文言及晦暗的少年期是鲁迅世界观生成的决定期。但这种决定作用是否会浮出水面成为真正的决定性因素是取决于之后的经历的。很不幸，鲁迅最终遭遇到了将这种决定作用唤醒的事件。但契机并不是"幻灯事件"，也并不完全在创办《新生》的失败，而是在之后，连接契机正在于回国后的经历对屈辱的生命底色的唤醒。竹内好将鲁迅的北京蛰伏期看作他的"回心"发生期，笔者想把这个"回心"的过程分为两个阶段：回国后的社会实践期，即 1909—1912 年间；北京绍兴会馆期，即 1912—1918 年间。这两个阶段对鲁迅生命结构的形成具有不同的意义。

　　真正使鲁迅的认知发生变化的是 1909—1912 年，鲁迅从日本回国、在浙江办学校的这段时间。这个阶段，鲁迅的被排斥和他的启蒙社会活动实践屡屡碰壁的遭遇构成了他对世界的基本认知和其文本的基本构架。也就是说，鲁迅话语体系中的一个近似原型的意象（主题）"铁屋子"开始作为稳固的心理认知在逐渐成形。对于世界的否定和评判以及对于自我的反省和自啮，二者交织在一起的过程在《狂人日记》中被完整表述过。

　　《狂人日记》是对于"不能忘却的旧梦"的重构。正是对于回国后经历的摹写，也是鲁迅乐观精神消亡的精神发展的历史回顾。虽然是以象征的方式出之，但却集中表现了在《孤独者》《范爱农》里出现的境况。《狂人日记》甚至是鲁迅前半生的自我回顾：残破的家族，被吃的境遇，癫狂激荡的自我意识，个人的、独醒的、英雄主义的情绪，最终碰壁之后的人生境遇。"赴某地候补"不正是鲁迅离开绍兴到教育部供职吗？而文言小序构筑的话语世界，不恰恰是鲁迅蛰伏期间的语境（佛经、拓本、古碑）吗？一个强有力的以国民性批判为出发点的启蒙话语建构的文本，却充满更加强有力的个人性经验和认知的渗入。伊藤虎丸对《狂人日记》的解读也曾有这样的发现和感慨："《狂人日记》表现的是如此最为'政治的'主题，却又以最为深刻的个人的（在本来的意义上是伦理的）观点来描写，对此我殊觉惊叹。"[①] "听将令"的呐喊中还残存着他写文化论文时期的呐喊式、口号式的"救救孩子"，文本隐藏了的却是他的真实遭遇。"振臂一呼、应者云集"的梦想正是在一系列的碰壁之后转而为"荒原感"所代替。"铁屋子"的认知模式也正是在这个时期形成的。《〈呐喊〉自序》中，我们看到，在对于"铁屋子"的"希望与绝望"的辩论之后，《狂人日记》横空出世。但整体观照《狂人日记》，却发现"铁屋子"从未消失。

　　（一）"铁屋子"及人与世界的对立结构的形成

　　《狂人日记》存在着一个囚禁意象，那就是关押狂人的屋子："屋里面全是黑沉沉的。横梁和椽子都在头上发抖；抖了一会，就大起来，堆在我身上。万分沉重，动弹不得。"[②] 这个兼具了"疯子"和"囚禁"两种元素的意象，日后在《长明灯》中，我们可再次看到。"疯子"的"被命名""被围观""被囚禁"的过程不断被鲁迅重复着。——因为"异类"而"被命名"为疯子，因为疯子"本质"的确定而"被围观"，因为"被围观"，所以"被囚禁"。这个过程明晰而恐怖，狂人对此的认识也逐渐明晰，因之恐怖感也不断加强。发现自己"被囚禁"，正是先觉者发现

---

　　① ［日］伊藤虎丸：《鲁迅与终末论》，李冬木译，生活·读书·新知三联书店2008年版，第165页。

　　② 鲁迅：《狂人日记》，《鲁迅全集》第1卷，人民文学出版社2005年版，第453页。

了自我与历史的相悖的过程。在这一层面，这一文本几乎可以看作理想主义和浪漫主义的周树人的消亡过程。甚至将其作为鲁迅人生遭遇的隐喻也未为不可。这是一个整体的"铁屋子"的感受模式和认知模式的出现、形成的过程，而在鲁迅的生命历程中，这一结构出现的时间点，正是在初回国的 1909—1912 年间。

狂人在完全异化的世界中作为"被围观的疯子"的孤绝感受，正是变形化了的作为现代知识分子的鲁迅回国后的经历："由于少了一根辫子，回到故乡，就一直收到官方的警戒，诬为'里通外国'。知府每到学校，总要盯住自己，同自己多说话。至于同事，又避之为恐不速。走出校外，路人多指为'革命党'，甚至骂作'假洋鬼子'，乃至'缺德鬼'。"① 此时的鲁迅也正是别人眼中的"异类"和"疯子"。尽管此时鲁迅已经具有了强大的主体性，甚至不乏道义和知识的优越感，但这样被围观、被拒斥的"异类"的境遇却隔着时光远远接续上了他当年行走在当铺和药铺之间所体味到的"被围观"的苦味，唤醒了他少年期作为穷困者、乞食者的焦虑和屈辱感，也唤醒了日本时期作为弱国子民的屈辱感，并将这两种屈辱感衔接起来。所以鲁迅对于"看与被看"有着如此深切的厌恶和痛恨。

《范爱农》和《孤独者》中所凸显的"和我们都两样的""异类"的存在和遭际，其间绝不乏鲁迅自身的投射。所以当鲁迅写再次与范爱农相遇于故乡时，两个在日本时曾彼此厌恼的人"不知怎地我们便都笑了起来，是互相的嘲笑和悲哀"。这一刻，他们确认了彼此在这一空间中的共有身份：难容于世的异类。而异类难行于世的背景，正是民元前后的绍兴。鲁迅怀范爱农的诗句中有"竟尔失畸躬"句，《庄子·大宗师》曰："畸人者，畸于人而侔于天。"这与鲁迅日后所写的"抗世违世情"属同一语义。"畸人"的身份领受和精神默认，自然也让人想到那个癫狂异端的山阴人徐文长。

这一阶段的经历导致了鲁迅对故乡的"恶感"的加剧。事实上，我们需要认识到，鲁迅的故乡书写其实暗含着很多维度：其一是童年期的故乡记忆，其二是家族败落的少年期的故乡记忆，其三也是更重要的那一

---

① 林贤治：《人间鲁迅》（上），人民文学出版社 2010 年版，第 157 页。

层，却恰恰是 1909—1912 年间的故乡记忆。明确鲁迅的故乡书写是这三个层次的叠加和共同作用，才能更懂得鲁迅最深刻的故乡书写《在酒楼上》和《孤独者》中那些在现实中溃败的知识分子的执与痛。同样以此观照《狂人日记》，其夸张变形的书写方式使得小说峻急激扬，但"疯子"的"被困"及其"困兽之斗"何其令人恐惧和悲哀。在这点上，甚至可以说，鲁迅的民元经历和记忆构成了他日后所有书写的原点。

《狂人日记》中，整个世界终成为狂人感受到的密密层层的注视的"眼光"。这密不透风的"注视"形成的"网罗"，正是"铁屋子"的雏形，且以其"无形"却巨大不可挣破的形式恒久存在，成为稳固的社会历史结构的具象。它将任何企图动摇它的努力都消解于无形，甚至将施加到它身上的力反施于变革者，"疯子"正是这样被命名的：变革者渴望的"改变"非但不能实现，鲁迅还借狂人之口指出其必然的遭遇："他们非但不肯改，而且早已布置；预备下一个疯子的名目罩上我。将来吃了，不但太平无事，怕还会有人见情。"①——观照《药》中的夏瑜，以及《长明灯》里"他"的"悲愤而疑惧的神情"，"疯子"的"被命名"是荒诞而令人绝望的。这一命名行为直接将对象抛出正常的生活秩序之外，因此"疯子"这一称谓本身就已经带有了一种先天的困境：无法沟通与不可信，以及被禁止。

鲁迅在《补白》中论及被命名为"疯子"的章太炎的境遇："民国元年章太炎先生在北京，好发议论，而且毫无顾忌地褒贬，常常被贬的一群人于是给他起了一个绰号，曰'章疯子'，议论当然是疯话，没有价值了，但每有言论，也仍在他们的报章上登出来，不过题目特别，道：《章疯子大发其疯》。有一回，他可是骂到他们的反对党头上去了。那怎么办呢？第二天报纸上登出来的时候，那题目是：《章疯子居然不疯》。"②鲁迅始终对于话语的权力和这权力的被滥用有着明确的意识，同时我们也从这言说中看到那个"章疯子"的困局：不由你辩解、不听你说话，一片话语的洪水足以冲刷掉个人的声音，哪怕那个个人手持真理。于此我们能够感受鲁迅自身的与狂澜对峙的愤怒，当他在抵制守旧的学监的"木瓜

---

① 鲁迅：《狂人日记》，《鲁迅全集》第 1 卷，人民文学出版社 2005 年版，第 453 页。

② 鲁迅：《补白》，《鲁迅全集》第 3 卷，人民文学出版社 2005 年版，第 110—111 页。

之役"中被称为"拼命三郎"的时候，他的激烈反而最能显现出他在围困中的状态，这或许也是鲁迅以"疯子"自喻的契机之一。

从他当时不断向许寿裳求救的信件中，可知当时鲁迅的困境：

《100815 致许寿裳》："所入甚微，不足自养……他处可有容足者不？仆不愿居越中也，留以年杪为度。"①

《101115 致许寿裳》："颇拟决去府校，而尚无可之之地也。"②

《110307 致许寿裳》："师范收入意当菲薄，然教习却不可不为……卖田之举去年已实行，资亦早罄……起孟来书，谓尚欲略习法文，仆拟即速之返，缘法文不能变米肉也……越中棘地不可居，倘得北行，意当较善乎？"③

《110412 致许寿裳》："比秋恐又家食，今年下半年，尚希随时为仆留意也。……近方售尽土地，尚有数文在手。倘一思将来，足以寒心。"④

《110731 致许寿裳》："越中学事，惟从横家乃大得法，不才如仆，例当沙汰。中学事难财绌，子英方力辞，仆亦决拟不就，而家食既难，它处又无可设法。"⑤

青年鲁迅怀着一腔热血回到故乡欲求一展抱负之时，却屡屡碰壁。此处需要厘清的一点是，有很多研究者认为鲁迅的绝望是从辛亥革命失败开始的，但由上举书信的写作时间看，都在辛亥革命之前。也就是说，"被困感"从他回到故乡时就已经开始了。书信中不断出现"无可之之地"

---

① 鲁迅：《书信·100815 致许寿裳》，《鲁迅全集》第 11 卷，人民文学出版社 2005 年版，第 333 页。

② 鲁迅：《书信·101115 致许寿裳》，《鲁迅全集》第 11 卷，人民文学出版社 2005 年版，第 335 页。

③ 鲁迅：《书信·110307 致许寿裳》，《鲁迅全集》第 11 卷，人民文学出版社 2005 年版，第 344 页。

④ 鲁迅：《书信·110412 致许寿裳》，《鲁迅全集》第 11 卷，人民文学出版社 2005 年版，第 346 页。

⑤ 鲁迅：《书信·110731 致许寿裳》，《鲁迅全集》第 11 卷，人民文学出版社 2005 年版，第 348—349 页。

"越中棘地不可居","越校甚不易治,人人心中存一界或"①,"越中学事,惟从横家乃大得法,不才如仆,例当沙汰"②……可知他所触目的,只是"荆天棘地,所见的只是狐虎的跋扈和雉兔的偷生"③,如果说当年的少年感受到的更多是切实的屈辱和痛苦,此时,这荆天棘地的处境完全打破了日本时期意气风发的理想主义充斥的壮志。启蒙行动不断受阻,被隔绝状态产生的巨大的"空间焦虑",使得"铁屋子"的认知越来越清晰和牢不可破。

而另一面,《狂人日记》中狂人被囚禁于屋中,也暗指此时的鲁迅基于家族责任而背负的重压,隐喻着生命个体的存在困境。他对于故乡的"恶感"中,未尝没有这段时间的经济困窘而致的无力感。从给许寿裳的信件中我们能看到,鲁迅初回国这个阶段谈及"家食"的频率如此之高,其迫切、无奈、难堪溢于言表。而这种窘境也直逼他再次回到那个似乎已经尘封的少年时期。《范爱农》中所求,《孤独者》中所诉,未尝没有自我嗟叹之意(也正因此,鲁迅的国民性话语从不会脱离了物质生存而进入到精神的高蹈)。这里面有一个非常重要的契机:因为鲁迅的回国、回乡、回家——此前"逃异地,走异路"的个体,再次回到了不断提示着他长子长孙"身份"的家族的时候,他不得不面对自己身上的重压,除了经济重压之外,更重要的是精神重压:这个站立在现代的前沿的知识分子,却同样在现实中被困在巨大的传统文化、伦理之中,眼睁睁看着自己被这个巨大的怪物吞噬。这是最切身、最无力的对于"铁屋子"和"吃人"的体验和认知。

但也正是这种重压激发了人对于自我境遇的审视。所以狂人对于困境的言说中凸显的恰恰是自我的发现。《狂人日记》的"吃人"话语,是对历史话语的拒绝和反叛,"个人"和"自我"的意识正是在这拒绝和反叛中被还原、建立和解构。当然狂人发现自我的同时,也清醒认识到了自我与世界的敌对困境,同时也惊悚地发现,自己身在其中。

---

① 鲁迅:《书信·110412 致许寿裳》,《鲁迅全集》第 11 卷,人民文学出版社 2005 年版,第 346 页。

② 鲁迅:《书信·110731 致许寿裳》,《鲁迅全集》第 11 卷,人民文学出版社 2005 年版,第 348 页。

③ 鲁迅:《〈引玉集〉后记》,《鲁迅全集》第 7 卷,人民文学出版社 2005 年版,第 440 页。

不论是因为"异"而被拒斥，还是启蒙行动的一次次碰壁，还是在家族、婚姻中深味其巨大的吞噬性本质，1909—1912年的鲁迅，已经渐渐陷于"绝望"，他对于"个"与"群"的冲突的认知更加深刻了。而这一冲突模式成为"铁屋子"的核心结构。"不和众嚣，独具我见"的个人精神在日本时期就已经参与鲁迅的思想建构，此时的"个人"是英雄主义的。事实上，他早年的经历早已促使他完成了对于"群体"的超拔过程。但回国后的一系列事件，让这个在精神上超拔于群体之上的个人，彻彻底底感受到了"被困"的无力和绝望。这体验将他少年时期对于世界的最初认知唤醒、稳固和强化了。

人与世界的对立结构，何以在鲁迅这里如此稳固？王晓明有过如此论述："我们常常谈人的主观能动性可从另一个角度看，它分明又是一种被动性，一种对过去的思维经验的身不由己的依赖性。一个人越是成熟，就越不愿听凭外部条件去左右他的认识方向，他总是执拗地按照自己最习惯，往往也是最擅长的方式去理解世界。这当然是表现了主观对于客观的独立性，可就主观本身而言，却又同时暴露了现在对于过去的依赖性。从鲁迅对精神现象的重视背后，我正看到了这种依赖性。"[1] "人的头脑中固然拥挤着形形色色的感觉和观念，但真正能扎下深根的却是那些潜踞在记忆深处的片段的意象。"[2] 身处新文化运动话语场域中的鲁迅，也在"听将令"而呐喊，但《呐喊》时期的文本，诸如《狂人日记》《药》，其对于国民性的批评的内核，却都源自那些过往体验，那些"潜踞在记忆深处的片段的意象"。那些经由体验而内化了的稳固的认知，最终被鲁迅提炼成为恒定的"铁屋子"的"存在之困"。这正是鲁迅的个人性话语对国民性话语的"支撑"。

但鲁迅之为鲁迅的根本，更在于，他在对于自我和世界对立的认知确信中，又有着执拗的精神信念的坚守。竹内好认为鲁迅"顽强的恪守自我"，甚至他的思想、观念的变化都是"第二义"[3] 的："他变了，然而

---

[1]　王晓明：《无法直面的人生——鲁迅传》，上海文艺出版社1993年版，第263页。

[2]　王晓明：《无法直面的人生——鲁迅传》，上海文艺出版社1993年版，第263页。

[3]　［日］竹内好：《近代的超克》，李冬木、赵京华、孙歌译，生活·读书·新知三联书店2005年版，第12页。

他没有变"①，也正是着眼于鲁迅这种顽强不变的精神结构和生命意志。鲁迅给许寿裳的信中说："内既坚实，则外界之九千九百九十九种恶口，当亦如秋风一吹，青蝇绝响；即犹未已，而心不愧怍，亦可告无罪于ペスタロッチ先生矣。"② 虽然遭遇"九千九百九十九种恶口"，但仍旧能够保持自己内心的坚实。"个体"与"群体"的对立如此顽固，个体却依旧凸显而耀眼——"风号大树中天立"。鲁迅的"成熟"其实是一种执拗的坚持，在《孤独者》中鲁迅还原过他此时在困窘中对于理想的坚守："然而我还有所为，我愿意为此求乞，为此冻馁，为此寂寞，为此辛苦。"③

（二）自省："伟大的犯人"产生

王晓明曾说，"五四"时期的鲁迅的呐喊是戴着面具的呐喊，"对启蒙的信心，他其实比其他人小，对中国的前途，也看得比其他人糟"④。"虽然决意呐喊了，心境却和在东京策划《新生》的时候大不相同，也和绍兴光复后率领学生上街游行的时候大不相同，当年那种真理在手，理想必胜的信念，那种慷慨激昂，志在天下的雄心，已经所剩不多。"⑤ 他的再次逃离故乡，与第一次去南京求学时的逃离已经完全不同。这次逃离，代表着鲁迅真正绝望的开始，自此后，意气风发的"拼命三郎"周树人已经消失。

从《〈呐喊〉自序》中我们可以知道，鲁迅曾经有过的旧梦中包含着"振臂一呼、应者云集"的英雄情结。他最初的目的是经由"振臂一呼"，使那些"沉默的国民"获得自我，以此实现"立人"，终至"人国"。在辛亥革命之际佩着钢刀在绍兴街头游走的鲁迅也让我们看到，他早期是有着激烈的政治诉求的。但是在更开阔的视域中观照，最终呈现的整体的鲁迅却是非政治的。他是怎样化解了自己最初的旧梦的？秘密可能正存在于他在自己身上破除了精神的、道德的优越感这方面。初回国的鲁迅身上带

---

① ［日］竹内好：《近代的超克》，李冬木、赵京华、孙歌译，生活·读书·新知三联书店2005年版，第39页。

② 鲁迅：《书信·101221 致许寿裳》，《鲁迅全集》第11卷，人民文学出版社2005年版，第337页。

③ 鲁迅：《孤独者》，《鲁迅全集》第2卷，人民文学出版社2005年版，第103页。

④ 王晓明：《无法直面的人生——鲁迅传》，上海文艺出版社1993年版，第60页。

⑤ 王晓明：《无法直面的人生——鲁迅传》，上海文艺出版社1993年版，第52—53页。

有一种知识拥有者和道义承担者的双重优越感。被打破的优越感如何内化为一种罪的意识，是这一问题的关键。

日本学界对于鲁迅"回心"的研究一直在深入。木山英雄谓之"独醒意识"，而伊藤虎丸则进一步指出，"光有先前经历过的被从既往安住的世界里拉将出来，获得'独醒意识'的第一次自觉还不够，还有必要再次把自己从成为'独醒意识'的自身当中拉将出来的第二次'回心'"，这第二次"回心"，便是狂人的发现"我也吃了人"①。沿着这一思路，笔者想要追问的是，鲁迅的第二次"回心"过程，以及个人性体验的参与方式。这是他的"吃人"话语的建构中一个不能略过的层次。

《狂人日记》几乎可以算是鲁迅的自况。他把自己的理想时代归为癫狂，与其说他在描绘着被拒斥于群体之外的先觉者的处境，不如说，是他的自嘲和自省。

他先发现的是自己的"吃人"。问题在于，鲁迅是在何时看到自己的"吃人"的？发现自己的身在其中，一定是鲁迅生命中/自我认知过程中最为悲哀和惊悚的一瞬。这一个瞬间发生在什么时候，又是如何发生的？笔者认为这里面的重要因素是对朱安的不知所措、自责，甚至怨恨。朱安正是让他意识到"自己也吃人"的关键因素。正是这种自责，才会有鲁迅前半生近乎残酷的"陪着做一世牺牲"②的选择，这陪着牺牲的生命选择里，一方面由于他本身的道德感；另一方面，分明有自我惩罚的因子在内。

日本时期的鲁迅所有的理念和思想其实都有"高蹈性"，他的文本中并不乏愤辞，但依旧激扬明亮。日本时期的《新生》和《域外小说集》的失败并不构成真正绝望的原因在于，作为个体的道德上的优势地位不曾被破坏，自然也没有所谓"赎罪文学"的成形。而这一次回国，朱安的的确确成为日常的真实存在，这使自以为道德上占据上风的鲁迅陷入了尴尬而绝望的境地。而这被打破了的人格优势因为朱安真实甚至凄苦的存在成为再也无法修复的生命裂痕，在这一裂痕中，启蒙话语的真理性也得到

①　［日］伊藤虎丸：《鲁迅与终末论》，李冬木译，生活·读书·新知三联书店2008年版，第175页。

②　鲁迅：《随感录四十》，《鲁迅全集》第1卷，第338页。

了彻底的破坏。由是观《狂人日记》，会发现其自我颠覆的一面。发现传统吃人的狂人所运用的理念正是个人的独立，是"真的人"的理想，但发现"自己也吃人"的狂人已经冲破了自身的优越感，也认识到自己所运用的话语的非真理性。

破坏了鲁迅对于启蒙话语的信仰的，还有绍兴府中学堂学潮事件。鲁迅多次给许寿裳写信陈述：

> 仆自子英任校长后，暂为监学，少所建树，而学生亦尚相安。五六日前，乃复因考大哄：盖学生咸谓此次试验，虽有学宪之命，实乃出于杜海生之运动，爰有斯举，心尚可原杜君太用手段，学生不服，亦非无故。今已下令全体解散，去其谋主，若胁从者，则许复归。……顾身为屠伯，为受斥者设身处地思之，不能无恻然。颇拟决去府校，而尚无可之之地也。①
>
> 府校迩来大致粗定，菀躬穷奇，所至颠沛，一遇于杭，两遇于越，夫岂天而既厌周德，将不令我索立于华夏邪？然据中以言，则此次风涛，别有由绪，学生之哄，不无可原。……②

信中流露出绝望而痛苦的情绪，"身为屠伯"这件事情给鲁迅心理上留下的创伤必不会小，联系之后的女师大学潮中鲁迅表现得异常勇猛尖锐来看，更像是对于绍兴府中学堂学潮中"身为屠伯"的某种歉疚的补偿性行为，甚至是自我救赎。

事实上，张承志就以他作家的敏感提到过鲁迅文学的自我救赎性："拒绝侮辱的陈天华、演出荆轲的徐锡麟、命断家门的秋瑾——如同期的樱花满开然后凋零的同学，从此在鲁迅的心中化作了一个影子。这影子变做了他的标准，使他与名流文人不能一致；这影子提醒着他的看杀，使他不得安宁。""邻居的女儿居然那么凄烈地死了，他反刍着秋瑾逆耳的高

---

① 鲁迅：《书信·101115 致许寿裳》，《鲁迅全集》第 11 卷，人民文学出版社 2005 年版，第 335 页。
② 鲁迅：《书信·101221 致许寿裳》，《鲁迅全集》第 11 卷，人民文学出版社 2005 年版，第 337 页。

声，一生未释重负。鲁迅不能容忍自己在场之后的苟活，所以他也无法容忍那些明明在场、却充当伪证的君子。"① 张承志以文学的笔法给我们剖开了鲁迅的"罪感"书写的另一个面向。当徐锡麟在鲁迅第一篇白话小说《狂人日记》中出现，秋瑾在第三篇小说《药》中出现的时候，我们当知张承志所言不虚，也当明了，在新文学的开天辟地之处，源自鲁迅自身根柢的、最"不能已于言"的是什么。在《范爱农》中，鲁迅也将徐锡麟和秋瑾串联其中，构成了鲁迅1909—1912年绍兴叙事的重要层面。"范爱农是徐锡麟的学生，曾因徐锡麟、秋瑾案被通缉，是串联徐锡麟、秋瑾、鲁迅的线索性人物，而且其溺亡的时间也介于徐锡麟与秋瑾就义的纪念日之间，极有象征意涵。"② 在这些叙事的缝隙间，我们会发现一个执拗不肯与自己和解的鲁迅，以及不断把那些情感和道义的负重加在自己肩上、让自己不得喘息的鲁迅。鲁迅正是在此处与他论及的陀思妥耶夫斯基的"灵魂的伟大的审问者"和"伟大的犯人"③ 共在。

周建人有这样的一段话："鲁迅有时候会把一件事特别强调起来，或者故意说着玩，例如他所写的关于反对他的兄弟糊风筝和放风筝的文章就是这样。实际上，他没有那么反对得厉害，他自己的确不放风筝，但并不严厉地反对别人放风筝。"④ 周建人对于大哥的"把一件事特别强调起来"的判断应该是准确的，虽然在更复杂、更深层的精神层面，他无法与鲁迅共振，也没有觉察鲁迅的"故意强调"中残酷而又暗不绝的自我逼问。那些时时萦绕在鲁迅的文字中的，指向着人性更深的地方甚至是潜意识的层面的"罪感"，是独属于鲁迅认知中的自罪和他自己的精神重负。除了《风筝》之外，《父亲的病》同样流露出强烈的罪感："我还叫他，一直到他咽了气。"⑤ 当然还有《弟兄》里一笔带过的人性暗省。鲁迅的罪感始终是他的话语结构中的突出层面。而这一面，正是鲁迅国民性话语的个人

① 张承志：《鲁迅路口》，《城乡建设》2003年第8期。

② 仲济强：《民元记忆及伦理再造：〈范爱农〉与鲁迅的政治时刻》，《西南民族大学学报》（人文社会科学版）2019年第11期。

③ 鲁迅：《〈穷人〉小引》，《鲁迅全集》第7卷，人民文学出版社2005年版，第106页。

④ 周建人：《略讲关于鲁迅的事情》，《回忆大哥鲁迅》，上海教育出版社2001年版，第9页。

⑤ 鲁迅：《父亲的病》，《鲁迅全集》第2卷，人民文学出版社2005年版，第299页。

性本质：自省的心理机制。鲁迅身上的这种"罪的自觉"，在他的文本中往往以类似于西方基督教意义上的原罪意识表现出来，但如果追问它的"触发"，自省的背后却是道德的驱策，是主体的良知自律，问题在于，这种道德驱策却恰恰是传统的道义原则。——尤其是上述诸多文本所指，竟都与"绍兴记忆"有关。在叠加糅杂了几个生命阶段的故乡记忆的那些书写中，不断出现的罪感，却有着相似的书写路径，那就是"回头看"，重回，重新认识此在世界，也重新认识自己，重新认识自己与此空间的关系，这也正是 1909—1912 年的鲁迅纪事。

而《狂人日记》自省的不仅仅是自己身在其中的"也吃人"，还有反向的对于癫狂的自省。《狂人日记》其实是鲁迅对于自己青年时代、理想时代的革命激情中行为的反思。"吃人"的目的被设置为"壮壮胆子"，"沾光一点这勇气"，这表现出鲁迅刚回国时的意气风发，这时候他对于中国社会的认知还处于概念上的愚昧、奴隶性等方面。于是才有了"他们"的发现："他们——也有被知县打枷过的，也有给绅士掌过嘴的，也有给衙役占了他妻子的，也有老子娘被债主逼死的；他们那时候的脸色，全没有昨天那么怕，也没有这么凶。"[1] 对于自我的主体性和历史的先进性他是深信不疑的。但通过《狂人日记》中几场自说自话的对话：狂人与医生、狂人与年轻人、狂人与大哥之间彼此隔膜的对话，鲁迅已经对于启蒙行为的"癫狂本质"有了清醒的认知——被命名为"疯子"的那一刻，既是先觉者的"被拒斥""被禁止"，但也恰恰反向印证了先觉者话语的脱轨和失效，也就是说，启蒙行为在实际行动中有巨大的缺陷，所以造成了不被理解。想一下《阿Q正传》里的"假洋鬼子"（鲁迅初回国就被称为"假洋鬼子"）的负面形象的设置，我们或能理解鲁迅对"狂人"的自省。

### 三 现代、传统与个人的困境：失怙与成长

鲁迅个人的生命体验参与他的个人性话语的建构过程中时，不仅仅是以认知结构的形式参与其中，还赋予了他的个人性话语一重无法摆脱的暗流。罪感之中还带有不能辩白的辩白，甚至在《狂人日记》中，无法抑

---

[1] 鲁迅：《狂人日记》，《鲁迅全集》第 1 卷，人民文学出版社 2005 年版，第 445—446 页。

制的自怜情绪也在渗出。《狂人日记》的主人公叛逆而激烈，其性格的内在层面又呈现出强烈甚至过度的敏感，表现为狂人的受迫害意识。敏感作为主体人格的掩藏层面，与叛逆互为表里。这一敏感性构成了文本的潜在话语，即对于狂人失怙的恐惧和痛楚的暗示、延展，这重话语的存在成为文本的汹涌暗流，甚至最终颠覆了文本的显在意图。狂人的被迫害恐惧作为文本的隐含话语提示着我们这一阶段的鲁迅所面对的世界。同时也在国民性话语之外，揭示了鲁迅内部的生命世界。

《狂人日记》中没有父亲。父亲的缺席，既是鲁迅言说的本能设置，也是一种有意识的文本策略。这一前在的设置从源头上打破了狂人和大哥的保护伞，而将他们推向失怙的生存境遇。父亲从文本中的抽离使残缺感成为生命存在的显在特征。此外，大哥的形象是沉默抑郁的，妹妹是早就死了的，母亲的出现伴随着"哭个不住"，鲁迅以狂人的癫狂表述营造了一个残破的家：没有温暖，每个人都饱受伤害，彼此之间充满隔阂和怨恨。狂人的激烈言说投入这个灰暗抑郁的文本空间中，只剩下刺耳的恐怖的回响。这残缺感与狂人天然的痛楚、敏感和紧张共生存，恐惧和疼痛感挥之不去。

狂人一出场即带有无法定位的身份：生活中无父，精神上无根。文本暗藏的失怙之痛以无法控制的恐惧感表现出来，通过营构压抑残缺的家和阴森的外界而将其放大。被吃，被围观，被囚禁，与生俱来的恐惧和痛楚作为文本的话语暗流在不断蓄势和喷发。小说中多次出现"怕"这个字眼，外面的世界阴森恐怖地倾轧向狂人，他身上糅合的痛楚、恐惧、抗拒、仇恨情绪，正是失去父亲的恐惧和对庇护的渴望。

《狂人日记》中残破的家其实是鲁迅对于亲情的最真实的感受。虽然在现实生活中，他是孝子，是长兄，但他内心深处，对于亲情对他的压迫恐怕是有隐秘的反抗和怨怼的。尤其是对于母亲，不仅仅是不幸婚姻源自"慈母误进的毒药"，甚至在他回忆童年生活的《朝花夕拾》中，"谈自己的保姆（《阿长与〈山海经〉》），父亲（《五猖会》《父亲的病》），奇怪的是，不谈母亲……自然还要谈学校，讲老师的故事"①。钱理群敏锐地看到，《朝花夕拾》里母亲的出场都被弱化了，我们在《阿长与〈山海

---

① 钱理群：《鲁迅散文漫谈》，《南京师范大学文学院学报》2006 年第 2 期。

经〉》《五猖会》里看到的，也只是母亲淡淡的身影。想想母亲是伴随他时间最久的亲人，这简直是不可思议的。——当然，也没有祖父。此外，母亲形象在鲁迅所有文本中的出场几乎都有某种相似性：《狂人日记》中为了小妹子的死"哭个不住"的母亲，《在酒楼上》念念着夭折的小儿子的母亲，《祝福》里失去儿子的祥林嫂，《明天》里失去儿子的单四嫂子，《药》里死了小栓的华大妈……这个几乎以"丧子寡母"为内核的母亲形象在鲁迅笔下无数次出现，当然有着真实的生活投射，那就是现实中的四弟椿寿的早夭，但恐怕也的确是鲁迅记忆中最深刻的母亲。而同时，作为长子的鲁迅在母亲那里得到的关爱，似乎是缺乏的。尤其是在家道中落的一系列事件中，我们看到的是那个走在当铺和药铺路上的孩子，带着弟弟去给父亲找奇怪的"药引子"的孩子，代表本房出面去参加那次著名的"家族会议"被欺负的少年。在这样一个丧失了父亲的家庭中，母亲对于长子的爱，同时伴有依赖和期待。在某种程度上，鲁迅对于母亲的情感态度也是复杂的。

多年之后，鲁迅在书信中流露出对于母亲的失望："我还是五日回上海的。原想二十左右才回，后来一看，那边，家里是别有世界，我之在不在毫没有什么关系……所以早走了。"① 1932 年鲁迅回北平探望母亲病，在给许广平的信中写道："她和我谈的，大抵是二三十年前的和邻居的事情，我不大有兴味，但也只得听之。她和我们的感情很好，海婴的照片放在床头，逢人即献出，但二老爷的孩子们的照相则挂在墙上，初，我颇不平，但现在乃知道这是她的一种外交手段，所以便无芥蒂了。"② 事实上这封信中的情绪是内有曲折的。

而笔者想说的是，鲁迅对于被爱护的渴望深深潜隐在他的话语深处。可以作为佐证的便是《阿长与〈山海经〉》。据周作人的回忆，"那木刻小本的《山海经》的确是她所送的，年代当然不能确说，可是也约略可以

---

① 鲁迅：《书信·290625 致章廷谦》，《鲁迅全集》第 11 卷，人民文学出版社 2005 年版，第 190 页。

② 鲁迅：《书信·321120 致许广平》，《鲁迅全集》第 12 卷，人民文学出版社 2005 年版，第 341 页。

推得出来。本文中说这在隐鼠事件以后，但实在恐怕还在以前"①。鲁迅在文本中对于事件的叙述时间的颠倒，其实正暗示了他对于这种温暖的渴望。同样作为佐证的，是《父亲的病》。鲁迅在这篇文章里也不惜把让他大喊临终父亲的长妈妈换成了衍太太。归根结底，他愿意让长妈妈成为他生命中温暖的、爱的存在。

同样，《藤野先生》里对于藤野先生对自己的爱护，鲁迅充满感激之情。可事实上，藤野先生的回忆却是这样的："那照片是在什么时候、以什么方式赠送的，现在记不得了"，"周君是怎样得到我这张照片的呢？说不定是妻子赠送给他的"，"我虽然被周君尊为唯一的恩师，但我所作的只不过是给他添改了一些笔记。因此被周君尊为唯一的恩师，我自己也觉得有些不可思议"。②鲁迅自己的回忆中强化了的爱护之情，正透露出他对于爱的渴望。

不论是说父亲的早逝，还是分析母亲的微妙存在，甚或无爱的妻子、失和的兄弟，其实笔者想说的是，鲁迅生命中的"被爱"多少是有些匮乏的。这是他生命中另外一重隐秘的伤。这是他的长子身份的负面效应。也正因此，鲁迅在家族败落的过程中所遭遇的创伤远远大于周作人和周建人。而这种创伤感成为鲁迅个人性话语无法摆脱的层面。

在家族败落、父亲去世的一系列事件中，作为长子，鲁迅直接承受的来自内与外的多重压力和创伤，在《狂人日记》里均有呈现。文本中失怙的、被吃的恐惧始终威胁着狂人敏感的神经。在这抑郁的环境里，狂人一直处于被注视之中，文中不停地出现"眼光""眼色"等词语，关于目光的描写全文居然有十几次。妖魔化的残忍的世界，浓重的抑郁、绝望气息，营造了恐怖之境。作者通过对狂人所处之境的极尽渲染来言说这种没有庇佑的恐惧。狂人作为先觉者、精神界之战士的象征，虽然因为与父亲的断裂而没有了束缚，但其先天的残缺不足决定了狂人反抗中的犹疑和软弱。这一话语暗流在文本中形成了颠覆力量，使狂人的惊世发现被疼痛无

---

① 周作人著、止庵校订：《鲁迅小说里的人物》，《周作人自编文集》，河北教育出版社2002年版，第245—246页。

② ［日］藤野严九郎著、薛绥之主编：《谨忆周树人君》，《鲁迅生平史料汇编》第2辑，天津人民出版社1982年版，第179—180页。

助的情感裹挟而丧失了理性，虽则是呐喊，但是错乱而无助。而事实上，吃人话语的完成正是源于"被迫害妄想"的支撑，这说明了吃人话语本身的非常规性，或者说臆想性、观念性，从而使这一话语颠覆了鲁迅国民性话语的建构。这一颠覆力量的存在，决定了文本叙事的表面意图在言说完成的时候已经被消解。叛逆和反抗，最终要妥协。把握了这个话语暗流，主人公的形象即有了作者悲悯（甚至自怜）的投射，而从这个话语基点，我们可轻而易举地透视到此文本基于存在意义上的悲剧，那就是人的困境。而这失怙之痛，正是预示着人天然具有的困境。有了这样的认知，才更见人的"成长"劫难。

《狂人日记》中潜隐着狂人的丧父之痛，这种失怙感随着叙事的深入延伸到了更深广的层面上：存在本身带有的痛感和无助感。《狂人日记》变成关于人的生存困境的寓言。在这个层面，无力感、无助感才是本源，是挣扎叫喊于"铁屋子"里而终于疲累妥协的惨烈。叛逆作为打破秩序的行为方式最先出场，以挣脱其原在轨道的模式营构了一种权力话语，既呈现了秩序、叛逆之间的权力关系，又直指个体生命权力的产生及覆灭。于是《狂人日记》成为关于成长的寓言。告诉我们人在困境中不得已的选择和悲剧。

摩迪凯·马科斯认为："成长小说展示的是年轻主人公经历了某种切肤之痛的事件之后，或改变了原有的世界观，或改变了自己的性格，或两者兼有；这种改变使他摆脱了童年的天真，并最终把他引向了一个真实而复杂的成人世界。"[1]《狂人日记》有成长小说的因素。其"切肤之痛的事件"则表现为触犯秩序和被惩罚：象征秩序的是《狂人日记》里古久先生的流水簿子。以触犯秩序和叛逆作为契机，被惩罚之后的狂人开始走向成人的世界，面对强大的秩序，经历了痛苦挣扎，不得已地放弃了反叛，接受或者装作接受了传统的秩序。

在《狂人日记》里，秩序的强大是经由时间的断裂来突出的。鲁迅在《狂人日记》里设置了文言、白话的并置结构，这一结构造成了时间的断裂，进而将狂人言说的现场性消解了。时间的滞后说明狂人渴望的交流是不存在的。他的所有话语都没有现场的效果，所有话语都被抛掷，无

---

[1]　转引自芮渝萍《美国成长小说研究》，中国社会科学出版社2004年版，第5—6页。

人理会，全部成了历史。时间的割裂造成了日记文本的孤独和封闭。于是反抗变成了仅存于日记中的自言自语。时间进入文本的意义正在于这里：以时间的错位暗示语境的错位，通过这种认知的不同提示读者，狂人与他的对立面的隔阂和矛盾。文言序言寥寥数语就已经为狂人定位，而狂人浩浩长篇的呼喊仅仅成为没有意义的自言自语。这种力量悬殊的对立正是他以"疯子"名目获罪的原因，所以，"把古久先生的陈年流水簿子，踹了一脚"，就已经构成对秩序的触犯，于是狂人变成了被围观、被囚禁的异数。他企图通过叛逆来确立的新的价值标准被扼杀和囚禁了。时间断裂的结构就是在暗示成长的原因，即面对的传统力量的强大。

获罪的缘由是打破秩序。可是秩序的强大使叛逆显得微薄无力，经历了如此切肤之痛之后，主人公开始进入成人世界，他的反叛和癫狂无法确立新的自我身份，他的身份危机的最终化解方式只能是与成人世界和解，经由这个成人世界的干预，狂人最终"痊愈"了。

《狂人日记》以时间的断裂直接将回归秩序的狂人推到目前。他的成长过程中的困惑和矛盾全被隐匿了。而正是这一过程的隐匿，将大哥的"成长"凸显了出来，体现为"被吃的大哥"，反而更见结果的悲怆。抛开狂人的断语式言说，从小说不同时间对于大哥的描述，我们可以还原大哥的成长过程：（1）文言序言中的大哥："某君昆仲，皆余昔日在中学校时良友"。说明大哥和狂人接受的都是一样的新式教育。（2）日记中的过去的大哥：教我做论，"无论怎样好人，翻他几句，他便打上几个圈；原谅坏人几句，他便说'翻天妙手，与众不同'"。这句话的暗示意味即曾经的大哥并不是对于传统死命维护的人，他根本就是怀疑并且勇于反抗传统的。成长之初的大哥也曾有过反叛者的一面。（3）妹子死去时的大哥："母亲哭个不住，他却劝母亲不要哭。"这是大哥以"大哥"的身份最初的出现和凸显。（4）日记中此时的大哥：管家的大哥以及吃人的大哥。

日记内部时间的模糊和混乱掩盖了大哥的成长过程，但是按照时间顺序勾勒出来的大哥的变化过程是清晰的。大哥的成长契机正是父亲在家中的缺席，他不得不背负家庭的重担，不得不进入秩序之中。在这一重言说之中，鲁迅大概会为自己的身份落笔哀叹吧。我们知道，鲁迅从日本回国正是迫于家里的经济压力。这一选择并非他的自主选择，却是长子、长兄的责任感迫使他回国。而经济压力之下，他最终选择做了"中华民国的官"。王晓明对于鲁迅这一选择的心理尴尬有过极透彻的分析："先是袁世凯称帝，再是曹锟贿选，在许多知识分子心目中，北洋政府早已经丧失了合法性；随着新文化运动的高涨，种种强调知识分子社会独立性的思想日益深入人心，一股鄙视官场的风气，正逐渐蔓延开来。"而鲁迅为了担负家族却不得不保住这个饭碗。"在公开和私下的场合，他不止一次用自嘲的口吻说自己'是一个官'。甚至一九二六年复职以后，还在《记'发薪'》中借题发挥，大讲一通'中华民国的官'，足见他对自己为官的身份，是怎样耿耿于怀。"① 而《狂人日记》中狂人的"赴某地候补"，《孤独者》中魏连殳选择做了顾问，鲁迅未尝不在其中表达了自己的不得已。"大哥"的身份和不得已一直潜藏在鲁迅的话语深处。他在给许寿裳的信中说到："起孟来书，谓尚欲略习法文，仆拟即速之返，缘法文不能变米肉也，使二年前而作此语，当自击，然今兹思想转变实已如是，颇自闷叹也。"② 在他的内心中，恐怕更多的，却是对于弟弟的愧疚吧。正如他在《风筝》中表达过的愧疚一般。

　　虽然大哥的成长过程被疯言疯语掩盖而变得模糊，但却作为狂人成长的镜像存在。文本中凸显的狂人的成长是通过与大哥的对立、抗争和妥协完成的。狂人与大哥是二位一体的。这是鲁迅的惯用模式，比如说，《在酒楼上》中，"我"和吕纬甫是一体的；《孤独者》中"我"和魏连殳是一体的；甚至可以说，《铸剑》中的眉间尺和宴之敖者也是一体的，都是鲁迅人格分裂出来的相互驳诘又相互支撑的完整人格整体。狂人与大哥之间的对立，是自我的精神叛逆性与现实责任感之间的对立，也是现代意识与传统价值之间的对立。狂人的成长，正是两种人格彼此抗拒、彼此牵引的矛盾挣扎，鲁迅通过自身的"狂人人格"和"大哥人格"的互相对立又互相说服的模式，使小说最终实现了狂人和大哥人格的合体，即狂人的"痊愈"。狂人和大哥的对立正是鲁迅自己的矛盾：他一方面是疯狂的斗士，一方面也被家庭紧紧束缚。没有庇佑和无能为力，鲁迅一直都对此有清醒认识。那些分裂的自我，他们在彼此抗衡、彼此驳诘、彼此伤害地交

---

① 王晓明：《无法直面的人生——鲁迅传》，上海文艺出版社 1993 年版，第 67—69 页。

② 鲁迅：《书信·110307 致许寿裳》，《鲁迅全集》第 11 卷，人民文学出版社 2005 年版，第 344 页。

战。这正是鲁迅对于困境和成长的诠释。

### 四　"禁欲""纵欲"：反抗的个人生命意志

北京绍兴会馆时期，也就是 1912—1918 年间，完成了鲁迅自身文化结构的重新组合，这一所谓"沉默"期，鲁迅曾说是"沉入于国民中""回到古代去"，这是一场看上去波澜不惊，其实质却波澜壮阔的文化的对话，整个对话在周树人、民族、个人、西方文化、传统文化、会稽先贤、民间文化之间展开。这一对话是确实存在的，也正是这个过程，生成了真正的鲁迅。一方面，是以会稽先贤的"奇气"为底色的精神血脉与西方的"个人主义"的融合；另一方面，是一种抵抗的、肉搏的、自我颠覆的生命存在形式形成。

北京绍兴会馆里的鲁迅一直吸引着众多研究者的注意力。笔者想从两方面解读这一阶段的鲁迅，那就是：政治的"禁欲"与身体的"纵欲"，可谓之鲁迅的"死火"模式——政治形式的"冰结"和生命状态的"燃烧"共在。对于"禁欲"与"纵欲"这样的两个词，为了避免不必要的误会，笔者想以《野草》的《希望》来做必要的解释：

> 这以前，我的心也曾充满过血腥的歌声：血和铁，火焰和毒，恢复和报仇。而忽而这些都空虚了，但有时故意地填以没奈何的自欺的希望。……我只得由我来肉薄这空虚中的暗夜了。①

《希望》正是对于绍兴会馆期"禁欲"与"纵欲"的双重生命存在状态的象征性陈述。毫无疑问，"血腥的歌声：血和铁，火焰和毒，恢复和报仇"正是回国之后的生命的激扬期。而在绍兴会馆时期的鲁迅，已经进入一个沉默、"装死"的状态，也就是鲁迅所说的"寂寞"，他好像真的忘记了曾有过的"血和铁，火焰和毒，恢复和报仇"，而一心在会馆里抄古碑、拓本。此时的鲁迅在政治诉求、社会活动方面的确是处于"禁欲"期，是为"空虚"；而"肉薄这空虚中的暗夜"便是以"肉薄"的"纵欲"方式获得自由的精神意志。这存在于鲁迅身上的巨大的静与

---

① 鲁迅：《希望》，《鲁迅全集》第 2 卷，人民文学出版社 2005 年版，第 181 页。

动、死与生的交缠、融汇，也直指他的重要意象：死火。

> 有炎炎的形，但毫不摇动，全体冰结，像珊瑚枝；尖端还有凝固的黑烟，疑这才从火宅中出，所以枯焦。这样，映在冰的四壁，而且互相反映，化为无量数影，使这冰谷，成红珊瑚色。①

这"炎炎的形"，也正是那"血和铁，火焰和毒"，然而这一切都已"冰结"，虽已"冰结"，却"化为无量数影"，以内藏的形式存在着。静（没有爱憎，没有哀乐，也没有颜色和声音）且动（肉搏），动而生（掷我身中的迟暮）；止（冰结）且行（炎炎），行而生（互相反映，化为无量数影）；死且生（死火）……这"外在冰结—内里燃烧"的状态，亦虚亦实、如此如彼，既抵抗，又融汇，正是绍兴会馆时期的鲁迅的生命存在状态。

（一）"禁欲"与自由意志

对于鲁迅绍兴会馆的蛰伏，诚如他自己所说："古碑中也遇不到什么问题和主义，而我的生命却暗暗的消去了。"出自《〈呐喊〉自序》的这段话同样以"我的生命"来定义这段生活，也如同他对于自己的所有创作阶段、论战阶段的界定。这也说明，对于鲁迅来说，这一段"生命"是有意义的。

这段时间的鲁迅日记中频繁出现的字样是："无事""饮酒""琉璃厂""生病"。鲁迅刚到北京的第六天，即 5 月 10 日的日记便是："晨九时至下午四十半至教育部视事，枯坐终日，极无聊赖。"② 这种无事的状态，与嗜酒同时存在着。但笔者认为这一"无事"与"饮酒"中有着另一番意味。鲁迅在《魏晋风度及文章与药及酒之关系》中说阮籍"觉得世上的道理不必争，神仙也不足信，既然一切都是虚无，所以他便沉湎于酒了。……有一次司马懿求和阮籍结亲，而阮籍一醉就是两个月，没有提

---

① 鲁迅：《死火》，《鲁迅全集》第 2 卷，人民文学出版社 2005 年版，第 200 页。
② 鲁迅：《日记·壬子日记·五月十日》，《鲁迅全集》第 15 卷，人民文学出版社 2005 年版，第 1 页。

出的机会"①，此时鲁迅的选择，其实承续了阮籍的选择，不管他是否自觉。

看他 1912 年 7 月的日记中悼念范爱农的诗句，便可知他自身的精神状态："华颠萎寥落，白眼看鸡虫。世味秋荼苦，人间直道穷。""把酒论当世，先生小酒人。大圜犹酩酊，微醉自沉沦。"②"白眼看鸡虫"的阮籍和范爱农所面对的，也正是鲁迅自己此时所面对的"狐狸方去穴，桃偶已登场"的社会环境。而鲁迅看似嗜酒避世的选择，却又并非消极的，而是以"禁欲"的方式拒绝被束缚。这需要联系鲁迅刚回国的遭遇来理解。初回国的鲁迅，正处于"积极入世"的阶段，在他的壮怀激烈与现实的碰撞中，"铁屋子"的囚禁感开始形成。越挣扎越紧缚的困境也同时说明，规避行动，也即规避了被囚禁。这也正是鲁迅《复仇》所说的精神意志：

> 然而他们俩对立着，在广漠的旷野之上，裸着全身，捏着利刃，然而也不拥抱，也不杀戮，而且也不见有拥抱或杀戮之意。
>
> 他们俩这样地至于永久，圆活的身体，已将干枯，然而毫不见有拥抱或杀戮之意。③

《复仇》的精神意志与鲁迅的蛰伏的"禁欲"行为是一致的，那就是以自身的不作为来拒绝被围观和被囚禁。同样，另外一个关于复仇的文本《孤独者》所要表述的，也正是以对于政治、社会责任的承担行为的"禁欲"而使社会对自身的攻击无法实现。这正是鲁迅的复仇逻辑，也便是"胜利"与"失败"的辩证。事实上与鲁迅"肉薄这空虚中的暗夜"的选择是一致的，都呈现着鲁迅生命意志的强悍。这也说明他内心"血腥的歌声"并未止息，所以才会有之后的爆发。

另外可以作为佐证的，便是这种有意识地对于政治、社会活动的规

---

① 鲁迅：《魏晋风度及文章与药及酒之关系》，《鲁迅全集》第 3 卷，人民文学出版社 2005 年版，第 533 页。

② 鲁迅：《日记·壬子日记·七月二十二五日》，《鲁迅全集》第 15 卷，人民文学出版社 2005 年版，第 12 页。

③ 鲁迅：《复仇》，《鲁迅全集》第 2 卷，人民文学出版社 2005 年版，第 176—177 页。

避，又以文化整合的方式呈现。根据《鲁迅年谱》，绍兴会馆时期及此后几年鲁迅与传统有关的文化工作大致如下：

> 1912 年 5 月，抵北京。
>
> 8 月，公余纂辑谢承《后汉书》。
>
> 1913 年 10 月，公余校《嵇康集》。
>
> 1914 年是年公余研究佛经。
>
> 1915 年 1 月，集成《会稽郡故书杂集》一册，刻《百喻经》成。
>
> 是年公余喜搜集并研究金石拓本。
>
> 1916 年是年仍搜集研究造像及墓志拓本。
>
> 1917 年是年仍搜集研究拓本。
>
> 1918 年是年仍搜罗研究拓本。
>
> 1919 年是年仍搜罗研究拓本。

根据这个年谱，研究者往往认为，鲁迅这段时间是沉默的、蛰伏的，但可能事实会有所不同。回溯一下刚回国的鲁迅给许寿裳的一些信件，可能会有助于我们还原鲁迅当时的文化活动。对于鲁迅此阶段的雄心和抱负，或可窥知一二：

> 惟奠大山川，必巨斧凿，老夫臣树人学殖荒落，不克独胜此负荷，故特驰书，乞临此校，开拓越学，俾其曼衍，至于无疆。①
>
> 近读史数册，见会稽往往出奇士，今何不然？甚可悼叹！……吾乡书肆，几于绝无古书，中国文章，其将殒落。闻北京琉璃厂颇有典籍，想当如是，曾一览否？李长吉诗集除王琦注本外，当有别本，北京可能蒐得。如有而直不昂，希为致一二种。②

---

① 鲁迅：《书信·101221 致许寿裳》，《鲁迅全集》第 11 卷，人民文学出版社 2005 年版，第 337 页。

② 鲁迅：《书信·110102 致许寿裳》，《鲁迅全集》第 11 卷，人民文学出版社 2005 年版，第 341 页。

迩又拟立一社，集资刊越先正著述，次第流布，已得同志数人，亦是蚊子负山之业，然此蚊不自量力之勇，亦尚可嘉。若得成立，当更以闻。北京琉璃厂肆有异书不？时欲入夏，幸力自摄。①

1912 年鲁迅到达北京的第一天即有日记记载：5 月 5 日，"约七时抵北京，宿长发店。夜至山会邑馆访许铭伯先生，得《越中先贤祠目》一册"。第二天，他便搬进了山会邑馆，② 即山阴、会稽两邑会馆，主要招待山阴、会稽两县进京赶考的举人。绍兴会馆"进了头门二门之后照例是一个大院子，正屋是历代乡贤的祠堂"③，而且在鲁迅进入绍兴会馆的几年前，徐锡麟也在此住过，甚至曾为山会邑馆慷慨捐款，会馆内镌刻捐款者名单的石碑上，能找到徐锡麟的名字。这种越文化氛围的熏染，对于鲁迅的影响是不言而喻的。而且就在到达北京的第一个星期天，鲁迅日记便有如此记载："下午与季茀、诗荃、协和至琉璃厂，历观古书肆，购傅氏《纂〔簒〕喜庐丛书》一部七本。"④ 傅氏即傅云龙，正是浙江人。从留日时期的浙江同乡会，及《浙江潮》的同人圈子，到北京时交往频繁的浙江人许铭伯、许寿裳，鲁迅的文化活动与他的人际交往有着密切的关联。同时也说明，对于越文化的弘扬是他的志向之一。而事实上，鲁迅在绍兴会馆期间对于传统文化的"沉入"确实是有所选择的，并非真的以一种"逃避"的心态来做这些工作，而是对于此前"开拓越学"的延续。而这种工作，可以追溯到日本时期"外之既不后于世界之思潮，内之仍弗失固有之血脉"⑤ 的文化取向。总而言之，鲁迅在绍兴会馆所做的工作，并非如我们后来所认为的那样消极，反而是教育部的工作机缘以及相对优厚的待遇，使得鲁迅能够去做他之前想要做的事情。

---

① 鲁迅：《书信·110412 致许寿裳》，《鲁迅全集》第 11 卷，人民文学出版社 2005 年版，第 346 页。

② 鲁迅：《日记·壬子日记·五月五日》，《鲁迅全集》第 15 卷，人民文学出版社 2005 年版，第 1 页。

③ 周作人著、止庵校订：《鲁迅在 S 会馆》，《周作人自编文集·鲁迅的故家》，河北教育出版社 2002 年版，第 252 页。

④ 鲁迅：《日记·壬子日记·五月五日》，《鲁迅全集》第 15 卷，人民文学出版社 2005 年版，第 1 页。

⑤ 鲁迅：《文化偏至论》，《鲁迅全集》第 1 卷，人民文学出版社 2005 年版，第 57 页。

　　早在他的《摩罗诗力说》中，鲁迅对于"隐逸"曾有过如此批判："又将见古之思士，决不以华土为可乐，如今人所张皇；惟自知良懦无可为，乃独图脱屣尘埃，惝恍古国，任人群堕于虫兽，而己身以隐逸终。思士如是，社会善之，咸谓之高蹈之人。"① 他批判老子学说"不撄人心"，"以不撄人心故，则必先自致槁木之心，立无为之治"②。可以说，鲁迅始终并非能够"沉静""独善"或者"遗忘"之人，相反，他一直主张"介入"，且始终有着深度的介入意愿。在某种意义上，鲁迅始终是孟子所言的伊尹这样的"任者"，而非伯夷、叔齐这样的"清者"。即使在"禁欲"的行为模式之下，"用了种种法，来麻醉自己的灵魂，使我沉入于国民中，使我回到古代去"，鲁迅也依然不以"独图脱屣尘埃"为追求，他是水里火里的行者。也就是说，这样的沉浸在古籍、佛经、墓志之中的鲁迅保持了精神上的"禁欲"，是一种不使波澜外现的生存状态。但从他所做的工作来看，回到古代，却是回到放浪形骸的魏晋；沉入国民，却是沉入刚劲的会稽先贤的世界中。其迹似韬晦，但其胸中如越中先贤徐渭之"勃然不可磨灭之气"，何尝止息。

　　另外，鲁迅所"沉入"的种种工作，古籍校对，金石拓本的研究，佛经的研读，都是在他自身的审美系统中沉入和深拓，他对许寿裳即称赞过释迦牟尼是"大哲"，称赞汉画像"美妙无伦"，都说明鲁迅的精神生活未必如我们所想得那么沉闷。甚至相反，鲁迅在这样的世界里，汲取了中国传统文化中一脉以自由意志为核心的生命取向，从而获得了与西方文化，尤其是他所接受的生命性的"个人主义"的彻底融通。而这二者的融合，正发生在这一蛰伏期。鲁迅这一阶段开始的对《嵇康集》的校对贯穿了他的后半生，这一行为早已不是简单的学术研究，而是一种沉浸其中的文化精神的迷恋。这样的沉浸，使得鲁迅自身完成了外在的思潮、观念与民族血脉的对话过程，从而脱离了"观念"期的自己。

　　鲁迅说："站在沙漠上，看看飞沙走石，乐则大笑，悲则大叫，愤则大骂，即使被沙砾打得遍身粗糙，头破血流，而时时抚摩自己的凝血，觉

---

① 鲁迅：《摩罗诗力说》，《鲁迅全集》第 1 卷，人民文学出版社 2005 年版，第 69 页。
② 鲁迅：《摩罗诗力说》，《鲁迅全集》第 1 卷，人民文学出版社 2005 年版，第 69 页。

得若有花纹，也未必不及跟着中国的文士们去陪莎士比亚吃黄油面包之有趣。"① "你要那样，我偏要这样是有的；偏不遵命，偏不磕头是有的；偏要在庄严高尚的假面上拨它一拨也是有的。"② 鲁迅对于自己的创作评断其实是中肯的。鲁迅在《魏晋风度及文章与药及酒之关系》中说："刘勰说：'嵇康师心以遣论，阮籍使气以命诗。'这'师心'和'使气'，便是魏末晋初的文章的特色。正始名士和竹林名士的精神灭后，敢于师心使气的作家也没有了。"③ 鲁迅自己的文章，却正是"师心使气"的。他的文章中存在着如此多的自身生命意志和情绪的残留，在现代文学史上，恐怕也是无出其右的。这样的执拗甚至疏狂的存在状态和生命意志绝不是单纯的西方"个人主义"的精神，而更多是魏晋风度。

（二）身体的发现："纵欲"及其抵抗意志

上面援引《希望》和《复仇》解释了鲁迅的"禁欲"中内含的精神意志，而这两篇文章中，也都出现了另外一种意象，那就是身体的"纵欲"，笔者指的是："我只得由我来肉薄这空虚中的暗夜了。"对于身体的发现，笔者认为是鲁迅精神结构形成以及他的个人性话语建构过程的重大事件。可以从两个方面进行解读：一是疾病、死亡意识与"个体有限"意识的形成；二是鲁迅这段时间对于身体的有意识的毁坏中流露的反抗绝望的生命意志。

身体的发现最先与疾病相关。这一时期《鲁迅日记》已经开始小时出现身体病痛的记载。日本学者泉彪之助整理了《鲁迅日记》中的疾病记载，从1912年5月日记的起始算起至1918年，每年的日记涉及医药的记载日数分别为：1912年，24日；1913年，42日；1914年，25日；1915年，27日；1916年，26日；1917年，25日；1918年，21日。涉及的病症类型有感冒、包括肺炎和喘息症状的呼吸系统疾病、消化系统疾

---

① 鲁迅：《〈华盖集〉题记》，《鲁迅全集》第3卷，人民文学出版社2005年版，第4页。

② 鲁迅：《〈华盖集续编〉小引》，《鲁迅全集》第3卷，人民文学出版社2005年版，第195页。

③ 鲁迅：《魏晋风度及文章与药及酒之关系》，《鲁迅全集》第3卷，人民文学出版社2005年版，第537页。

病、神经系统疾病、传染病等。①

　　1936 年，鲁迅的信件中频频出现"肺病"："我生的其实是肺病，而且是可怕的肺结核……此病盖起于少年时。"② 鲁迅给杨霁云的信中说："我这次所生的，的确是肺病，而且是大家所畏惧的肺结核，我们结交至少有二十多年了。"③ 同年 9 月 3 日给母亲的信中再次提及："男所生之病，报上虽说是神经衰弱，其实不是，而是肺病，且已经生了二三十年。"④ 如果从这些信的"少年时""至少二十多年""已经生了二三十年"算回去，蛰伏期间正是鲁迅肺病的折磨开始之时。也就是说，之后导致他死亡的肺病在北京"蛰伏"时期其实已经袭来，而医学出身的鲁迅自己对此并非懵然不知，他事实上已经感受到了死亡的来临。在《两地书·八三》中，他便写道："我一生的失计，即在向来不为自己生活打算，一切听人安排，因为那时预料是活不久的。后来预料并不确中，仍能生活下去，遂至弊病百出，十分无聊。"⑤ 也就是说，鲁迅对于自己的"活不下去"，是做好了准备，甚至是在甘心等待的。1916 年 11 月 30 日，《鲁迅日记》载："晴。上午陈师曾赠印章一方，文曰'俟堂'。"⑥ 他给自己的书房取名为"俟堂"，周作人以"待死堂"解释过："'洪宪'发作以前，北京空气恶劣，知识阶级多已预感危险，鲁迅那时自号'俟堂'，本来也就是古人的待死堂的意思。"⑦ 虽然一方面说明鲁迅这段时间的绝望感，但另一方面，这"待死"中未尝没有对于自身疾病的认知和死亡的终极体验。

　　① ［日］泉彪之助：《〈鲁迅日记〉中的医疗——第一报基础讨论》，宋扬、靳丛林译，《鲁迅研究月刊》2004 年第 1 期。

　　② 鲁迅：《书信·360706 致曹靖华》，《鲁迅全集》第 13 卷，人民文学出版社 2005 年版，第 110 页。

　　③ 鲁迅：《书信·360828 致杨霁云》，《鲁迅全集》第 13 卷，人民文学出版社 2005 年版，第 137—138 页。

　　④ 鲁迅：《书信·360903 致母亲》，《鲁迅全集》第 13 卷，人民文学出版社 2005 年版，第 140 页。

　　⑤ 鲁迅：《两地书·八三》，《鲁迅全集》第 11 卷，人民文学出版社 2005 年版，第 225 页。

　　⑥ 鲁迅：《日记·丙辰日记·十一月三十日》，《鲁迅全集》第 15 卷，人民文学出版社 2005 年版，第 250 页。

　　⑦ 周作人著、止庵校订：《俟堂与陈师曾》，《周作人自编文集·鲁迅的故家》，河北教育出版社 2002 年版，第 247 页。

很明显，蛰伏期形成的一个更深入鲁迅话语底色的元素是死亡。缢死过女人的槐树，闹鬼的屋子，与墓志有关的拓本，佛经……鲁迅似乎在这一个蛰伏期参透了生与死的奥秘。《〈呐喊〉自序》中的事件，都有关于死亡的书写：父亲的死，幻灯片中的砍头，绍兴会馆里缢死的女人，"铁屋子"寓言中将由昏睡入死灭的国民。笔者认为，死亡认知的形成，以及对于身体的发现，二者是相互关联的。鲁迅这段时间通过对于身体的发现以及死亡的体验而进行着与世界的对话。他的各种思想的杂糅也借助于身体的某种终极体验而实现了融合。1913 年 10 月 1 日，《鲁迅日记》中写道："写书时头眩手战，似神经又病矣，无日不处忧患中，可哀也。"①这种从身体出发的存在感觉在鲁迅的文本中构成了一种自觉，即，由疾病而确定的自我身体的边界，是"个"的确认。福柯认为："在死亡的感知中，个人逃脱了单调而平均化的生命，实现了自我发现；在死亡缓慢和半隐半现的逼近过程中，沉闷的共性生命变成了某种个体性生命。"②伊藤虎丸在对于鲁迅与终末论的研究中，也贯彻着这一思路，即，人的面死而生。他认为，即便是阿 Q，也在生命终结的时刻，成为一个"人"。③这种在死亡的终极体验中获得的"个"的自觉，是西方式的。

而在鲁迅的话语中，将"死亡"和"身体"联系在一起的词是"大欢喜"。

①过去的生命已经死亡。我对于这死亡有大欢喜。④

②于是各以这温热互相蛊惑，煽动，牵引，拼命地希求偎依，接吻，拥抱，以得生命的沉酣的大欢喜。

给以冰冷的呼吸，示以淡白的嘴唇，使之人性茫然，得到生命的飞扬的极致的大欢喜。⑤

---

①　鲁迅：《日记·癸丑日记·十月一日》，《鲁迅全集》第 15 卷，人民文学出版社 2005 年版，第 81 页。
②　［法］米歇尔·福柯：《临床医学的诞生》，刘北成译，译林出版社 2001 年版，第 193 页。
③　［日］伊藤虎丸：《鲁迅与终末论》，李冬木译，生活·读书·新知三联书店 2008 年版，第 161 页。
④　鲁迅：《〈野草〉题辞》，《鲁迅全集》第 2 卷，人民文学出版社 2005 年版，第 163 页。
⑤　鲁迅：《复仇》，《鲁迅全集》第 2 卷，人民文学出版社 2005 年版，第 176 页。

③碎骨的大痛楚透到心髓了，他即沉酣于大欢喜和大悲悯之中。①

"大欢喜"这样一个源于佛教的词，纠结着生与死，它们却统统指向"身体"。鲁迅在绍兴会馆期对于佛经的噬读已经是众所周知的了。佛教皈依时的肉身死灭的模式，其实是暗藏在鲁迅的文本之中的。联系到补树书屋前的槐树上缢死过一个女人的事，鲁迅在写《女吊》的时候，甚至在写《铸剑》的时候，即有舍弃肉身之后换得生命力量和生命意志的复活。同样，耶稣是以自己的舍身而获致"大欢喜"。更遑论有着野性生命的"雪"，是"死掉的雨，是雨的精魂"②。

绍兴会馆期的鲁迅对于死亡和身体的认知通过《孤独者》透露出来：魏连殳信中言"倘早，当能相见"之语，事实已经对自己的死亡有了预知，但即便如此，别人送他的"仙居术"却被他扔给了大良的祖母，魏连殳对于自己身体的厌弃、毁坏正是鲁迅这一时期的行为方式。鲁迅在日后写《这是这么一个意思》就言及"我曾经纵酒""数年之前，带些自暴自弃的气味地喝起酒来"③。这极不爱惜自己身体的"自暴自弃"的行为选择，我们从他的日记中也可得见。仅摘录1912年日记中的部分内容：

> 八月
>
> 十二日，"晴。数日前患咳，疑是气管病，上午就池田医院诊之，惟神经衰弱所当理尔"。（15）④
>
> 十四日 晴。上午至池田医院就诊。（15）
>
> 十七日 晴。上午往池田医院就诊，云已较可，且戒勿饮酒。（15）
>
> 十九日 旧历七夕，晚铭伯治酒招饮。（16）

---

① 鲁迅：《复仇（其二）》，《鲁迅全集》第2卷，人民文学出版社2005年版，第179页。

② 鲁迅：《雪》，《鲁迅全集》第2卷，人民文学出版社2005年版，第186页。

③ 鲁迅：《这是这么一个意思》，《鲁迅全集》第7卷，人民文学出版社2005年版，第274页。

④ 鲁迅：《日记·壬子日记·八月十二日》，《鲁迅全集》第15卷，人民文学出版社2005年版，第15页。以下所引日记均出于2005年版《鲁迅全集》第15卷，括号中的数字表示页码。

二十二日　晚钱稻孙来,与季市饮于广和居。(17)

二十三日　夜胃痛。(17)

二十八日　晚稻孙来,大饮于季市之室。(17)

三十一日　晚董恂士招饮于致美斋。(17)

十月

二日　晚稻孙来,又同铭伯、季市饮于广和居。(23)

十二日　夜腹忽大痛良久,殊不知其何故。(25)

十三日　腹仍微痛。终日订书。(25)

十五日　晚寿洙邻来,并招饮于广和居。(25)

疾病时的频频大饮,说明鲁迅对待自己身体的态度。他在日后给许广平的信中多次说到他对于自己身体的不爱惜:"有时则竟因为希望生命从速消磨,所以故意拼命的做。"①《孤独者》中魏连殳对待自己的身体的方式,即体现了鲁迅自己当时某种对于身体的厌弃。很多研究者认为《孤独者》是鲁迅对于自己人生的某种设想,事实是,《孤独者》是鲁迅对这段时间生命历程的再现。《孤独者》所流露的那种绝望和惨烈,在鲁迅文字中也算得触目惊心,但正是在此前不久的那段时间里,鲁迅频频向许寿裳求救的痛苦绝不亚于魏连殳的痛苦。魏连殳对自己的身体所采取的复仇的方式,是"纵欲"的。"吐了两口血"而"清醒起来"的魏连殳给"我"写了他人生的"绝笔信",对于自己生命选择的忏悔乃至辩白,这几乎是鲁迅话语世界中一个压抑的却又无处不在的声音。但魏连殳的绝笔信中有一种诡异的狂欢气息。这种气息——对于自弃肉身的"纵享"般的精神状态,迷醉似的"大欢喜",在《复仇(其二)》中,在《铸剑》中,我们也同样可以感知。

这样的对待身体的方式,不是"天下无道,以身殉道"的选择,也不是"肩住黑暗的闸门"的肉身的献祭,而是一种深源于内里的生命的抵抗,是肉搏、反抗和否定式的存在方式。而这种生存方式的获得,正是由疾病得来的"向死而生"的态度。相对于"肩住黑暗的闸门"的"身体的献祭"这一宗教的、伦理的、儒家的甚至是民间侠义的行为,这种

① 鲁迅:《两地书·二四》,《鲁迅全集》第11卷,人民文学出版社2005年版,第81页。

"身体的毁灭",则是向内的、哲学的、反抗的、纵欲的。其间映射着鲁迅对于终极生命体验的追求。所以他会说:"危险令人紧张,紧张令人觉到自己生命的力。在危险中漫游,是很好的。"①

这便是鲁迅蛰伏期间"禁欲"与"纵欲"的结合,一个沉默的、规避所有规则的精神"禁欲"期,却同时以对身体的毁坏,进入自我生命的肆意挥霍的"纵欲"期。在这一过程中,生命的自由意志在鲁迅的精神结构中生成了。

当然,一个更为重要的意象已经在鲁迅的世界中浮出水面,那就是"铁屋子"开始出现了。1917年除夕日记中记载:"旧历除夕也,夜独坐录碑,殊无换岁之感。"② 此时的鲁迅,近似于活死人墓中的隐士,但他精神上的围困和绝望感与他自身生命意志中的力量在同时滋长。而两种相互撕扯的力量构成了他的个人性话语中的一种独特的平衡关系。

鲁迅的个人性话语熔铸了鲁迅的生命体验和生命意志选择,成为鲁迅话语世界中的强势存在,并深入鲁迅的国民性话语之中。与理性的启蒙意向构成了一种双构的话语结构。鲁迅个人的生命体验支撑了国民性话语的"立人"而"立国"的建构意志;但他的生命意志在另一方面也构成了对于理性启蒙的颠覆。而鲁迅的话语整体,正是在这种双构互生之中形成的。

① 鲁迅:《秋夜纪游》,《鲁迅全集》第5卷,人民文学出版社2005年版,第267页。
② 鲁迅:《日记·丁巳日记·一月二十二日》,《鲁迅全集》第15卷,人民文学出版社2005年版,第273页。

# 第 二 章

# "铁屋子"与鲁迅话语建构

当我们从发生学的角度，完成了对于国民性话语的源流以及鲁迅与这一话语的连接契机与方式、鲁迅个人性话语对国民性话语的支撑和颠覆形态的梳理，之后出现的问题，自然是对于鲁迅话语建构路径的还原。因为话语"不是自然而就，而始终是某种建构的结果，而我们要了解的正是这种建构的规则，并对它作验证"①。话语从根本上是一种意义的聚合与建构。也就是说，话语分析不是对于文本内容、形式、叙事、修辞等方面的分析，而是深入文本的内部，还原话语建构的方式和过程。

鲁迅在社会和个人的双重认知层面把握和接受了国民性话语，并将之内化到自己的话语系统当中，他的话语世界必然存在着知识的生产和运用过程，以及话语权力的行使过程，尽管这些痕迹及其现场已经被掩盖了，但通过还原知识（诸如理念、价值、判断）在文本中行走的路径，呈现为表象的话语中还是表现出了知识、权力的残留。而正是这些残留的实践痕迹，揭开了国民性"本质化"解读的迷障。

本章中，笔者试图提出"铁屋子"寓言作为鲁迅国民性话语与个人性话语关系体系的原型的问题："铁屋子"是鲁迅对生命个体与世界的关系的建构。其内部可以勾画出一个鲁迅话语系统的图谱："铁屋子"的复制与变形铺衍出鲁迅话语世界的基本体系；"铁屋子"内部的关系结构，如自我与世界的对立、自我与世界的同源关系等，是鲁迅话语中主要的关系结构。

---

① ［法］米歇尔·福柯：《知识考古学》，谢强、马月译，生活·读书·新知三联书店2003年版，第26页。

## 第一节  "铁屋子"寓言的建构及其关系体系

罗赞诺夫在《陀思妥耶夫斯基的"大法官"》中说:"在艺术领域里几乎每个创造者那里我们都能够找到一个中心,有时几个,但总是不多,其所有作品都聚集在这些中心周围。"① 在鲁迅的话语世界中,这样的中心是存在的。它凝聚着鲁迅的作品世界,将所有的陈述都纳入这个中心里。

如果把鲁迅的文本世界比喻成一个"容器",或者"熔铸器",它会呈现出什么样的形态?在这个空间中——这是一个无限扩张的、具有永恒的动态生成性的空间——鲁迅的国民性话语以强大的裹挟力量充斥着这个世界,但这一力量进入或者说发散的时候,你又会明显感觉到这个"容器"中有着同样强大的对于国民性话语的个人性的颠覆力量——激荡汹涌的、幽暗癫狂的。不仅如此,整个世界中都混杂着另外一种元素,类属于"质"的,弥散的、无处不在的"霰"一样的东西,这种幽微而执拗存在的东西暂且可以"黑暗"称之(笔者一直认为这一"黑暗"元素存在的"质感"性质在鲁迅研究中被忽略了)。这个世界中充斥着矛盾、抵抗、弃绝、迷恋——鲁迅所有文本呈现的种种表象似乎都亟待寻找到这个"容器"象征物,而笔者认为,它们纷纷指向一个中心,那就是"铁屋子"这个以意象性的形式出现,完成了话语空间建构以及话语实践的核心的陈述。

《〈呐喊〉自序》中,鲁迅将此阐释不尽的意象"铁屋子"提出的时候,他的多维的话语支流得以"归源"。"铁屋子"作为社会结构的寓言,历来被征引为鲁迅国民性批判的关键意象,这一点被阐释得相当充分。但"铁屋子"不仅仅是一个单纯的意象或隐喻,它凝缩着鲁迅话语的多个维度。可以说,"铁屋子"既反映着新文学话语场域中"鲁迅"的发生的"前缘性"存在——价值的汇聚和重构、生命体验的具象性凝练,精神哲学在幽深之域的"淬火",也通过不断地复写、变形,不断地复杂着它内

---

① [俄]罗赞诺夫:《陀思妥耶夫斯基的"大法官"》,张百春译,华夏出版社2002年版,第3页。

部的结构层次和悖论关系，由之衍生出了鲁迅话语的多维层面。在鲁迅的话语世界中具有理论的高度，其浓缩性和抽象性，提示着鲁迅对自己文学世界的造形。"铁屋子"是鲁迅对生命个体与世界关系的基本认知和建构，也是鲁迅文学的叙事模型。它沟通了鲁迅的不同文体，将鲁迅的文本整合为统一的话语体系。着眼于鲁迅的文学世界和精神世界，这一意象处于非常微妙的位置，像是某种磁场，我们对于鲁迅的阐释总会不断地溯源至此。

首先，鲁迅的"铁屋子"作为话语体系的中心，其意象的象征意味、结构形式、其中的构成元素等在鲁迅话语世界中不断复制和迁移，敷衍成大规模的文本。而且"铁屋子"以其"图式"性质沟通了鲁迅的各种文体，它打破了鲁迅文本中的文体形式的界限，以笼罩整体的意义出现。它在鲁迅话语的整体中处于轴心地位，即鲁迅对"铁屋子"不断进行描述和变形：其囚禁性质以狂人、疯子的癫狂话语进行了复写；其描写的内空间与外空间并置和对峙的模式位移至还乡叙事中；其噩梦感和突围欲望在《野草》里大规模地衍生，内质的"黑暗"也以不同的指向进入《野草》和《朝花夕拾》，呈现为对于民间鬼魅世界的迷恋情感。

其次，"铁屋子"之所以能够在鲁迅的话语世界中占据中心地位，是因为，它在一个有限的空间设置中，呈现出了复杂的关系结构。它不仅仅是一个意象，它是一个"关系体"。其内部可以勾画出一个鲁迅话语系统的图谱：自我与世界的对立；自我与世界的同源关系；"铁屋子"的价值构成与"铁屋外"价值构成的对峙和抵抗关系；清醒者与"铁屋外"世界的关系；自我与"吃人的我"的关系；等等。而这个关系谱系，正是鲁迅话语体系的结构。它其实是鲁迅话语的根性的东西，是对于自我与世界的关系的认知和建构。其中最为核心的问题即自我在这一关系系统中的坐标。

## 一 "铁屋子"的复制、变形和位移

鲁迅对于中国传统文化和历史的造形是这样的："假如一间铁屋子，是绝无窗户而万难破毁的，里面有许多熟睡的人们，不久都要闷死了，然而是从昏睡入死灭，并不感到就死的悲哀，现在你大嚷起来，惊起了较为清醒的几个人，使这不幸的少数者来受无可挽救的临终的苦楚，你倒以为对得起他们么?"① 着眼于鲁迅的文学世界和精神世界,"铁屋子"处于非常重要的位置。它作为鲁迅话语的一个核心点,打通了鲁迅小说、散文和杂文之间的界限,使各种文体都笼罩在这一核心的话语之中。鲁迅的话语世界正是对"铁屋子"不同侧面的摹写。

(一) 意象的多重变形

"铁屋子"是一个囚禁意象。在鲁迅的话语中,"铁屋子"作为中国古老传统的空间形象,不断得到重构:"故乡","高墙上四角的天空","地狱","雷峰塔","长城","非人间","无物之阵","独头茧","人肉筵宴的厨房",甚至"无主名无意识的杀人团"。鲁迅将文化的禁锢造形为无数的空间意象,被禁锢的人众都茫然无知。这种空间结构成为鲁迅话语中的一个中心。

"铁屋子"的提出是在《呐喊》结集时,其对于《呐喊》的说明性是不言而喻的。综观整个《呐喊》,从《狂人日记》关押狂人的祖屋,到《孔乙己》的咸亨酒店,《药》被囚禁在监牢里的夏瑜,《明天》单四嫂子体味到的压迫感的屋子,甚至宝儿的小棺材,到《风波》中闭塞的乡村,《故乡》中荒凉的故乡,《阿Q正传》的土谷祠……《呐喊》就是由《狂人日记》开启的"吃人"与"禁锢"共同作用的"铁屋子"。逼仄、压抑的焦虑感和噩梦感充斥其中,"铁屋子"及其变形成为《呐喊》中无处不在的意象,其蕴藏的社会信息和文化密码,已经成为《呐喊》叙事的一个重要层面,甚至在其表象的显性话语中开启了另外一个复调话语空间。

"铁屋子"的变形在鲁迅的作品中以几种形式存在:故乡式"铁屋子"(鲁镇、S城、未庄、吉光屯),公共场所中的密闭空间(咸亨酒店、茶馆、社庙),房屋式"铁屋子"(祖屋、土谷祠),以及更为狭窄逼仄的意象,诸如"棺材","坟墓","独头茧"。

总体而言,故乡式"铁屋子"与公共场所中的密闭空间的"铁屋子"是文化禁锢的象征。更多以社会、人群为主体出现,其主要的行为是"看"与"评说"(流言)。而这两种"铁屋子"的出现模式是:公共场所"铁屋子"是故乡式"铁屋子"的缩影。比如说,《孔乙己》讲的是

---

① 鲁迅:《〈呐喊〉自序》,《鲁迅全集》第1卷,人民文学出版社 2005 年版,第 441 页。

鲁镇的故事,鲁镇就是故乡式"铁屋子",但小说并不写鲁镇的全貌,而代之以咸亨酒店这一公共空间。但这个"铁屋子"也完全呈示出鲁镇的全貌。同样,《祝福》也是写鲁镇,但主要的空间还是四叔家(四叔家不是房屋式"铁屋子",而更多呈现出多人汇集的公共场所的面目,同理,《长明灯》中,茶馆与四爷的客厅具有同质性),其社会结构、文化制度于此尽显。

而房屋式"铁屋子"更多以感觉性出之,表达来自外界的精神压力,其话语构成的实质是,以对房屋式"铁屋子"的感知表达来自社会文化的逼撺。《狂人日记》即可说明。"铁屋子"在鲁迅话语中第一次复制是在《狂人日记》。小说通篇写的是关于"吃人"的寓言,而"吃人"主题与"禁锢"合二为一,二者相互为援。

对于房屋的禁锢的表述为:

> 进了书房,便反扣上门,宛然是关了一只鸡鸭。①
> 屋里面全是黑沉沉的。横梁和椽子都在头上发抖;抖了一会,就大起来,堆在我身上。②
> 太阳也不出,门也不开,日日是两顿饭。③

而对于"吃人"的表述为:

> 他们大家连络,布满了罗网,逼我自戕。④
> 预备下一个疯子的名目罩上我。将来吃了,不但太平无事,怕还会有人见情。⑤

很明显,《狂人日记》的言说指向是屋外的"罗网",是"罩"上来的疯子的称谓,是"白厉厉"的牙齿。这些"吃人"意象都以密布的形

---

① 鲁迅:《狂人日记》,《鲁迅全集》第1卷,人民文学出版社2005年版,第446页。
② 鲁迅:《狂人日记》,《鲁迅全集》第1卷,人民文学出版社2005年版,第453页。
③ 鲁迅:《狂人日记》,《鲁迅全集》第1卷,人民文学出版社2005年版,第453页。
④ 鲁迅:《狂人日记》,《鲁迅全集》第1卷,人民文学出版社2005年版,第449页。
⑤ 鲁迅:《狂人日记》,《鲁迅全集》第1卷,人民文学出版社2005年版,第453页。

态存在，从而造成了狂人疯言疯语中对于被禁锢的压抑、恐惧感，而这一对于外在社会的感知却以"黑沉沉的"屋子为具象。也就是说，房屋式"铁屋子"正是社会文化的禁锢对人造成逼压的感觉载体。"吃人"的社会现实状态与"铁屋子"的心理感知结构相互支撑，是《狂人日记》的话语生成方式。《明天》中，单四嫂子面对儿子死亡时的窒息感也以来自屋子的压迫感呈现："他定一定神，四面一看，更觉得坐立不得，屋子不但太静，而且也太大了，东西也太空了。太大的屋子四面包围着他，太空的东西四面压着他，叫他喘气不得。"①

（二）精神结构变形

"铁屋子"是鲁迅话语中最稳定也是最频繁出现的精神结构具象。而"棺材""独头茧"类型的"铁屋子"就与自我内部的精神困境紧密相连。其典型的表现就是《孤独者》。魏连殳的出场、谢幕"以送殓始，以送殓终"，小说本身的结构就活脱一个"铁屋子"。而整篇小说的布置，正是一场失败了的精神逃亡。"独头茧"的意象更触目惊心："你实在亲手造了独头茧，将自己裹在里面了。你应该将世间看得光明些。"② 裹在黑暗里的活着的魏连殳，在棺材里的"不妥帖的衣冠中""仿佛含着冰冷的微笑"③ 的魏连殳始终都在紧缚和抵抗中生存。最后在棺材里陪伴他的"纸糊的指挥刀"照应"连殳"的名字，是"铁屋子"里无法刺穿黑暗的剑戟。个体生命的奔突与无法挣脱似乎正是为了回答鲁迅"铁屋子"建构的核心命题：个人能否逃脱社会历史结构、甚至命运营造的牢笼？鲁迅在《题〈彷徨〉》中说"两间余一卒，荷戟独彷徨"，而"连殳"也正是那一无奈、无力而徒劳的剑戟。甚至，《在酒楼上》中出现的小兄弟的坟墓、棺材的意象，也正示人以生命之虚无，甚至困境轮回之感，依旧是一个无法挣破的"铁屋子"。

这一类型的"铁屋子"的变形在《野草》中大规模的出现，《野草》笼罩着压抑的噩梦感，使人窒息的"铁屋子"与使人窒息的噩梦具有同质性，生命主体的突围欲望在《野草》里非常明显。其典型的表述是：

---

① 鲁迅：《明天》，《鲁迅全集》第1卷，人民文学出版社2005年版，第478页。

② 鲁迅：《孤独者》，《鲁迅全集》第2卷，人民文学出版社2005年版，第98页。

③ 鲁迅：《孤独者》，《鲁迅全集》第2卷，人民文学出版社2005年版，第109页。

"我梦见自己在做梦。自身不知所在，眼前却有一间在深夜中紧闭的小屋的内部，但也看见屋上瓦松的茂密的树林。"① 《野草》中的以梦始、以梦醒终的结构模式与《孤独者》"以送殓始、以送殓终"的结构模式具有内在的一致性。《野草》中的梦境本身就是一个精神的"铁屋子"。《狗的驳诘》终篇点出这一困境："我一径逃走，尽力地走，直到逃出梦境，躺在自己的床上。"② 这是鲁迅自己的精神困境和他生命主体的突围欲望的象征。

事实上，在把中国社会文化结构比喻成"铁屋子"时，鲁迅对于这一问题的提出方式值得深究。这一问题的提出方式具有鲁迅话语逻辑的典型性。即，在提出问题的时候，对于情境的设定的严苛："铁屋子"，"绝无窗户而万难破毁"。此情境是一个先在的绝境。这也便是魏连殳自造的"独头茧"，是生命主体的自主选择。鲁迅造了这个"铁屋子"，然后将主体放置在这个困境中，是任昏睡者昏睡，还是叫醒昏睡者，让其受临终的苦楚？这个两难的选择是鲁迅话语结构中的一个重要命题。两难的原因正在于这一情境设置的先在困境，阻断了任何方向上的希望。当我们对鲁迅话语世界做哲学、存在主义的阐释的时候，往往忽略了鲁迅设置这一问题的路径，即鲁迅话语的封闭性和阻断性。他在提起问题时采用的方式几乎都是如此。在"铁屋子"提出之前对于"幻灯片事件"的描述也是以这种天然的阻断为前提的：不管是"我"身处的教室的真实空间，还是幻灯片本身提供的话语空间，都是封闭性的。而这恰恰是鲁迅精神结构的起点。

所以我们会从鲁迅的文本中发现太多的两难处境：《死火》中"冻灭"还是"烧完"的选择困境，《影的告别》中"黑暗又会吞并我，然而光明又会使我消失"③ 的选择困境，《野草·题辞》中"开口"和"沉默"的困境，《写在〈坟〉后面》中"筑台"还是"挖坑"的历史存在困境，甚至《过客》中"走"与"停"的困境……与"铁屋子"困境的重合性，都暗示着个人的生存困境。——而鲁迅在进入这种困境时所选取

① 鲁迅：《颓败线的颤动》，《鲁迅全集》第 2 卷，人民文学出版社 2005 年版，第 209 页。

② 鲁迅：《狗的驳诘》，《鲁迅全集》第 2 卷，人民文学出版社 2005 年版，第 203 页。

③ 鲁迅：《影的告别》，《鲁迅全集》第 2 卷，人民文学出版社 2005 年版，第 169 页。

的方式是，他将自身逼进一个死胡同之后，通过自我与世界的决裂，从而激发主体的全部潜能，鲁迅从不回避这种焦虑，而是直接冲进焦虑的漩涡中央，将此紧张关系逼进极端化。他的还乡小说无一例外地以"行走"为结局，正是在自我与故乡的紧张关系进入无法和解的境地时的最终反抗。正是在这种直面困境的过程中，生命主体建构出来了。

## 二 "铁屋子"关系体系建构

笔者想先借助几个其他的故事来做一个类比的解读。

（1）洞穴。柏拉图在《理想国》第七卷写道："让我们想象一个洞穴式的地下室，它有一长长通道通向外面，可让和洞穴一样宽的一路亮光照进来。有一些人从小就住在洞穴里，头颈和腿脚都绑着，不能走动也不能转头，只能向前看着洞穴后壁。让我们再想象在他们背后远处高些的地方有东西燃烧着发出火光。在火光和这些被囚禁者之间，在洞外上面有一条路。沿着路边已筑有一带矮墙。矮墙的作用像傀儡戏演员在自己和观众之间设的一道屏障，他们把木偶举到屏障上头去表演。"柏拉图认为，囚徒们由于一辈子不能转头，只能看到火光投射到他们对面洞壁上的阴影，就会把虚幻的阴影当成真实的事物。而如果囚徒中的某一个被强行带出洞穴而看到了外面的真实的世界，他再次回到洞穴之后，他的眼睛就会在黑暗中什么也看不见。他在洞穴中就会成为众囚徒嘲笑的对象，如果他企图将众人带出洞穴，他将会被杀掉。①

（2）火宅。《法华经·譬喻品》曰："有大长者，其年衰迈，财富无量，多有田宅及诸僮仆。其家广大，唯有一门。……忽然火起，焚烧舍宅。长者诸子，若十、二十或至三十，在此宅中。……于火宅内乐著嬉戏，不觉不知，不惊不怖。火来逼身，苦痛切己，心不厌患，无求出意。……长者……具告诸子：'汝等速出！'父虽怜愍善言诱喻，而诸子等，乐著嬉戏不肯信受，不惊不畏，了无出心……父知诸子先心各有所好，种种珍玩奇异之物，情必乐著，而告之言：'汝等所可玩好，希有难得。汝若不取，后必忧悔。如此种种羊车、鹿车、牛车今在门外，可以游

---

① ［古希腊］柏拉图：《理想国》，郭斌和、张竹明译，商务印书馆1996年版，第273—276页。

戏，汝等于此火宅宜速出来。随汝所欲，皆当与汝。'尔时，诸子闻父所说，珍玩之物适其愿故，心各勇锐互相推排，竞共驰走争出火宅。……尔时，长者各赐诸子等一大车。其车高广，众宝庄校。"①

（3）剧场。鲁迅在《帮闲法发隐》中引用了一个故事：吉开迦尔是丹麦的忧郁的人，他的作品，总是带着悲愤。不过其中也有很有趣味的，"我"看见了这样的几句——"剧场里失了火，丑角站在戏台前，来通知了看客。大家以为这是丑角的笑话，喝彩了。丑角又通知说是火灾。但大家越加哄笑，喝彩了。我想，人世是要完结在当做笑话的开心的人们的大家欢迎之中的吧。"②

这些故事或者意象之间，确有明显的相似性。笔者将这三个故事引用过来，并非想探讨这三个故事对鲁迅的"铁屋子"寓言的成形有没有影响的问题，而是想在对于"铁屋子"的理解上做一些类比，并非要给鲁迅的"铁屋子"贴标签。从上面三个故事来看，它们确实在某些方面与"铁屋子"具有相似性。不管是洞穴理论，还是火宅意象，或是克尔凯郭尔的"剧院"意象，其关键的元素几乎都是统一的：众人对自己被囚禁、将死灭的危险处境的无知，先觉者看到危险将至的恐惧，先觉者的拯救行为显现出来的"荒诞性"和悲剧性指向的先觉者和庸众之间可怕的精神隔绝。而这些元素，正是鲁迅文学世界的元话语。

"铁屋子"之所以能够在鲁迅的话语世界中占据中心地位，还因为它在一个有限的空间设置中，呈现出了复杂的关系结构。它不仅仅是一个意象，它是一个"关系体"。其内部可以勾画出一个鲁迅话语系统的图谱：自我与世界的对立；自我与世界的同源；"铁屋子"的价值构成与"铁屋外"价值构成的对峙和抵抗；清醒者与"铁屋外"世界的关系；自我与"吃人的我"的关系；等等。这个关系谱系其实是对自我与世界关系的确

---

① 赖永海主编：《法华经》，王彬译注，中华书局2010年版，第114—115页。

② 鲁迅：《帮闲法发隐》，《鲁迅全集》第5卷，人民文学出版社2005年版，第289页。鲁迅在《帮闲法发隐》中对于克尔凯郭尔的这个寓言的运用与克尔凯郭尔的本意不同。克尔凯郭尔认为自己就是那个小丑："本来我写这些东西似乎应该使顽石哭泣，但它们却只是使我的同时代人发笑！"但鲁迅将小丑定为"帮闲"。这并不能说明鲁迅对此有误解。他说："不过我的所以觉得有趣的，并不专在本文，是在由此想到了帮闲们的伎俩。"这说明鲁迅对于"本文"的理解是与克尔凯郭尔所说的先觉者与庸众的精神隔绝是一致的。

认和建构。

（一）自我与世界的对立

"铁屋子"关系体系中的最显著的层面就是"个"与"群"的对立。第一章从发生学的角度对鲁迅话语的发生进行探讨的时候，就已经涉及"铁屋子"的最初成形问题。"铁屋子"反映了鲁迅对世界的基本认识，其中最重要的就是对于自我与世界之间对立关系的认知。其中内含着鲁迅自身的生命体验。鲁迅早年的生命体验使他从一开始就表现出对于群体、传统的疏离。而在日本时期所接受的个人思想更加固了这一认知。于是，自我与世界的对立已然成为鲁迅的稳定的心理认知结构。从幻灯片事件的描述，到"铁屋子"的提出，到《狂人日记》的出现，"铁屋子"一个显在的话语层面是自我与世界的对立关系。自我与世界的对立是鲁迅话语中的显在层次，这一问题似乎不成为新的问题，而问题在于，自我与世界的对立关系是一种话语建构，既然是话语建构，那就必然存在着知识、认知的参与。

自我与世界的对立关系在"铁屋子"结构中有两种表现形态：首先是清醒者与"铁屋子"的对立，这是一个关乎个人能否改变历史结构，甚至是个人能否挣脱命运的追问和存疑。其次，清醒者与昏睡者构成了尖锐的对立。这是两种不同的关系结构，但因为昏睡者与"铁屋子"所具有的共同性，所以清醒者与"铁屋子"的关系往往被忽略了，或者将二者视为相同的结构。之所以要将之区分出来，是因为在这一结构中，存在着话语的转化，即，清醒者面对强大的历史结构的无力感，无法建构一个主体性的个人；清醒者依靠与昏睡者的对立关系，实现了自身的主体化。

1. 清醒者与"铁屋子"的对立

《狂人日记》是"铁屋子"的第一次文本造形，完成了"铁屋子"中的"清醒者"形象的塑造。也可以说，《狂人日记》是"铁屋子"最集中和最本质的阐释。狂人的形象即"铁屋子"里的"清醒者"和孤独者，是"看"到了真实世界的解放了的囚徒，是"火宅"里试图"救救孩子"的长者，也是剧场里的丑角（疯子）。通过上面几个故事的类比阅读，我们可以看到鲁迅赋予狂人这一"清醒者"的基本定位是：颠倒了价值判断标准的先觉者；看到了危险将至的世界的拯救者；围观者/庸众眼中的丑角和疯子。这也正是鲁迅在《中国小说史略》中对贾宝玉的评价："悲凉之雾，遍被华林，然呼吸而领会之者，独宝玉而已。"① "悲凉之雾，遍被华林"的意象，也正是"铁屋子"的变形，宝玉这样的"呼吸而领会之者"，也正是那个孤独的个人。《红楼梦》里能够真正看到大厦将倾的，绝不止宝玉一人，秦可卿、探春，都已经看到了败落的将来，但只有宝玉是从哲学、生存的角度看到了"悲凉之雾"，也就是说，在鲁迅看来，贾宝玉是那个"铁屋子""火宅"里意识到危险的独异个人，他生命体验的本质是恐惧。而鲁迅的话语动力之一，正是恐惧。亡国灭种的恐惧，以及人的存在的恐惧。这正是鲁迅启蒙的发声之作《狂人日记》的话语的潜流。狂人的性格本质正是恐惧感。这在第一章中我们已经分析过。

2. 昏睡者与"铁屋子"的关系：无知与共谋

昏睡者与"铁屋子"之间的关系则呈现为："铁屋子"规约着昏睡者（规训），昏睡者也同时强化了"铁屋子"的坚固性（自我规训，从而达到共谋），二者是合一的。其中触目惊心的不仅仅在于"铁屋子"的禁锢，更在于"昏睡者"对于禁锢的不知情。这种不知情，是认知的缺席。

鲁迅展现人对于"悲剧"的不知情的一个重要方式就是以喜剧性的口吻书写悲剧人物，读者对于鲁迅笔法的幽默的理解容易出现偏差也正在于此。喜剧性的真正意图是揭示"无知"——人对悲剧来临的无知。上文言及的"火宅"、克尔凯郭尔的"剧场"，都以类似的嬉戏笑乐的存在状态揭示触目惊心的"不觉不知，不惊不怖"。鲁迅认为很少有人理解他的阿Q，其原因恐怕也正在这里。阿Q的可笑的精神胜利法，他生命终点想的却是自己的圆没有画好，这与孔乙己别别扭扭地说"窃书不能算偷"呈现出来的喜剧性是一致的。他们生命存在的悲剧性在这个"铁屋子"里是隐蔽的，甚至是"合理"的。恰如《祝福》中所说："这百无聊赖的祥林嫂，被人们弃在尘芥堆中的，看得厌倦了的陈旧的玩物，先前还将形骸露在尘芥里，从活得有趣的人们看来，恐怕要怪讶她何以还要存在，现在总算被无常打扫得干干净净了。"② 祥林嫂的死亡在这个世界中的"合

---

① 鲁迅：《中国小说史略·清之人情小说》，《鲁迅全集》第9卷，人民文学出版社2005年版，第239页。

② 鲁迅：《祝福》，《鲁迅全集》第2卷，人民文学出版社2005年版，第10页。

理性"以及阿 Q 莫名其妙被杀头的"合理性",都在说明这个"铁屋子"中悲剧的被遮蔽。而遮蔽了生命的悲剧性的,正是这个"铁屋子"内部的价值体系。在这套道德、价值的准则之下,生命的悲剧性被掩盖了,而《祝福》结尾呈现出的一派暖洋洋的氛围才更加刺目:"我在这繁响的拥抱中,也懒散而且舒适,从白天以至初夜的疑虑,全给祝福的空气一扫而空了,只觉得天地圣众歆享了牲醴和香烟,都醉醺醺的在空中蹒跚,豫备给鲁镇的人们以无限的幸福。"① 只有剥开旧的价值系统,才见"铁屋子"内部触目惊心的悲剧。

　　3. 清醒者与昏睡者之间的对立

　　清醒者与"铁屋子"的对立,昏睡者对"铁屋子"的不知情构成了"铁屋子"内部的基本关系。而鲁迅话语建构中的最重要的话语转化就在这里:清醒者与"铁屋子"的对立结构在启蒙话语实践中被建构成为清醒者与昏睡者的对立结构。而鲁迅在这一话语建构中启用的方式便是恐惧感与喜剧感的对峙。

　　清醒者与"铁屋子"的对立,可由《阿 Q 正传》分析得之:《阿 Q 正传》中,未庄是作为一个"铁屋子"登场的,其之所以难以打破,在于其密布着的"老例"和"通例":

　　　　未庄通例,倘如阿七打阿八,或者李四打张三,向来本不算口碑。②
　　　　未庄老例,只有赵太爷钱太爷和秀才大爷上城才算一件事。③
　　　　未庄老例,看见略有些醒目的人物,是与其慢也宁敬的。④

　　这些"通例"与"老例",就是这个世界潜隐的规则,是铸成"铁屋子"的材料,其难以打破可想而知。清醒者面对这样一个世界,会有恐惧感,正所谓"梦醒后无路可走"之感。而昏睡者对"铁屋子"虐杀弱

　① 鲁迅:《祝福》,《鲁迅全集》第 2 卷,人民文学出版社 2005 年版,第 21 页。
　② 鲁迅:《阿 Q 正传》,《鲁迅全集》第 1 卷,人民文学出版社 2005 年版,第 519 页。
　③ 鲁迅:《阿 Q 正传》,《鲁迅全集》第 1 卷,人民文学出版社 2005 年版,第 533 页。
　④ 鲁迅:《阿 Q 正传》,《鲁迅全集》第 1 卷,人民文学出版社 2005 年版,第 533 页。

者则抱持欣赏娱乐的喜剧心态。这种恐惧感的缺失才是人将要灭亡的明证。"铁屋子"的真正本质是恐惧感的缺失。

清醒者与昏睡者的对立关系的建构契机正在这里："昏睡者"的不知情导致的普遍麻木，造成了"清醒者"的被放逐。清醒者的身份和认知的超前使他成为这个群体中的异数，而这也成为他的困境的根由——"吾行太远，孑然失其侣"，源于话语沟通路径的阻断。这也正是柏拉图的"洞穴"之喻。对于看过了真实世界的囚徒来说，当他再次回到"洞穴"，试图拯救其他人走出洞穴时，柏拉图给了他这样的结局：

> 要是把那个打算释放他们并把他们带到上面去的人逮住杀掉是可以的话，他们不会杀掉他吗？
> 他们一定会的。①

沟通阻断与言说错位其实是鲁迅"铁屋子"对立结构产生的机制。而鲁迅评价易卜生的绍介情况时说："因为 Ibsen 敢于攻击社会，敢于独战多数，那时的绍介者，恐怕是颇有以孤军而被包围于旧垒中之感的罢。"②"孤军"与"旧垒"的对阵，也正是"铁屋子"中的"个"与"群"的对立。

（二）自我与世界的同源性

"个"与"群"的对立在对于鲁迅启蒙话语的阐释中占据着重要地位。事实上，在鲁迅那里，"个"与"群"的关系远不止对立这一方面，显在话语突出的是自我与世界的对立，而这种对立得以实现的内在机制，却恰恰在于自我与对象世界的一体性和同源性。伴随着"个""群"对立关系的，是更加强烈的"我在群中"的意识。"幻灯片事件"中，"我"与麻木的庸众（看客）之间有着共同的民族性；"铁屋子"叙事的实现前提是，清醒者与昏睡者同在"铁屋子"中，他们被同一种文化结构禁锢；《狂人日记》也最终发现了"吃人的人是我的哥哥，我是吃人的人的兄

---

① ［古希腊］柏拉图：《理想国》，郭斌和、张竹明译，商务印书馆 1996 年版，第 276 页。
② 鲁迅：《〈奔流〉编校后记（三）》，《鲁迅全集》第 7 卷，人民文学出版社 2005 年版，第 163 页。

弟"这一经由血缘建立起共同的本源关系。自我在处理与世界的关系的时候，其首要的选择是确立自身的群属。自我不断将自己纳入同一的群体当中。群体性的形成机制在《狂人日记》里阐释为血缘，幻灯片事件则是"民族"，"铁屋子"寓言中则是"被囚禁的境遇"。个体存在的类似于丑角的荒诞性和疯子的悲剧性产生的前提，却正是个人（自我）的身在其中。自我一直在"群"中，是先在的话语，甚至是一种自主的"进入"行为。"在群中"，才会有从自身内部发生的耻辱感、恐惧感和自省意识、救世欲望。

而鲁迅"铁屋子"建构的心理动因却正是源于"群体意识"，即民族生存的危机中体现出来的根与种的灭绝忧虑。对于这场危机的最早拯救行动应该推至洋务运动的"开通民智"的启蒙教育。而"五四"的启蒙，虽然向前迈进了一大步，但其实质仍然是近代启蒙教育的赓续。启蒙运动就是针对"群"的唤醒行动，而其行为目标，却与传统的"治国平天下"一脉相承。不管是历史的、传统的道德意识，还是近代中国的现实遭遇，都使得启蒙话语建构中占据主导地位的是族群意识，虽然启蒙以"个人主义"为价值标杆以开启民智，但其推动力却是启蒙者的族群意识。郁达夫的《沉沦》就极具代表性。而在这个层面，鲁迅绝不是例外。

"我在群中"这一前提的存在，就使得"共有责任"不成为问题，所以才有启蒙意愿和启蒙行为的发生。也正是在这一前提下，才会有鲁迅"无穷的远方，无数的人们，都与我有关"的成立。但社会历史层面的群体意识之外，鲁迅的"铁屋子"话语中，"我"与世界的同源性质还具有一种神秘的宗教感，其表现为"我"与世界的感应和相通：

> 四周是广大的空虚，还有死的寂静。死于无爱的人们的眼前的黑暗，我仿佛一一看见，还听得一切苦闷和绝望的挣扎的声音。①
>
> 无穷的远方，无数的人们，都和我有关。②
>
> 叛逆的猛士出于人间；他屹立着，洞见一切已改和现有的废墟和

---

① 鲁迅：《伤逝》，《鲁迅全集》第 2 卷，人民文学出版社 2005 年版，第 131 页。
② 鲁迅：《这也是生活》，《鲁迅全集》第 6 卷，人民文学出版社 2005 年版，第 624 页。

荒坟，记得一切深广和久远的苦痛。①

他"看见""听见""洞见"世界的苦难，这是鲁迅的文学世界中"个"与"群"关系的另一重表达。黑暗中的无量的悲苦，清醒者对这悲苦的感同身受，成为掩藏在"铁屋子"里一片绝望中的"地火"。这一隐秘存在的话语就表现为宗教式的拯救欲望。鲁迅在《〈绛花洞主〉小引》中说贾宝玉是"证成多所爱者，当大苦恼。因为世上。不幸人多。惟憎人者，幸灾乐祸，于一生中，得小欢喜，少有罣碍。然而憎人却不过是爱人者的败亡的逃路"②，倒更像自陈。

综上，鲁迅的"铁屋子"关系体系中，自我与世界的同源性质是来自两方面的：儒家知识分子的道义承担与宗教式的拯救欲望。自我的群属特征被放大。这又是两方面的，一方面是自觉的承担道义责任，对于共同体的自觉性；一方面是耻辱感，因为共同体而觉到耻辱。而清醒者自觉的承担意识表现为，在这个"铁屋子"的结构中，清醒者被设定为先天地背负着打破"铁屋子"和引导国民发展的责任。而这种身份的限定，使得通过与庸众对立的方式获得确立的自我的主体性再次遭遇了危机。自我再次成为被历史限定的个人。

### 三 "铁屋子"的内在生成机制：黑暗

"铁屋子"寓言的成立不仅仅有赖于其内部的关系结构，其成形的机制更在于内部的"黑暗"。这一"黑暗"是个人性丧失的"迷态"表征，也就是说，个人性的缺失导致了人的"昏睡"状态，于是形成了"铁屋子"内部的混沌和黑暗。

鲁迅的"铁屋子"的建构带有自身的经验在里面。先看一下鲁迅所处的现实的生活环境。据研究者考证：

① 鲁迅：《淡淡的血痕中》，《鲁迅全集》第 2 卷，人民文学出版 2005 年版，第 226—227 页。

② 鲁迅：《〈绛花洞主〉小引》，《鲁迅全集》第 8 卷，人民文学出版社 2005 年版，第 179 页。

鲁迅 1—18 岁的居住空间是一组南北狭长的纵深型建筑群。大门朝南，六扇，丝竹质地，上以黑漆。仪门也是六扇，木质，黑漆。门斗内所有木结构都漆以黑色，仪门上悬挂的匾额亦是黑地。门斗后有一狭窄天井……紧接着的水磨砖门楼十分高大……将光线挡住，因此这里的光线非但黯淡，而且因微光落在深灰近黑的水磨砖上泛出黯黑色，令人有恐怖的观感。……从天井回望门楼，精雕细琢的灰黑色的门楼酷似一巨型灵位置放着，故不但不产生美轮美奂的感觉，反使人有死亡的联想。①

作为鲁迅童年生活中的原始物象，周家台门的这种黑暗压抑的氛围对于鲁迅的视觉记忆的影响不言而喻。很明显，鲁迅作品中那种黑暗的色调和氛围与周家台门示人的阴暗感觉有其内在的一致性。《阿 Q 正传》里赵太爷家的"深闺"，到《离婚》中慰老爷家的"黑油大门"，甚至《白光》里笼罩在阴影中的"破宅门"，都更像源自鲁迅的视觉记忆，呈现出恐怖的黑暗色调。

而绍兴会馆同样是压抑而阴森的。杨义就认为鲁迅建构的"铁屋子"与槐树上缢死一个女人的 S 会馆给人的特殊感觉有关。② 这样的空间环境中，"铁屋子"的基本构形以及其内质的"黑暗"逐渐生成了。

"铁屋子"的密闭性和黑暗质是一体共存的，都反映了鲁迅的生命体验中的核心意象，同时也暴露出鲁迅话语建构过程中的心理状况。"我梦见自己在做梦。自身不知所在，眼前却有一间在深夜中紧闭的小屋的内部，但也看见屋上瓦松的茂密的树林。"③ "深夜中紧闭的小屋"，此类逼仄压抑恐怖的造像始终鲁迅的空间建构的潜意识。即使在《朝花夕拾》这样的作品中，他也饶有兴致地写着"死无常"，"黑脸、黑衣……胸口靠着墙壁，阴森森地站着；那才真是'碰壁'"④。

"黑暗"在"铁屋子"世界中具有"实体性"。这并非说黑暗具有物

---

① 沈刚：《鲁迅黑暗意象发生学解释——1—18 岁居住空间对鲁迅视觉图像的影响》，《复旦学报》2008 年第 1 期。

② 杨义：《鲁迅与中国文化的现代启示》，《文学评论》2006 年第 5 期。

③ 鲁迅：《颓败线的颤动》，《鲁迅全集》第 2 卷，人民文学出版社 2005 年版，第 209 页。

④ 鲁迅：《无常》，《鲁迅全集》第 2 卷，人民文学出版社 2005 年版，第 277 页。

质性，而是说黑暗是在"铁屋子"的密闭空间中真实存在的，它虽然是非物质的，但作者赋予其可感知性，于是，黑暗便具有了形态，有了自身的"质"性，它往往呈现为空气、声音、无形却又无处不在的压迫力量。从下面几个例子，我们能够获知"铁屋子"内部黑暗的存在形态：

> 屋里面全是黑沉沉的。横梁和椽子都在头上发抖；抖了一会，就大起来，堆在我身上。(《狂人日记》)
>
> 店内外充满快活的空气。(《孔乙己》)
>
> 太大的屋子四面包围着他，太空的东西四面压着他，叫他喘气不得。(《明天》)
>
> 我总觉得周围有长城围绕。……将人们包围。(《长城》)

密闭空间之中的黑暗的"质"性，以"全是""充满""包围"等词语呈现。黑暗带来的精神逼压几乎成为鲁迅构建"铁屋子"的本能反应。

（一）鬼气与鬼影

"铁屋子"的变形在《野草》中大规模的出现，确证了黑暗是"铁屋子"造形中绝不可少的元素。鲁迅正是以黑暗和封闭构造了"铁屋子"关于死亡的想象，而《野草》的噩梦感也正由笼罩着的黑暗而来——使人窒息的"铁屋子"与使人窒息的噩梦具有同质性。生命主体的突围欲望与黑暗的交战因此在《野草》中显得格外激越。

鲁迅生命中真实存在的"铁屋子"首推"俟堂"。这种"待死"绝望的生命状态与对于死亡本身的迷恋缠交在一起。夏济安在他的《鲁迅作品的黑暗面》中说："鲁迅是一个善于描写死的丑恶的能手。……他的小说中很多生动的形象都有着那样一种苍白的色调，呆滞的目光，缓慢而静悄悄的动作，以至在死亡完全抓住他们以前，他们就已经有点像死尸了。……各种形式的死亡的阴影爬满他的著作。"[1]

《药》是一篇"鬼气"极重的小说，非常能够说明鲁迅对于"黑暗"世界的迷恋心理和建构意图。小说从开篇就直接进入了鬼境："秋天的后

---

① ［美］夏济安：《鲁迅作品的黑暗面》，乐黛云译，《国外鲁迅研究论集（1960—1981）》，北京大学出版社1981年版，第373页。

半夜，月亮下去了，太阳还没有出，只剩下一片乌蓝的天；除了夜游的东西，什么都睡着。华老栓忽然坐起身，擦着火柴，点上遍身油腻的灯盏，茶馆的两间屋子里，便弥满了青白的光。"① 即便是有"青白的光"，也更加剧了诡异氛围。而接下来的叙事，鲁迅极尽渲染出这种"鬼气"：

> 几个人从他面前过去了。一个还回头看他，样子不甚分明，但很像久饿的人见了食物一般，眼里闪出一种攫取的光。老栓看看灯笼，已经熄了。
>
> 仰起头两面一望，只见许多古怪的人，三三两两，鬼似的在那里徘徊。
>
> 一个浑身黑色的人，站在老栓面前，眼光正像两把刀，刺得老栓缩小了一半。那人一只大手，向他摊着；一只手却撮着一个鲜红的馒头，那红的还是一点一点的往下滴。②

一个接着一个恐怖的镜头，《药》的开篇就笼罩在黑暗怪戾之中。接着镜头一转进入闹哄哄的茶馆，这分明是阴阳两界，如同鲁迅以"华""夏"两线一体构建小说，阴阳两个世界也同样扯开了社会秩序已然崩坏的历史事实。本身阴惨的"铁屋子"却同时以闹哄哄的茶馆形式出现，依旧是暗示着"铁屋子"中人的麻木无知，所以黑暗阴惨的死亡变成了狂欢式的受飨。"铁屋子"的嗜血本质尽显。

同样的"铁屋子"建构可以延伸到更多的文本中：从狂人眼中的吃人世界、阿Q临刑前感觉到的阴森恐怖的世界我们可以看出，人与人之间的冷漠形成鲁迅空间建构中的鬼气弥漫的地狱特点。阿Q脑海里闪出的鬼火一样的狼的眼睛，同狂人遭遇的重重目光是一致的，众人眼睛里面闪烁的鬼火，绘制出精神死亡而肉体活着的群鬼像。在这一群像中，吃人是核心动作。这是鲁迅对于鬼域营造的逻辑起点。《狂人日记》从一出场就像是一切言说的寓言，鲁迅直剖世界的阴惨面貌：人们"交头接耳"，"脸色铁青"，"睁着怪眼睛"，"青面獠牙"，"话中全是毒，笑中全是

---

① 鲁迅：《药》，《鲁迅全集》第1卷，人民文学出版社2005年版，第463页。

② 鲁迅：《药》，《鲁迅全集》第1卷，人民文学出版社2005年版，第463—465页。

刀",他们有着"白厉厉的牙齿","唇边抹着人油"……惊天的秘密从混乱的碎片中浮现出来,被疯狂而清醒的眼睛掀开:这是一个吃人的世界,是缺失了"人性"的世界,人与兽与鬼纠缠在一起,互相啃啮!在这一个黑暗的、不可理喻的世界里,狂人如同身在鬼魅的诅咒和飨宴的狂欢之中。——这永生不息的惨烈的鏖战。他如困兽一般,其焦灼、愤怒的反诘令人战栗。这很像噩梦,狂人一再被梦魇住无法挣脱——由此可窥知鲁迅自身的苦痛经验带给他的生命梦魇。

鲁迅的绍兴记忆灰暗、别扭、畸形,他着笔于自己的故乡的时候,无时不在点染这地狱感:"狮子似的凶心,兔子的怯弱,狐狸的狡猾……"①影影绰绰的孤魂野鬼们在这里或惊喊或悲吟,悲凉感弥漫。鲁迅不像其他现代作家那样,对于故乡要么是留恋赞美,要么是感伤,他对于故土是爱和绝望相生的。如果说沈从文式的故土背后有一支温暖宠溺的笔,那么透过鲁迅的这个鬼域,我们看到的作者也如魔鬼样的乖戾和孤绝。他就像是蒙克的名画《呐喊》里的那个孤独扭曲的像鬼魂一样的主人公。从《呐喊》《彷徨》,到《野草》《故事新编》,鲁迅主要的创作文本中,无一例外,都有着无处不在的囚牢感。每一个人都骚动孤绝,被鬼气紧紧缚着,挣脱不得。对于鲁迅来说,他的创作本身,既是自造鬼域,又是拼死挣扎。既是与鬼为伴,又在出走逃离。

(二)黑暗之"迷"

"铁屋子"更是一种自我状态的隐喻,是内在的生命存在状态。其中,黑暗是一种"迷"态,是混沌的未摆脱桎梏的状态。这种存在状态包括"铁屋子"的压制,包括清醒者的对抗,以及由昏睡者的"无声"带来的寂寞和恐惧,也包括累于种种话语、观念而不能真正获得自由的存在状态。这一状态正是"铁屋子"的黑暗,是人无时无刻不面对的自身与身外一切的对立关系。——唯一看到黑暗的只有疯子。

阿Q是鲁迅创造的一个"铁屋子"的肉体变形。他的内部,自我的昏睡状态即他的决不能打破的浑然的"铁屋子"状态。历史结构便是他自身的结构,或者说,历史以及其强大的吞噬性已经蚕食了阿Q的身体和精神,占据了他的内部的全部空间。而外部空间中,阿Q与阿Q、阿Q……之间的

---

① 鲁迅:《狂人日记》,《鲁迅全集》第1卷,人民文学出版社2005年版,第449页。

身体界限已经被消除，他的身体与他，他，他们，他们……的身体、精神状态搅混在一处，每个人都在说着"我们"＝"我"的话语。人与人之间看不见边界，只剩下了汪洋一片的历史、道德、传统。人消失了，所以也没有"自我"，没有痛感，是麻木的，虚无的。自我、个体的不存在成为"铁屋子"的混沌状态，而这混沌状态，正是阿Q本身，阿Q便是中国的历史和中国的灵魂。于是，整个世界便成为"无物之阵"。所有的人都已经被吃掉了。而这个吃人的罪魁祸首同这一混沌的无物之阵融于一体而难以发现，"惟'黑暗与虚无'乃是'实有'"。而这，正是鲁迅的"铁屋子"中的黑暗的"质"。它是没有形体、没有边界的，只是黑暗而已，但正是它吞噬并占据了一切"个体"。那个吃人的魔鬼便轻易地隐匿在这一黑暗之中，在"我们"之中，群体成了"恶"的庇佑。这便是鲁迅的"铁屋子"。也便是鲁迅所说的，"有'多数'作他护符的时候，多是凶残横恣，宛然一个暴君"①。

《无花的蔷薇》里说到的一个故事读起来触目惊心："一家正在结婚，而勾魂的无常鬼已到，夹在婚仪中间，一同拜堂，一同进房，一同坐床……实在大煞风景，我希望我还不至于这样。"② 鲁迅的国民性陈述中，鬼魂和黑暗的存在正是这样，死灭来临，而真正觉到恐怖的，不是那正在幸福地"拜堂""进房""坐床"的人，这样的人对于鬼魂的存在是无所知觉的，真正觉到恐怖的人，是那个看到鬼魂的人，而鲁迅不幸成为那个看到鬼影相随的人，他呐喊、绝望，可他只能成为别人眼中的疯子和小丑……也因此，鲁迅对于现实的"鬼魂"的洞察，也同时成为他对于先觉者悲剧宿命的了悟。

鲁迅在《两地书·致许广平八》中说："由此可知见事太明，做事即失其勇，庄子（当为列子）所谓'察见渊鱼者不祥'，盖不独谓将为众所忌，且与自己的前进亦复大有妨碍也。"③ 鲁迅所引语出《列子·说符》："察见渊鱼者不祥，智料隐匿者有殃。"鲁迅非常清楚，他已经看见了那

---

① 鲁迅：《通讯》，《鲁迅全集》第3卷，人民文学出版社2005年版，第27页。
② 鲁迅：《无花的蔷薇》，《鲁迅全集》第3卷，人民文学出版社2005年版，第271页。
③ 鲁迅：《两地书·致许广平八》，《鲁迅全集》第11卷，人民文学出版社2005年版，第33页。

个"隐匿者",那个吃人的鬼影。所以他不惜以令人不快的声音喊叫,企图告知"铁屋子"里的所有人面临的危险:

> 中国书虽有劝人入世的话,也多是僵尸的乐观;外国书即使是颓唐和厌世的,但却是活人的颓唐和厌世。①
>
> 愚民的专制使人们变成死相。大家渐渐死下去,而自己反以为卫道有效,这才渐近于正经的活人。②
>
> 古训所教的就是这样的生活法,教人不要动。……惟独半死半生的苟活,是全盘失错的。因为他挂了生活的招牌,其实却引人到死路上去!③

如此在"生"与"死"之间放置自己,对于"僵尸"与"活人"的对比,正说明鲁迅企图要清除这黑暗以及黑暗中吃人的"僵尸"的努力。他以这样极端的方式来将这黑暗的混沌世界分离为一个一个"活人"。所以当他那样激烈地说"要少——或者竟不——看中国书,多看外国书",实在是有着"枭鸣"的意味。他自己也说:"我有时决不想在言论界求得胜利,因为我的言论有时是枭鸣。报告着大不吉利事。我的言中,是大家会有不幸的。"④

可在这个混沌的黑暗世界中,"暴露揭发种种隐秘,自以为有益于人们,然而无聊的人,为消遣无聊计,是甘于受欺,并且安于自欺的,否则就更无聊赖。因为这,所以使戏法长存于天地之间,也所以使暴露幽暗者不但为欺人者所深恶,亦为被欺者所深恶"⑤。可他还是忍不住警示:"高墙后面,大厦中间,深闺里,黑狱里,客室里,秘密机关里,却依然弥漫着惊人的真的大黑暗。""现在的光天化日,熙来攘往,就是这黑暗的装

---

① 鲁迅:《青年必读书》,《鲁迅全集》第3卷,人民文学出版社2005年版,第12页。

② 鲁迅:《忽然想到(五)》,《鲁迅全集》第3卷,人民文学出版社2005年版,第45页。

③ 鲁迅:《北京通信》,《鲁迅全集》第3卷,人民文学出版社2005年版,第55页。

④ 鲁迅:《〈且介亭杂文二集〉序言》,《鲁迅全集》第6卷,人民文学出版社2005年版,第217页。

⑤ 鲁迅:《朋友》,《鲁迅全集》第5卷,人民文学出版社2005年版,第481页。

饰，是人肉酱缸上的金盖，是鬼脸上的雪花膏。"① 王晓明对此有很动人的论说："也许命运之神已经看中了他，要选他充任宣告民族和文化衰亡的伟大先知，要请他著作现代中国人历史悲剧的伟大的启示录，才特别给他品尝这许多严酷的遭遇，推他入深广的绝望和悲哀之中？说不定，那一股他屡想驱赶，却终于不能赶远的'鬼气'，正是造物主派来提醒他谛听命运启示的'提词者'？"②

（三）流言

"铁屋子"的黑暗，除了鬼气的"暗"之外，还存在着社会文化中的隐秘的黑暗，张定璜在《鲁迅先生》中说："鲁镇只是中国乡间……找来找去不过是孔乙己偷东西给人家打断了腿，单四嫂子死了儿子，七斤后悔自己的辫子没有了之类的话罢了，至多也不过是阿 Q 的枪毙罢了。"③ 张定璜意在说鲁镇故事的普遍性，但他的评价中却也显示出这些发生在鲁镇的琐屑事件在"铁屋子"话语中的重要作用。鲁镇是典型的"铁屋子"变体，其充斥着的对于琐碎事件的议论，构成了"铁屋子"话语的一个重要层面，那就是流言。

对于流言的洞若观火源自鲁迅自身的生命体验。流言对于鲁迅的伤害不亚于家族败落。被家族中"偷钱"的流言逼迫去乡远行，由同学的泄题流言逼迫离开仙台，之后有种种论战中的流言、同一阵营内部的流言，在这种种流言蜚语中，鲁迅的"多疑"性格更加稳固。——你能想到"多疑"背后的自我防御，正是源于流言的伤害。而流言也作为一个重要的因子进入鲁迅的"铁屋子"建构中，它同样呈现为黑暗特质。所以我们会在鲁迅的文本中发现太多的鬼鬼祟祟的目光，交头接耳、窃窃私语的画面，这种见不得光的生存方式成为鲁迅文本世界中的黑暗底色。

流言参与了"铁屋子"的建构，营造了压抑紧张的氛围，并以其真实的虐杀能力将"吃人"与"禁锢"合二为一。鲁迅笔下的流言是与人性的黑暗紧密相关的。流言在口耳相传中以娱乐、中伤功能呈现。《祝福》中对

---

① 鲁迅：《夜颂》，《鲁迅全集》第 5 卷，人民文学出版社 2005 年版，第 204 页。

② 王晓明：《无法直面的人生——鲁迅传》，上海文艺出版社 1993 年版，第 237 页。

③ 张定璜：《鲁迅先生》，载李长之、艾芜等著，孙郁、张梦阳编《吃人与礼教——论鲁迅（一）》，河北教育出版社 2000 年版，第 9—10 页。

祥林嫂以所谓的道德为标杆的品头论足满足了人们的偷窥欲望，通过咀嚼他人苦痛完成了自我道德的满足感；《孤独者》中报纸上对于"我"和魏连殳的种种攻击和流言、《采薇》中阿金姐散播的关于伯夷叔齐的流言也同样极具杀伤力，《伤逝》中涓生丢掉工作同样源自流言；《故乡》中杨二嫂报告是闰土偷埋了碗碟，以此来为自己的贪婪开脱。恶意的中伤之外，流言也呈现出不可见人的龌龊：《肥皂》中掩藏在"孝道"背后的非道德的"咯吱咯吱"的意淫；《长明灯》中茶馆里对"粉嫩粉嫩"的"手指"的调侃，鲁迅以戏弄的语气掀开了人性伪善、无聊、龌龊的底牌。

由上述可知，鲁迅的"铁屋子"建构是三方面的："铁屋子"的变形；"铁屋子"的关系体系；"铁屋子"的黑暗内质。这三个方面构成了鲁迅"铁屋子"的多维关系，从而奠定了鲁迅话语体系的基础。

## 第二节 "看与被看"：双重差异的发现/产生

福柯在对于精神病话语的界定中说："标志着 19 世纪精神病话语的不是什么特别对象，而是这个话语借以形成它的对象——十分分散的对象——的那种方式。"① 换句话说，一种话语的形成正是话语形成它的对象的实践过程本身。也就是说，话语的对象绝不会先于它自身而存在。它是被建构出来的，在它被建构的过程中，话语本身也就出现和生成了。鲁迅的国民性话语的生成过程，实则也是国民性被建构出来的过程。

这里有必要引用福柯对于精神病话语"对象形成"的论述："首先应该测定它们出现的表层（着重号为原书作者所加）：指出这些个体的差异会出现在什么地方，以便加以确定和分析，而这些个体的差异，根据合理化的程度、概念的准则和理论的类型，接受诸如疾病、精神错乱、怪癖、痴呆、精神官能症或者精神病、变性等状况。……有可能出现的表层是家庭，接近的社会群体，工作地点，宗教团体［这些地方都是标准的，都对偏差很敏感（着重号为笔者所加），都有容忍的余地和排斥的界限，他们都有确定和否定精神病的方式，它们如果不是把医治和治疗的责任给予

----

① ［法］米歇尔·福柯：《知识考古学》，谢强、马月译，生活·读书·新知三联书店 2003年版，第 47—48 页。

医学，那么至少也是把解释的义务交给了医学]。"① 从福柯的这段表述中，我们能够把握到的一个对象形成的关键因素在于：差异。神经病患者正是以其与"家庭，接近的社会团体，工作地点，宗教团体"这些"标准的，都对偏差很敏感"的世界之间的差异而被对象化。而在鲁迅的国民性话语的实践过程中，国民之所以被放置在对象的位置，其本质也正在这里，那么，在这一过程中，差异出现的那个地方在哪里，差异形成的标准是什么，便成为我们需要追问的问题。

还是需要先寻找到西方话语中的中国国民性的问题。这里还需要引入另外一个词："世界图像"。"世界图像"是海尔格尔的词语，他认为，"世界之成为图像，与人在存在者范围内成为主体是一个过程"②。也就是说，当世界被"我"把握为"图像"的时候，"我"生成了自己。西方人正是通过将他者世界对象化，而获得了主体性。刘春勇认为，对这种"图像"的记录就是传教士们留下来的诸多书籍。这其中便有那本对鲁迅产生了重要影响的史密斯的《中国人的气质》。③ 把东方世界他者化的话语建构方式，正是西方世界（以史密斯的《中国人的气质》为代表）的中国国民性话语的重要生成方式。而中国被对象化，或者说，中国成为西方的"图像"，其根本也正在于"差异"。当西方以自己的文化系统为标准审视中国，发现了其中的文化差异，并以此将中国变成了西方主体生成过程中的"他者"。这正是中国国民性话语生产的源头。

那么，回到鲁迅的国民性话语实践中来，我们探究鲁迅的国民性话语时，似乎能够把握到相似的建构模式，即，鲁迅文本中对于"故乡"的他者化/对象化叙说。这样一个显在的话语建构的模式，是否准确描摹出了鲁迅国民性话语的实践路径，还有待于分析。但明确的一点是，差异的存在也同样成为世界被对象化的前提。那么，问题产生了：差异的存在在话语中如何实现的？差异出现的标准是什么？

--------

① ［法］米歇尔·福柯：《知识考古学》，谢强、马月译，生活·读书·新知三联书店 2003年版，第 44 页。

② ［德］海德格尔：《世界图像的时代》，孙周兴译，《海德格尔选集下卷》，上海三联书店1996 年版，第 902 页。

③ 刘春勇：《多疑鲁迅——鲁迅世界中主体生成困境之研究》，中国传媒大学出版社 2009年版，第 43—46 页。

对于鲁迅国民性话语的阐释，已经有相当浩繁的成果，其一便是"看与被看"模式的发现和解读。其阐释的关联域集中在"以众虐独""精神麻木"等国民的劣根性上。"以众虐独"的"看"中正是蕴含着对于差异的不容忍，以群体的"看"（权力）实现的对于独异个人的虐杀。在鲁迅的文本中，这是传统话语权力的行使方式。鉴于这方面前人已经有丰硕的成果，本书并不打算在这方面展开。笔者还是需要回到对话语建构的路径中去还原这个问题，疑问便是，是否是我们的研究太过囿于特定的价值指向，而忽视了这一话语的背面同样是"看与被看"呢？这一反向的"看与被看"同样是差异被建造和呈现的过程。这也是《狂人日记》暗藏的话语。文本的表象呈现为狂人的被命名、被囚禁，因为他与"标准世界"的差异而成为"对象"。这正是福柯的癫狂话语所阐释的内容。但是，问题在于，文本中那个喋喋不休的强势的声音，却并非来自那个"标准世界"，而恰恰来自狂人本身。"我"的声音第一次出现在中国文学史上，他的声音是如何产生出来的？

《狂人日记》中出现的大量的对于"看""眼光""眼色"的描摹，以"我"的"被看"而指向"吃人"话语。研究者们都在狂人混乱的言说中把握到了狂人对于自己"被看"的关注，但这一"吃人"话语形成的更关键的因素在于，所有这些都是通过狂人自身的"看"实现的，经由狂人的"看"的动作，发现了周围人的眼光，也经由"看"书，而得出了历史"吃人"的结论。这种"看"与柏拉图的洞穴中的"看"有着相通的地方。囚徒们/庸众们看到的世界是虚幻的世界/观念的世界，而只有走出了洞穴的那个囚徒以及因疯狂从人群中脱逃的狂人才真正看到了真实。借助"凝视"理论，我们能够从中得到话语权力的生产过程："凝视（gaze），也有学者译成'注视'、'盯视'，是携带着权力运作或欲望纠结的观看方式。它通常是视觉中心主义的产物，观者被权力赋予'看'的特权。通过'看'确立自己的主体位置，被观看者在沦为'被看'的对象的同时，体会到观者眼光带来的权力压力，通过内化观者的价值判断进行自我物化。"①

---

① 赵一凡、张中载、李德恩编：《西方文论关键词》，外语教学与研究出版社2006年版，第349页。

　　《狂人日记》吃人话语的完成是源于"被迫害妄想"的支撑，这说明了吃人话语本身的非常规性，或者说臆想性、观念性。鲁迅在给许寿裳的信中说："偶阅《通鉴》，乃悟中国尚是食人民族。"[①] 是真的发现，还是因为癫狂介入而实现的发明？庸众对于"铁屋子"本身的存在是持否定态度的。也就是说，囚禁并非事实，而是个人基于一定的知识，通过对于原有价值评判机制的反向审视获得的认知。这种认知背后即体现着知识对于寻常生活和寻常事物的重新界定和重新阐释。这一过程中存在着视角、立场和知识域的转向，癫狂成为这种转向的内在机制，即，通过阻断人们的既有经验和认知来提示人们重新思考自身的处境和身份。

　　正是癫狂话语的实践，将自己身在其中的世界和文化结构陌生化、对象化。通过这种对视，狂人将自己从人群中挣脱出来，"我"与人群的同质性被打破，从而发现了自我的主体性。狂人的被迫害感的言说是基于人群对"我"的迫害实现的。人群形成的"吃人"网罗正是一个原在的"铁屋子"。这一网罗实现的机制就在于狂人从原来身在的社会文化立场中，转向到了自我对于社会的审视。而这也正是"铁屋子"得以成立的前提。在这一层关系中，"我"与世界的对立实质是一种价值规范的变更。从原有的社会价值与个人价值合一的价值标准中抽离出来，以社会价值审视个人的评判机制转而成为以个人审视社会的标准。由此可知，《狂人日记》暗示着"铁屋子"寓言的产生过程：癫狂个人的存在是牢笼世界出现的前提。个人性的英雄主义诉求与"铁屋子"建构是同步进行的。

　　狂人的设置正是一种陌生化的方式，这一陌生化，实质正是对世界的"看"中出现了差异。癫狂个人由此差异而将那个所谓的"标准世界"对象化了。这其中存在着一个认知扭转的过程，而这正是话语的"生产设备"。这个过程就是价值标准的扭转：狂人没有发疯时，世界（包括人们的目光，人们的"看"）还不是"吃人"的，他与人群都处于"平静"/"昏睡"和共处的状态，"看"的行为还没有实质性的作用效果。癫狂的作用在于，一个人突然从人群中超拔出来，开启了"我—他们"之间的对视关系。而这种对视一旦开启，彼此之间的裂痕就无法弥合了，固有的

---

　　① 鲁迅：《书信·180820 致许寿裳》，《鲁迅全集》第 11 卷，人民文学出版社 2005 年版，第 365 页。

完整的世界经由这一对视，而变成了两个世界。这是鲁迅国民性话语生产所留下来的印记，这种对视关系开启的两个世界，在他的文本中不断得到重构："铁屋子"里清醒者的存在，还乡叙事中还乡者的进入，都是通过这种不断变形的对视而将一个完整的价值世界建构和分割为两个世界。这种"看"的实践，将狂人与世界分离开来，他的原有的"统一的""标准的"认知被打破了，他的眼睛看到的世界发生了扭转，世界不再是"我们"的世界，而变成了"我"的世界和"他们"的世界，同时，"我"成为标准和尺度。也就是说，狂人从正常人（"我"在群中，"我"与群的同质）变成了疯子（"我"看/质疑群），这就完全扭转了个人与社会之间的价值视域。

具体到鲁迅的国民性话语中，原有的"标准"世界的价值构成便是传统的道德原则。不是以信仰为核心，而是以传统道德为价值：其实质是"我们的"，关注的是群体的、人伦的价值。而当他将狂人从这个"标准"世界抽离出来的时候，狂人与人群的同质性就被打破了。传统的世界对于"他们"来说，还是那个世界，但对于狂人来说，就已经变成了对立于"我"的世界，在这种分离中，"我"也开始关注自身，并以自我的价值出发审视"他们"的价值观念。因而传统与"我"的不相同便使得它必然成为"我"的对象。所以，狂人就是在这种价值扭转过程中把世界把握为"图像"了。这个过程也正是国民性话语的生产过程。

事实上，鲁迅对于话语权力的认知是自觉的，同样一个有关疯狂个人的故事，在《长明灯》里完全反向建构了。《狂人日记》里的"我"与"他们"，在《长明灯》中成了"我们"与"他"。言说主体的转变，同样也是价值规训主体的转变。

从两篇小说不同的言说主体着眼，我们或者能够发现话语之间的转换，甚至可以说，鲁迅对于"话语"问题，是非常自觉的：

　　①他们——也有给知县打枷过的，也有给绅士掌过嘴的，也有衙役占了他妻子的，也有老子娘被债主逼死的。
　　家里的人都装作不认识我；他们的眼色，也全同别人一样。①

---

① 鲁迅：《狂人日记》，《鲁迅全集》第 1 卷，人民文学出版社 2005 年版，第 445—446 页。

②"这是我们屯上的一个大害，你不要看得微细。我们倒是应该想个法子来除掉他。"

"除掉他，算什么一回事。他不过是一个……。什么东西！"①

《狂人日记》和《长明灯》的主人公的身份很特殊，都是病理学意义上的不正常的人。他们的出场带有无法定位的身份焦虑和危机。这一身份特征决定了他的存在目的即寻求身份认同和身份的重建。疯癫，是精神和思维紊乱的表现。意味着偏离理性和超逸正常文化伦理。癫狂可以对理性认定的确凿无疑的事实进行否定。在《狂人日记》里，鲁迅正是用这样的非理性形象来质疑和拷问固有的文化和秩序。这一身份和行为模式的设定，将"我"从正常的生活轨道中抽离出来。这种话语模式在文本中产生了新的意义，即自我的发现。所有人都在原有秩序中活着，唯有狂人发现了秩序中的漏洞。他不甘于被这违背人性的伦理道德约束，因而癫狂，这一模式的意义即在于营构一种新的价值坐标和话语体系。这个体系的核心，即"我"的尺度，是"真的人"，其指向的正是"自我意志"。但其实现的更加关键的因素却是话语主体选择上的"我"。以"我"对秩序的破坏获得人格力量的高涨，同时也是以此实现自我身份的确认。不承认权威的地位和权力说明其自我意识的扩张，叛逆指向的正是自我的认知。对秩序的亵渎实则是将自己与社会历史结构相剥离，以此获得身份的认同，从而凸显出真正的自我存在。

《长明灯》中，疯子变成了"他"。个体的"我"消失了。"他"不仅仅是被言说的表象这么简单，"他"还是"我们"的价值系统中的"他者"。如果说《狂人日记》是"我"的价值标准处于评判的尺度的位置，那么，《长明灯》中却是"我们"制定了准则，"我们"来界定"标准"与"癫狂"之间的界限，"我们"来对"他"进行评判，"我们"来实施惩罚措施。"他"的微弱的声音与狂人的滔滔不绝和放恣效果形成了鲜明的反差。其原因，正在于"他"的言说的缺席。也正是这一缺席状态的设定，在"我们"的审定之中，"他"的确是充满漏洞和非理性的："三头六臂的蓝脸，三只眼睛，长帽，半个的头，牛头和猪牙齿"，"熄了也

---

① 鲁迅：《长明灯》，《鲁迅全集》第 2 卷，人民文学出版社 2005 年版，第 58 页。

还在"。①《长明灯》对于《狂人日记》的反向建构，虽然其话语的指向是一致的，但却是对于话语形构过程的还原。言说主体与权力主体的同构性在这种变换之中得到凸显。于是，本应该是主体的确立，自我却彻底变成"他者"，被命名、被描述成为自我描述的结果。个体生命权力的发现和覆灭同时发生。而在鲁迅的文本中，《影的告别》中影与肉身的对话、《在酒楼上》中"我"与吕纬甫的对话，甚至《〈呐喊〉自序》里金心异与"我"的对话之中的话语权力的纠结性都是以这样的形式展开的。也因此，疯子癫狂的坚定性和理想性终究被"无害化"②，成为孩子们的童谣，话语意义被消解于无形。鲁迅的以国民性为内核叙事的小说最终都成为不可持续的文本的原因也在这里，"我"与"他们"的遭遇和对话过程，从新与旧的对峙出发，却直接演变成了癫狂与理性、虚幻与真实的角力。

我们说鲁迅对于"话语"问题的意识是自觉的，正是因为鲁迅在不断暗示这种话语权力的行使过程。从《狂人日记》到《长明灯》的转变是如此，两个文本中癫狂话语的错乱也是如此。在《长明灯》里，一个更为细节的话语变异赫然敞开：庄七光所说的"梁武帝"变成了灰五婶口中的"梁五弟"。话语阐释与话语接受之间的异位，说明了鲁迅对于话语问题的认知。这是传统话语内部的变迁和意义消解的过程。历史日常化了，权威也混沌化了，但在茶馆的众声喧哗之间，在四爷客厅里的各怀心思之间，一个共性的"我们"成立了：既然"梁武帝"或者"梁五弟"接受起来对于"我们"的整体无损，那么，四爷客厅里那一套仁义道德的话语对于四爷来说是霸占疯子的"房子"，对于他人来说是要获得将疯子关押起来的合理的理由，对于"我们"同样无损。鲁迅对于话语的操作和权力的行使的揭示，既指向传统话语的运作机制，同时也是对自身所使用的话语的警惕和抵抗。

于是，另外一个问题产生了，那就是"我"所处的位置。如果把鲁迅的文本放置在中国的历史中，"我"对自身的发现，这一过程并不是从

---

① 鲁迅：《长明灯》，《鲁迅全集》第 2 卷，人民文学出版社 2005 年版，第 62—63 页。

② 朱崇科：《鲁迅小说中的话语形构："实人生"的枭鸣》，人民出版社 2011 年版，第122 页。

自己的内部突转的，而是有赖于"别求新声于异邦"的。但这也正是"我"的困境。

"看"的权力话语这一实践的痕迹，在鲁迅自己的文字中即有说明。他在《忽然想到（九）》中的话，正是他的话语建构过程的隐喻式表达："请先生不要用普通的眼光看中国。我的一个朋友从印度回来，说，那地方真古怪，每当自己走过恒河边，就觉得还要防被捉去杀掉而祭天。我在中国也时时起这一类的恐惧。普通认为 romantic 的，在中国是平常事；机关枪不装在土谷祠外，还装到哪里去呢?"① 这段话中暗藏着话语的实践场域，即，不同的文化遭遇的场所（这一问题将在下一章展开）。在这种文化遭遇的场所，"看"产生的"差异"成为对象形成的关键性机制。"我的一个朋友"看印度，发现的是"古怪"，印度因此被对象化了。"我"在中国产生"恐惧"，也正是同质的"看"所产生的效果。

同样的还有鲁迅翻译的爱罗先珂的《狭的笼》。被关在动物园中的老虎梦到自己从笼中跑回到印度的原始森林，他看到人们将活着的侯王妻子与侯王尸体一起火葬，而感到哀痛。他企图去救这个美丽的女人，但她最终被白人军官所救。鲁迅在译文中加有注释："这便是所谓的'撒提'，男人死后，将寡妇和尸体一处焚烧，是印度的旧习惯。印度隶英之后，英人曾经禁止这弊俗，但他们仍然竭力秘密的做，到现在还如此。"②

不管鲁迅翻译此童话的时候有没有意识到，这一童话之中，带有国民性话语建构的悖论和"我"对西方话语接受中的抵抗。老虎如同"铁屋子"里的清醒者，他企图去解救他人，殊不知，自己也是"屋中人"。这是一个关于启蒙的梦境，事实上，也在某种程度上对于鲁迅提出的"铁屋子"的疑问给予了回答。鲁迅的关注点在于，个人对于历史的能动性，个人能否冲破这种历史甚至是命运的围困？或者，《狭的笼》给了并不乐观的答案。同时，那个被白人解救了的美丽女人，因为她对于这个白人的爱情，因为这一爱情中必然遭遇的民族冲突，她最终还是自杀了。她的尴

---

① 鲁迅：《忽然想到（九）》，《鲁迅全集》第 3 卷，人民文学出版社 2005 年版，第 67—68 页。

② 鲁迅：《〈狭的笼〉译者附记》，《鲁迅全集》第 10 卷，人民文学出版社 2005 年版，第 218—219 页。

尬处境,与中国知识分子的尴尬处境并无不同。中国最早从传统文化中解放出来的知识分子大多是留学生,几乎无须存疑的是,他们被西方话语"拯救",但也必须面对自己同时还有另外一个身份,那就是"被西方奴役"的境遇。诚如刘禾所说:"传统与现代的二项对立又同东西方文化的对立观相互交迭:'西方文化'优越于'东方文化',一如'现代'胜于'传统'。这两个对立观的交迭显示了中国人对于现代性的历史体验与西方体验的不同。""中国却是帝国主义暴行的受害者,并不得不在这临暴的体验中接受'现代性'('西方现代文明')。"① 当他们使用那一套西方话语的时候,他们的民族立场,与他们所依赖的话语体系之间出现了裂缝。或者正是对此的困惑或者洞悉,鲁迅不得不将所有正面出场的启蒙者:狂人、疯子、夏瑜,放置在"被囚禁"的境遇之中。他们都不过是那个"狭的笼"中的老虎。

《彷徨》中,在《长明灯》之前的一篇是《肥皂》,一个"old fool"引发的英语、孝女(孝女是"外路人",孝女的名号是被加诸于身的)、传统与西方之间的对话和理解错位的故事。肥皂本身就不属于"皂荚子"的传统,它的闯入是对旧的身体的清洗,但它却也有着更加不可与人语的龌龊目的。它似乎是同那个混乱难解的"old fool"一样,以异质的文化符号进入古旧的、愚昧的、肮脏的传统世界中。一个来自年轻学生的"恶毒妇",或者 odd fellows,或者 old fool,正是源自一种由"看"而生的差异。肥皂使得四铭太太注意到丈夫的"眼光射在她的脖子上",从而意识到"自己……耳朵后,指面上总感着有些粗糙,本来早就知道是积年的老泥,但向来倒也并不很介意。现在在他的注视之下,对着这葵绿异香的洋肥皂,可不禁脸上有些发热了"②,而四铭则意识到,"那一句是顶小的一个说的,而且眼睛看着我"③,在这种由被"看"以及话语的陌生而带来的某种权威性压迫下,四铭像是被施了咒符一般开始了寻找罪名、自我批判的过程。这"洋肥皂"和"old fool",因为陌生、差异,而以它

---

① [美]刘禾:《跨语际实践:文学,民族文化与被译介的现代性(中国,1900—1937)》(修订译本),宋伟杰等译,生活·读书·新知三联书店 2008 年版,第 112 页。

② 鲁迅:《肥皂》,《鲁迅全集》第 2 卷,人民文学出版社 2005 年版,第 46 页。

③ 鲁迅:《肥皂》,《鲁迅全集》第 2 卷,人民文学出版社 2005 年版,第 49 页。

们自身并不存在的效用登场进入话语空间之中。带来的是肮脏的/或者老旧的焦虑，以及"罪"的焦虑。《肥皂》的目的，或者正在这一符号运作的揭示？正是这种异质的洋肥皂和英文符号，撕扯开了关于古旧、肮脏、虚伪、晦暗、鬼气的罪证？

鲁迅似乎是不经意地在其中贯注了一种"看"与"差异"的产生，但他却虚晃一枪，把更深的内容带入这种西方话语的实践之中，那就是这种符号（话语）在运用过程中也并非那么纯粹和有效。odd fellows 作为一个派生的语义符号，从"恶毒妇"的声音而来，正如同传统话语流变中的"梁武帝"到"梁五弟"的消解和无聊。语义的错位与吻合之间，指涉着意义的混沌不明和边界的难以辨识。即使是异质的东西，即使其背后有着更加醍醐的潜意识驱遣，终于还是被打开利用了，并且日常化了。

## 第三节　从信仰到抵抗：拯救话语建构与流变

由"铁屋子"的关系体系可知，自我与世界的对立，经由"看"的差异发现而完成了话语的建构。本节试图从自我与世界的同源性的角度进入，探讨鲁迅的拯救话语的实践路径和他的拯救话语的变迁，以及拯救话语的悖论性结构。

### 一　拯救话语的建构与流变

鲁迅的拯救话语建构经历了不同的阶段：一是对于"救世"的确信以及对于自我"救世能力"的确信；二是拯救者与被救者之间的精神隔绝，牺牲与背叛；三是对于自己"拯救者"地位的"耻"意识。

（一）拯救的信仰

王晓明认为，"无论是中国古代的'士为万民之首'，还是西方近代的'知识分子是社会的良心'，都把握笔的人看成社会的栋梁，民众的导师。'五四'一代人深受这些观念的熏陶，自然将自己看得很高，他们以居高临下的态度来发动新文化运动，潜意识里正是以救世者自居。鲁迅也是如此"[①]。"救救孩子"是《狂人日记》对于"铁屋子"危机的警示。

---

① 王晓明：《无法直面的人生——鲁迅传》，上海文艺出版社 1993 年版，第 95 页。

这在《自言自语·古城》中同样出现："沙来了。活不成了。孩子快逃吧。"① "拯救孩子"是鲁迅话语中一个非常关键的陈述。

对于鲁迅的"救救孩子"，人们更多倾向于从进化论的角度去解释，即，认为鲁迅的"救救孩子"的出发点是对于进化论式的"发展"叙事的信任。综观鲁迅的话语建构，在这一拯救话语之中，进化论的色彩不能说没有。从《狂人日记》中的"有的不要好，至今还是虫子……"便可知，拯救孩子的话语建构中，的确有进化论的参与。但这种阐释忽略了鲁迅在这一话语建构中依存的"铁屋子"的关系。也就是说，既然是话语建构，就需要追问这一陈述出现的结构和其意义呈现的方式。关键在于，鲁迅的"救救孩子"出现的文本：《狂人日记》《自言自语》《我们现在怎样做父亲》统统将这种话语的生产条件与"铁屋子"相关联。且其话语指向都最终凝聚为鲁迅创作中的灵魂性动作："肩住黑暗的闸门，放他们到宽阔光明的地方去。"② 也就是说，鲁迅的拯救孩子，是要放他们离开这个"铁屋子"。《我们现在怎样做父亲》论及传统文化以"恩"的纲常置换和扭曲"爱"的天性时曾说："便在中国，只要心思纯白，未曾经过'圣人之徒'作践的人，也都自然而然的能发现这一种天性。""没有读过'圣贤书'的人，还能将这天性在名教的斧钺底下，时时流露，时时萌蘖。"③ 而这一话语早在《破恶声论》中就已见端倪。鲁迅说中国古代的文化"世未见有其匹"，但是"顾民生多艰，是性日薄，洎夫今，乃仅能见诸古人之记录，与气禀未失之农人；求之于士大夫，戛戛乎难得矣"④。而鲁迅对拯救孩子话语的建构也正指向解除传统话语的权力对于人的摧残，让孩子"心思纯白""气禀未失"。所以说，"真的人"，未必是进化的人，却实在是自然纯净的人，是有着自由天性的人。

鉴于《狂人日记》对于自己"不能忘却的旧梦"的整理性质，完全可以说明，早期的鲁迅对于"救世"是有着坚定的信仰的。所以他在这

① 鲁迅：《自言自语》，《鲁迅全集》第 8 卷，人民文学出版社 2005 年版，第 115 页。

② 鲁迅：《我们现在怎样做父亲》，《鲁迅全集》第 1 卷，人民文学出版社 2005 年版，第 138 页。

③ 鲁迅：《我们现在怎样做父亲》，《鲁迅全集》第 1 卷，人民文学出版社 2005 年版，第 138—140 页。

④ 鲁迅：《破恶声论》，《鲁迅全集》第 8 卷，人民文学出版社 2005 年版，第 29 页。

一阶段的自我定位是"振臂一呼应者云集的英雄"。这种豪情来源于对战胜历史结构的信心,是对于利奥塔所说的理性主义、自由解放的"宏大叙事"的信任,这其中当然有对于进化论的发展叙事的信心。但这种糅合着英雄梦想和救世欲望的拯救话语,其主体是如何生成的?

鲁迅回忆自己创办《新生》的时候说:"我们的第一要著,是在改变他们的精神。"①"我们"与"他们"的表述事实上正是上一节我们探讨的"差异"的存在。这反映了当时启蒙话语建构模式的稳固性。而"新生"的命名,则又确实指向拯救。这是鲁迅最早的文化实践活动,徐麟对鲁迅早期的文化实践有过这样的判断:"这些西方思想也还只是一种媒介,其目的,仍是在把一种内在的道德理想外推。虽然它被嫁接了西方思想,但其实践模式,则仍未超出儒家的'修、齐、治、平'的框架。"②徐麟的判断大致上是准确的。鲁迅这一阶段的拯救话语也正是以这种群体性的道德为价值结构。夏济安认为,"绿林好汉肩住闸门的故事对鲁迅具有特殊意义"③。夏济安是从"背负"的视角理解这个典故的,笔者想说的是,鲁迅的拯救话语是以"牺牲"为内质的。

(二)隔绝与背叛

鲁迅最典型的关于拯救的话语是以耶稣拯救自己的子民的模式《复仇(其二)》构形,但鲁迅对于拯救行为的实现显然没有信心:耶稣被钉十字架的时刻,"遍地都黑暗了",说明世界还依旧是一个黑暗的"铁屋子"。徐麟有过这样的论述:"他发现他自己就处身于他早年试图改变的'国民人格'及其命运的'铁屋子'之中。……这种身在其中的体验和感觉,瓦解了他作为启蒙者的思想和人格优势。而启蒙者正是据于这种思想和人格优势,把自己置于启蒙对象之外和之上,以教育者的话语优势,授予自己以凌驾于对象之上的资格与权力。"④也就是说,碰壁之后,鲁迅的拯救话语陷入了对于历史理性和生命意志的双重叩问。

不但如此,鲁迅还将"拯救"的结局指向了"背叛",这成为鲁迅话

① 鲁迅:《〈呐喊〉自序》,《鲁迅全集》第1卷,人民文学出版社2005年版,第439页。

② 徐麟:《鲁迅:在言说与生存的边缘》,山东文艺出版社1997年版,第47页。

③ 〔美〕夏济安:《鲁迅作品的黑暗面》,乐黛云译,《国外鲁迅研究论集(1960—1981)》,北京大学出版社1981年版,第366页。

④ 徐麟:《鲁迅:在言说与生存的边缘》,山东文艺出版社1997年版,第55页。

语中的一个恒定模式。更具有说服力的是《颓败线的颤动》：故事发生的屋子，也正是一个"铁屋子"，而出卖肉体的母亲与鲁迅精神中的"牺牲"是相通的。鲁迅曾对于自己的牺牲有过痛心的剖白："先前何尝不是出于自愿，在生活的道路上，将血一滴一滴地滴过去，以饲别人，虽自觉渐渐瘦弱，也以为快活。"① 但在《颓败线的颤动》中，牺牲同样以背叛为结局，这正是鲁迅对于"铁屋子"里的"清醒者"命运的清醒认知。丸尾常喜在《耻辱与恢复——〈呐喊〉与〈野草〉》中对于《颓败线的颤动》的分析有更宏观的审视："我们甚至可以把这间破屋的景象同当年被强大的欧洲突入门户、强行蹂躏的落后的亚洲，其肉体与精神的双重的饥饿重叠在一起来看。"② 不管鲁迅创作中是否有这样的意思，但丸尾长喜对于这一视域的打开对笔者深有启发：《颓败线的颤动》的确构成了一种隐喻，鲁迅对于自己以及自己的同代人的悲剧的预言。最初承受着"被强大的欧洲突入门户"的屈辱的，正是鲁迅这样的知识分子，但他们不但在承受这屈辱，还从带给自己屈辱的欧洲那里拿来了新的文明、知识，以此来拯救自己将死的同胞，但他们的行为选择在后代甚至在当时已经被诟病，让他们自身背负起了民族文化毁坏的罪恶。如果从这个角度看鲁迅所说的"我从别国里窃得火来，本意却在煮自己的肉的"，③ 就会洞悉他的生命选择以及这拯救话语中的大悲悯。

　　但鲁迅对于冲出"铁屋子"的未来却并不抱有任何希望。《死火》里，"我"将死火拯救出冰谷，结局却是"有大石车突然驰来，我终于碾死在车轮底下"④，联系"火宅"中长者救诸子出"火宅"是以"大车"为前路的希望，"其车高广，众宝庄校"，那么鲁迅在这里，对于救众人出火宅之后，他并不抱有太多的幻想。《死火》正是在这种寓意中获得了鲁迅精神结构的特殊意义。另外一个关于"打破铁屋子"的故事则是

---

① 鲁迅：《书信·261216 致许广平》，《鲁迅全集》第 11 卷，人民文学出版社 2005 年版，第 657 页。

② ［日］丸尾常喜：《耻辱与恢复——〈呐喊〉与〈野草〉》，秦弓、孙丽华编译，北京大学出版社 2009 年版，第 290 页。

③ 鲁迅：《"硬译"与"文学的阶级性"》，《鲁迅全集》第 4 卷，人民文学出版社 2005 年版，第 214 页。

④ 鲁迅：《死火》，《鲁迅全集》第 2 卷，人民文学出版社 2005 年版，第 201 页。

《失掉的好地狱》，是对于"铁屋子打破之后怎样"的预言。

（三）"救世者"的"耻"意识

孙郁在他的《鲁迅话语的维度》中这样评价鲁迅："他攻击别人最厉害的时候，自己也非居高临下。不是把别人看成恶魔，自己呢，竟成了天使。不是这样的。他看到的不是美好的存在，而是自我的缺失。"① 也就是说，即使在拯救话语的建构中，鲁迅也摒弃了"我"与"他们"之间的不均衡的关系，这一摒弃的方式是将自我放置到对象中去，所以我们能够看到鲁迅国民性话语呈现出的对于自身的批判；另外一种弥合这种不均衡的方式却耐人寻味，是话语中反向的道德呈现。

尼采在《查拉图斯特拉如是说》中有这样的表述：

高贵者要求自己不要让他人感到羞愧：他要求自己看到一切受苦者而自感羞愧。

确实，我不喜欢那些慈悲的人，他们以同情他人而感到幸福：他们太缺少羞愧之心了。

如果我必须同情他人，我不愿被人称为同情者；如果我要同情，那也要在隔得远远的地方。②

其实，鲁迅身上正有这种对于自身的高贵、慈悲的羞惭感。鲁迅非常著名的小说《一件小事》即体现了这点。这篇小说一贯被重点阐释的都是车夫的"背影刹时高大了，而且愈走愈大，须仰视才见"，在这种基本定性的阐释中，《一件小事》无论如何都不能算是精彩的小说，但朴素的小说依旧有着鲁迅下笔的张力，其内在的迂回和层次感极佳：从怀疑人类："我一天比一天的看不起人"，到自私冷漠："我料定这老女人并没有伤，又没有别人看见，便很怪他多事，要是自己惹出是非，也误了我的路"，到多疑："我眼见你慢慢倒地，怎么会摔坏呢，装腔作势罢了，这真可憎恶"，再到震动惭愧："我这时突然感到一种异样的感觉，觉得他

---

① 孙郁：《鲁迅话语的维度》，《鲁迅研究月刊》2011 年第 2 期。

② ［德］尼采：《查拉图斯特拉如是说》，钱春绮译，生活·读书·新知三联书店 2014 年版，第 94 页。

满身灰尘的后影，刹时高大了，而且愈走愈大，须仰视才见。而且他对于我，渐渐的又几乎变成一种威压，甚而至于要榨出皮袍下面藏着的小来"，最后到再次反省："这一大把铜元又是什么意思，奖他么？我还能裁判车夫么？"① 在一层层的心理活动推进中，依旧显现出鲁迅表述的缠绕本质，有一点一点加深的波澜。而这波澜，在小说里，正是动态的心理变化：自省在不断发酵，不但自己的多疑、冷漠被放置在审判台上，连同情、理解、敬重也再次被逼问，小说不是在塑造一个平面的高大形象来供人膜拜，它真正动人心魄的力量是这渐次深入也愈发残忍的自我逼问。事实上，《一件小事》更像是心灵事件，将其放置于鲁迅的文学世界整体中，其意义或更明晰。小说的主人公人力车夫正是来自"群"的，他的身上未必不带有愚昧无知的特点，但他又是与"众"不同的，他有本能的善良和高贵。这一面"镜子"，映照出"启蒙者"的"缺失"。

不仅仅是"缺失"，鲁迅更愿化为泼皮、复仇者，他并非因为爱人不得而仇恨人类，以此像工人绥惠略夫一样反而向人类复仇，鲁迅的复仇，却是出于爱，出于对自己爱的羞惭，而将爱的形式导向相反的面目。所以鲁迅的行为选择是："我不布施，我无布施心，我但居布施者之上，给以烦腻，疑心，憎恶。"② 对此，孙郁有非常透彻的分析："看似不近人情，实则真性情的流露。儒家讲人情最多，可是后来却以反人情的方式进入人情。鲁迅则把它完全颠倒过来。这也是为什么他的极端的话语方式赢得儒家文化场域最深的人们的好感。"③ 儒家讲人情，而终于反人情，这正是鲁迅的《二十四孝图》《我们现在怎样做父亲》所说的主题。而鲁迅自己，也确实如论者所说的，他把这种方式颠倒过来了。那就是，他以对于"反人情的人情"的拒绝和批判，而获得了真正的人情。推而广之，鲁迅正是以对于"正义""公德""悲悯"这样的概念的弃绝，而获得了自己的"纯白之心"。

## 二　拯救话语的双重权力："铁屋子"结构/构成及其悖论

"铁屋子"寓言作为文本叙事的"模型"，体现着鲁迅话语世界的两

---

① 鲁迅：《一件小事》，《鲁迅全集》第 1 卷，人民文学出版社 2005 年版，第 481—482 页。

② 鲁迅：《求乞者》，《鲁迅全集》第 2 卷，人民文学出版社 2005 年版，第 171 页。

③ 孙郁：《鲁迅话语的维度》，《鲁迅研究月刊》2011 年第 2 期。

个中心。它向着两个方向指引着鲁迅的话语意向：一是以国民性批判为主要方式的启蒙话语，其表现路径为呐喊；二是以怀疑论为思维本能的反启蒙，其表现路径为质问。从《狂人日记》，到《祝福》《伤逝》，无不是两个中心话语的象征性文本。狂人的"疯癫"呐喊与文言小序的"痊愈""候补"，《伤逝》中涓生对子君的启蒙与启蒙导致子君的觉醒而至死亡，《祝福》中的"我"也恰恰是启蒙者扮演了反启蒙的角色。"铁屋子"在引导两个不同的话语意向的结构中，包含着更加复杂的多层次的关系。

"铁屋子"内部有着自身的话语层次及错位。"铁屋子"阐述中包含着双重的行为指向："打破铁屋子"和"唤醒昏睡者"。而双重的目标有着双重的行为主体，"打破铁屋子"的行为主体是全体国民，其行为对象是"铁屋子"，其行为是"打破"；"唤醒昏睡者"的行为主体是清醒者，其施力的对象是昏睡者，其行为是"唤醒"。主体与对象之间既是一种权力关系，又在鲁迅的话语中转换为对立关系："铁屋子"代表的文化禁锢与"屋中人"之间的对立，以及清醒者与昏睡者之间的对立。

我们要进入第一重对立关系中，也就是文化禁锢与全体国民之间的关系。这种关系的本质是"囚禁"，也正是"铁屋子"的空间本质，是空间对于身处其间的人的规训权力实施的过程。对这一对立关系内部的权力运作方式的揭示始终在鲁迅话语世界中占据着重要地位，鲁迅形象地将其命名为"吃人"。不仅仅是传统话语对于民众的束缚和摧残，也包括在各种名义之下的话语实践。其发现者是"铁屋子"中的清醒者，在《狂人日记》里造形为狂人。昏睡者对于这一囚禁是没有认知的，这正是他们的混沌麻木之处。而清醒者既是这一权力关系的发现者，也是受害者。鲁迅（及其启蒙同人）在将这一重对立关系引入国民叙事的过程中，预设了"打破铁屋子禁锢"的行为意愿，一个必要的前提就是先唤醒昏睡者（这种设定即含有个人对于历史的无力感，鲁迅对于这种无力感的转移）。但在鲁迅关于"铁屋子"的阐述中，出现了微妙的错位。依照鲁迅的观点，"打破"的前提必须是"唤醒"，但他"唤醒"的目标却偏离了"打破"。其间的微妙的错位正是鲁迅纠结矛盾的地方。

"铁屋子"是在进化论话语中对传统文化的解释，也是民族主义话语的衍生物。鲁迅及其同人的国民性话语的启动之处是民族存亡，也即由晚清的边缘的政治地位这一民族国家问题而进入对国家、民族的历史和文化的审视。这一触动点其实是政治性的，也决定了国民性话语的言说域的政治性。而"铁屋子"的目标，即"破毁铁屋子"的所指——启蒙国民，使之起来运动，打破原有的文化禁锢，实现理性文明秩序的建构——正是在政治和社会历史层面的诉求。

"这种为'立国'而'立人'和'醒民'的启蒙思想和主张，是鲁迅早年留学日本写《文化偏至论》到'五四'时期写作的大量的随感录和杂文中一以贯之、始终坚持和反复倡导的，同时也是'五四'新文化阵营共同的启蒙思路"，"启蒙和新文化运动实质上是为国民性改造和现代民族国家在创造一种新的、也是现代民族国家应当具有的'公共文化'"。① 初回国的启蒙实践期，以及蛰伏之后的"五四"时期，鲁迅的启蒙工作都是在社会历史层面上着力于一种秩序的建立，以及理性的开悟。创造"公共文化"的目的，也直接指向一个现代文学史上无法回避的命题，即"国民共同体"。启蒙者的"破毁铁屋子"的目标的实现，需要一个有着一致的精神、思想和行动的群体。这个群体被赋以"国民"的身份，并以"公共文化"进行塑形，其理想的形象正是一个拥有理性文明知识结构的"共同体"。

而鲁迅的"铁屋子"叙事的逻辑为：人的自由、独立意识的获得是前提，其后才有对于历史的反叛，即打破"铁屋子"，建立理性的文明秩序。也就是说，在鲁迅关于"铁屋子"的表述中，理性秩序的建立有赖于自由、独立的个人性的获得。而鲁迅的国民性话语刘于当时话语场的偏离正是在这个地方出现了。那就是，鲁迅的"唤醒"有着相异的目标，鲁迅对于昏睡者的苏醒有着自己的期待，那就是对于"泯然于群"的拒绝。在鲁迅的叙事中，只有将愚顽的民众重新塑形成为"内曜""我执""灵明""个性"的自我和主体，"沙聚之邦始为人国"。推翻"铁屋子"的前提是人的苏醒："人各有己，而群之大觉近矣。"② "人各有己"，对此"己"，鲁迅的论述是："其声出而天下昭苏，力或伟于天物，震人间世，使之瞿然。瞿然者，向上之权舆已。盖惟声发自心，朕归于我，而人

---

① 逄增玉：《启蒙主义与民族主义的诉求及其悖论——以鲁迅的〈故乡〉为中心》，《文艺研究》2009 年第 8 期。

② 鲁迅：《破恶声论》，《鲁迅全集》第 8 卷，人民文学出版社 2005 年版，第 23—24 页。

始自有己。"① 这种对于个体性的生命力量的强调贯穿鲁迅文本的始终。他所塑造的个人，从摩罗战士，到狂人、疯子、魏连殳、过客、宴之敖者，都是脱离于群的具有主体性的个人。鲁迅所呼唤的摩罗战士，他所说的蛮野的生命意志，其实都带有非理性的精神元素。对于"昏睡者"的唤醒，鲁迅注目的更多是非理性的生命力量，他的精神和诉求的根柢，是生命意志的释放。在这一层面上，鲁迅的话语进入生命存在层面，与其社会历史层面的诉求形成了彼此对峙的局面："破毁铁屋子"要求国民具有群体性，并且要求建立新的具有普遍有效性的价值范式，而鲁迅的启蒙目的却是国民的个人性，是以抵抗"共同体"（共同道义，或公共文化，或公共原则）约束为目的的自由诉求。二者之间的偏差不可谓不大。

　　"从鲁迅对'自性'、'个人'的理解来说，这种由绝对化的、充满主体精神的个体自由结合而成的'人国'并不是现实的、具体的政治构想，而是与施蒂纳'我＋我＋我＋我……'的'利己主义者联盟'具有相似结构的'人＋人＋人＋人……'的'一种无政府主义空想社会'。"② 也就是说，鲁迅的"人国"所设定的启蒙或者说拯救的目标，带有明显的乌托邦色彩。

　　社会历史层面和生命存在层面的双重目标和相互背离进入鲁迅的"铁屋子"话语中，成为无法避开的悖论性命题，也成为鲁迅话语体系中双重话语中心形成的原因。"铁屋子"的双重层次也造就了鲁迅的矛盾和绝望，其表现为鲁迅对于社会历史话语的个人性抵抗。对于个人的生命自由、独立价值的追求的话语意志，必然会对任何秩序、理性产生怀疑和否定。即便是他信仰的社会文化秩序，包括他的文本世界中成形的话语构图，也一并被置于怀疑和反抗的那一面，此所谓"影"的悲剧，也即时空错动中的自我存在悲剧。鲁迅的启蒙工作的目标，从社会历史角度看，正是进化论所指引的未来的"黄金世界"，鲁迅在对此话语的确信和践行中同时进行着生命意志的抵抗。鲁迅明确说过："说到'为什么'做小说

---

① 鲁迅：《破恶声论》，《鲁迅全集》第8卷，人民文学出版社2005年版，第26页。

② 孟庆澍：《"自性"与"中迷"——理解青年鲁迅的两个关键词》，《鲁迅研究月刊》2005年第9期。

罢，我仍抱着十多年前的'启蒙主义'。"① 但他的基于进化论话语的叙事却一再背离这一线性的时间性的逻辑，转而进入"绕了一圈又飞回来"的轮回体验之中。从他的这些矛盾的言说的缝隙中，我们看到，这些话语是不同话语层面上的问题。

对于觉醒的独立自由的个人来说，不论是建立起怎样的理性文化，包括其目前的社会、文化理想，任何的秩序都将是对个人性的戕害。也就是说，鲁迅的"铁屋子"具有永恒性。鲁迅未曾说出来的一个话语层次是，即使打破了这一个"铁屋子"，还将进入新一轮的囚禁之中。正是在这种矛盾和疑惑的缝隙，生成了新的话语，即，新的思想、理念、话语是否将成为另外一个"铁屋子"？"我疑心将来的黄金世界里，也会有将叛徒处死刑。"② 这句话正是对于话语强力的认知：作为这个世界的叛徒的自我在建立一种新的话语，而新的话语建立之后依然要维持自身的权威而杀掉叛徒。钱理群就认为，"当许多人把西方的现代道路理想化，绝对化，以之作为是中国彻底摆脱封建奴役的'必由之路'时，鲁迅却从中发现了新的奴役的再生产，再建构，人依然不能摆脱'奴隶'的命运"③，这也正是《失掉的好地狱》的命意。

启蒙者按照自己的意愿去对民众进行人格的塑形，设定民众的发展方向，其实是再一次的蒙昧。鲁迅意识到了这一点，他的拒绝做导师，拒绝做启蒙者，正是在拒绝做蒙蔽者。这正是"铁屋子"结构的第二重对立关系，即清醒者与昏睡者之间的权力关系运作。在这一重关系之中，主体与对象有着先在的分裂，昏睡者的"被昏睡"成为典型性的叙事症候。鲁迅在阐释这一理论的时候，更为重要的是提出疑惑："你倒以为对得起他们吗？"历来对于"铁屋子"的阐释都忽略了这一重（甚至是最重要的一重）话语，那就是，对于话语权力的质疑。"铁屋子"在阐释过程中遭遇的最大难题即在这里，启蒙民众是否具备合理性？

当鲁迅对于自己的启蒙者的行为主体的权力发出质疑的时候，他立刻

---

① 鲁迅：《我怎么做起小说来》，《鲁迅全集》第 4 卷，人民文学出版社 2005 年版，第 526 页。

② 鲁迅：《两地书（四）》，《鲁迅全集》第 11 卷，人民文学出版社 2005 年版，第 20 页。

③ 钱理群：《鲁迅与二十世纪中国》，《北京文学》1998 年第 9 期。

自罪为"我就是做这醉虾的帮手",唤醒"铁屋子"中的人,是将他们从被吃的境遇中拔出来,但"唤醒"这一行动本身,即"弄清了老实而不幸的青年的脑子和弄敏了他的感觉,使他万一遭灾时来尝加倍的苦痛,同时给憎恶他的人们赏玩这较灵的苦痛,得到格外的享乐"①,是否同样是吃人行为?前者是精神丧失的被吃,后者是精神痛苦的被吃,后者甚至更加难堪。

考虑到鲁迅一生践行的启蒙活动,我们可以知道,鲁迅产生疑问的地方在于,强行的启蒙行为(带有目的性的,尤其是有政治目的的启蒙行为)是否应该考虑到被启蒙者的意愿?启蒙者以自己的信仰去启蒙民众,反而给其带来精神苦痛,甚至生存的风险。鲁迅此处未曾说出的话(在之后的文本中多次涉及)是,一旦发生风险,责任该由谁来负?而启蒙者自身的信仰,其信仰背后的知识体系,是否会成为另外一个"铁屋子"?启蒙是必要的,但这样的启蒙最终是否会成为一次知识和权力的重新分配?鲁迅先于任何人意识到了一个最重要的问题,即,话语权力问题。鲁迅所要推翻和打破的,正是传统话语的禁锢;在这种启蒙行动中,他所使用的是现代性话语。鲁迅既看到了传统话语权力对人的扼杀,也同时意识到,自身所使用的现代话语本身也是一种权力。《伤逝》可以算是对此的隐喻。"我是我自己的"作为现代话语突破了传统话语在子君身上的禁锢,但启蒙者涓生与被启蒙者子君之间的关系的最终指向却是:"你倒以为对得起他们(她)么?"涓生是典型的处于错位时空体中的"中间物",他为子君提供的不是真正的"我可以做我自己"的空间,而是涓生的话语形成的空间。而这一话语的虚妄性在于,他对自己的启蒙对象要求超越物质的精神结构,启蒙者的"唤醒"行动是成功的,但是"唤醒"行为提供的不是"能够保存我们"的空间,而是必然的死亡。涓生的忏悔虽然呈现在"不该说出真实"层面,但文本中有另外一个冷冷注视着这场忏悔的叙事者,他注视着涓生将子君带到一个不能保存她的新的世界,从而发现了这启蒙行动的道德、伦理缺陷。

所以鲁迅在《娜拉走后怎样》里说:"阿尔志跋绥夫曾经借了他所做的小说,质问过梦想将来的黄金世界的理想家,因为要造那世界,先唤起

---

① 鲁迅:《答有恒先生》,《鲁迅全集》第3卷,人民文学出版社2005年版,第474页。

许多人们来受苦。他说,'你们将黄金世界预约给他们的子孙了,可是有什么给他们自己呢?'有是有的,就是将来的希望。但代价也太大了,为了这希望,要使人练敏了感觉来更深切地感到自己的苦痛,叫起灵魂来目睹他自己的腐烂的尸骸。"①

所以竹内好说:"他把问题看透了,那就是把新道德带进没有基础的前近代社会只会导致新道德发生前近代的变形,不仅不会成为解放人的动力,相反只会转化成为有利于压制者的手段。"② 鲁迅对于打破传统话语的启蒙行为是持肯定态度的,但是对现代话语权力的行使及其结果提出了质问。而这一质问的发出,才是鲁迅的真正价值所在。在五四时期,中国不乏宏大叙事的文学者和思想者,而从启蒙的宏大叙事目的出发,进入个体存在的价值意义,关注具体个人的生存意义,却是鲁迅的价值意义。在《头发的故事》里,鲁迅再一次提出阿尔志跋绥夫的问题:"你们将黄金时代的出现预约给这些人们的子孙了,但有什么给这些人们自己呢?"③所以被谓之启蒙者的鲁迅拒绝做导师,拒绝青年们的牺牲,除了自己的牺牲,他反对任何生命的牺牲。他与政治家不同的地方,甚至是他与其他启蒙者不同的地方,在于,他重视任何生命存在的质量和意义。鲁迅不仅反抗着传统话语形成的桎梏,同时也反抗着新的"权威"。

而这也才是鲁迅所说的"中间物"的真实内涵,即,作为现在阶段的理性个人,自我所能够努力的方向,也只是打破目前的这个"铁屋子",鲁迅敏锐地意识到,这将是一个无限的轮回与循环——是永恒的未完成性。而这样的历史观,与他所接受的进化论思想是矛盾的。"中间物"的提出,并非完全出自进化论观念,而是一种悲观的自知。虽说是在进化的链子上,但"我"作为此在的任务,只是对于此时的禁锢进行反抗,而之后将有新的禁锢。这样的鲁迅选择的行动只有自我牺牲。

"铁屋子"内部的关系结构和话语运作,与"五四"话语场域的契合

---

① 鲁迅:《娜拉走后怎样》,《鲁迅全集》第 1 卷,人民文学出版社 2005 年版,第 167 页。

② [日]竹内好:《近代的超克》,李冬木、赵京华、孙歌译,生活·读书·新知三联书店 2005 年版,第 148 页。

③ 鲁迅:《头发的故事》,《鲁迅全集》第 1 卷,人民文学出版社 2005 年版,第 488 页。

与悖反，都表现着鲁迅精神世界的复杂和多维。错综的言说指向和多维命题的重重盘绕，不断进入话语的衍生，并由此建构了鲁迅的整体话语体系。

# 第 三 章

# "铁屋子"中的异乡人与话语空间的建构

福柯论述话语的时候强调应该描述话语行使、话语的起源和应用点的机制所在的"场所",依旧按照福柯惯用的医院为例:

> 我们还应该描述医生使用他的话语和话语可以找到其合理起源及其应用点(它的特殊的对象及证明手段)的机制所在地点。这些地点对我们的社会来说就是医院,一个由被区分并被等级化了的医务人员进行长期、规范和系统观察;并且可以因此构成一个可计数的就医人数范围的地方。[①]

福柯认为的话语的"地点"就是权力运作之处。也就是说,医院就是医学话语生产和行使权力的场域。通过这一例子,我们能够把握到,话语的场所,也就是话语产生作用的地方,而对于医院来说,它也同时是"疾病出现的地方"[②],也就是话语的对象出现的地方。如果按照惯常的分析,鲁迅话语中的这个"场所",也就是国民性出现的地方,是话语能够行使其权力并产生对抗的场所。换句话说,鲁迅文本中设置的那些空间和条件,使得各种言说都能够进行对话,也是无法调和的主客双方的话语进行着决斗的场所。在鲁迅的世界中,这个场所,既是实体的论争发生的那些契机,也是鲁迅文本中的不同话语力量的"相遇"时刻。也正是在这

---

① [法]米歇尔·福柯:《知识考古学》,谢强、马月译,生活·读书·新知三联书店2003年版,第55页。

② [法]米歇尔·福柯:《知识考古学》,谢强、马月译,生活·读书·新知三联书店2003年版,第56页。

些话语空间之中，话语主体成为变动不居的"影"。

"话语作为一种存在，必然以时间与空间为坐标，如果说传统历史研究中以时间为主线串联话语，那么福柯则是用空间构型组织话语"，"福柯认为，当今时代是一个空间的时代，而非随着时间发展的时代，但福柯并没有因此否定时间，而是致力于在分布于时间中的话语之间确立一系列的空间关系，这些关系使话语呈现为彼此并置、对立、隐含的状态"[①]。福柯的话语理论对于"空间"有着很大的依赖性，其话语理论的最终成立也有赖于空间建构。

在对福柯话语概念进行界定的时候，我们是从两方面进行的：第一，话语是权力的话语，是权力关系运作的产物；第二，话语是实践的话语，是意义的建构过程。福柯在建构这两方面的话语时，都是从空间展开的。

福柯的权力话语分析主要体现在他对于全景敞视监狱的分析：周围是被分割开的囚室的环形建筑，中间是瞭望塔。囚室里的人只能被看见，但自己却什么也看不见；瞭望塔里的人能看见所有的囚室，但却不会被看见。这成为权力关系产生的机制。被囚禁者因为知道自己被监视而时刻处于被规训的状态。也就是说，规训权力在这样的虚构关系中持续发挥作用。如果以权力空间来说，那么鲁迅文本中这个可能的话语空间，正是"铁屋子"。而在这个场域中的话语实践，一方面是"铁屋子"般的传统话语的控制，另一方面，正是"铁屋中的呐喊"。

另外，福柯实践层面的话语也呈现出空间的构架。比如他对于医院的话语实践的读解。"空间是以我们在具体场所中的关系的形式呈现出来"，"场所"是与人的具体生存实践密切相关的、由各种"关系"界定的"异质性空间"[②]。也就是说，空间呈现出人在其中的关系结构。而"关系的建立"标志着"作为实践的话语本身"[③]。具体到鲁迅的话语内部，这个"场所"包括：现代话语与传统话语、国民性话语与个人话语、启蒙话语与庸众话语……等待话语的遭遇所发生的场域，以及不同话语力量的对峙

①　陶徽希：《福柯"话语"概念之解码》，《安徽大学学报》（哲学社会科学版）2009 年第2 期。

②　赵奎英：《论福柯的空间化转向与本质性写作》，《天津社会科学》2010 年第 6 期。

③　［法］米歇尔·福柯：《知识考古学》，谢强、马月译，生活·读书·新知三联书店 2003年版，第 50 页。

和实践过程。这种话语实践所发生的场所被建立起来的过程，主体与客体之间的召唤与质疑、行使权力与对权力的对抗，以及差异最终被消除的过程，正是话语空间的开启、分割和建构。这里涉及的一个问题是，对象对于权威话语的能动作用。也就是说，我们需要描述鲁迅话语内部"话语遭遇"事件中主客双方的不同表现，甚至，我们不是要分析这种表现，而是要探讨主体生成的不同阶段，以及对象在这种主体生成中的能动作用。比如，在故人相遇模式中，作为话语客体的故人的镜像性存在对于主体的反作用。

而本章所要探讨的，首先是鲁迅话语中的空间体式和空间维度。其次是描述"铁屋子"的变形——故乡的权力空间性质，以及鲁迅在建构这一权力话语场域时的模式和策略。最后是以还乡小说为例，描述鲁迅对于不同话语的对话空间的建构模式。其中始终存在着一个更重要的问题，那就是，描述"铁屋子"里的清醒者、故乡的还乡者之间的精神相通性，其存在形态最终呈现为"异乡人"的身份和境遇。"铁屋子"是鲁迅话语实践的场域，"清醒者"的异乡人的宿命正是不得不身受的空间与时间的错位和断裂体验，以及永恒的对于自身的历史能动性和生命存在的追问，这也是鲁迅"铁屋子"的核心问题："我"能否摆脱世界/命运对自身的囚禁？而"异乡人"一旦介入，"铁屋子"就已经被分割成为不同的空间。在不同的空间，话语有着不同的意志和走向。主体与客体在变动不居中彼此争辩、对抗和融合。

## 第一节　清醒者与"铁屋子"的多维空间

巴赫金在《小说的时间形式和时空体形式》中提出了"时空体"概念："在文学中的艺术时空体里，空间和时间标志融合在一个被认识了的具体的整体中。时间在这里浓缩、凝聚，变成艺术上可见的东西；空间则趋于紧张，被卷入时间、情节、历史的运动之中。时间的标志是要展现在空间里，而空间则要通过时间来理解和衡量。这种不同系列的交叉和不同标志的融合，正是艺术时空体的特征所在。"[①] 时空体"表示着空间和时

---

① 《巴赫金全集》第 3 卷，白春仁、晓河译，河北教育出版社 1998 年版，第 275 页。

间的不可分割（时间是空间的第四维），是一个内容兼形式的范畴"①。鲁迅的"铁屋子"正是这样的时空体。内在的封闭的空间体式中蕴藏着时间的错位和空间的并置。时空形式的错动以及人在这一错位的时空体式中存在绝境，成为"铁屋子"的首要特征。"今且置古事不道，别求新声于异邦"②，鲁迅的这一表述模式可以看作"铁屋子"时空体的错动的典型表述，它集中了国内/异邦、古/新的时空认知形式。

## 一 "铁屋子"的空间体式和价值表呈

鲁迅以"假如"提起了对于中国传统文化和历史的造形："假如一间铁屋子，是绝无窗户而万难破毁的，里面有许多熟睡的人们，不久都要闷死了，然而是从昏睡入死灭，并不感到就死的悲哀，现在你大嚷起来，惊起了较为清醒的几个人，使这不幸的少数者来受无可挽救的临终的苦楚，你倒以为对得起他们么？""假如"的预设性质不言而喻，也说明了"铁屋子"是一种拟像。在鲁迅的话语中，"铁屋子"作为中国古老传统的空间形象，不断得到重构："高墙上四角的天空"，"地狱"，"非人间"，"无物之阵"，"独头茧"，甚至"人肉筵宴的厨房"，甚至"无主名无意识的杀人团"。空间如何变幻，都源自"铁屋子"的囚禁模式，以其触目惊心的规训作用成为权力话语的施展空间。但鲁迅在这个"铁屋子"里设置的清醒者对于这种规训的发现，却显示着封闭的"铁屋子"中的"异质性"东西的存在，这一封闭的空间形象不再是单一空间，其中内置着相互冲突、相互对峙的价值结构。清醒者与昏睡者的对峙显然昭示着不同文化空间的混杂。"绝无窗户而万难破毁"的先在的情境设定，明显以"铁屋外"的空间参照点存在为前提。而"铁屋外"的描述是这一寓言被征用和被阐释过程中一直被忽略的。"身在其中"的清醒者有着"身在其外"的认知结构，并以此认知对身处的世界进行描述和界定，而"身在其中"的昏睡者对于自我和自己所在的世界的牢笼性是完全没有自知的，需要清醒者的解释。

空间参照点及其内部含蕴着的价值参照体系的存在，使"铁屋子"

① 《巴赫金全集》第 3 卷，白春仁、晓河译，河北教育出版社 1998 年版，第 275 页。
② 鲁迅：《摩罗诗力说》，《鲁迅全集》第 1 卷，人民文学出版社 2005 年版，第 68 页。

的被描述和被建构性在这种视野下得到凸显。鲁迅的话语体系正是从这一模式衍化生成的，鲁迅将这一"模型"一次次在文本中复制的时候，不得不采用的形式就是，设置一个由"外"而"内"的叙事者。表现为，还乡叙事中的带有"文明世界"印记的还乡者，或者诸如《阿Q正传》式的置身事外却拥有绝对话语权力的叙事者。这说明，在对"铁屋子"进行界定的过程中，"铁屋外"的视角是必然存在的。"铁屋子"的外延中突出了两种文化空间的并置关系以及这种并置带来的价值理念的彼此颠覆。价值理念的对峙标示着时间的错位和断裂。错综的空间的并置，即"内"与"外"的空间交错成为时间断裂的标志，并在这一断裂中开启了全新的以"异质性"为焦点的话语空间，从中生成了价值观念的现代表呈（这种表呈背后是再一次的话语权力运作）。空间的错综意味着民族的生存危机和价值理念的抵抗。

## 二 "铁屋子"的时间形式及其知识型

在鲁迅的"铁屋子"话语中，空间关系的紧张中隐藏着时间形式的混乱。也即，"内"与"外"的紧张和"新"与"旧"的对峙是一体的。正是清醒者与昏睡者相冲突的认知结构构成了"铁屋子"的时间维度。处于"清醒"与"昏睡"两种状态中的人俨然分属于不同的历史时间中。"现在"时间空间化为黑暗的"铁屋子"，"昏睡"状态则喻示着"过去"时间与"现在"时间没有分别，并将"将来"时间的形式安置在了清醒者的行为指向上：叫醒昏睡者或拒绝叫醒，或无法叫醒，决定着将来时间的形式。

这里面明显有经验性的叙事元素，即，鲁迅在"造像"中的自我经验的内化：鲁迅从"铁屋子"冲出来，出国留学，接受新的知识和价值观念，意味着从一个时间凝固的空间中突进到"现代"社会。而再次回国，对于当时的鲁迅来说，意味着他从"未来"倒退回"过去"。时间上超越了历史的清醒者，其实是曾经走出这个"铁屋子"的空间的突围者，穿梭在相异的文化空间中的个人与穿越了不同历史阶段的个人重合在一起。同时，对昏睡者而言，如果把身体作为更具体的空间，肉身的"昏睡"状态也正是空间的时间化，当然这一时间是凝固态的。错位的时空体在这样的语境中生成。

而这种时间断裂成立的内在机制是进化论话语的存在，以及当时知识界在对于中国进行描述时对于这套话语的依赖。进化和发展，始终是现代文学的重要元素。在这种话语之中，中国被描述为在历史的循环中被世界历史抛弃了的存在。在线性的进化链条上，中国处于停滞状态，这是当时的知识分子对于中国的认知和表述。鲁迅也是这套话语的实践者："历史上都写着中国的灵魂……试将记五代，南宋，明末的事情的，和现今的状况一比较，就当惊心动魄于何其相似之甚，仿佛时间的流驶，独与我们中国无关。现在的中华民国也还是五代，是宋末，是明季。"①

鲁迅的"铁屋子"正是凝固时间的空间化，是古老中国存在的具象。清醒者是超越了历史的、进化之后的新的人，而昏睡者则与在进化中停滞了的中国是一体的。鲁迅也正是以空间上的文化规训、囚禁，以及时间上循环不变的"昏睡"揭示出触目惊心的窒息感和毁灭感。内部时间凝固不变，外部时间却在飞奔，这正是鲁迅及"五四"一代知识分子的焦虑所在。自主承担着社会责任的知识分子被这种断裂性质的"被抛弃"和"自寻毁灭"的"未来"逼进了焦虑的漩涡。所以我们能够发现，"从昏睡入死灭"的进化论式预言里面包含着明显的民族主义的视角和观念。这里面不仅有对于民族国家的边缘性地位的认知，还有对国民昏睡状态与民族消亡的必然联系的认知和焦虑。在《〈呐喊〉自序》"铁屋子"提出之前的"幻灯片事件"的言说中，即暗示了国民性话语发生的民族主义触发。进化论话语与民族主义话语相互促发，出于民族主义话语的考量，需要提供一种解释性的话语框架来提供希望的愿景。而对于进化话语的确信进而强化了叙事中的民族主义意识。

### 三  "个人"的精神"铁屋子"

李欧梵在《铁屋中的呐喊》中这样表述"铁屋子"："我对鲁迅的短篇小说做了如上寓意式的读解，显然是从著名的'铁屋子'的隐喻得到启发。'铁屋子'当然可以看做中国文化和中国社会的象征，但必然还会有更普遍的哲学意义。"② 李欧梵把这一"更普遍的哲学意义"指向了

---

① 鲁迅：《忽然想到（四）》，《鲁迅全集》第3卷，人民文学出版社2005年版，第17页。
② ［美］李欧梵：《铁屋中的呐喊》，尹慧珉译，河北教育出版社2002年版，第79页。

"那种被骚扰着的暗淡的内心",并认为那"'较为清醒的几个人'则是和鲁迅的心相近的,体现着他本人的经验和感情中的某种气质"①。

"铁屋子"是封闭的,但是作为一个话语空间来说,"铁屋子"又是一个开放性的"现在"结构。清醒者以"未来"(现代)的知识对"铁屋子"/"现在"进行审视,结果发现了这一空间的"过去""现在"甚至"未来"的同质,并直接暴露了清醒者的"现在"时间中包含着"过去"。这就使他自身的时空体错位成为伴随性的话语事件。鲁迅话语中的主体是与"历史"息息相关的。自我被放置在进化论的发展式叙事中进行审视。清醒者的觉醒状态是对历史时间的超越,而其同在"铁屋子"中的存在状态又是"过去"时间在自我身上的印痕,在这种视野下,"清醒者"成为双重的被弃者:"外部"空间里的被疏离者与"内部"空间里的被疏离者,他丧失了自身在空间和时间坐标中的位置。"铁屋子"正是鲁迅重新认识自我与世界关系的困惑表述。是将有着与"铁屋子"空间相异的知识构成的"我"放置在空间、时间的错动中,面对各种断裂、移位的震惊体验。

超越历史的清醒的自我,身在历史中的依旧"吃人"的自我,以及参与历史建构的、投入变革历史中的自我,他们之间的矛盾在《写在〈坟〉后面》得到更加明确的表述:

> 然而我至今终于不明白我一向是在做什么。比方作土工的罢,做着做着,而不明白是在筑台呢还在掘坑。所知道的是即使是筑台,也无非要将自己从那上面跌下来或者显示老死;倘是掘坑,那就当然不过是埋掉自己。②

"筑台"正是新的话语的建构,自己做的工作,正是建设新的话语的言说场域。但在这一话语框架之下,不过是暴露了自己的"旧的"身份,所以鲁迅说"从那上面跌下来或者显示老死"。"中间物"的自我定位就

---

① 〔美〕李欧梵:《铁屋中的呐喊》,尹慧珉译,河北教育出版社2002年版,第79—80页。

② 鲁迅:《写在〈坟〉后面》,《鲁迅全集》第1卷,人民文学出版社2005年版,第299页。

是在这种时空中确立的。所以它不仅仅是汪晖所说的"历史的中间物"，它还包含着空间的因素，而这空间，正是"筑台"或"掘坑"所进行的文化、价值建构的空间。何浩的《价值的中间物——论鲁迅生存叙事的政治修辞》中对此有更深刻的阐释："鲁迅说，万事万物，只是在'转变'的时候，才会出现中间物。如果不存在转变的过程，在一个沉闷、封闭、僵化的空间中，是不存在中间物的。在一个动态的、具有方向性的位差移动中，才会出现中间物。……中间物是指价值等级变革过程中的中间状态，是在好与坏、高与低之间的出离与奋争。"① 事实上，鲁迅的"铁屋子"正是因为有了清醒者的进入，其本身也才进入价值等级的动态变革之中。但问题也正是在于，鲁迅的"铁屋子"与清醒者之间的关系比我们想象得更加复杂。那就是，清醒者要何去何从？

或者是"铁屋子"的出场与"昏睡"状态的紧密联系在鲁迅的话语中太过强势，从而遮蔽了"铁屋子"的动态结构——这是"铁屋子"话语系统中的重要层面。它的出现依赖于"唤醒"行为的启动和发生。当清醒者对于昏睡者的"叫醒"付诸实践，文化/话语的遭遇才成为可能，"铁屋子"的黑暗才开始行使权力，清醒者也开始行使权力，也即，启蒙者行使话语权力。"铁屋子"才真正成形。清醒者权力实施的启动时刻，"铁屋子"开启了一个全新的动态的场。所以，鲁迅话语空间的建构无一例外地存在着"唤醒"——即启蒙行为的在场和实施。这种启蒙行为的在场和发生意味着主体、对象、话语、知识的全部在场和能动作用的发生。所以，"铁屋子"的开放性和动态性正是在这个层面上实现的。而我们知道，在这个大的场域中，"铁屋子"更加本质的特征是"黑暗"。而"黑暗"成为这个话语空间的内质，呈现为话语的权力行使、对抗、同化、主客体的转换。变动的场正是由清醒者与"黑暗"的关系来建构的。但清醒者与"黑暗"的遭遇，也使得清醒者彻底成为世界的异乡人。

所以，"铁屋子"不仅仅是关于国家、民族、文化的寓言，更是自我存在的错位的时空体形式，这种时空错位，正是《过客》的困境："或一日的黄昏"，"或一处"，时空的模糊突出的正是个人存在的不确定性。

---

① 何浩：《价值的中间物——论鲁迅生存叙事的政治修辞》，北京大学出版社 2009 年版，第 27 页。

"从哪里来","到哪里去","怎么称呼",过客一出场就面临着这样的限定和追问,而行走分明带有进化论性质的隐喻,以及进化论话语的召唤性。过客的焦虑和他的摆脱群体的突围意志,正说明他自身背负的自我精神隔绝的"铁屋子"。连续使用的"沉思,忽然惊醒""默想,但忽然惊醒,倾听"等动作与"铁屋子"中的"昏睡"形成的对照,说明免于昏睡的方式是拒绝"停下",拒绝老翁的"人们"状态,是行走。

这样,"铁屋子"的空间错综和对峙完整地搬迁到"清醒者"的身上。清醒者成为"铁屋子"的变体。中/西、新/旧的错位时空体式以清醒者的身体时空形式获得象征性/浓缩性/迁移性的再现。清醒者与"铁屋子"之间以身体建构起了空间相似性。清醒者与"铁屋子"具有了同质性。这是一种自我精神的囚禁模式。不是"铁屋子"囚禁了清醒者,而是清醒者以自己的身体建构了一个错综的"铁屋子"。

从"铁屋子"提出的文本《〈呐喊〉自序》的行文看,从一切都被纳入个人性话语当中的叙事形式看,"铁屋子"的提出方式也是值得探讨的,那就是,也许鲁迅根本就是在"自我"的叙事当中提出了"铁屋子",它更是关于个人的精神寓言。因为"铁屋子"的内质"黑暗"正是鲁迅自身背负的精神枷锁,甚至是他的精神依恋。鲁迅在给许广平的信中有这样被广泛引用的话:"我的作品,太黑暗了,因为我常觉得惟'黑暗与虚无'乃是'实有',却偏要向这些作绝望的抗战,所以很多着偏激的声音。"[①]《影的告别》中的"影"即再现了这种时空错动的存在形式。"然而黑暗又会吞并我,然而光明又会使我消失"的悖论和错乱正是异乡人的困境言说。这也正是"五四"一代知识者的精神具象,他们在自身的"过渡性"中经历的精神的巨大撕扯、重塑,以此抵达混茫深邃的精神内部——较之后一个十年的作家们的精神色调要驳杂幽邃得多。

这样,"铁屋子"即成为多个维度的结构体式,即体现为空间、时间、精神的综合对话系统。这一空间、时间的拟像确定了自我与世界关系的坐标,那就是"异乡人"的存在。《故乡》即暗示了这一关系的体系:"相隔两千余里,别了二十余年的故乡"从一出场就已经被放置在了空间的"荒远"与时间的"荒古"境遇中,故乡被迫承载了距离遥远(荒蛮

---

① 鲁迅:《两地书(四)》,《鲁迅全集》第11卷,人民文学出版社2005年版,第21页。

的，不文明的）与时间久远的（落后的，旧的）的文化意义。而这些意义的获致全部依赖于一个"异乡人"（"铁屋子"里的清醒者）的进入。这便是中国现代文明的开启时刻的隐喻。

## 第二节　多重话语空间的建构

鲁迅在建构"铁屋子"关系体系的时候，并没有回避"铁屋子"内部的错置的时空体式，他从不同的关系维度出发，建构了多重的话语空间。"框架"理论有助于我们理解这样的多重话语空间在鲁迅文本中的建构方式。框架是人们用来认识、解释社会现象的认知结构和组织方式。也就是说，在对同一件事情进行评断、解释的时候，不同的社会群体和个人会选择事件的某些重要方面，以凸显他意图强化的主题。而这种选择一定与其社会文化背景、个人体验认知相关。正如鲁迅在对"铁屋子"的建构中，突出的是社会历史的坚固和封闭性，以及个人与群体的对立，这与他自身的体验紧密相关。而鲁迅对于"话语"问题的自觉也已经论述过，他在建构不同的话语空间时，有着不同的言说框架和建构模式。

### 一　整体上的"囚牢"模式：权力话语空间建构

鲁迅文学观照的对象是社会现实，这是国民性话语建构的支点。他在建构这一话语时，所选择的框架是"个人"理念，以此观照，从而发现了社会的"铁屋子"本质。鲁迅先发现的正是这一社会结构中传统话语的权力性质、其对于民众的规约和束缚，所以"铁屋子"的具象，成为鲁迅启蒙话语着力表现的对象。

第二章已论述过"铁屋子"的变形中有一个变体是故乡式"铁屋子"。在鲁迅的笔下，故乡是最常见的空间意象，是启蒙话语的观照和言说对象，也是鲁迅流寓者身份确立和挣扎的空间、精神参照物，是鲁迅生命体验言说的出发点。它作为鲁迅体验与言说的中枢，辐射出鲁迅话语的基本语汇。鲁迅借助对故乡的关注与建构，完成了自己话语空间的建构。故乡作为"铁屋子"的最重要变体，其作用同样是建立一种人与社会的关系，剖析人的生存状态的图景。所以我们需要通过对故乡话语的分析，探讨鲁迅话语空间的架构方式。

故乡是鲁迅小说的核心话语点，围绕着这个核心，在不同层次和空间内部形成一种聚集力量，衍生出了一个独具鲁迅气质的话语场域。显然，鲁迅的故乡不是一个固定的地域背景或者一个稳定的空间意象，它的内部既凝聚和衍生着意象、主题、意志，又蕴含着鲁迅话语的言说实践和规则。如果说福柯所说的空间与规训密不可分，那么在鲁迅这里，空间的规训作用，正是故乡话语的本质。

鲁迅的小说中，主人公们的活动大多集中在一个特定的空间场域中，李欧梵在《铁屋中的呐喊》中说："从一种现实基础开始，在他 25 篇小说的 14 篇中，我们仿佛进入了一个以 S 城（显然是绍兴）和鲁镇（她母亲的故乡）为中心的城镇世界。"① 李欧梵不但注意到鲁迅对于空间的关注，也指出鲁迅作品中的空间建构是以他的故乡为模本的。鲁镇，S 城，未庄，平桥村，咸亨酒店，一石居，茶馆，社庙，土谷祠……当我们将这些地理空间并置的时候，凸显出的正是鲁迅话语的一个现实观照点：故乡。鲁迅小说的展开几乎统统有赖于这个以故乡为原型的世界。这是鲁迅故乡话语的初步生成，即作为原型存在的地理空间意义上的故乡。它作为小说主人公们的活动背景存在，是鲁迅作品情境建构的出发之处。

鲁迅以密集的空间概念建构了原型故乡的同时，又赋予故乡以内核性的人格，诸如畸形、荒凉、冷漠、残忍、阴暗，生活其间的民众掣于"吃人、观赏吃人、被人吃"的网罗不能自拔，也不自知。这一生存网罗即故乡自身的人格和生命特质，其实质正是故乡民众的群体性人格。在鲁迅的文本世界中，故乡因为内部众人的群体性人格叠加而有了自己的生命人格，它以自身的生命质与内部主人公们并置为小说的言说对象，从而发出了自身的话语。鲁迅故乡话语的建构过程，实则也是故乡这一空间参与叙事与言说自身的过程。故乡如何以地理空间意象成为文化建构、价值体系建构的中心，又如何作为文化、价值参照实现了言说者自我身份的确立，是需要探讨的问题。

故乡作为空间概念，有着自身的层次，它不是单纯的地理空间，是密布着权力关系和价值秩序的社会文化空间。人与空间的关系，人在空间的生存，成为鲁迅故乡话语的着力点。鲁迅笔下的主人公们，狂人，孔乙

---

① ［美］李欧梵：《铁屋中的呐喊》，尹慧珉译，河北教育出版社 2002 年版，第 66 页。

己，祥林嫂，阿Q，疯子，吕纬甫，魏连殳，几乎无一例外地生存在这逼仄、气闷、秩序环绕、人情冷漠的世界里，时时感受到来自这一空间的威逼和压迫。鲁镇之于祥林嫂，未庄之于阿Q，吉光屯之于疯子，咸亨酒店之于孔乙己，S城和寒石山之于魏连殳……都是一种围困力量。不管物理空间如何转移和置换，始终没有溢出这一逼人的"囚牢"模式。在这种人与故乡空间的关系中，空间是先在而主动的，人是被动的；空间是掌握了话语权的，人是被评判和规约的。孔乙己在咸亨酒店众人的调笑中沦为笑料，祥林嫂是鲁镇人注视中的"陈旧的玩物"，疯子和狂人更是被真实地囚禁在祖屋和社庙里……他们始终处于以囚牢形式出现的空间里，被围困而无力挣脱。故乡就是通过这种令人窒息的"铁屋子"的囚禁实现了对于内部人众的虐杀。

故乡以权力空间完形最终得以出现，其话语的生成规则有两个方面：其一是空间焦虑的运作；其二是故乡外视角的渗入。

在这一话语建构的过程中，空间焦虑内化为主要因子，支撑着故乡话语的成形，甚至决定着权力话语的走向。"铁屋子"的不断变形和复写，其实体现着鲁迅在这一意象上寄寓的无法摆脱的焦虑。而这种焦虑，成为"铁屋子"构形的机制。鲁迅文本中处处都是人物的空间焦虑。人与生存空间（故乡）不能相容，不能和解的紧张关系触目惊心。对空间焦虑的直接言说在鲁迅的小说中不胜枚举：

> 屋里面全是黑沉沉的。横梁和椽子都在头上发抖；抖了一会，就大起来，堆在我身上。万分沉重，动弹不得。（《狂人日记》）
>
> 太大的屋子四周包围着她，太空的东西四面压着她，叫她喘气不得。（《明天》）
>
> 闰土在海边时，他们都和我一样只看见院子里高墙上的四角的天空。（《故乡》）

每一个人身上都带有不安和焦灼感。鲁迅的关注点始终在这些封闭空间内部主人公面临的焦虑。这一以焦虑为核心的关系结构和感受结构是鲁迅故乡话语的精神本质，也是故乡从地理意象上升到群体性人格象征的内在话语机制，并且暗示着鲁迅对于世界的认知和把握方式。

这些小说的内部,都传递出黑暗、冷漠、残杀、耻笑、死亡、孤独等体验,糅合的焦灼感在文本中发酵、繁衍、变形、演化。正是受这种内在的空间焦虑的影响,故乡在言说过程中演化为鬼域:故乡——社会空间(等级、秩序和文化空间)——牢笼——地狱,通过焦虑情绪的传递,以一系列空间意象的相互置换完成了空间概念和空间性质的相互指涉,最终使故乡与鬼域成为同质同构的空间概念。

鲁迅的故乡话语内部,突出的是实有空间:鲁镇,未庄,S 城,社庙,祖屋,酒馆,山村,土谷祠,甚至花轿、坟、棺材,鲁迅不厌其烦地重复着这些充满桎梏感的"铁屋子"意象,以这些具体而封闭的空间营造出逼仄的"无法呼吸""艰于呼吸视听"的空间感受,正是这种逼仄产生的焦灼感,将实有意象不断置换为感知意象,从而将具体空间意象变形化,无数涌现的空间意象以一种内在的同质——焦虑——无限推演下去,衍射至不同权力控制的空间内部,渐次演化成了:"高墙上四角的天空","地狱","非人间","无物之阵","独头茧",甚至"人肉筵宴的厨房"。至此,实有的空间意象经由感知意象的中介,进入以因牢为形式、以吃人为内质的象征性意象,即从空间对人的囚禁,最后到空间对人的虐杀和吞噬。"铁屋子"、故乡与鬼域的同质性正是通过这一系列意象的置换完成的。这一话语规则是:故乡 = 地理空间 = 社会/秩序空间 = 牢笼 = 吞噬/吃人 = 地狱。而从实有的空间意象到感知意象,再到象征意象的转换契机,正是空间焦虑。在这种言说规则中,空间焦虑内化为叙事的主要因子,故乡经由这一因子的内在运作,最终变成了鬼域。这一内核性质的感受结构成为故乡与鬼域之间转换的核心规则,并支撑起了故乡的生存、文化景观。

故乡的因牢本质和无形杀伤力作为故乡话语的显在层面,直接呈现在读者面前。需要指出的一点是,这是从叙述者的角度呈现出来的话语。这一层面上对故乡的言说,是将故乡作为启蒙对象的空间想象与空间重建。鬼域故乡的建构与启蒙话语的建构是同步的。我们注意到,鬼域故乡的言说者为空间之外的人,他是冷眼旁观者,也是故乡的异己者,即叙事者与故乡的对话关系中潜藏着一个"文明世界"(理想世界)作为参照,故乡成为鲁迅话语中的"他者"。叙事者与其所在空间的距离感使得他建构的这个众鬼喧嚣的空间成了与他异质的存在,启蒙话语正是经由这异质性提供的言说角度进入故乡话语系统。正是在这一意义上，鲁迅文本中的故乡被诸多研究者放置在启蒙话语中，定性为古中国凋敝生存现实的缩影。

在"我"这一带有启蒙者眼光的归乡者不出现的文本中，唯有狂人、疯子和夏瑜这种脱离了正常生活轨道的叛逆者，能够跳出身在的空间看到故乡的囚牢性，狂人和疯子出现的意义就在于，以他们的非常态的生存方式和话语方式在故乡话语内部打开了非常规的感受维度。这种观察视角和感受维度是故乡自身无法自发出现的。因为故乡话语背后，是文化范式的规约。狂人和疯子的疯言疯语正是以打破规约的方式撕开了这密闭的空间的一角，他们不断警示着人们存在场域里的危险性，夏瑜更是对阿义说"可怜"，他们都因为反常规性而获得了与故乡的距离，而同时，狂人被关在祖屋里，疯子被关在社庙里，夏瑜被关在大牢中。他们的身份特征使他们在体验世界里将故乡与监牢这两个意象进行了并置。在这个层面上看，囚禁意象的设置就具有了对故乡整体的象征意义。主人公因为疯癫或者叛逆而获得了即使身在故乡也并不属于这一空间的特点，鲁迅重复性地将这"不在场"身份与囚牢意象并置，实则将囚牢模式的发现纳入启蒙话语的框架之下，于是，囚牢意象不仅仅是故事事件的呈现，而是作为一种感受结构去进行意象之外的故乡人格的想象和故乡话语的建构。

## 二　内部的阻隔模式与多重话语空间

如果说囚禁与权力话语空间的构形是从叙事者的启蒙观照中生成的，其框架是作为启蒙者的作者的现代性意识。鲁迅以这一现代性的价值观念审视现实的社会文化结构，从而建构出了"囚牢"式的权力空间，但在架构这一现实空间的时候，必然会存在不同的框架及其后的权力话语。鲁迅并未忽略这一重话语空间的建构。所以，对于故乡这一"囚牢"的在场者（如阿Q，祥林嫂，孔乙己）而言，故乡又呈现出不同的意味。这一层次上占据主导地位的感受结构是阻隔，其内核是被拒斥感。这种阻隔的出现，完成了不同的话语空间的建构。

如果说，在"囚牢"的生成过程中，空间焦虑的参与，使得权力话语空间的"吃人"本质得到凸显，那么，在以阻隔为形式的多重话语空间的建构过程中，空间焦虑逼促主人公进行一系列的生存努力，从而推动了话语的走向。焦虑不仅仅是来自空间的压迫，还来自人无法进入空间内部，与空间始终隔膜。鲁迅故乡话语的走向，在很大程度上正是由这一阻隔模式推动的。《祝福》里祥林嫂的故事对于叙事者"我"来说，是"先前所见所闻的她的半生事迹的断片，至此也联成一片"，由这种整体观照的角度，祥林嫂的一生是被囚禁、被围困的一生。然而推动着这些断片构成小说的内在的驱动力，却是由祥林嫂的角度感知到的阻隔以及祥林嫂想要冲破阻隔进入这个空间的努力。

设置阻隔是鲁迅启蒙话语建构中的常用方式。通过各种"隔断"，建构出多重的话语空间。

（一）"错愕"的生命瞬间与话语空间的隔断

鲁迅在建构这个大的社会空间的时候，并没有回避其内部并置的多重的个人性话语空间。不同的话语空间之间存在着"隔断"，也就是说，鲁迅在设置文本世界的时候，就已经以不同的框架分割开了不同的话语空间，文本中有太多的提示：

①王胡似乎不是君子，并不理会，一连给他碰了五下，又用力的一推，至于阿Q跌出六尺多远，这才满足的去了。

在阿Q的记忆上，这大约要算是生平第一件的屈辱……阿Q无可适从的站着。①

②"我真傻，真的，"她开首说。

"是的，你是单知道雪天野兽在深山里没有食吃，才会到村里来的。"他们立即打断她的话，走开去了。

她张着口怔怔的站着，直着眼睛看他们，接着也就走了，似乎自己也觉得没趣。②

③孔乙己睁大眼睛说，"你怎么这样凭空污人清白……""什么清白？我前天亲眼见你偷了何家的书，吊着打。"孔乙己便涨红了脸，额上的青筋条条绽出，争辩道，"窃书不能算偷……窃书！……读书人的事，能算偷么？"接连便是难懂的话，什么"君子固穷"，

---

① 鲁迅：《阿Q正传》，《鲁迅全集》第1卷，人民文学出版社2005年版，第521页。
② 鲁迅：《祝福》，《鲁迅全集》第2卷，人民文学出版社2005年版，第18页。

什么"者乎"之类，引得众人都哄笑起来。①

④她打了一个寒噤，连忙住口，因为她看见七大人忽然两眼向上一翻，圆脸一仰，细长胡子围着的嘴里同时发出一种高大摇曳的声音来了。

"来——兮！"七大人说。

她觉得心脏一停，接着便突突地乱跳，似乎大势已去，局面都变了。②

鲁迅作品中这样的例子很多，文本中频繁出现的这些"错愕"的、无所适从的瞬间其实具有分割话语空间的作用。《阿Q正传》中，阿Q秉持着奇怪的精神胜利法，这是他的生存密码，阿Q在与外在空间互动中遭遇拒斥和挫折之后，逐渐形成了强大的自我说服模式，他隔断了被嘲笑、被打的事实遭遇，不承认自己的失败、屈辱和悲剧，而是在这种失败屈辱之外开启了一套有着自己的逻辑的自我安慰式的话语。这一完全源自自欺式的自我劝说，其实构成了一种自我叙事。也就是说，阿Q有一套自己的话语建构模式。他在这种自我话语的建构中获得虚妄的自尊和动力，以此谋求生存的勇气。阿Q被王胡打的瞬间，他的"无可适从"暴露了这种自我话语建构的失效。这一点，正是现实的"未庄话语"与"阿Q话语"冲突的时刻。

与之相应的还有孔乙己。孔乙己也是在被点破偷书真相时出现了生命的错愕，他的反应是，直接开启了"之乎者也"的言说世界。当孔乙己被戳穿偷书真相时，我们可以注意一下鲁迅如何描写孔乙己的反应：一连串的"很难懂的话"脱口而出，也正是孔乙己在这个话语空间中无法存身而选择的自我话语的建构。两套话语的不相容性以其话语主体的强弱分出了胜负。

《离婚》中爱姑一出场就示人以强势而独立的性格特征，她的鲜明特点就是滔滔不绝的"说"，在进入七老爷的客厅之前，爱姑诚然是一个勇于反抗的女性形象，她的"说"建立起了一套有着自己规则的话语空间，

---

① 鲁迅：《孔乙己》，《鲁迅全集》第1卷，人民文学出版社2005年版，第458页。

② 鲁迅：《离婚》，《鲁迅全集》第2卷，人民文学出版社2005年版，第155—156页。

但那个突如其来的"来兮",成了一个震撼的瞬间,隔断了爱姑的话语。

同样,祥林嫂被"你放着吧,祥林嫂"阻断的一瞬间,狂人发现别人注视的瞬间,都是话语的另一空间开启的时刻,之前或之后,都存在着一种自我叙事、一种自我话语的建构。这些"错愕"瞬间是不同话语空间的结界点,在叙事中起着勾连不同话语空间的作用。

阿Q和孔乙己在自己的话语世界中生存的叙事,其实质还是没有脱离"铁屋子"的结构。他们在自造的世界里谋求的是自我保护,与故乡中的民众在故乡这一空间中的生存其实是一样的。鲁迅对于话语"铁屋子"的警示也贯穿着他的创作。分析鲁迅对于"说话"的多重阐释,这一点就会非常明晰。

（二）对话障碍与话语空间的隔断

鲁迅的文本中存在着繁复的"对话障碍",人与人之间的隔膜重重成为鲁迅话语空间建构的重要方面。说话与孤独等同,鲁迅对此有深刻认知,所以才会有所谓"当我沉默着的时候,我觉得充实;我将开口,同时感到空虚"。话语一旦出口,就意味着人将陷入孤独,荒原感和虚无感便会频生。典型的例子就是,当闰土的"老爷"出口,"我"的反应也正如上面所说的,是一个生命的"错愕"的瞬间:"我似乎打了一个寒噤;我就知道,我们之间已经隔了一层可悲的厚障壁了。我也说不出话。"①这一"厚障壁"的出现,也正是话语空间的分割。这是两个壁垒森严的绝不可能打通的空间,两个空间并置,其内部人众都有自己言说的规则和秉持的原则。"我"的言说背后的文化范式与杨二嫂、闰土言说背后的意识系统是隔膜甚至冲突的。同样,夏瑜与红眼睛阿义的对话,母亲对于夏瑜的不解,也陷入了交流的阻断。鲁迅不断复写这种"铁屋子"内部的不同话语空间,在这点上,《狂人日记》中文言与白话的并置结构以及其话语方式背后的不同文化规约,显然具有了原型性质,甚至具有了寓言性质。

孔乙己与鲁镇人之间交流的错置也源于知识决定的认知不同。孔乙己"读过书",所以他的生活方式和认知方式与其他站着喝酒的酒客不同,但其经济地位又斩断了他与那些踱进屋子里喝酒的人的关联。无地,成为

① 鲁迅:《故乡》,《鲁迅全集》第1卷,人民文学出版社2005年版,第507页。

孔乙己的存在状态。与此相似的模式在其他文本中也随处可见。《风波》便体现了同样的说话方式与话语空间的设置的关系：

> 七斤嫂……装好一碗饭，搡在七斤的面前道，"还是赶快吃你的饭罢！"
>
> 赵七爷一路走来，坐着吃饭的人都站起身，拿筷子点着自己的饭碗说，"七爷，请在我们这里用饭！"①

在"吃饭"与"用饭"的差异中，突出的却是身份的高低。对于同一事件，不同身份的人由于自身对社会的认知和解释方式的不同，又会建构完全不同的话语世界：不同的话语背后有不同的社会因素、权力关系。在《风波》中，对于"皇帝坐龙庭"这件事，就体现出这样的特点：

> ①"一代不如一代！"九斤老太说。
>
> 七斤慢慢地抬起头来，叹一口气说，"皇帝坐了龙庭了。"
>
> 七斤嫂呆了一刻，忽而恍然大悟的道，"这可好了，这不是又要皇恩大赦了么！"
>
> 七斤又叹一口气，说，"我没有辫子。"
>
> "皇帝要辫子么？"
>
> "皇帝要辫子。"
>
> "你怎么知道呢？"七斤嫂有些着急，赶忙的问。
>
> "咸亨酒店里的人，都说要的。"②
>
> ②"……这回保驾的是张大帅，张大帅就是燕人张翼德的后代，他一支丈八蛇矛，就有万夫不当之勇，谁能抵挡他。"③

从这种对话中可知社会变革的政治事件在被解读的过程中其实已经划分出了众多的话语空间：咸亨酒店里的谈资、赵七爷复仇的工具、七斤的

---

① 鲁迅：《风波》，《鲁迅全集》第1卷，人民文学出版社2005年版，第493—494页。
② 鲁迅：《风波》，《鲁迅全集》第1卷，人民文学出版社2005年版，第493页。
③ 鲁迅：《风波》，《鲁迅全集》第1卷，人民文学出版社2005年版，第497页。

"辫子"与"脑袋"。赵七爷"唯一的出色人物兼学问家"对这一事件的解释之可笑（陈旧的知识结构）与可恨（报私仇）是被村民忽略的，他的说话方式正如《离婚》中故弄玄虚的"屁塞"和"来兮"一样，是《补天》中让人生厌的佶屈聱牙的掉书袋，但就是这样滑稽的"知识"构造了权力话语。乡村世界中的"知识权威"打开的话语空间显然迥异于乡民话语。

话语错位的交流在鲁迅话语世界中是一个重要的表现对象。《长明灯》里纷乱的交流更加示人以荒谬感。从"梁武帝"到"梁五弟"，从"吹熄，我们就不会有蝗虫，不会有猪嘴瘟"，到吹熄就会"变泥鳅"，从"过继孩子"到"房子"，从疯子的"放火"到顽童嬉戏的"放火"……话语不断转变、断裂、错置的过程，正是知识权威、流言政治、物质利益纠结成一团乱麻之处。

（三）现实空间的阻隔与话语空间的并置

杨义对《药》做过这样的分析："《药》的结构将刑场、茶馆，连着墓地。在这种三角形的结构之中，刑场连着政治、革命和血，墓地连着荒野、亲情和友情，茶馆则连着黯淡的麻木和愚昧。贯穿这个三角形而形成悲剧性互动的中心扭结或核心意象，是一个血淋淋的人血馒头。"[1] 杨义的研究着眼于鲁迅文本中的意境，但也赫然出现了鲁迅在空间的设置中的匠心。刑场、茶馆和墓地是三个地理空间，但其背后分明是三个不同的文化情境和政治空间，不同空间的设置，也同时凸显出了不同的话语架构。鲁迅的文本中，这样以空间并置来将相异的价值结构并呈，并以此审视世界与自我关系的架构模式非常常见。

荷兰学者米克·巴尔（Mieke Bal）说："空间在故事中以两种方式起作用，一方面它是一个结构，一个行动的地点；另一方面，在许多情况下，空间常常被'主题化'，它影响到素材，空间对于人物完成的每一个行动都潜在的是必不可少的。"[2] 那么，"铁屋子"既是一种结构性质的空间，也是主题化的存在隐喻。

---

① 杨义：《鲁迅文化血脉还原》，安徽大学出版社 2013 年版，第 189 页。

② ［荷兰］米克·巴尔：《叙述学：叙事理论导论》，谭军强译，中国社会科学出版社 1995 年版，第 108 页。

从这点上来说，《长明灯》在鲁迅的作品中有着非常重要的地位，它多方位地展示了鲁迅话语建构的不同路径。而《长明灯》对于话语空间的分割也极为明了，正是从不同的空间入手，以空间意象参与话语建构。杨义所指出的《药》的布局再次出现，在《长明灯》中呈现为：茶馆、社庙、四爷的客厅。因为不同空间所具有的文化隐喻，使得这三个现实空间的分割同时也完成了三个不同的话语空间的建构。茶馆中众声喧哗，是一个将"我们"联系起来的空间："吹熄了灯，我们的吉光屯还成什么吉光屯，不就完了么？老年人不都说么：这灯还是梁武帝点起的，一直传下来，没有熄过。"① 而将"我们"联系到一起的原因，则是传统的价值体系。茶馆所形成的话语空间是以传统文化为规约的，但在其言传的悖谬中，显示出民间话语的性质，"梁武帝"变成"梁五弟"，就显示出这种文化的荒诞性。而社庙这一空间的出现则完成了历史文化话语的建构。对于吉光屯这一权力空间来说，最能够代表权力话语来源的，正是社庙，庙里"由梁武帝点起的"长明灯，正是传统、秩序的象征，也说明历史的沉重。而四爷的客厅则是官方话语（四爷的父亲"捏过印把子"）与私人话语（夺房子）交缠的地方。而最终疯子被囚禁于社庙里，也是一个充满象征性的设置，喻示着疯子被强大的权力话语控制。

同样，《孔乙己》中咸亨酒店呈现出的阻隔是以曲尺形的柜台将人群分割开来，对于内部的众人而言，取笑孔乙己，成为他们联合一气的途径，他们借此获得一种稳定的团体感或者安全感。孔乙己难堪的失语状态说明他与鲁镇文化空间的疏离。"穿长衫"却只能"站着喝酒"，则意味着他在任何空间中都找不到自己的位置，永远游离于空间之外的焦虑成为孔乙己身上的标签。

鲁迅的"铁屋子"建构中对于多重话语空间的设置耐人寻味。但其实质仍旧没有越过"吃人"的主题。如果说从叙事者的角度，是以"囚牢"模式展示了故乡在话语中如何变成鬼境，那么，在这个话语层面上，令人触目惊心的则是，故乡内部的人如何变成鬼卒。其内在的话语运作机制是空间焦虑迫使下的人的本能的挣扎。这种焦虑的运作过程体现的是无数的个人拼死向着群体靠拢。于是，这一层面上的故乡话语沿着这一规律

---

① 鲁迅：《长明灯》，《鲁迅全集》第 2 卷，人民文学出版社 2005 年版，第 5 页。

言说和深入：乡民＝空间中的人＝认同秩序和规则的人＝被空间驯化的人（被吃者）＝排斥秩序之外的人（吃人者）＝鬼众。

以《祝福》为例，祥林嫂的一生浓缩在这几个空间之中：鲁镇（初到），贺家墺（被迫改嫁），鲁镇（被看、被嘲笑），阴间（想象与恐惧）。初到鲁镇，地理空间就在四叔的皱眉中成为文化、秩序空间，她做的唯一的努力就是拼命干活以获得认可，进入这个空间内部；贺家墺是"深山野墺"，象征着空间的隔绝，祥林嫂由改嫁被隔绝在鲁镇社会空间之外，她以死抵抗的心理动因，其实正是她对于所在的社会空间秩序的认同和恐惧；阿毛被狼吃，将她再次送到鲁镇，阿毛的被吃，正是祥林嫂被"吃"的隐喻，而祥林嫂看到的不是这个空间的吞噬性，她的行动却是以不断重复阿毛的故事来获得这个空间的同情和接纳。即便这个空间开始以注视、鉴赏、嘲笑甚至防备形成密不透风而无法打破的囚牢，她所做的努力也仍旧是捐门槛以期得到救赎，重新获得鲁镇人的接纳。祥林嫂自始至终感受到的，都是阻隔，而不是囚禁，她的所有努力，也都是为了获得空间内的立足之地，而从未想过冲破这个囚牢。

同样，那个虽然满口"之乎者也"却拼命想要与人交流的孔乙己，是希望短衣帮对他的接纳，结果却是"自己知道不能和他们谈天，便只好向孩子说话"。那"排出九文大钱"的孔乙己则是以这样"阔绰"的一个举动，想要进入穿长衫的群体。同理，阿Q的渴望姓赵、欺负小尼姑，也都有一种打破阻隔、期望与他人融为一体的意愿，也因此，他的革命梦想不是打破"铁屋子"，冲决出去，获得新生，而是意味深长的"同去同去"，他要的不是"去"，而是"同"。可以说，阿Q的所有生存意志都是进入秩序空间而不是逃出秩序空间。

我们站在叙事者的角度看到故乡由实有空间渐渐演化为社会空间、牢笼、吃人场、地狱。但这个言说层次中的主人公们却个个茫然而恐慌，他们看到的不是"铁屋子"，而是阻隔，是"高墙""厚障壁"……被拒绝的焦虑指引着他们去迎合这个空间内部的所有规范，以此获得自我身份、价值的重构。乡民甘愿被这一空间驯化，其目的是要寻找到自身在这一空间中的位置。正是害怕被空间排斥的焦虑促使他们变成空间的认同者和维护者。于是他们成为相互敌视、防备，既是吃人者也是被吃者的鬼众。故乡这一空间既规约了其间的乡民，使他们成为鬼卒；同时，鬼卒们也不断支持、维护和加强这种空间的压迫力量。于是，经由这种规约与支持的互动，鲁迅在故土言说中营造了人间炼狱，主人公们统统变成了游魂。

虽然都有在空间压迫中的焦虑，但在乡者与离乡者（叛逆者）在面对故乡时感受到的自我与空间的关系结构完全不同，其根源在于，个人性的有无。离乡者因为与故乡的距离获得了观照故乡时的整体性视角，带有启蒙视角的离乡者最初关注的是个体与故乡整体的关系。因而他感受到的是自我与空间的对立，以及空间的围困。对于在乡者来说，他们人格中的"自我""个人"是缺席的，而甘愿作为鬼卒生存，以此在鬼境中获得立足之地。以狂人为代表的挣脱空间束缚的个人，是以从群体中抽离的方式获得自我的身份认同，甚至是自我的价值和道德上的崇高感。而以祥林嫂为代表的在乡者则是通过不断地将自我放置到群体中这样的努力来寻找安身立命之处。对于在乡者而言，他们惯于以适应空间规则的方式获得存在的舒适感。这一层面上的空间阻隔，指向的是存在主义意义上的生存的困惑，即人的离群的恐惧。鲁迅在这一步走得比囚牢模式中的启蒙观照还要深远，他直接超越了对故乡或传统中国的文化和伦理审视，而直接进入一种现代感知和追问，这一追问针对的不仅仅是生存形式，而是进入生存逻辑本身的困境：人对于群体的依附所造成的存在困境。

在这种故乡话语的建构过程中，被围困的焦虑和与空间疏离的焦虑并存，成为鲁迅故乡话语无法避开的内在情绪，并以囚禁和阻隔两种模式推动着故乡从原型/背景意义上向着鬼域发展。这种焦虑引导着鲁迅营造了压抑别扭的故乡，直指人与鬼相生相克的生死场。

### 三 还乡模式与"铁屋子"中的异乡人

鲁迅的故乡小说形式上几乎都采取了"还乡"模式，而"还乡"进入文本的意义是双重的：一是用以衔接启蒙话语与故乡话语的媒介。不断出现的"我"的离乡与还乡从形式上暗示了在故乡话语系统中启蒙话语的参与。二是话语主体的多重性和自我分裂性媒介于还乡模式得以展现。

离乡者与在乡者的两种不同的感知结构，意味着对生存状况的不同把握方式，也展示着完全不同的生存状态。因而二者间存在着不可调和的矛盾。两种相互悖反的认知结构导致了两种完全不同的解决焦虑的途径：穿破阻隔进入秩序空间和从囚牢中突围。鬼域故乡建构的过程，正是自我从传统世界出逃以及自我确立的过程。叙事者置身事外透露出的暗藏信息，即，叙事者以自身从故土的抽离将自己变成故乡的旁观者，从而获得了启蒙思想，以启蒙的眼光观照故乡，以此完成了故乡话语到启蒙话语的转换，同时也完成了自身由故乡的乡民到故乡的异己者、启蒙者的转换。于是，启蒙话语建构的过程可以还原为"我"从故土的出逃过程。鲁迅的矛盾和痛苦在于，他将故乡话语纳入启蒙话语的解释框架之下，那启蒙话语必然有进入故乡话语内部的需要。而作为启蒙者（故乡的不在场者），他看到了囚牢本质之后，他的价值和文化选择是向外的突围。可是作为启蒙话语与故乡话语的中介，这个启蒙者在行动选择上又必须是向内的进入。于是，随着鲁迅故乡话语的不断深入，兼具了"离乡者"（不在场者、突围者）和"回乡者"（在场者、进入者）身份的"我"避无可避地进入了叙事文本。而还乡成为"我"的自我追问的形式。

从《故乡》开始，鲁迅其后的故乡小说（《祝福》《在酒楼上》《孤独者》）出现了一个高度介入的还乡者"我"。言说主体不再是置身事外的叙事者，而是离乡后的返乡者"我"。随着还乡模式在故乡话语中的不断强化，由叙事者、在乡者、故乡构成的对话关系，变成了更加错综复杂的叙事者1（离乡者"我"）、叙事者2（还乡者"我"）、在乡者、故乡之间的对话关系。"我"的分裂性在这种不断强化的对话中凸显：故乡的言说者与面对故乡的失语者、故乡的背叛者与企图进入故乡者、启蒙者与失意者共存一体。"我"的身份在这种对话中丧失了确定性。对于自我的追问在还乡文本中越来越紧逼。不断重复的还乡模式，更像是在为自我认知的追问寻找一个价值的参照。

当离乡者"我"在文本中变成了还乡者（故乡的在场者），叙事过程中"我"的"在场性"就必然导致了"我"也深有阻隔体验，而不仅仅是启蒙者外在观照中看到的囚牢。在还乡模式出现的小说里，还乡者面对故乡的真切感受恰恰是阻隔，无法进入，而且都是以故人相见为场景和契机表现的。在《故乡》中"我"与杨二嫂，象征着还乡者与掌握着乡土话语的在乡者之间的彼此拒斥，"我"始终失语，无法进入这个世界。"我"与闰土的相见，同样是"隔了一层厚障壁"，"四面的高墙将我围困"。《祝福》里"我"与祥林嫂的遭遇更是将"我"甚至是"我"代表的启蒙话语无法进入故乡内部的现实展示得淋漓尽致。《在酒楼上》中

"我"访友不得，见旧友而无法亲近，吕纬甫迁葬不见尸骨，送剪绒花邻家少女已死亡，处处碰壁，处处被排斥，也凸显了这种阻隔。

还乡者感受到的阻隔有更深层的内在，他们不同于祥林嫂和阿Q的是，他们不是要融入那个世界来获取自身的安全感，而是想通过启蒙言说的介入对其进行改变。这种基于还乡者立场上的阻隔感，在鲁迅的言说中以另一种感知意象出现，那就是"沙漠"和"荒原"。《故乡》开始的"还乡与失语并存"的模式将"我"与故乡的断裂推送到言说表层。也由《故乡》开始，对于启蒙者自身的存在追问再也无法停止。之后的《祝福》《在酒楼上》和《孤独者》，以重复的还乡进入不断的自我审视、自我质疑、自我追问、自我谴责。理性认知将"我"从传统道德和伦理中抽离出来的结果，并不是给了"我"一个新世界，却只是将"我"变成故乡的异己者，"我"被故乡拒绝和放逐。启蒙者的荒原感未必只有寂寞，还有无地容身的焦虑。"我"的自我意识给"我"的是新的生命形式的衡量标准，却以自我的存在空间的倾覆为代价。《祝福》中祥林嫂的阴间归属的追问实则暗藏着一个关于启蒙者精神和文化归属的问题。无地容身的自我以及自我的分裂开始成为显在话语。鲁迅自身的最大焦虑正是在这一境遇中，丢失了自我身份以及自我的容身之地后，生命主体面临的"我是谁"以及"我在哪里"的双重焦虑。

### 四 寻路模式与流寓者身份的确立

当故乡话语的展开以鬼域及鬼众的成形收场，话语主体摧毁了自身的容身之地，现在凸显的问题是：以故乡为参照的这个主体的身份定位是什么，又是以什么方式获得确立？在以故乡为核心的这个多边对话的体系中，分裂的话语主体是如何穿透了生存危机，实现了分裂自我的重新组合的？其言说的秘密正在于文本中寻路模式的开启。路、行走意象在鲁迅的小说中是与"我"的出现捆绑在一起的。如前分析，"我"从《故乡》出现，正是自我身份焦虑的开始，也是自我分裂的开始。而路、行走作为与"我"捆绑出现的意象，其意义正是以其行动意志实现了分裂自我的整合。

与社会空间的不能相容是鲁迅的心理和精神的基本因子。于是，人与空间的对立和不能和解必然成为鲁迅故乡话语的核心语义。在与故乡的对话关系中，作者自身的空间焦虑全部潜伏在文本内部，成为话语意向的牵引力。《孔乙己》中曲尺形的大柜台构成的阻隔感受，几乎无异于少年鲁迅"从一倍高的柜台外送上衣服或首饰去，在侮蔑里接了钱，再到一样高的柜台上给我久病的父亲去买药"① 所感知到的生存结构。孔乙己和祥林嫂在鲁镇所感受到的阻隔，蕴含着鲁迅对世界基本结构的认知，那就是世界与自我的对立。当他在启蒙话语的框架之中书写这个世界时，他能够以不在场的离乡者身份建构故乡的囚牢性，但进入文本内部之后，他对故乡的判断，无不渗透着自身经历在情感世界中的遗留。

鲁迅在现实中的"走异路，逃异地"，也正是他在被囚禁、被围观的异己空间中无法生存而不得已的出逃。从绍兴到南京、东京、北京、厦门、广州、上海，他行走的每一步，几乎都伴有着无法摆脱的空间压迫。汪晖在《反抗绝望：鲁迅及其文学世界》中说："鲁迅'反传统'的内在动力还不是对某种价值信仰的追求，而是一种更为深沉、也更为基本的危机感——生存危机。"② 汪晖所说的"生存危机"是从人与民族的存亡角度阐释的，但鲁迅自身的存在危机也必然是应有之意。所以他的故乡言说过程中始终贯穿着的一个问题是：如何解决自身与所在空间的不相容性和对抗性。鲁迅选择的方式是，将他在现实中的一次次出逃带入文本，这种从异己空间的突围行动进入言说，即成形为寻路与行走的文本结构模式。将鲁迅的以寻路、行走作为仪式性动作的精神选择放置在他的故乡话语系统中去观照，所有的行走都意味着与所在空间（故乡）的龃龉，凸显的正是空间意义上的鲁迅身份：异乡人。它的同质的语汇还有流寓者、过客。行走与寻路的频频出现，既是鲁迅空间焦虑的暗示，也直指言说者鲁迅的生命存在的流寓状态，即始终行走在打破囚禁和寻找立足之地的路上。寻路和行走成为他的故乡话语建构中的潜意识。这意味着他在故乡话语建构中，是将自身在空间里的异化感糅合成精神选择上的主动拒绝。被摒弃、被放逐与主动告别、主动摒弃交织成近乎悲壮的生命存在方式。这些才是鲁迅精神体验的类似原点性质的语汇。而鲁迅的故乡话语正是在这

① 鲁迅：《〈呐喊〉自序》，《鲁迅全集》第1卷，人民文学出版社2005年版，第437页。
② 汪晖：《反抗绝望：鲁迅及其文学世界》（增订版），生活·读书·新知三联书店2008年版，第120页。

一个维度上建构和衍生的。

行走意味着拒绝和告别。"我"参与叙事之后，鲁迅对于"我是谁""我在哪里"的追问已经无法停止，这一存在本质的追问愈来愈迫切，当自我无法进行回答的时候，唯一能够确定的，恰恰是"我不是谁"和"我不想在哪里"。于是，这些分裂的自我在所有文本最后都统统选择与故乡告别，行走以其告别性使分裂的自我通过斩除旧我而实现了人格的统一。譬如《故乡》中文本的言说目的，正是"为了别他而来"。通过书写"我"与故乡这一空间的隔膜，通过"我"与杨二嫂、闰土的对照彻底斩断了"我"与故乡的精神联系，从而完成了"我"对传统世界的拒绝。"这样的还乡作为仪式使现代知识者的文化结构得以真正意义的完形。"①"我"最终的离乡虽然仍着笔于"四面有看不见的高墙"的焦虑，但是生命存在的意义却通过那段著名的关于"路"的言说而彰显。同样，《祝福》《在酒楼上》《孤独者》的结尾也是以"我"的"走"而结束。而这一动作的暗示即通过与所有空间的决裂，所有的"我"都成为故乡的出逃者和新的空间的寻路者，而至此，"我"也彻底成为故乡的游子和过客："没一处没有名目，没一处没有地主，没一处没有驱逐和牢笼，没一处没有皮面的笑容，没一处没有眶外的眼泪。我憎恶他们，我不回转去！"②从这种拒绝与告别中浮现出来的，是行为主体流寓者身份选择的自觉性。自我身份的焦虑还不能消除，但是"我"的走，已经将自我变成主体，开始以行动说"我不"。拒绝成为自我潜意识里强有力的人格："有我所不乐意的在天堂里，我不愿去；有我所不乐意的在地狱里，我不愿去；有我所不乐意的在你们将来的黄金世界里，我不愿去。"③坚决而理智的否定性是生命主体的理性选择。寻路和行走的模式正是以这种否定性解决了鲁迅的问题，使他成为过客反抗精神的践行者。

所以，行走也是内在精神世界迸发出来的意志强力。徐麟认为，从《故乡》的结尾"我们可以清楚地看到，一种生命的焦虑是如何在行动的契机中释然的：地上本没有路，但大地却是一个坚实的'有'。他赋予了

① 何平：《〈故乡〉细读》，《鲁迅研究月刊》2004 年第 9 期。
② 鲁迅：《过客》，《鲁迅全集》第 2 卷，人民文学出版社 2005 年版，第 196 页。
③ 鲁迅：《影的告别》，《鲁迅全集》第 2 卷，人民文学出版社 2005 年版，第 169 页。

大地以存在性"①。鲁迅的存在焦虑也正是在路的"无"与大地的"有"之间实现了消解。也就是说，鲁迅已经放弃了寻路，而更注力于行走。他选择了"以走为路"的生命姿态。即使自我没有容身之地，行走本身会开拓出一个行动场，这个场是人格的立足之地。他已经不再追问"我是谁"和"我在哪里"，而是进入以行走本身为目的和意义的精神的空间。而言说主体的这一生存姿态在《过客》中得到完整的诠释。来处和终点都不重要，生命的意义和秘密只在于行走本身。他已然超越了对现实空间、文化空间的诉求，他以行走这一行动本身营构了生命力量的场，鲁迅正是以此立足的。

## 第三节 异乡人与话语空间的分割及还乡小说的结构模式

上一节是关于多重话语空间的建构，这一节着重要探讨的，是"对话"开启的话语场，其中着力的，是言说对象的能动作用。既然"铁屋子"是一个多维度的结构，在这一空间的内部，的确存在着各种不同的认知结构和价值取向。对应于鲁迅的话语空间，其实也正是这样一个多重的话语空间并置和对峙的图式。鲁迅的话语空间建构并非单一的，事实上，因为"清醒者"的存在，"铁屋子"内部已经被分割成不同的空间，以"遭遇"为具体方式，开启一个对话的空间，呈示相异的价值取向，但主客双方的势均力敌中凸显出对象本身的抵抗，于是这些并置的空间及其价值构成之间形成了彼此冲突和解构的力。在鲁迅的话语系统中，主要呈现为启蒙话语（主流话语）与民间话语的对峙。在这种对峙中，我们会发现双向的作用力，以及鲁迅的双向主体建构的意图。在这些对立的空间中，"异乡人"的身份更加凸显。本节试图以鲁迅的还乡小说为例，说明鲁迅话语场域的开启和分割，以及其中的话语实践。主要着力于异乡人身份对于开启这种对话空间所起的作用。

鲁迅的小说系统里有一组醒目的还乡小说，即《故乡》《祝福》《在酒楼上》《孤独者》，它们以主人公"我"的还乡为线索，形成了自我与故

---

① 徐麟：《鲁迅：在言说与生存的边缘》，山东文艺出版社1997年版，第115页。

乡、生存与死亡、个人与历史等不同关系交织的小说群，并建构出了鲁迅对于故乡、国民、历史与自我的话语。在这些还乡小说文本中，暗藏着几组结构关系的书写模式，并以故乡、"我"、故人、故人讲述的故事（以下简称故事）之间的勾连构成了一个稳定的三角形结构，即图3—1所示：

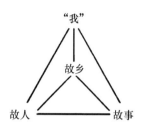

**图3—1　"还乡小说"结构模式**

其中，"我"与故人、故人与故事、"我"与故事之间呈现着不同的情感关系和话语向度。叙事者"我"的言说对象是故人，意在建构一个启蒙话语中的他者的故乡；故人又在讲述一个与自己息息相关的故事，从情感和伦理的角度反观自我与故乡的关系；而故人讲述的这个故事本身也在发出自己的声音，是对生命形式和历史本质的深度阐释。在这种结构中，实质上有三个不同的叙述者从三个不同的维度上展开言说，并形成了三个彼此联系又独立的话语场。读者也被这些不同的讲述者的话语意向推至各种言说者的情感中心。于是，构成这个三角形的三个点之间形成了复杂的情感关系，同时，它们都指向故乡这一结构核心，与之发生着更为紧密和复杂的关系。鲁迅的还乡小说就是在这种复杂缠绕的关系中形成了具有内在逻辑的叙事结构。从不同的关系维度进入，我们能够窥见鲁迅还乡小说中的复杂的精神结构。本节的目的，就是通过分析这一三角形结构中各个向度上的内在关系，进入鲁迅还乡小说的精神内里。

**一　陌生化的故人相遇**

鲁迅的还乡小说中，还乡只是小说的起因，还乡者与故乡的直接遭遇却是借由故人相遇的模式来展开的。这些众多的故人相遇的场景既是小说的展开背景，也是还乡事件本身。不同的还乡者"我"渐次遇到闰土、祥林嫂、吕纬甫、魏连殳，形成了还乡小说中的一个重要的叙事展开的维度，这一层次的对话是在"我"—故人—故乡的结构中实现的。由这一维度出发，叙事目的是国民性话语的建构，一改传统诗文中"马上相逢无纸笔，凭君传语报平安"的怀乡之情，也绝不同于"落花时节又逢君"的沧桑之感，鲁迅的结构方式是将还乡经历中相遇的故人之间的陌生提升到价值比较的话语层面。在这一过程中，作者不断突出"我"与故人的对立性："我"不论是面对闰土、杨二嫂、祥林嫂，还是面对吕纬甫、魏连殳，故人之间都存在着隔膜感。"我"在闰土面前感受到的是"厚障壁"；在杨二嫂所掌握的故乡话语面前处于失语状态；对于祥林嫂的追问，"我"无法回答，落荒而逃；甚至面对与"我"境遇相似、具有"我"自己的某些人格的吕纬甫和魏连殳，"我"与他们也始终保持着理性的心理距离。鲁迅将所有的故人相遇场景都推置到一个陌生感笼罩的场域里，以故人之间的紧张关系造成了话语的断裂，传统文学中的故人相见的知己模式完全被重构，"我"与在乡的乡民（闰土、杨二嫂、祥林嫂）被分隔在两个并置的文化空间中，国民性、社会本质、道德伦理等问题在这种断裂中生发出来。在这一关系结构中，基本的叙事框架是"我"以理性主体出现，发现了自我与故人丧失了沟通，并由此引发"我"的出走。而"我"与吕纬甫、魏连殳的陌生，不在境遇与认知层面，甚至也不在于精神选择方面，而是在生命承受强度和精神意志方面。吕纬甫和魏连殳同样是故乡的出走者，但其出走行为遭遇到全线溃败。如果说"我"的精神本质是异乡人，那"我"与吕纬甫和魏连殳的陌生化实质是异乡人与佯装忘记和放弃自己异乡人身份的乡民之间的内在紧张。"我"与在乡的故人之间的交流失效与吕纬甫、魏连殳的理性行为的溃败相互印证，而他们的溃败以及生命力的丧失更加剧了"我"与故乡的决裂，这种精神决裂将"我"与故乡之间因价值冲突引发的出走行为上升到寻路的意志选择。"再次出走"成为鲁迅"还乡小说"的典型特征，并以此说明故人相遇的模式成为"我"精神成长的关键性事件。

还乡和出走的行为模式意味着在故乡之外有另外一个文明世界，故人相遇正是将"我"的还乡行为转化为以文明世界的价值范式为准则的审视、倾听、判断行为。故人相遇的陌生化处理，意在揭示归乡者"我"背后的文化范式与故人背后的故乡的意识系统（吕纬甫和魏连殳也最终被纳入到这一系统之中）之间的对抗。在这一结构中，故人成为故乡的代言人，呈现着故乡的精神面貌和价值选择。"我"则作为一个理性主体审视着"我"面前的这个故人及其背后的故乡。很明显，"我"以自己与故人、故乡的距离，建构了一种以"我"为中心的关系。"我"是关系的中心，也是尺度，故乡和故人统统变为他者。以"我"的优势为主导、以"我"背后的价值系统为文明参照的故人相遇的陌生化结构成为叙事者在建构这一宏大的国民话语的既定模式。

其悖反也正在这话语建构过程的不均衡性中表现出来。故人相遇模式是鲁迅设想的将启蒙话语介入现实生活的路径，但他者性建构直接摧毁了启蒙话语与故乡的交流可能。故乡被纳入启蒙话语中，这一话语一经成形，故人不再是知己，故乡文化空间也不再是"我"可以安身的空间，还乡的重复，实则是将作为叛逃者和"反戈"者的理性自我变成被放逐者。理性自我在建构启蒙话语的过程中发现了这一新的价值范式带来的自我的身份焦虑："北方固不是我的旧乡，但南来又只能算一个客子。"不管是外面的文明世界还是故乡，"我"已经处于无处容身的境地。身份焦虑成为还乡小说中挥之不去的阴影。

还乡小说中"我"的直接出场表明鲁迅对于自我的疑虑进入了一个逃避不得的阶段。"我"对故人的审视和言说彻底成为异己的反观，"我"以理性视角审视故人，同时，审视对象作为镜子，映射出"我"的存在，所以故人又是"我"的镜像。在这一意义上，故人相遇模式的设置其实带有虚化的特征和梦魇的性质，故人其实是分裂的自我，是在一个自省的场域里，将一个潜意识中的自我尽最大可能还原，以此进行"我"与自身的一场对话：闰土对于偶像的崇拜象征着"我"对于茫远的希望和将来的期待；祥林嫂对阴间归属的追问，在隐喻层面直指"我"的精神归属问题；吕纬甫的还乡经历，是对"我"的还乡之旅的补足；魏连殳也同样作为镜子照到"我"的情感牵绊。故人被建构成自我审视、自我反思的参照体。作者以对故人审视的方式，达到自我拷问的目的，并以此重新审视自我与世界（故乡）的关系。正是由于这种相遇和沟通的陌生化，使"我"反观到自身，从而看到了一个他者性的自我。这一自我在新的价值系统中的存在与故人在故乡空间中的存在并没有什么不同。认识自我成为鲁迅的又一难题。鲁迅试图通过一次又一次的对于返乡的文本模拟来解决这一难题，但似乎他自己也在这一问题上陷入了一个循环的困境：由还乡——发现隔膜——出走的行为循环，进入了一个永远不能挣破的心理的甚至是认知的困境。循环的情境与心境，在形式上获得并暗示了潜藏的内容，那就是自我的存在困境以及对于自我存在认知的困境。在这几篇激荡着自我身份焦虑的还乡小说之后，鲁迅试图在《伤逝》中集中清理这一存在之谜，其结果却是看到了在新的价值标准下家的完全破毁、生命血性的沦丧，甚至低徊的忏悔也无法掩盖的道德缺陷，罪感和自审意识再次将自我逼向了死胡同。

鲁迅精神结构中的悖论性以启蒙者的身份疑虑呈现在还乡小说中，说明他在发现故人们的生命个体被文化规约而泯灭个体性的同时，也发现了"我"被另一种文化引导而丧失的独立性。鲁迅在呈现这两种文化冲突的过程中，发现了生命个体的存在荒谬性。所以在国民性话语的建构中，对自我的追问成为反向的声音。"我"、故人、故乡的关系虽然依旧在以"我"为尺度的系统里，但"我"的身份焦虑成为一个重要的问题。在这一层面，"我"与世界的关系显然已经被反向建构。鲁迅正是在自我认知的迷障与绝望中开启了《野草》模式。从这一过程返溯回去，故人相遇所呈现出来的自我与自我的对话、追问、搏杀，实则是《野草》的预演，是《野草》的具象化。故人相遇在精神本质上，正是《影的告别》里的主体与影子的关系，是《墓碣文》自啮其身的死尸。

### 二 故人与故事

由故人相遇模式营造的国民性话语与自我的对峙向内部延伸，是以故人讲述故事的结构实现的对于生命个体与历史、伦理、情感的关系的还原，这是对于国民性成形原因以及个人在这种历史话语中的存在的追问和剖析。故人讲故事的结构设置在鲁迅的还乡小说内部呈现出令人惊异的一致——在以"我"与故人的相遇为契机的还乡叙事中，嵌套着一个故事：《祝福》里祥林嫂重复讲述阿毛被吃的故事；《在酒楼上》中吕纬甫讲述为小兄弟迁葬、为阿顺送剪绒花的故事，更深处还有吕纬甫与老发奶奶相遇时后者讲述阿顺死亡的故事；《孤独者》中魏连殳讲述祖母的故事；《故乡》里嵌着少年闰土的故事。这一故事虽然不是由故人讲述，但以回忆口吻舒缓道来的叙事者与面对成年闰土和杨二嫂时的叙事者明显带有不同的人格和情绪的倾向，所以少年闰土的故事也已经具备了这一结构的雏形。这些故事之所以能被提炼出来，是因为它们呈现出大段的不被打断的独白性质，并且影响到讲述者的生命存在。虽然出现在还乡模式之下，但这些故事本身的发生和结束都不在"我"的还乡经历之中，而是在"我"的还乡经历之外，开启了另外一个话语空间。于是在叙事者的讲述的内部，出现了另一种声音，故人以小说的另一个言说者的身份出现，他们与自己讲述的故事、故乡构成了还乡小说结构中的又一关系结构，即故人—故事—故乡构成的话语场。

这一层次突破了国民性批判话语的表象，进入了故乡文化和历史的内质。这些故事不是"我"对于还乡经历的讲述，而是故人开始剖开自己的生存和情感的内里，讲述自身经历中的关乎死亡的故事：死去的阿毛、小兄弟、阿顺、祖母。月光下少年的消失，也正是美好生命的消逝。在这种"故人讲死亡故事"的叙事骨架和话语内质的不断重复过程中，这些故事的封闭的内核性质得到彰显。从故事—故乡的关系中进入这些故事，我们发现，它们深嵌在文本内部，以被讲述的形式完成自己的言说。这是对于个体生命形式的还原。这些不同人讲述的封闭而循环的故事统统进入死亡命题，重复性的死亡故事隐喻着生命的霉变和灵魂的死亡，直接指向的是故乡本身的一成不变和缺乏自省。

故人—故事之间的对话关系同样触目惊心，即这些故事都作为主人公生命形态的镜像存在：少年闰土的故事是"我"的幻梦消失的镜像；阿毛被吃是祥林嫂被"吃"的隐喻和暗示；小兄弟和阿顺的死亡构成吕纬甫如死亡般存在的镜像；而魏连殳讲述的那个孤独的被欺凌的祖母的故事，更是魏连殳的"独头茧"的生命镜像。这些嵌在小说文本中的故事，成为鲁迅还乡小说的话语内核，那就是生命存在形式与死亡形式的不断复制和衍生。"我"与故人互为镜像，故人与故事互为镜像，同时，故人与故事的关系在"我"和故人的身上得到复制：宏儿与水生将是迅哥儿与闰土的翻版；"我"与魏连殳的关系是魏连殳与祖母关系的继续。而这种复制关系，即吕纬甫"绕了一圈又飞回来"的窘境，是"以送殓始，以送殓终"的生存形式的循环演进。鲁迅还乡小说内部这种不断循环、纠缠不已的悲剧性更是在形式层面展示出生命的困境——生命形式，甚至文化范式的繁衍和复制。所有人都进入一个不得超越的生命轮回。"我"、吕纬甫、魏连殳、故乡的乡民（闰土、祥林嫂、阿顺、祖母，甚至小兄弟、阿毛）与故乡之间的对话关系至此成为混沌的互为镜像：这是一个陷入了轮回与因袭的生死场。在这一层面上，故人与故事之间的关系和结构正体现着从祖母到魏连殳的"丝"的实践过程。这是鲁迅对于传统的认知的一个基本结构。少年闰土到中年闰土的变化，祥林嫂生命的走向，都不会溢出这一结构；吕纬甫与魏连殳的结局，是鲁迅对于异乡人命运的文本实践，其设想依旧陷入了挣脱不得的存在困境：即便他们发现了故乡生命内核的死亡气息，也逃脱不得。

这一结构模式是如何体现了"丝"的作用的？其秘密就在于这个死亡故事本身潜藏的亲缘与伦理性。鲁迅的小说中，与参与叙事中的"我"同时出现的意象还有久别后的（不是身在其中的）故乡、家与路（行走）。这些意象总是集中出现在一篇小说内部，捆绑式的意象群在鲁迅小说整体中异常醒目。我们发现其中隐藏的重要关系就是故乡与家的同构性。《故乡》中少年闰土的故事暗含着"家"的变迁："我的父亲还在世，家景也好，我正是一个少爷。……那一年，我家是一件大祭祀的值年。这祭祀，说是三十多年才能轮到一回。"巧妙的是，作者暗示了另外一句话："离现在将有三十年了。"三十年一轮的大祭祀又该到期了，却早已是家破人亡，连祖屋也不能保，子孙们将飘零天涯。"我"与闰土的隔膜和"我"的家的颓败是一体的。《祝福》这个文本在"我"的叙事层面呈现出祥林嫂与鲁镇的对峙关系，而在内部，祥林嫂一遍一遍重复的阿毛的故事，却是一个家破人亡的故事，将祥林嫂逼向魂灵之问的，更是亲人的相继死亡。同样，《在酒楼上》中吕纬甫的讲述一开篇就是："我曾经有一个小兄弟，是三岁上死掉的，就葬在这乡下。"这个迁葬的故事在故人相遇的层面上被放置在了批判的位置，但吕纬甫的讲述中暗含着家的破败以及兄弟的天人两隔，"仔仔细细"翻看泥土寻找骨殖的行动，有一种近乎绝望的情感。《孤独者》中祖母的死斩断了魏连殳与寒石山的联系，但是祖母的死，也使他"放弃过去一直坚持的对爱承诺的有意义的生存，向世俗的无意义生存迅速堕落"[①]，没有血缘的亲缘性虽然决定了魏连殳的悲剧走向，但也是他有意义的生命存在的唯一信仰。

故乡与家的同构是以主人公与儿子、兄弟、母亲、祖母的亲缘性象征

---

① 汪卫东：《鲁迅的又一个原点——1923 年的鲁迅》，《文学评论》2005 年第 1 期。

个人与历史之间的继承性，而家与死亡的并置，则隐喻着亲情对于自由的自我意志的扼杀。家成为文化象征符号，以其对于民族文化历史的记忆连接着现在的生命个体与民族历史。这个故事就这样触到了民族文化秘史的内核。代代相传的霉烂文化攫取了故乡全部的生命力量，它规约着身在其间的所有人的生命形态只能是麻木的生存。它不断吐出新的导向死亡的丝，造了无数的独头茧，将无数的人裹在孤独里面。还乡小说的国民性建构就这样被还原为个人、历史、亲缘、伦理、死亡的交缠，这也正是"丝"的实践过程的还原。吕纬甫和魏连殳是发现这一秘密的人，吕纬甫的自我解嘲和自我否定即源于此，魏连殳"常说家庭应该破坏"也源于此。但秘密的发现并未带来挣脱的勇气，反而加速了他们对自己异乡人身份的摒弃。这种不能逃避的继承性其原形正是狂人对于自己身在其中的发现。在故人的讲述层面，鲁迅的思考已经不是国民的劣根性，而是开始审视生命本身：身在历史中的存在命定性，以及爱与伦理的牵绊。

正是家的出现，将"我"的讲述与故人的讲述分离成不同的话语倾向。"我"的言说指向的是自我与故人、故乡的对立关系，是对于乡土中国的理性审视；而故人的讲述中暗藏的关于家的叙事则构成了对于理性审视的悖反，是自我与传统的斩不断的联系。所以由故人的讲述过程中透露出来的生命的痛感，故乡才真正释放出情感力量，叙事者即便仍旧在理性审视，但作者设置的另一个话语端，即故人，在讲述这个故事的时候，流露出来的对于生命痛楚的感同身受，成为结构文本的内在动力。当我们被带入故人的话语向度，我们感受到的是祥林嫂的丧子之痛，是吕纬甫在迁葬和送花过程中的温情和感伤，是魏连殳对于祖母的感激、爱、怜悯与愧疚，从这个角度看吕纬甫的"模模糊糊、敷敷衍衍"，他的颓唐甚至沦落就会显得相当暧昧。他的两个故事背后隐现但又无处不在的母亲，成为对于吕纬甫颓唐原因的暗示，甚至是申辩。而狂狷的魏连殳在面对祖母时对传统礼仪的恪守，这种传统的道德感和亲缘感同样是魏连殳身上的动人之处。综观鲁迅的小说整体，可以说，只有在这一个还乡的系列里，才有了类似切肤之痛的痛感传递。故人引导的话语意向体现出来的是对于个体生命存在和消亡的还原，具有贴近生命本身的力量。内核故事与其讲述者之间的亲缘关系斩断了"我"的理性的启蒙视角，当这个故事出现的时候，读者的视角立即从由"我"的讲述引导的启蒙观照，被反推到故人的立场上，从而凸显了"我"与故乡众人一致的对于生命的漠然，也因此间离了读者对于叙事者"我"的话语意向的认同。

鲁迅说："凡是人的灵魂的伟大的审问者，同时也一定是伟大的犯人。审问者在堂上举劾着他的恶，犯人在阶下陈述着他自己的善，审问者在灵魂中揭发污秽，犯人在所揭发的污秽中阐明那埋藏的光耀。"① 王晓明对此有深刻的洞察："他能如此理解陀思妥耶夫斯基，显然有自己的体验，他的小说创作，又何尝不是如此呢？他通过那个'我'，在小说中一一举劾和揭发自己灵魂中的'鬼气'，从吕纬甫到涓生的一系列人物，却一一陈述那'鬼气'的合理性和必然性，阐明它的深刻的光辉。非但如此，从《祝福》到《伤逝》，审问者的气势越来越弱，犯人的辩声越来越高，这更是他始料不及的吧。他在一星期中连续写下《孤独者》和《伤逝》，却不像对《阿Q正传》那样立刻送出去刊载，直至第二年收入《彷徨》，都没有单独发表，这是否正表明他的惶惑，他不知道该怎么处理这些小说？"② 这种争辩的声音，正是故事的言说指向。

### 三 在情感阻断和修补之间

情感阻断是鲁迅还乡小说中暗藏的模式。从还乡小说的三角形结构中，我们能看到一个被遮蔽的关系结构和言说区域浮出水面，即还乡小说中"我"与故事之间的情感阻断关系以及这种阻断中暗藏的鲁迅的精神结构的复杂性和生命选择的悖论性。竹内好认为鲁迅小说中"总觉得作者是在什么地方躲开了似的"，"他没把自己投放在作品里"。③ 在还乡小说的结构中，不论是"我"与故人，还是故人与故事，各个关系维度上都呈现出不同的话语意向，有着双向的价值思考，我们似乎的确无法把握作者的位置。但从"我"—故事这一维度进入，鲁迅本人的立足之处，反而明显了。

要进入这一情感阻断，需要将鲁迅纳入这种对话关系中。需要指出的

---

① 鲁迅：《〈穷人〉小引》，《鲁迅全集》第 7 卷，人民文学出版社 2005 年版，第 106 页。
② 王晓明：《无法直面的人生——鲁迅传》，上海文艺出版社 1993 年版，第 109 页。
③ ［日］竹内好：《近代的超克》，李冬木、赵京华、孙歌译，生活·读书·新知三联书店 2005 年版，第 91—94 页。

是，所有的内核故事：少年闰土、小兄弟的死、迁葬、顺姑、非亲生的祖母，都是鲁迅的亲身经历。这些真实发生在作者身上的小故事作为还乡叙事的内核被放置在故人的讲述中和"我"的审视、判断中。吕纬甫讲述完小兄弟的故事的时候，紧接着一句："——阿阿，你这样的看我，你怪我何以和先前太不相同了么？"显然，"我"对迁葬故事的反应是惊讶或者不满的。"我"不理解吕纬甫迁葬事件中对小兄弟的感情，也不理解送剪绒花这一行动背后的温情。同样，"我"也不理解魏连殳在祖母去世时的大哭。"我"对于阿毛故事也绝不动声色。"我"与故事之间的疏离开启了"我"—故事—故乡之间对话的文本空间，并使"我"与故事站在双向的价值尺度上形成叙事的张力。阻断构成了话语的两极：一端是西方文明的价值框架之下"我"对于故事—故乡之间文化传承关系的审视和阻断；另一端是由鲁迅与真实故事之间的血肉相连出发，从故事的亲缘视角对于"我"—故乡之间断裂的审视和修补。自我在国民、历史、文化、价值之中的理性选择体现着鲁迅生命主体的生成过程，但挣扎在共鸣与阻断之间的"我"却是对鲁迅自身处于故乡、亲情、价值世界中的悖论位置的还原。

在这个话语场中，"我"与故事的情感阻断是故事的死亡性和因袭性得以言说的前提。正是因为情感阻断的设置，故事—故乡维度上营造的话语被推置在了"我"的审视之下。理性自我在远距离的审视中穿透故事的死亡性质，从故事与故乡的关系中突出了导向死亡的病灶本身，即文化和伦理的因袭性带来的对于自由生命的束缚。鲁迅的医学经验进入他的创作中，其表现形式是"揭出病苦，以引起疗救的注意"①，而情感的阻断正是鲁迅的医者思维在文本中自我疗救方式的实践：通过理性自我审视伦理自我的创伤和痼疾，并剖开、切割和清理自己的身体和灵魂，以此自救。以"我"在故事（亲缘、伦理、传统、文化）面前的不介入，阻断传统的因袭性质，从而形成了读者与传统文化的阻隔关系，从而达到启蒙目的。

情感阻断的结构方式同时又是关于生存选择的哲学思考。情感阻断不

① 鲁迅：《我怎么做起小说来》，《鲁迅全集》第 2 卷，人民文学出版社 2005 年版，第 526 页。

是指向具体的情感和事件，而是指向某一种既定的文化形式和道义原则，是文本结构方式之上的生存方式的选择，是通过对传统的情感、文化、道义的摒弃获得自知和力量的生命存在方式。这一结构在鲁迅的文学世界中有无数的具象：《野草》中以防止自我"蹉跌在'爱'——感激也在内——里"① 而拒绝善意和施舍的过客正是这一结构方式的人格化；《铸剑》里的宴之敖者以头颅和身体的断裂为方式进行复仇。还乡小说中"我"与故事的阻断，也正是通过自我与传统的断裂完成对自我和国民的精神救赎。而只有通过这种血肉之痛的舍弃，才能够实现纯粹的、自由的、拥有战斗力的自我。其行为效果正是拒绝喝"没药调和的酒"，从"大痛楚"中获得"大欢喜和大悲悯"②。这种对于断裂的痛楚的品味也正是鲁迅的生命哲学，"我"对于故事的拒绝，实则是将自己的痛苦外化于自身之后进行审视、自啮、玩味，以此获得对痛苦的驱除。

而在另一维度上，"我"与故事的情感阻断，则是故人相遇陌生化的实现路径。将"我"的价值观照从故事中撤离之后，故事本身的言说褪去了社会、价值色彩而呈现出自然状态的亲缘性。从这一视角反观"我"—故乡之间的断裂关系，其结果却是将离乡的现代知识者推至道德的审判台。处于新的价值系统中的"我"在这种反向的审视下，暴露出了冷漠和承担力不足的缺陷。"我"对闰土的断语"辛苦麻木"是那样武断和生冷，全然没有对于木讷但温情的少年好友的谅解；"我"在对待祥林嫂的时候更是进入"与'故乡'的伦理秩序的'同谋'关系"③；"我"面对吕纬甫的故事时情感的逃避；"我"对于魏连殳的不理解以及在与其交往的整个过程都贯穿着某种偷窥欲望。决绝的情感阻断突出了"我"在以新的价值系统评判故乡时的冷漠。这种审视之下"我"也被放置在审判席上。故事中隐含的传统人情和道德从被摒弃的绝地进行了反抗，揭示了"我"在新的价值系统中的存在危机。

---

① 鲁迅：《书信·250411 致赵其文》，《鲁迅全集》第 11 卷，人民文学出版社 2005 年版，第 478 页。

② 鲁迅：《复仇（其二）》，《鲁迅全集》第 2 卷，人民文学出版社 2005 年版，第 178—179 页。

③ 汪晖：《反抗绝望：鲁迅及其文学世界》（增订版），生活·读书·新知三联书店 2008 年版，第 299 页。

所以作者不断突破这疏离的情感关系以修补"我"与故乡之间的断裂：《故乡》中深情描写月光与少年，"我"与闰土在碧绿的西瓜地获得了情感交集；《祝福》里有对祝福细节的精心描写；《在酒楼上》中不惜笔墨地描写元气充沛的雪中废园，"我"与吕纬甫面对废园达到了情感上的共鸣；《孤独者》里也有"我自己还是一个儿童，在后园的平坦处和一伙小朋友塑雪罗汉"的温馨笔触。如果说，"我"与故事的情感阻断是价值选择的需要，那"我"与故乡的情感修补则是鲁迅对于自我价值选择背后的道义原点的深刻认知。记忆中的故乡在文本中的亮色提示读者，鲁迅所使用的西方的文明话语最终被纳入了民族精神的重塑话语之中。这也说明了鲁迅是"在承认西方现代文明优越性的前提下接受科学、理性、进化、个人等价值观，从而对中国的文化传统予以掊击扫荡；但在精神归趋上又忠于民族（而不是文化），坚守着民族的平等与独立的原则"①。还乡系列之后的《朝花夕拾》甚至《故事新编》都是在此立场上的情感和精神的回归。

情感阻断的结构方式对应着鲁迅的精神结构的复杂性：理性的鲁迅审视着自身"对历史进程和新的价值标准的深刻理解及意识到自身与这一进程和价值标准的背离的心理矛盾"②；而伦理的鲁迅比任何人都清醒地意识到，他的价值选择的自觉性正是源于他对传统道义的主动承担。"我"与故事之间的情感阻断结构，其实质是鲁迅的双向自审和双向罪感的精神结构：理性的自我以现代性的价值观念审视故事，发现的是自我身在其中的罪感。他的价值选择上的优越感、崇高感并不能抵消他对传统道德的自觉接受带来的罪感；由亲缘故事反观理性自我，发现的是情感的断裂、文化继承的断裂甚至是归宿断裂导致的他对于自身来处的背叛的罪感。身在其中的罪恶感与情感背叛的罪恶感成为双重的心理折磨。这种撕裂的痛楚进入小说文本中，即演化为一次次的决绝的自我摒弃和情感的清理，又一次次执拗地回归和修补。理性自我与伦理自我被放置在双重质疑

① 汪晖：《反抗绝望：鲁迅及其文学世界》（增订版），生活·读书·新知三联书店2008年版，第137页。

② 汪晖：《反抗绝望：鲁迅及其文学世界》（增订版），生活·读书·新知三联书店2008年版，第192页。

的位置，这一生存选择中凸显出来的是生命主体的危机，鲁迅在审视自身灵魂的搏杀，并将双重的自我都放逐在荒原之上。他弃绝了自我与传统的关联，同时将自我从新的价值系统中剥离出来。因此所有的还乡小说都指向了"行走"，这正是鲁迅精神选择中体现的生命韧性和强度。

综上所述，在鲁迅的还乡小说系列中，"我"、故人、故事构成了稳定的结构关系。每一种关系维度上都形成了独立的话语场，每一组对话关系中都存在着不同的言说意向以及悖反的价值向度，情感阻断形成了彼此拒斥的力量。所以我们看到每一个维度上都有一个反推力，每一个话语场中都有双向度的言说和建构的倾向。在"我"与故人的关系中，"我"以理性视角言说故人，意在建构一个启蒙话语框架之下的启蒙对象，但也被故人的映射反推到自我存在的荒谬境遇上；在故人与故事层面，故事在言说着故乡内部的死亡和生命形式的复制悲剧，但又将故事的讲述者带入无法挣脱的亲缘关系中，直指自我与故乡、传统的割不断的联系；同样，在"我"与故事的关系中，"我"通过拒绝与故事的交流而阻断传统的因袭，又从故事的亲缘视角对自我与故乡的断裂进行修补。层层的言说指向，又进入层层的反推。这个反推，是鲁迅的惯用手法。是一种话语方式上的自我反抗性质。所以鲁迅的"结论常常是封上了打开，打开了又封上，封上了再打开"[1]，竹内好所说的不知道作者在哪里，正是由于竹内好触摸到了鲁迅话语中的不同的言说意向。他进入一个磁场，却发现了各个方向上的力量，作者的形象和位置反而不确定了。如果把握到鲁迅在言说意向中的情感阻断，那么，各个向度上的话语场域就豁然开朗了。鲁迅，即这个阻断本身，正是在这个反推力上，鲁迅并没有躲开，他始终都在。

---

① 王乾坤：《鲁迅的生命哲学》，人民文学出版社 1999 年版，第 313 页。

# 第 四 章

# "双漩涡":鲁迅话语原点与
# 话语系统的生成

话语研究的一个重要方面是在陈述之间"发现某种规律性",即这些陈述"连续出现的次序,它们的同时性中的对应关系,在共同空间中可被确定的位置,相互作用,被联结和等级化的转换"①。话语研究是要"描述它们的内在结构""研究分布的形式"。福柯认为,"如果我们能够在一定数目的陈述之间,描述这样的散布系统,如果我们能够在对象、各类陈述行为、这些概念和主题选择之间确定某种规律性的话(次序、对应关系、位置和功能、转换),按习惯我们会说我们已经涉及到了话语的形成"②。也就是说,众多的陈述本身处于离散的状态,话语研究就是找到这些陈述之间的内在联系,在一种整体的视域中,描述其间的关系结构。

对鲁迅话语系统的描述,也必然面对这一问题,即,在鲁迅话语世界纷繁复杂的陈述群中,描述一种鲁迅的众多陈述之间的关系体系,它们的分布和相互作用、它们之间相互转换的关系。本章试图从鲁迅话语世界中的"两个中心"入手,探讨鲁迅话语的散布体系。因为鲁迅话语的不断生成性,这一系统是处于动态演变之中的,所以,笔者尝试提出一个鲁迅话语生成的谱系动态图式:"双漩涡"——以此描述鲁迅话语世界中同时

---

① [法] 米歇尔·福柯:《知识考古学》,谢强、马月译,生活·读书·新知三联书店 2003 年版,第 41 页。

② [法] 米歇尔·福柯:《知识考古学》,谢强、马月译,生活·读书·新知三联书店 2003 年版,第 41 页。

存在的两个中心,这两个中心之间有相反的作用力,都在不断进行着话语的辐射和衍生。

事实上,在前面几章的论述中,已经初步涉及鲁迅话语的双向作用力问题。在关于"铁屋子"的悖论结构阐释,以及异乡人与话语场建构的探讨中,已经涉及鲁迅话语建构的重要方式,就是设置双向的话语意图。本章的研究目的,是集中探讨鲁迅话语整体中的两个中心是如何出现的,其表现形式、作用方式及其与鲁迅精神世界的关联。

# 第一节 "两个中心"的发现

鲁迅的精神世界充满着矛盾,诸多的矛盾投射到作品中,即表现为作品意蕴的复杂。不管是小说、散文还是杂文,其文本内部有着多重的层次内容和多维度的命题。纷繁的言说意旨和盘绕错综的指向,成为鲁迅话语的独特魅力。我们在阅读鲁迅的时候会进入一个内涵异常丰盈且主题不断跃动的世界,其中有着无数多层次和多元性的交叉的思考点和话语点。这些点逐渐编织成一个巨网,而我们则渐渐变成在这复杂的跳动的渔网中不辨东西的小鱼。当我们试图抓住一个中心的时候,作者的笔早已荡了开去,辐射至其他命题的书写,甚至滑向完全相反的命题,这些命题纠缠盘绕,又无限延伸。我们不停地迎头撞上他的一个又一个命题,却难以触及真正的中心。

## 一 "两个中心"

竹内好认为鲁迅的"作品不具备有序的世界",其实也正是鲁迅作品复杂性的体现,用竹内好的话来说,"作为表象呈现出来的鲁迅,始终是一个混沌"①。鲁迅的话语世界确实具有这种混沌性,不同的意旨变成文本内部的无数声音,通过不同的方式形成了激烈的争辩。

《药》虽则从民众的角度叙述了革命者的悲剧以及对革命的怀疑,却也运用"曲笔"表达了革命的希望,制造了小说的另一种声音;《狂人日

---

① [日]竹内好:《近代的超克》,李冬木、赵京华、孙歌译,生活·读书·新知三联书店2005年版,第13—14页。

记》以一个癫狂者为主人公，借狂人之口喊出了传统的"吃人"本质，从而塑造了狂人的先觉者形象，却也通过文言序言的结构设置造成了与日记文本的对立和对它的消解；《孔乙己》通过小伙计身份和视角的巧妙设置提供了小说的双重主题，分别指向看客的冷漠和孔乙己的被残害；《头发的故事》是以滔滔不绝的声音和沉默的声音相对抗，形成了文本内部的较量；《祝福》以有没有魂灵的追问穿透了祥林嫂的悲剧，直指启蒙者的无力；《非攻》则是以运笔的突然转折把为民请命成功的墨子放置在结尾的荒诞处境中。……鲁迅在这些小说的内部，通过各种方式营造出了两种力量之间对立甚至彼此消解的关系。这些小说最终形成的内涵和题旨呈现出非常一致的辩论性。显见的是，鲁迅小说中有双重甚至多重的叙事意志，几乎每一个小说文本都能够挖掘出表面与隐含的双重内涵。

而《野草》更是一个充满悖论性的作品集。从《题辞》开始，就进入了一个矛盾重重的话语世界："开口"与"沉默"，"空虚"与"充实"，"生存"与"死亡"，"明"与"暗"，"友"与"仇"，希望与绝望，狂热与中寒，眷念与决绝，养育与歼除……这是一个矛盾纷呈且悖论难调的世界。但也正是这个世界的爱恨分明的两极式结构，反而使得话语的表象呈现为两个中心。

同时不能忽略的是，鲁迅话语的辩论性不仅仅存在于单独作品的内部，还在于鲁迅的创作整体中，对于同一命题，鲁迅往往从多重视角进行言说，这就使他的创作整体都存在着题旨的双重性：《狂人日记》与《长明灯》之间的互补性与互证性显而易见，前者突出的是狂人的意气风发，而后者则着意于庸众对疯子的孤立；《白光》将陈士成从孔乙己所遭遇的哄笑世界中抽离出来，还原了他的存在与精神状态；《明天》与《祝福》从不同的视角进入丧子的寡妇的存在境遇；《在酒楼上》与《孤独者》都是将启蒙者放置到现实传统之中，却指向两个方向：自责与自戕。甚至在不同体裁之间：《药》与《复仇（之二）》是关于牺牲和悲悯这一共同主题的双面言说……这些文本之间存在着互证性、互补性。彼此之间既是补充，同时也是悖反。两个文本是一个事件的多面呈现，同时也是一个主题的多重言说。也就是说，鲁迅往往由一个触发点衍生出多重题旨。前面论述过"铁屋子"在鲁迅话语中的不断变形和复制（第二章第一节），也是由"铁屋子"这一点向着不同方向，生发出众多意旨，这在鲁迅话语中是一个显见的模式。

也就是说，对于同一命题，鲁迅往往从多重视角进行言说，由一个触发点衍生出多重题旨。我们在阅读鲁迅的时候，很容易就会发现这样的现象，就是同样的意象、主题或者画面，在鲁迅那里会反复出现，比如疯子，从《狂人日记》到《长明灯》到《自言自语》；比如寡母，从《狂人日记》《在酒楼上》《孤独者》，到《颓败线的颤动》《明天》，甚至《祝福》；比如"死火"意象，从最早的《自言自语》的"火的冰"到最后成形的"死火"，这一意象似乎一直萦绕在鲁迅的脑中；再比如，孩子，有《狂人日记》《长明灯》《自言自语》《我们现在怎样做父亲》，以及众多的杂文……鲁迅会将他感知中的某一个意象或主题多层面、多角度、全方位地展现。通过对这些反复出现的意象进行分类整理、挖掘追问，我们似乎能够打开理解鲁迅的那把锁。本书的第二章和第三章，着力追问了"铁屋子"作为关键意象和关系体系在鲁迅话语世界中的重要位置，也正是源自鲁迅话语建构中的由一点辐射出去的话语体系建构方式。

### 二　研究成果

我们从表象上看到了鲁迅小说的纷繁错综的意蕴，其内部究竟有着怎样的隐秘规则和有待破译的符码，是一个始终困扰着众多研究者的问题。围绕这个问题，形成了连绵不断的追问，众多的研究者从不同的角度对此进行研究，并形成了自己的论断。

较早提出这个问题的是李长之，他从鲁迅的言说方式进入："他的笔常是扩张又收缩的，仿佛放风筝，线松开了，却又猛然一提，仿佛开水流，却又预先在下流来一个闸……他用什么扩张人的精神呢？就是那些：'虽然'，'自然'，'然而'，'但是'，'倘若'，'如果'，'却'，'究竟'，'竟'，'不过'，'譬如'……他惯于用这些转折词，这些转折词用一个，就引人到一个处所，多用几个，就不啻多绕了许多弯儿，这便是风筝的松线，这便是流水的放闸。"① 李长之意识到的鲁迅运笔的收放与开合，他称为是用以"扩张人的精神"，其实质是鲁迅通过这些转折词进行文意的多重扭转，"鲁迅之所以能够用那些转折的字者，是因为他思想过于多，

---

① 李长之：《鲁迅批判》，天津人民出版社 2010 年版，第 82 页。

非这样，就派遣不开的缘故"①。李长之的这一论述是从鲁迅的运笔特色着眼，虽然并没有真正触及鲁迅文本复杂性的内质，但是却指出了鲁迅言说方式的一个特点，最早从语言的角度提示了我们鲁迅言说的纠结盘绕性与他的思想多元性之间的关系。

稍后的竹内好对于鲁迅作品内蕴的错综性也有论及，他认为鲁迅小说"包含着各种不同的倾向……其中至少有一对在本质上是对立的异质物混存一体。这不是意味着没有中心，而是说有两个中心。它们既像一个椭圆的中心，又像两条平行线，其两种物力，相互牵引，相互排斥"②。竹内好并没有提出"两个中心"的确指，但是他指出了鲁迅小说暧昧不明的"根源性的东西是实际存在着的，《野草》的确明示着它的位置"③。并引用了《墓碣文》的全文，认为是"鲁迅的自画像"，试图以此说明鲁迅作品整体的混沌性的根源。笔者将竹内好的这个"鲁迅的自画像"理解为鲁迅与自身分离和对抗的精神画像。竹内好是以一种诗意的、感性的方式对鲁迅作品进行印象式点评，并没有以严格的学理探究鲁迅作品内部的两种力量的实质，但是他从鲁迅作品不同体裁之间的同质性入手，勾勒了一个鲁迅及其作品的基本面貌，即，由鲁迅的精神画像（"孤独者""超人的遗骸"）决定的作品内部的双重旨归。他提出这一问题的思路并没有展开，但是却对本书的写作有启发性。

杨义在《中国现代小说史》中提到鲁迅小说的"一笔多意"虽然仍旧是在现实主义框架下进行文体分析，但也已经触及鲁迅话语内涵的问题。杨义将其称为"文体"的"曲"。杨义的落笔在"文体"的范畴中，他是从对鲁迅小说的"每个语言单位""每套语言组织"入手，探讨鲁迅小说语言细节的"一笔兼写诸端"：或者分析《肥皂》里流氓调戏女丐的话的反面着墨，分析《采薇》结尾的街谈巷语反照出人情世态；或者分析"药""明天"等具体意象的多重象征意义。杨义对鲁迅文体的研究集中于小说具体语言细节和具体语言意象的"一笔多意"、弦外之音，以及

---

① 李长之：《鲁迅批判》，天津人民出版社 2010 年版，第 83 页。

② ［日］竹内好：《近代的超克》，李冬木、赵京华、孙歌译，生活·读书·新知三联书店 2005 年版，第 88—89 页。

③ ［日］竹内好：《近代的超克》，李冬木、赵京华、孙歌译，生活·读书·新知三联书店 2005 年版，第 99 页。

语言风格的悲喜交融，触及了鲁迅话语的某些具体问题，但并未进入鲁迅小说话语的整体。但同样，杨义也指出了文体与思想的内在关联，他认为，鲁迅"以深刻的社会阅历和强大的思想能力作为小说曲笔的神髓"①。

同时，杨义从小说布局、结构的角度提出了鲁迅小说的"叠印"，认为是"把性质不同的情节之'线'和背景之'面'，同步叠现，引起'艺术发酵'"②。他是从文章布局的角度论述鲁迅小说内部事件与背景之间的关系。杨义所说的"叠印"在一起的多重事件，正是鲁迅小说的多重内涵、多种声音的外现。本章也试图在杨义的"叠印""一笔多意"的基础上，进入鲁迅话语之间更复杂的、撕扯的力量和倾向。

严家炎对于鲁迅小说的复调性质的论述正是在竹内好的"两个中心"基础上展开。他认为"鲁迅小说里常常回响着两种或两种以上不同的声音"③，并提出了鲁迅的"复调小说"命题，第一次从话语理论中寻找依据来分析鲁迅小说中的"多声部"现象。严家炎的分析进入具体问题，更多的是着眼于小说的多重主题。他是最早以话语理论分析鲁迅的研究者，其研究的开创性意义不言而喻。严家炎由鲁迅小说的主题、结构上的多重指向呈现的对话关系进入"复调"研究，为我们认识鲁迅话语内部的某种密码性质的核心打开了新的视域。

不管是李长之所谓的运笔的收与放，还是竹内好的"椭圆的中心"，杨义的"一笔多意""叠印"，严家炎的"复调"，都是在鲁迅文学作品意蕴的复杂性方面进行的探讨。这些研究者或感性或理性地从不同的角度和层面提到鲁迅作品复杂性这一问题，他们都注意到了鲁迅意旨的错综性，发现了鲁迅文本内部的两种不同的言说力量。这些研究者指引着我们进一步探寻鲁迅作品深层次的圆心性质的内核，及其在精神结构上的复杂性。

正是他们的某些观点给本书提供了思路：鲁迅创作的纷繁盘绕中存在着一个运笔（言说）的隐秘规则，或者可以理解为，鲁迅作品的文意转合有着相对稳定的关系和频率，不是非此即彼的简单的结构组合，而是亦

---

① 杨义：《中国现代小说史·第一卷》，人民文学出版社 1986 年版，第 198 页。
② 杨义：《中国现代小说史·第一卷》，人民文学出版社 1986 年版，第 190 页。
③ 严家炎：《论鲁迅的复调小说》，北京大学出版社 2011 年版，第 62 页。

此亦彼、由此及彼又由彼及此，是一个牵连、震荡、折射的动态演进过程。而这个过程中运笔的走向、态势恰恰体现着鲁迅的体验、思想、精神、意向的复杂性。而这个隐秘的规则是什么？通过对这些学者的研究成果进行综合分析，我们发现了这一问题的实质，其实这是一个关于鲁迅话语和精神结构的问题。前人的研究虽是从不同角度去解读鲁迅的复杂性，但他们或多或少都触及了鲁迅话语的特质，李长之点出的鲁迅的转折词"引人到不同的处所"，实质是鲁迅通过这种言说方式表达了不同的思想，其表现出的正是鲁迅的话语意志、话语抉择的犹疑；竹内好认为的鲁迅小说中存在着对立的异质物，实质是鲁迅小说的话语的多种言说倾向；杨义虽然是从鲁迅的"文体"展开研究，但他所说的问题同样是在鲁迅的话语系统中进行的，是鲁迅的话语特征；严家炎的"复调"更是从话语角度对鲁迅进行剖析。而他们对于这一问题的研究思路无一例外的，指向了鲁迅的思想多元。

本书的观点是，真正能够通往鲁迅的思想和精神内核的路径，正是鲁迅的话语，这是破译鲁迅精神的密码。不管是严家炎的"复调"中所着力的鲁迅小说的具体的主题和思想，或者是杨义对于鲁迅文体的解析，或者是李长之勾勒出的鲁迅言说的那个范式，透过这些内容、主题、笔意，其实能够更深入一步，进入鲁迅话语的言说规则，这种规则的内部，存在着鲁迅话语系统生成的秘密，隐藏着鲁迅精神、哲学的波动曲线。上述的研究者们都没有触及但又一直存在的一个问题是：鲁迅文本中的多重话语之间有一种相对稳定的组合关系。这是鲁迅创作中的一个原点，这个原点决定着他的言说的倾向，并衍生出了鲁迅的整个话语体系。厘清这一原点，有助于我们把握鲁迅的整个话语世界。深入探索这种组合关系，我们能够还原鲁迅的思维特征与精神特质。本书的工作正是在这样的基础和目的上展开的。本章的目的，即是尝试着去探寻和把握鲁迅话语的那个神秘而强悍的原点，从鲁迅文学整体的内部世界把握鲁迅话语的生成机制及其背后的鲁迅精神结构的秘密。

## 第二节 "双漩涡"的话语系统

鲁迅小说中存在着多重言说指向，文本内部的激烈辩论中，既有鲁生命体验的本能言说（对人性的绝望），也有某种话语的主观预设性（对未来的希望），同时也包含着他的言说过程中对于自身经验认知和预设言说倾向的双向双重反抗。这样的话语内质决定了鲁迅小说话语辩论性的两个重要维度。

一个重要的维度是"人吃人"的话语背景，即人与人之间的冷漠、隔膜、对立和敌视，是鲁迅话语的一个中心点。从《呐喊》《彷徨》，一直延续到《故事新编》，这一个话语基点从未动摇过。《狂人日记》作为鲁迅创作的开端，借狂人之口喊出了传统的"吃人"本质。表面上这是一个先觉者站在传统的对立面呐喊、战斗和失败的文本，实际上，隐含在背后的话语，却是关乎人与人之间的隔阂、对立和敌视。《狂人日记》提纲挈领的吃人、恐惧吃人、提防吃人的关系网笼罩了鲁迅的所有小说：在《药》里，呈现出来的两个主人公是前台活动的华小栓和幕后的夏瑜，其潜隐的话语同样是人与人之间交流的断裂和错位；《祝福》里祥林嫂的悲剧指向的依旧是"人吃人"，祥林嫂与"我"、祥林嫂与鲁镇、"我"与四叔，每一个个人都被抛掷在混沌的彼此敌视的世界里而不知道自己是谁；《孔乙己》《孤独者》《长明灯》《铸剑》《采薇》……每一个文本的背后都隐含着这层话语内涵。在鲁迅的话语世界里，这是一个永恒存在的底子，表现为人本质上的冷漠、敌意与天生的残忍。鲁迅说："我向来是不惮以最坏的恶意来揣测中国人的。"[①] 这是鲁迅最深切的体验和最深刻且悲哀的认知。在鲁迅的世界里，这一体验与认知是作为基石存在的。他的话语虽然驳杂，但这一个基本的原点一直未变。鲁迅对于人的本质的深刻体察和绝望判断是他所有创作的永恒不变的背景因素，也是他所有话语的中心命题。

另外一个重要的维度体现在自我对抗的话语形式上，经此完成的话语世界构成了与自身体验世界的对抗，是经由逆反的心理动力实现的文本中不同言说力量的撕扯关系。这样的创作思维，其实是"自反性"。自反在中国传统语义（"君子必自反也"）中往往是反省之意，本书所用"自反"，是贝克在《自反性现代化》中的语义："'自反性现代化'的概念可以与一种根本性的误解区分开来。这个概念并不是（如其形容词

---

① 鲁迅：《纪念刘和珍君》，《鲁迅全集》第 3 卷，人民文学出版社 2005 年版，第 291 页。

'reflexive'所暗示的那样）指反思（reflection），而是（首先）指自我对抗（self-cenfrontaition）。"① 它不完全是（但必然包含）怀疑，而是一种由自身性格、心理因素决定的带有质疑、否定、对抗的思维方式和话语方式，在鲁迅这里，最终会成为生命存在方式。《狂人日记》的文言文序言和白话共存的结构设置实质上正是自反性在言说中的表现方式。从这一结构我们可以看到鲁迅叙事的自我反抗性。《在酒楼上》和《头发的故事》里，一个人在滔滔不绝地说，一个在沉默地听。"说"的意志非常强烈，而"沉默"在文本中更加顽强和突兀，营造出的反而是更加有力的言说效果，鲁迅通过这种形式的设置表达了他对于文本的表面话语的某种不肯定或者对抗。在表面话语陈述的过程中，鲁迅始终以另外一重视角审视自己的言说，在言说者鲁迅的身体内部分裂出了另外一个言说者，后者冷冷注视并逆行着前者的一切行动，他对于自己的言说充满反抗，这反抗即体现为隐含话语（话语形式中体现的言说倾向和意旨）和表面话语（话语内容）的对立。鲁迅有一种对于确定性/断语的不确定，当一重话语即将成形的时候，他本能地要打破成形话语系统的封闭性。自反的实质是鲁迅精神层面、思维层面的异质性。在鲁迅的整体话语中，其突出的精神特质正是逆向反叛。这一特质强行将鲁迅小说内部撕扯出相悖的言说力量，鲁迅小说文本的表面话语与隐含话语正是通过这种撕扯力完成了组合。

《祝福》里有一个话语形式，与鲁迅小说表现出来的文意转合非常类似，即"我因为常见些但愿不如所料，以为未必竟如所料的事，却每每恰如所料的起来"②。这一话语形式也完全可以用来描述鲁迅话语两个中心之间的演进关系。鲁迅话语正是一个从"所料"（人吃人的体验），到"但愿不如所料"，"未必竟如所料"（对体验世界言说的自反），终至"每每恰如所料"的漩涡式演进过程。"所料"是由体验生发的不确定中的确信。鲁迅的言说已经有了一种坚定的预设性。这预设与他的经验、体验、认知相关。然而他的思维方式的自反性决定了他在确信中要打破确信和预设，"未必"引出的语义就是对于确定性的打破。体验的确定性与思

① ［德］乌尔里希·贝克等：《自反性现代化》，赵文书译，商务印书馆2001年版，第9页。

② 鲁迅：《祝福》，《鲁迅全集》第2卷，人民文学出版社2005年版，第8页。

维的不确定性之间构成极具张力的悖反。但是最终的话语终点落在"恰如所料"上，经验性话语再次占据了话语高峰。在整个话语系统中，自反是鲁迅对于确定性的反叛，同时也是试图从自己的经验中出逃的话语方式，却最终成为虚妄的努力。但它仍旧是鲁迅话语形成过程中的主要动力。

这就是鲁迅话语的两个中心："人吃人"的体验中心和鲁迅对于自己言说的反抗的自反中心。这两个中心共同组成了鲁迅话语的完整基点。而这两个中心都在不断地进行话语的衍生。有不断向外推进的话语层次和话语点，像漩涡的中心不断激荡汹涌和扩散的水纹，一圈一圈扩散出去，至于无穷。所以，鲁迅话语呈现出"双漩涡"式的思维图式：由"人吃人"的中心衍生的话语和由"自反"中心衍生的话语。这两个中心点辐射出完整的鲁迅话语的体系。其辐射关系如图4—1所示。

造境（现实认知+以心造境）↔ 反境（话语内部的颠覆和打破）
    ↓          ↓
自我（境中人的自我实现）↔ 反我（觉醒者的自审和自我对抗）
    ↓          ↓
话语意志（话语建构的指向）↔ 反意志（话语建构中的犹疑和反转）

**图4—1 "双漩涡"的话语衍生图式**

在这一体系中，鲁迅的话语建构的逻辑与非逻辑性糅合在一起，而话语不断衍生的核心驱动力的中枢正是上面图式中的"↔"。事实上，这一符号性的双向意志和力量正是鲁迅的生命存在本身。——他不在任何命题或陈述之中，他在他的话语建构的模式之中。《墓碣文》中"于浩歌狂热之际中寒；于天上看见深渊。于一切眼中看见无所有；于无所希望中得救"的语意关系正是这一"自反"性生成的具象。这一漩涡式具象的意义，恰恰是凸显"视角"，即言说者的立足之处。这一言说者正在"狂热"与"中寒"、"天上"与"深渊"、"一切"与"无所有"、"无所希望"与"得救"的中间地带，并驱动这双向的、层叠推进的话语体系的衍生。

### 一　造境与反境

李长之说："哄笑和奚落，咀嚼着弱者的骨髓，这永远是鲁迅小说里要表现的，这是鲁迅自己的创痛故。"① 鲁迅自己也不无悲哀地说过："群众——尤其是中国的，——永远是戏剧的看客。"② 的确，人性本质的"吃人"是鲁迅话语的中心和起点。以"人吃人"为中心辐射出去，是对处在"人吃人"这一社会、这一话语链条上不同位置的人的处境进行考量。即，人人都处于这个"人吃人"的社会，人人都有自身的位置、立场和境遇，即吃人/被吃/看吃人/提防被吃/劝阻吃人……在鲁迅的话语系统里，所有人都存在于一个由"人吃人"辐射出来的话语"境"中，互相制约，挣脱不得。人在境中的存在，这是鲁迅话语的一个重要维度。他有一段很有名的论述："革命，反革命，不革命。革命的被杀于反革命的。反革命的被杀于革命的。不革命的或当作革命的而被杀于反革命的，或当作反革命的而被杀于革命的，或并不当作什么而被杀于革命的或反革命的。革命，革革命，革革革命，革革……"③ 这是一个以"革命"生发出去的无数立场和关系。在鲁迅的小说里，一直有这样的思维模式，即以一个中心散发出众多的话语点。在他的小说里，鲁迅立足于"人吃人"的体验中心来建构他的话语系统，这一话语中心衍生出来的第一个层次就是关于人的境遇的空间场，其实质是营造一个存在于话语中的"境"，以此"境"展开他的言说，为他的话语系统的衍生提供一个场域。鲁迅说："华夏大概并非地狱，然而'境由心造'，我眼前总是充塞着重叠的黑云。其中有故鬼，新鬼，游魂，牛首阿房，畜生，化生，大叫唤，无叫唤，使我不堪闻见。"④ 鲁迅文学创作的一个基础话语即这句话中所显露出来的："境由心造"。笔者想将之提炼为"造境"。

造境是中国文论中的一个重要术语。王国维在《人间词话》里有云："有造境，有写境，此理想与写实二派之所由分。然二者颇难分别。因大

---

① 李长之：《鲁迅批判》，天津人民出版社 2010 年版，第 40 页。
② 鲁迅：《娜拉走后怎样》，《鲁迅全集》第 1 卷，人民文学出版社 2005 年版，第 170 页。
③ 鲁迅：《小杂感》，《鲁迅全集》第 3 卷，人民文学出版社 2005 年版，第 556 页。
④ 鲁迅：《"碰壁"之后》，《鲁迅全集》第 3 卷，人民文学出版社 2005 年版，第 72 页。

诗人所造之境，必合乎自然，所写之境，亦必邻于理想故也。"① 王国维的"造境"，是在具象的基础上，进一步将语言文字还原成特定的情境、意境、心境。经过象的叠加，形成一种场，形成一种氛围。造境带有明显的主观性，是一种以主观表现外在世界的方式。饶宗颐在《〈人间词话〉平议》中对此解释说："夫心固有借于外境，境随心生，同一之外境，各人之心不同，所得之境亦因之有异。又诸心生之境，已非曩境，且超实境，故山川万物，荐灵于我，而操在我心。"② 鲁迅的"造境"，也正是一种主观的、"操在我心"的实践。

造境在鲁迅的创作中是占据首要地位的话语方式。这一层次是鲁迅话语的一个初步展开。其间也有在这一层级内部的演进层次。而需要指出的一点是，本书对于造境的使用不限于王国维的文论中的范围。鲁迅所说的"境由心造"实质是鲁迅对于自己文学世界的生成的说明性文字，它不但准确地点明了鲁迅话语的建构性质，也同时说明造境是话语的操作手段。通观鲁迅的文本就会发现，造境是鲁迅的国民性话语实践过程中的一个重要的步骤。造境所突出的"造"，与建构具有相通的性质，是一种有意识的言说和有指向的话语实践，其突出的是世界图像的对象化，而这一对象世界诚如鲁迅所说，是一个不折不扣的鬼境，其不但是客观世界的再现，更重要的是，这是鲁迅对世界的主观认知的呈现，即造境的话语操作中的"心"的参与。

鲁迅的"以心造境"，既包含了第二章中所提到的世界图像的发现与建构，也有更加主观性的参与。造境与世界图像的不同在于，除了这个建构的对象化世界之外，还叠加了一个主观性的世界，那便是鲁迅文本中的黑色世界，此二者的叠加，建构出了一个吃人的鬼域。同时，此境还有一个对象化了的自我，即由主体分离出来的另一个被客体化的自我。换言之，世界图像是外在的，而鲁迅之"境"既包括外在的世界图像，也包括内倾的对象化了的自我。可以说，现代文学中没有谁的文本像鲁迅这样，凸显着人与外在一切的对立。外在世界，即为鲁迅话语中的境。之所以不说是自我与世界，是因为鲁迅文本中的境，不仅仅是外在世界，此境

---

① 王国维：《人间词话》，滕咸惠译评，长春文史出版社 2009 年版，第 3 页。
② 饶宗颐：《〈人间词话〉平议》，《澄心论萃》，上海文艺出版社 1996 年版，第 213 页。

也包含着内心世界，是一种主观性的外在，是自我认知中的外在，以及自我矛盾对象化之后的外在。甚至对于鲁迅来说，此境具有人格。"铁屋子"是其形，"吃人"即是其人格本质。这便是"以心造境"，是"有我之境"。这便将鲁迅的话语建构模式与西方话语对东方世界的他者化的模式区分开来。

鲁迅选择他的故土为模型，造他的话语之境。小说中屡屡出现的"鲁镇""S城"，作为空间的境，为其间人们的生存、活动和言说提供了背景。这个背景在小说中以故土、中国的形象出现，灰暗，破败，封闭，落后，人在其间遭遇到无数关乎生存、愚昧、"吃人"的困境。当这个空间之境参与话语的建构中，俨然不仅仅是地理空间概念，它更是文本空间，是鲁迅自己的体验之境，所以被置换成了"铁屋子""沙漠""地狱""非人间""无物之阵"，甚至"无主名无意识的杀人团"……这个体验之境黑暗、抑郁、别扭、畸形、凶残、绝望，在鲁迅笔下，这是一个不折不扣的众鬼喧嚣的鬼场，有着无处不在的地狱感和囚牢感。每一个人都骚动孤绝，却被鬼气紧紧缚着，挣脱不得。于是，我们能从中感知此境的第三个层面：鲁迅的心灵之境，即"自造的独头茧"。他在话语中营造了一个心灵的囚牢。

以《狂人日记》为例，整篇小说就是一个围绕着"吃人"衍生的话语系统。由"吃人"辐射出去的第一个话语层，正是对于所处之"境"的营造。《狂人日记》里大肆渲染的，正是狂人感知到的环境："自己想吃人，又怕被别人吃了，都用着疑心极深的眼光，面面相觑……父子兄弟夫妻朋友师生仇敌和各不相识的人，都结成一伙，互相劝勉，互相牵掣，死也不肯跨过这一步。"① 在"吃人"的笼罩之下，处于不同立场上的人全部被带入这个话语场里。在这一文本里，造境有四个层次：（1）地狱般的外界。无处不在的白森森的牙齿，吃人的眼光，构成一个鬼场。（2）冰冷的家。母亲、大哥、狂人以及已经死了的妹子组成的家庭残缺而充满隔阂。（3）狂人被关押的房子。黑沉沉的房子是"铁屋子"的另一种言说方式。（4）话语的牢笼。日记的封闭性言说与序言结构虽然对立，但狂人的激情永远被封在文言的秩序之内，这篇具有寓言性质的小说

---

① 鲁迅：《狂人日记》，《鲁迅全集》第1卷，人民文学出版社2005年版，第451页。

其实预言了鲁迅在话语中自造了牢笼。

鲁迅的"造境"话语实质是人的存在困境的言说。他小说的造境有这样几种方式:黑暗或恐怖意象的叠加(《狂人日记》);吃人群像的合力(《祝福》《长明灯》《孔乙己》《理水》);政治事件的背景(《药》《风波》《头发的故事》);与表面错离的内质(《肥皂》《幸福的家庭》《弟兄》);孤独者的心理情绪(《在酒楼上》《孤独者》《伤逝》《奔月》)……凶残而无处可逃的囚牢和鬼场,荒凉冷漠的人心,这是鲁迅体验核心"人吃人"衍生出来的话语的底色,是鲁迅话语系统的第一个语义层次。祥林嫂、阿Q、孔乙己、魏连殳……所有人都被抛掷在这样的语境/语场中,在人性的荒原上,既无所依傍,也无处可逃。人人为刀俎,人人为鱼肉,鲁迅将他的所有主人公,连同他自己,放置在了这一人性的困境里。鲁迅的绝望由此而生。而鲁迅的强悍也在于,他绝望于这种对人性的确信,又要从这种确信的困境中突围。

与这一造境话语层相对应,"自反"中心衍生的第一个话语层,正是"反境"话语,即对于所造之境的封闭性进行打破和质疑。比如《狂人日记》里,狂人的激烈言说营造的看似凿凿的吃人之境,文本中就在不断进行解构和打破。大哥是吃人之境、压抑之境的主力和具象,但是在话语形式上,作者把大哥完全放在失语的地位,这是一种以沉默存在的话语对抗。同时,文本中也隐约给大哥辩护,抛开狂人的断语式言说,对于大哥的行为的描写中,我们看不出大哥的吃人,甚至可以看到他对狂人很关心。同样的话语形式在鲁迅小说里非常常见,《伤逝》里的子君也完全处于类似大哥的这种失语地位,言说与沉默构成了辩论,也就打破了涓生以忏悔为名营造的话语场。这种文本话语之间的辩论性,正是对于话语牢笼(封闭性言说)的打破。同样,《铸剑》话语的初步展开即由父亲被杀引出的仇恨,这是眉间尺、母亲以及宴之敖者的所在之境。但是即使在对复仇的礼赞中,也掺夹着或许鲁迅自己都没有意识到的质疑,这是对此境的本能逆反。眉间尺的复仇是一个成长故事,而直逼他成长的,不是父亲的仇恨,而是母亲的失望叹息。鲁迅对《列异传》的故事进行改编的第一笔,即渲染这种天意与人力并存的无法抗逆的境,仇恨不是直接呈现的,而是经由母亲的转述。来自母亲的压力,是对仇恨之境的第一重消解。庄严的复仇之境中,突然插入一个由干瘪脸少年引出的无聊之境,最后同样以一群看客的无聊收尾。庄严复仇中避免不了的琐碎无聊的闹剧，消解了主题的宏大性。反境的言说倾向体现出的是鲁迅的解构欲，甚至是破坏欲。在整个《故事新编》里，鲁迅着力的，恰恰是庄严之境的沦落。女娲，墨子，大禹，宴之敖者，他们行为的崇高和神圣无一例外地遭遇到无聊之境。

反境话语的第二个层次，即人从境中的挣脱，其实质是自我放逐。鲁迅渴望和鼓吹叛逆，却绝不是彻底的叛逆者。甚至，他一生都在躬行传统道德。在行动无法彻底反叛的境遇中，鲁迅试图以反传统话语系统的建构来实现自己对于传统的反叛，以言说来摆脱困境。话语建构的目的是摆脱牢笼，获得新的能够让他自由呼吸的世界。所以他的整个创作，正是一场以话语实现的放逐。《狂人日记》的出现本身即反境努力的产物，白话文的日记其实正是关于自我放逐的话语。以疯子作为主人公的言说方式即要更容易地挣脱道德和历史，从而实现与"境"的彻底断裂。

而鲁迅的强悍不仅仅在于这种断裂与挣脱的反境，他在这一自反行动付诸实践的同时，对于行动本身再次反抗，于是出现了反境基础上的再次自反，即对反境努力结果的审视。鲁迅在反境话语建构的同时就开始着力于反向言说这种反境的行为与结果，于是他的话语中出现的另一个命题就成了：对于自己所处之境的逃无可逃。他可以"逃异地，走异路"，实现对空间之境的叛逃，他对于自己体验和心灵的牢笼的叛逃却只能依赖于话语建构。同时充满悖谬的是，话语一旦成形，其本身即变成牢笼，自反的努力，最终却只能变成一场存在于话语中的辩论和反讽。他在文本中塑造了狂人、疯子、魏连殳等形象企图挣脱所处之境，但是最终，狂人被关在房子里，疯子被关在社庙里，魏连殳自戕而死，他们恰恰因为要挣脱而被囚禁。此外，反"反境"的努力还表现为无法停止的叛逃之后的还乡。一旦这一原乡情结出现在话语中，就演变成无休止的对于反叛本身的反叛。《故乡》《祝福》《在酒楼上》中的"我"是故乡的叛逃者，鲁迅以"我"的回乡形式进入对于故土的造境，话语指向的是灰暗、愚昧、人性颓败的境。然而恰恰是"我"对文本的深度介入，还原了隐藏在文字间的原乡情绪。无家之乡，与其说是在营造它的冷漠凶残，不如说，这是对故土难回的伤感。正如李长之所言："愤恨是掩藏了，伤感也隐忍着，可是抒情的气息,却弥漫于每一个似乎不带情感的字面上。"① 重重自反的强力,使他的话语世界进入更加幽深的境界。

这一层次是鲁迅话语系统的初步展开,鲁迅营造了这个荒寒的世界,又无法遏制地要冲决出这个世界。于是,一边造境,一边反境,同时又反"反境",语意的重重矛盾和话语意志的不断扭转,造成了话语体系内部的纠结盘绕。鲁迅的话语的转合关系再次回归到"但愿不如所料""未必竟如所料"终至"每每恰如所料"的过程。两个漩涡之间的相互激荡关系也正是在这样的言说内部产生了意义。

### 二 自我确立与反我

人往往是在境遇中发现自己,那么在鲁迅的话语系统中,由话语之境延伸下去的次一级的话语层便是发现自我,是对自我的认知和自我定位。鲁迅对于自己的小说创作曾说过要"揭出病苦,以引起疗救的注意"②,这一言说主体是鲁迅本人,是关于其话语的话语。可见鲁迅对自己立场的直接定位,即启蒙者。这是自我定位的第一层,是现实层面。在《呐喊》中这种立场最为明显,所有的文本都被放置在启蒙的注视之下进行言说。第二层面,是在理想层面,就是鲁迅所说的"肩住黑暗的闸门,放他们到宽阔光明的地方去"③。在这一立场上,他是救赎者、牺牲者。而在鲁迅的小说中,一直有另外一个带有作者意志的"我"出现,这个"我"从《呐喊》到《彷徨》所占比重渐次增加,鲁迅话语中的自我也越来越被发现,但是这一层面的自我却是精神层面的自我,已经不是彻底的启蒙者,而是孤独者,甚至是失败者。

由生的困境进而发现自我的存在问题,是鲁迅话语建构中极为重要的层次。他所使用的首要方式是,以一系列蒙昧的形象:孔乙己,单四嫂子,华小栓,阿Q,七斤,闰土,爱姑……的生存叙事,将个体在群体中的毁灭呈现出来,用以凸显对有自由意志的自我的召唤。其中最典型的,

---

① 李长之:《鲁迅批判》,天津人民出版社 2010 年版,第 54 页。

② 鲁迅:《我怎么做起小说来》,《鲁迅全集》第 4 卷,人民文学出版社 2005 年版,第526 页。

③ 鲁迅:《我们现在怎样做父亲》,《鲁迅全集》第 1 卷,人民文学出版社 2005 年版,第135 页。

当属阿 Q 和祥林嫂。阿 Q 的生命状态就是完全沦丧在群体之中，没有自己的人格。《祝福》的核心话语则是祥林嫂的自我归罪，将悲剧变成罪恶，也正是自我丧失。但是《祝福》作为鲁迅小说创作中有转折性意义的小说，其言说恐怕还不这么简单。我们都应该注意到小说中以自我消遣的形式而进入自我追问：到底有没有魂灵？肉身承载的悲剧、苦难和伤害已经使她不再是真的人，对魂灵的追问，正是对重获自由人格的渴望。混沌的自我归罪之后，无法负重的自我开始了对于归宿的质问。

鲁迅小说中还存在着另外一个群体：狂人，夏瑜，N 先生，吕纬甫，疯子，魏连殳，大禹，墨子，宴之敖者，这是一群觉醒者与孤独者，是拥有独立人格和自我意识的人。他们的存在正是在对自由意志的渴望基础上的自我塑造。狂人和疯子在牢笼般的困境中、从吃人之境中发现自我的存在，以癫狂出逃，喻示着自我的觉醒，作为先觉者存在的个人。吕纬甫、魏连殳、N 先生的生命历程中都有从传统中抽离出来的行动，是作为启蒙者出现的。大禹、墨子以"中国的脊梁"的形象存在，是实干者和先行者。而夏瑜、宴之敖者虽然以相异的形式出现，一个是牺牲，一个是复仇，其最后的行为意志都落在了殉道的层面，他们是殉道者。这一个庞大的人物群，可以统归为孤独者，他们身上的行为标签即从群体中的抽离，从传统的秩序和话语中挣脱，并试图以自身的努力唤醒群体的个人意志。他们身上的自我意识苏醒过程可以从眉间尺的身上得到还原：少年"不冷不热"的性情与生活真相（仇恨）之间有巨大的冲突和碰撞的时候，他自己的生命能量开始极度膨胀，这是自我意识的第一次上升。离家远行，这一成长小说的主要模式，象征着先觉者与故土/传统的决裂，这一仪式即指向自我的再次发现。自我与境的第二次冲突表现在被干瘪脸少年扭住衣领的纠缠，自我目的的庄严性与他人的无聊构成的荒谬性提示了自我的困境与寂寞。及至自割头颅，已是与不完善的自我的决裂，至此，自我的发现与完成得到了统一。

与这一话语层相对应，自反中心也由"反境"话语层推进至"反我"话语层。鲁迅以彻底断裂的话语方式实现了话语中的自我放逐，这是自我价值实现的方式。当他的反叛得以以话语的形式"实现"的时候，他必定会重新审视自己在现实中的人格、价值实现，但是他一旦从话语的牢笼中挣脱，只能逃回到他的原有话语秩序里，就会发现他自己血脉所系、安身立命的话语与自我价值实现的话语之间存在着巨大的裂痕。表现在文本中的"反我"，则往往是不断的自我审视、自我追问、自我质疑、自我谴责。仇恨于自己身上的"毒气"与"鬼气"，这是最初的反我，而对于自己对传统的背叛的愧悔则是又一次自反。

这也是《狂人日记》除了"境"的悲剧之外的另一重悲剧，即，狂人自身的话语断裂和人格分裂。放诞的呐喊是一重自反，以获得现代人格；回归秩序是另一重自反，是对自身启蒙身份的质疑。狂人虽然是发现了"吃人"并要劝阻"吃人"的人，在"自反"话语系统中，他却同样是"吃过人"的人。在这一语义层中，"反我"表现为自罪和自省。林贤治在《鲁迅的最后十年》里说："他反叛社会，反叛所在的阶级，反叛集体，直至反叛自己。他清醒地意识到，中国的每一个人，既被吃也曾吃人；而他自己，也帮助着排筵宴，做'醉虾'的帮手。因此，他不断地使自己从权力和罪恶中分裂出来，脱离出来，成为相对于权力系统的密集网络的一个活跃的反抗点。"[①] 反我，这正是鲁迅自己的自省意识。

如果说在《祝福》里，祥林嫂的自我丧失和声声追问是为了自我的建立，那么这篇小说的"反我"话语层表现出来的，却是启蒙者"我"近乎终极的自我追问和谴责，而且直接指向"我"的混沌。祥林嫂的声声追问实则是"我"的自我追问。所以，虽然叙述者的叙事分明是启蒙注视下的话语，但叙述者"我"的启蒙者地位却丢失了。作者借着祥林嫂的问题提出自己的关于归属的疑虑。祥林嫂的嫁了两个丈夫实则是现代启蒙者的两重文化身份的象征。祥林嫂肉身的归属问题，经由她的向"我"提问，成为一面悬起的镜子，直接照出了"我"的问题，它最终变成一个关于启蒙者文化归属的问题。最终摧毁了祥林嫂的，是对于归属的疑虑和恐惧，摧毁了祥林嫂的问题，同样摧毁了"我"作为启蒙者的优势地位。让"我"落荒而逃的，是和祥林嫂一样的对于"分裂"的恐惧。只是对于启蒙者而言，分裂的不是肉身，而是精神上的双重性以及精神的悖谬。

作为《彷徨》的开篇，这个小说文本有着承上启下的作用，以祥林嫂承接了《呐喊》里一个个被残杀的自我，又由"我"开启了对于觉醒

---

① 林贤治：《鲁迅的最后十年》，复旦大学出版社 2011 年版，第 4 页。

了的自我的反思和质疑。在这一个角度进入，我们发现《彷徨》对《呐喊》的自反。意气风发的狂人变成失语了的疯子（《长明灯》），殉道者夏瑜变成了颓唐者吕纬甫和自戕者魏连殳，与传统断裂的"我"（《故乡》）变成了在祥林嫂的追问下落荒而逃的"我"（《祝福》）。由《祝福》开始的对于自我的追问实质上是《彷徨》里贯穿始终的一个巨大的问号，变成了对于《呐喊》的自我的重新审视。《呐喊》中出逃的自我所获得的个人性从群中的挣脱，到了《彷徨》，重新进入了自我与群、与传统的现实联系之中。对自我身份、自我人格的质疑成为响彻《彷徨》的声音。

鲁迅小说中的反我不仅仅停留于追问、质疑和自省，还进入了自我复仇。《孤独者》和《铸剑》就是这样的文本。这是魏连殳自残式的妥协和《铸剑》文本关于"自屠"的意义。眉间尺为了复仇而自刎颈项，宴之敖者为了帮助眉间尺复仇而自刎颈项。对于自己的厌倦和舍弃，是鲁迅的众多主人公身上的一个主要特征。这也同样是《狂人日记》里对自己也曾"吃过人"的过去的厌恶。所以在《孤独者》里，魏连殳必然以死自反，《铸剑》里，对头颅的舍弃其实是对自身的复仇。这是终极的自反。

这一个语义层次显示出的是鲁迅精神中明显的乖离意志。他一生致力于"立人"，他的启蒙工作的目的之一正是开启人们对于自我意识的蒙昧。但是他却本能地逆反于这种自我身份，于是他的文本中一次次出现了自我厌弃的命题。在不断的自我建构过程中进行精神盘诘，鲁迅的自反世界有着极为强大的力量。

### 三　话语意志与反意志

"人吃人"是鲁迅话语的起点。鲁迅经由此"吃人"发现进入一个存在于话语中的"吃人之境"，进而凸显出自我（个人）在此境中的际遇、人格以及存在意义。话语衍生的第三个层次，是由对境的认知、营造和对自我的发现而共同产生的话语意向。在这一层语义中，观照吃人之境与自我的存在，衍生出鲁迅话语中的几乎所有的命题：（1）别人吃自己：复仇；（2）自己也吃人：自省；（3）围观并麻木于吃人：看客；（4）劝阻吃人：启蒙；（5）启蒙者被吃：牺牲/隔阂……这一系列的话语点，是在鲁迅的整个话语系统中出现的最为密集的命题，并最终从这一层级扩散出去，衍生为一个庞大的关于主题的话语系统。而这一层次的话语主要关乎鲁迅的言说抉择,我们也可以理解为话语意志。丸尾常喜说鲁迅是"将自己对于支持着《新青年》的'战士'的'希望'的否定性确信搁置一边,投身于《新青年》的战斗营垒"①。这一话语选择其实正是鲁迅话语的预设主题:因发现吃人而立人的话语抉择。这一层话语是从境与自我的话语层延伸下来的,其命题与意志也分别指向前二者,是对于境与自我的"疗救"。

《呐喊》中的大部分小说的预设话语统统指向启蒙,这是没有疑问的。狂人以先觉者和启蒙者的象征身份出现,以激烈的言说来提醒众人:历史吃人。并苦苦劝阻众人:"将来容不得吃人的人,活在这世上。"孔乙己在两个世界——人情凉薄世界与他自我封闭的"之乎者也"的世界——里受到的残害呈现出来的,也正是对于启蒙的召唤。《药》更是以"华""夏"的对立将主题推进到启蒙话语当中。《阿Q正传》《明天》《风波》的言说对象也全部偏重于民众在吃人场域中的生存状态,是试图"揭开病苦,以引起疗救的注意"的话语。

到了《彷徨》,启蒙主题虽然仍在,但内部潜隐着更近于个人性的救赎主题:《祝福》《长明灯》《孤独者》《伤逝》《在酒楼上》,都内含着救赎的主题。祥林嫂丧夫后以出逃来拯救自己不被嫁出去;在四叔家中拼命干活以求得认同,这是对于自己寡妇身份的自我救赎;对于阿毛故事的念念不忘,实则是一种类似宗教仪式的忏悔,以一遍一遍的忏悔,来乞求自我的解脱与救赎的实现。捐门槛任万人践踏,祥林嫂所有的举动都意味着这是一个关于救赎的文本(为什么说是救赎而不仅仅是启蒙,是因为在这一小说中,"命运"的因素第一次出现在鲁迅的话语中)。同样,《长明灯》中疯子的所有行为都是要拯救吉光屯于"蝗虫"和"猪嘴瘟"的灾难;《孤独者》中魏连殳的自杀式生存既是复仇,也是死谏,与《复仇(之二)》中耶稣以死复仇有本质上的相通,最终仍旧是以死救赎。《伤逝》中更是祈望以忏悔获得自我救赎。鲁迅的自罪心态在引导着这个主题的深入,他在《狂人日记》中引咎于自己身上的吃人历史,在《在酒楼上》里自责于自己的颓唐,他一遍一遍地自我归罪,一遍一遍地自剖、

① [日]丸尾常喜:《"人"与"鬼"的纠葛——鲁迅小说论析》,秦弓译,人民文学出版社1995年版,第171页。

自啮，实则是为了自我拯救。

从启蒙的意气风发，到救赎话语的进入，主题话语层最终走向《铸剑》的命题：复仇，俨然变成最消极的行动。《铸剑》的复仇也指向境与我。第一层复仇是对承载仇恨本身的境，以王为代表。第二层复仇是针对自身。在这一层话语中，复仇主体是不肯屈服的自我，复仇对象是妥协的（与传统的不能切断的）和有罪的（也曾吃人的）自我。所以宴之敖者说"自己身上有这么多的人我所加的伤"。

如果说，对于境的自反，对于自我的自反，都是他的性情因素在起作用的话，那么他的性情因素也必然使他在言说中反抗自身的言说。至话语意志的层面，虽则是将对希望的否定性搁置一边，但这一话语层开始表现出明显的话语困惑。在这一自反层次，鲁迅的体验、思想、精神以及情怀在语言中的挣扎悉数展现。这是他的叙述原点，也说明鲁迅的精神困境。所以，《狂人日记》会用文言文序言与白话文里的英雄气十足的狂人进行文本的对峙；《祝福》里对有没有鬼魂的犹豫，实则是启蒙者对于启蒙方式和自我身份确认的犹疑；《头发的故事》也同样，看似慷慨激昂的言说与听者的沉默之间形成巨大的反讽；《铸剑》《理水》《非攻》里的"中国的脊梁"最终也沦陷在庸众和看客的包围之中。这是鲁迅的自反中心衍生的第三个话语层："反意志"。话语意志的坚决性被无数隐藏的质问声打破，他的主题，全部变成强行的前进，可是进一步、退两步，先行的主题总是沦陷在疑虑的注视之中，只有怀疑本身才是不容置疑的。

《狂人日记》虽则在呐喊"救救孩子"，但对于希望和启蒙的怀疑并没有消失。"没有吃过人的孩子，或许还有？"疑问的形式本身即说明了对于希望的怀疑。而且文本中的孩子根本就已经在"吃人"。夹杂着狂人粗俗的一句"都是他们娘老子教的"，狂人本身的村俗身份也避无可避。这是启蒙话语内部的自反。同时，结构参与言说的意义也在于此。文言文的序言提供了与启蒙话语的对立言说。《狂人日记》的启蒙意志非常明显，可是文本内部与话语意志的对抗力也非常强大。

《祝福》中以救赎的主题贯穿全文，但处处是救赎的不能实现。这是对话语意志的自反。祥林嫂一系列通过行动进行的自我救赎都失败了；之后她寄希望于"我"的拯救，而"我"的答案不但无法实现祥林嫂的救赎，反而直接摧毁了她。"我"作为启蒙者，既无法拯救祥林嫂，也无法自我救赎。甚而，"我"不但实现不了救赎，却恰恰是在祥林嫂的注视追问之下发现了自身的困境。这一重反意志较之《狂人日记》的怀疑启蒙更加自觉。

《铸剑》里对复仇主题的自反在反境、反我话语中已经得到深入贯彻。在这一层次中，反意志则表现为复仇实现之后的三头共葬，无法分离。复仇变成了仪式的完成，而泯灭了其意义。而对自我的复仇，方式是肉身的毁灭。对肉身的舍弃，虽然完成了对妥协的自我的复仇，却也扼杀了不屈的自我，这是复仇的悲剧和对复仇意志的自反。

如果说《呐喊》《彷徨》表现出的是对多重主题自反的无意识，自反性还处于潜藏的地位，是以暗藏的结构来进行主题逆反，那么，在这一个层次上，《故事新编》则将这一自反贯彻得很彻底，甚至相当自觉。几乎每一篇小说在成形的时候都有一种明显的有意识的消解/解构意向。不再是文本内部或结构暗示隐含的怀疑和话语的犹疑，而是不容置疑的小说走向，以结尾的突兀转折形成文本的断裂，以鲁迅式的"大团圆"来形成前后语义的对立。也就是说，《呐喊》《彷徨》是文本内部的众声喧哗、明暗交错，而《故事新编》则是明朗的前后断裂。《铸剑》的结尾自不必说，《非攻》《理水》《出关》《采薇》都在结尾处显示出对于整篇小说旨归的逆反。

在话语意志这一层次中，出现的主题当然不仅仅局限于启蒙，或者更个人性的救赎和复仇，但是所有的主题都是由前两个层次衍生出来的，有着明确的话语指向，这种先在的主题统统带有话语意志上的强力。但所有的主题内部又无法拒绝地出现了相异的话语因子，造成了对这种话语意志的质疑和偏离，甚至扭转。于是，这一层级内部的无数的话语点在精神场中进行了自反之后，与它们的悖反话语之间形成了一种更大规模的众声喧哗。

综上，鲁迅话语系统正是在这两个中心衍生的话语层级中最终完成的。"人吃人"是他的现实体验，他从这一体验进入对于所处之境、自我以及意志的言说，形成了一个体系：鬼域、牢笼中的自我炼狱和挣扎反抗；由内在精神观照他的这一体验，起点是"自反"，由此衍生出反境、反我、反意志的话语体系。他的由外在的"人吃人"体验中获得的一系列结论在进入他的精神观照之前，经过了"自反"的过滤，所以他得到的结论既是"吃人",又不仅仅是吃人;既是无法挣脱的牢笼,又要对牢笼进行逆反;既是独立的自我,还有反面的自我反思;既要以先行的主题驱驾自己的言说,又无法阻止对于话语意志的怀疑和反抗。于是,由"人吃人"的现实发现和"自反"的精神底色互相作用而形成了一个不可分割的话语原点,由这一原点辐射出去而生成众声喧哗。在这由内而外、又由外而内的映射中,形成了鲁迅独有的话语系统。这两个中心出于吃人的体验之境,入于自反的精神思考,似乎是两套话语,但它们是融合的、互渗的,每一个中心都不断地派生演变,并且两个中心之间存在着彼此独立又彼此渗透、彼此限制又相互补充、彼此共振又彼此否定的关系。这就可以解释为什么鲁迅的思想不是叠加的,而是共生的;不是罗列的,而是网状的;不是静态的,而是动态的。

## 第三节 "双漩涡"与鲁迅的精神结构

话语系统的生成是由精神结构的特质决定的。"双漩涡"不仅仅是鲁迅话语系统的原点,而且是鲁迅精神结构的中枢。透过鲁迅的话语系统,我们能够逼近并还原他的独异的精神世界。那就是:一方面是由其个人经历、体验形成的对于吃人世界的认知的恒定性,另一方面是个人意志上对于这种恒定性的打破,鲁迅的精神世界正是在二者相缠绕、相颠覆的动态过程中生成和体现。

如果说鲁迅的话语中心对应着他的精神核心,那么,"吃人"话语就是鲁迅对于世界的认知的言说,这个中心是世界与人,而处于这种关系中的作家的境遇及其心理体验则是"被吃"的创伤感、恐惧感和"彷徨于无地"的焦虑感。鲁迅的创伤体验在他的生命结构中形成了稳固的认知基础,那就是普遍的残酷人性以及人与此境的紧张关系。鲁迅对于世界的认知即这种异己性存在。外在于他的一切存在,连同他自己,甚至连同他创造出来的话语世界,都因为这异己性而成为他的对立面。这正是鲁迅作为时代的异乡人的悚然真相。鲁迅的生存形式正是不断地与异己世界对抗,以及从异己世界中突围。鲁迅的自反即从这里产生和出发:对抗于生存的困境(突围意志/反抗绝望),对抗于自我(自剖、自省与自审),甚至对抗于他自身的话语(在鲁迅的每一个论断、每一个命题形成的同时,他的灵魂会立即分裂出一个针对自身话语的"但是")。这样以彷徨和焦虑为基础的体验世界,这样以自反为核心的生命结构,这样坚执的存在姿态书写出了一个异常悲怆的鲁迅,既成就了鲁迅的超越性,也造就了他的生命悲剧。

### 一 认知世界与生命存在的形式

与鲁迅的话语系统的内部层次相对应,鲁迅的精神结构内部,也存在着不同的层次。造境话语指向的是人在"吃人"世界中的困境,其对应的是鲁迅的精神世界中基于存在主义的哲学领会。在这个意义上,汪晖的"历史的中间物"虽然找到了鲁迅在历史时间维度上的自我定位,但其立足于社会变革、新旧文化交替的社会现实的进入角度依然只能是一种外在于鲁迅自身体验的维度。汪晖也指出这一"中间物"的身份不仅仅是鲁迅自己独有的,而是"积淀着漫长而深厚的中国知识分子的精神史"[①],将其放置在其他同时代的知识分子身上,似乎都没有什么不妥。那么对于鲁迅在具有时代交替之际知识分子的共同精神特质之外的自身的独特性,他的具体存在中的精神体验,其生命内部的意志、价值密码,"中间物"这一定位则显得徘徊于外,尚有可向内推进的探讨空间。鲁迅在其所在的"当下"的生命体验正是表现为徘徊于任何一种价值系统之外的彷徨感和无地容身感。如果说"中间物"还有立足之地,那么"无地",才是鲁迅真正的苦痛和焦虑处。抛却了宏观的时间维度的定位,在具体的存在意义上把握鲁迅的立足点,可能更易于触及鲁迅的独异的生命结构。

造境话语传达的正是鲁迅的存在焦虑,是一种无法确认自己的存在位置的焦灼和犹疑。《祝福》中魂灵有无的追问即明示着这种存在的荒谬性:无魂灵,死后的亲人即再也不能相见;有魂灵,则要遭受把身体锯开的刑罚。《孤独者》:坚持自己的"胜利",就无法生活下去;选择了做幕僚,则真的失败了。《死火》:在冰谷里则将冻灭,走出冰谷则将烧尽。《影的告别》:黑暗会吞并我,光明又会使我消失。……存在而无立锥之地,这是鲁迅存在体验的核心。影子和游魂,成为鲁迅存在哲学世界中的

---

① 汪晖:《反抗绝望:鲁迅及其文学世界》(增订版),生活·读书·新知三联书店2008年版,第204页。

象征意象。他时刻处于这种无地容身的焦虑状态。紧张，孤绝，进退维谷，一切选择都是荒诞的。

鲁迅是如何穿透这一存在悲剧而获得生命的意义的？答案正在于"自反"。这种生命意志强力挽救了鲁迅即将崩溃的主体存在。其更本质的意念，应该是"突围意识"。于是我们看到他生命轨迹的变动：从绍兴到南京，到东京，到仙台，到绍兴，到北京、厦门、广州、上海。每一次出走，都带有突围和反叛的性质。而同时，他的话语系统中出现了一个具有行动意志的意象，那就是"走"。这也正是鲁迅的突围。而将这一自反意志化为具象的，是《过客》。召唤过客的声音，正是这种存在主义意义上的自反的生命强力。

李长之曾论及鲁迅的这种焦虑和反焦虑的执拗性：

> 不是鲁迅，不会在会馆里寂寞地抄古碑。已经做佥事了，他满可以心安理得地做官，然而他不，他感到寂寞，他偏驱除不净那些少年时受自农村社会的悲凉的回忆，他于是呐喊！不是鲁迅，他可以安稳地教书，学潮可以不理，然而因为是鲁迅，他又不耐了，绅士们的纸冠，他也必得戳一戳，结果被迫，结果得出走。随便逃走也就好了，但他还有新的梦想，要治两年的学，于是到了厦门，在厦门能耐的话，他可以像林语堂似的，在那儿停一停，然而他不，他终于是鲁迅，他痛恨于"天下何其浅薄者之多"，他苦恼于一般人"语言无味"，他以"离开了那些无聊人"，"心就安静得多了"，所以他就又被广州的情形所引诱，而到了广州。在广州，别人也许可以住得下去的吧，否则也不能受那样的迫害，然而又依然是鲁迅之故，他不妥协，他反抗……①

从李长之的这一评价可以得出这样的结论：鲁迅生命内部存在着一个非和谐性，甚至逆向性的动力源。而"无地"的存在状态，既是他不得已面对的生存之境，也是一种自我精神的主动选择，是自反的结果。于是鲁迅为自己选择的存在形式只能是："有我所不乐意的在天堂里，我不愿

---

① 李长之：《鲁迅批判》，天津人民出版社 2010 年版，第 47 页。

去，有我所不乐意的在地狱里，我不愿去，有我所不乐意的在你们将来的黄金世界里，我不愿去。"这一抉择背后的心理秘密就在于他的自反意志。他只能从自己与周遭世界的紧张关系中感觉到自己的存在，并从自己在这种紧张关系中的突围行动中获得存在的意义。这就是鲁迅的存在哲学和生命的秘密。就如同他无数次渲染的那样，将自身放置在无可选择、无地容身的境地中，做绝望的呼喊，从这呼喊中体会到存在本身。所以鲁迅必须是痛苦的，而且他的生命只能存在、依赖于他的呼喊本身。由这样的焦灼感和对焦灼的突围意志决定的鲁迅话语必然生发出无数的言说倾向，其结果也必然地指向人的存在的荒诞，他致力于冲决出这种无地容身的状态，于是他的生存的秘密透过他的话语显现在那些纠结的挣扎、反抗、战斗、复仇等语汇上面。

## 二　价值世界与心理动力

言说的矛盾一直是一个困扰着鲁迅的问题。《野草》的开篇就是一句："当我沉默着的时候，我觉得充实；我将开口，同时感到空虚。"将说与不说的选择撕开给人看，他的话语意志的犹疑，言说方式的缠绕都在提示我们，鲁迅在言说过程中，遭遇到了异常艰难的话语选择。他的认知结构、精神价值在他的话语中抵死挣扎，又彼此颠覆。

鲁迅自己对这种矛盾的言说是："我的意见原也一时不容易了然，因为其中本含有许多矛盾，教我自己说，或者是'人道主义'与'个人的无治主义'的两种思想的消长起伏吧。所以我忽而爱人，忽而憎人。"① 我们可将其进一步内化为：由个人主义追问进入的自身经历、由对人性洞察而来的"怨恨"心理，此即"个人主义"；其人道主义则体现为对于人在世界中的处境的悲悯。个人沦于甚至被摧毁于群体之中，这一话语层次背后，是鲁迅的悲悯情怀，而对于个人在群体中人性丧失表现出来的敌意与残忍，又不能不怨恨。

或许鲁迅自己都没有意识到的是，他的个人主义与人道主义根本就存在于同一的价值体系内部。他的由体验世界生发的最初的话语层次是

---

① 鲁迅：《书信·250530 致许广平》，《鲁迅全集》第 11 卷，人民文学出版社 2005 年版，第 493 页。

"境与人"。其背后正是鲁迅的个人主义思考，他关注人在境中的存在。他的命题中有一个终极的点，即"我是谁"。这正是现代意义上的个人主义的追问。"我"作为"个"的存在，"我"在"群"中的身份以及"我"的独立的价值和生命意志，始终是他的关注层面。狂人没有名字，疯子没有名字，阿Q不知具体的名姓，孔乙己不知真名，祥林嫂即便改嫁了，也回不到她自身原有的名姓而只能任人继续称其祥林嫂，被命名本身暗示的正是存在的茫然性以及自我意识的缺失。《起死》中的汉子对此做了最好的诠释。《铸剑》里的黑衣人虽自名"宴之敖者"，却意在强调"被驱逐"，而他的来处，却是晦暗不明的"汶汶乡"。包括孤独者系列人物，鲁迅在强调他们的自我意识的同时，也不无困惑地表达出他们超越当下历史之后的无地容身。鲁迅对于人的身份的疑惑和追问穿过他的主人公的无名与存在的无地尽显出来。而这一个人主义追问背后，恰恰是人道主义的悲悯。

所以鲁迅说的"人道主义和个人的无治主义的消长"导致的"忽而爱人，忽而憎人"也同在一种情怀的内部，那就是悲悯。而爱恨所指的，又分明是同一主体。正是这一基础情怀，使他因为个人主义与人道主义之间的相悖性而表现出异常的痛苦："要不要叫醒熟睡者"始终是折磨他的选择。"悲悯他们的将来，然而仇恨他们的现在"，这是鲁迅小说中的两种显在情感。任凭他们丧失自己，由昏睡入死灭，他不忍，他悲悯于他们的将来；惊醒他们，让他们领略就死的悲哀，他同样不忍，他怜悯他们的现在。他不能接受由他唤醒的青年们因他的唤醒而流血。——鲁迅的话语抉择显得那么犹疑不定，其背后，正是他价值系统与情感世界内部的纠缠和对抗。在这无法选择的价值与情感的矛盾中，鲁迅再次征用他的生命意志，即逆向生存。于是鲁迅的悲悯情怀终于演变成以自反为方式的怨恨和复仇。

如果说鲁迅话语世界中诸如抗战、反抗之类的语汇昭示着鲁迅从困境中突围的意志，那么，人与境的紧张关系带来的怨恨、复仇心理，以怨恨与复仇冲破他的同情与爱，则成为他在这一异己世界中生存的心理动力和行为选择。只有如此，他才能在"复仇"的攻击性中获得存在的实感，魏连殳、宴之敖者就是这样的存在。而鲁迅的杂文也正是这一心理结构的直观反映。

他的复仇的终极对象是自我。其表现为怨恨于自己身上的鬼气与毒气,他的小说内部始终存在的自省甚至自审意识,正是这种精神的自反性。鲁迅的自反意志甚至迫使他以"自毁"的方式摆脱焦虑——魏连殳、宴之敖者、《墓碣文》中自啮其身的死尸最终都走向此类自我复仇。但鲁迅的复仇只能获得存在的实感,而没有快意,甚至最终还是演变为"爱—牺牲"的行为模式,魏连殳、宴之敖者身上都有这样的特点。李欧梵就曾说《铸剑》"作者想描写的,可说不多不少就是'复仇'本身这个哲学概念,其中渗透着深刻的牺牲与殉道的反论"①。同样,《药》《复仇》《复仇(之二)》《颓败线的颤动》所传达的,也正是这种憎恨、复仇与牺牲、殉道纠结的心理。

鲁迅何以如此执拗地将他的悲悯以怨恨的方式传达出来,坚执地以怨恨和复仇掩盖爱和悲悯,似乎有更深层的原因。鲁迅自反的意志内部对爱的逆反也极为引人注目,内在的隐秘症结或者与母爱的压力有关。最能说明这一点的,当属有着鲁迅生命意志的"过客",他对于好意、布施的恐惧甚于对坟的恐惧,他说:"这背在身上,怎么走呢?"因为爱是来自他要冲决和斩断的世界,所以成为前进的牵绊。甚至,在吕纬甫到魏连殳的转变之间,也存在着一个母亲(祖母),是不是可以理解为,《孤独者》开篇祖母的去世,正是生命束缚的消失,才真正使浑噩的吕纬甫走向自戕的魏连殳变成了可能?王乾坤在《鲁迅的生命哲学》中说:"鲁迅一生不愿意以'圣贤''善人''君子''师表'自塑。而宁可化为泼皮,宁可寻野兽与恶魔,宁可残缺若子与,宁可做速朽之野草。"②鲁迅对这类名号的排斥,未尝不是对于束缚的排斥。这样的自反性近似惨烈的自我放逐,才使他真正获得了生命自由。而悲悯与仇恨、爱与憎正是通过如此自反联系在一起。正如他自己所说:"表面上毁坏礼教者,实则倒是承认礼教,太相信礼教。"鲁迅也正是通过怨恨、复仇的方式,抵达爱的最本质。

---

① [美]李欧梵:《铁屋中的呐喊》,尹慧珉译,河北教育出版社 2002 年版,第 33 页。
② 王乾坤:《鲁迅的生命哲学》,人民文学出版社 1999 年版,第 52 页。

# 第 五 章

# 鲁迅的话语范式及其生命存在形式

话语"是一种关于存在、关于生命意向及精神构成的表达体系。正如福柯所说，话语是指一套在一定的历史时空规定下相互联系、相互作用的思想和意识，它嵌在文本、言词和各种实践之中，涉及寻找、生产和证实真理的各种秩序"①。鲁迅话语的本质是关于世界、关于自我的话语，是关于自我与世界的对话关系的话语。鲁迅文本中的自我的主体性正是在这种关系之中生成，而他的基本的精神结构，并不在他的话语表述的内容——其文本的意象、内涵、主题，或者观念，诚如王乾坤指出的："他不是以逻辑理论诠解他所生存的世界，而是以一种置入方式整体地与世界相遇，因此，他同这个世界处于一种复杂的情绪纠缠关系中。这种关系在很大程度上并没有而且也没有可能形成其显意识，所以他的一些表述并不直接就是他与世界的实际状况。"② 笔者赞同王乾坤的观点，即，鲁迅与世界的关系并不在他的话语表象或者主题、观念上，而是在于，这一世界中，自我是如何处理与世界的关系的，而这种方式即体现为话语的言说形式，以及表现各种对话关系的形态。话语是被建构起来的，呈现出来的话语本身也是对象化了的、被描述的，这是思想、观念，是对于世界的理解；而话语主体的存在却隐藏在其表达形式上。如果说前者体现为主体对世界的认知，那么后者则意味着，主体如何处理、解决自我与世界的关系。而后者，正是主体生成的过程。话语形式并不是我们要追问的问题本身，我们需要追问的，是由这些不同的话语形式开启了怎样的话语世界，

---

① 李静：《〈新青年〉杂志话语研究》，山东大学，博士学位论文，2008 年，第 9 页。
② 王乾坤：《鲁迅的生命哲学》，人民文学出版社 1999 年版，第 46 页。

主体的坐标是如何在这个空间中建构/确立起来的。

通过对于"铁屋子"体系的分析，我们大致可以窥见鲁迅话语世界中的关系谱系及话语建构的机制；通过对于"双漩涡"图式的分析，我们获得了鲁迅话语生成的根柢：自反的精神本质和话语动力。那么，在鲁迅话语生成与他的精神结构之间的关系的分析中，剩下的一个问题是：鲁迅的自反精神如何抵达他的言说对象、言说目的，又是如何抵达真正的自我的。也就是说，他的生命结构以自反获得确立的外在形式到底是什么？呈现出来的自我与世界的关系是怎样的？从整体的人与世界的关系的维度，辨析、整合鲁迅的生命体系与话语体系，探讨鲁迅对世界的介入与出离、审视和质疑，以及自我主体的建构与生成，确立自我在世界图景中的坐标。这是本章要解决的问题。

# 第一节　生命体系与话语体系的合一

"我们的理解总是处于语言与存在的往复之中，即我们一方面要通过语言去理解存在，一方面又要通过对存在的理解，而更深刻地理解语言。事实上，对于鲁迅来说，我们不仅只有在中国历史话语的背景下，而且也只有在充分理解了他的生存状态和人格意向之后，才能更准确地理解他的话语动机、动力及其形式。"① 鲁迅的话语体系与生命体系是合一的。他的话语之间的构架关系，正是他的生命存在方式的具体表达式。

## 一　关系：话语与存在

个体是这样一种存在——身体的物质边界、身体所能够呈现和发挥出的力量，以及基于这个身体存在的思维、精神世界构成了自我的存在性；而自我在身体之外，又与外在于我的世界构成了各种复杂的关系网络。自我必须存在于各种参照的阐释的场域里，并成为这个世界的核心。

福柯赋予"话语"的实践性说明，人与世界的关系就是话语关系。话语的实践过程正是自我与世界关系的建构过程。话语即包含了言说主体，言说对象、倾听者，话语本身就是人与世界的关系的重现，是人与世

---

① 徐麟：《鲁迅：在言说与生存的边缘》，山东文艺出版社 1997 年版，第 136 页。

界的关系的文本形式。话语主体的立场、话语选择都体现着他在这个世界中的位置。而鲁迅文学的根本，正是要追问并建构一种合理的自我与世界的对话形式。而他的文本中的话语形态，正体现着主体与世界对话的方式。

日本学界惯于从鲁迅的挣扎和反抗的一面来强调鲁迅的独立的主体性。伊藤虎丸认为，鲁迅"既不依赖于过去的一切（既成的主义、体系和体制）也不依赖于未来的一切（程序、蓝图以及'黄金世界'的心像）的态度，它只面对由死当中所自觉到的现在"①。这一观点与汪晖的观点一致："由这真正存在的孤独个体出发，一切道德、法律、宗教、国家、观念体系、现行秩序、习惯、义务、众意……都被作为'我'、'己'、'自性'、'主观'的对立物而遭到否定。"② 伊藤虎丸和汪晖都是从鲁迅的"孤独个体"的"此在"出发，确认了鲁迅对于外在于"己"的一切的否定。尾崎文昭也认为这种"不依赖任何东西，不把任何东西作为自己的支点，不断反抗（革命、忍耐）空虚"的存在方式，使人在鲁迅"身上并且在他的小说（虚构世界）中感到了现代性"，他认为"中国社会真正意义上的现代人由此诞生"③。鲁迅对外在价值的否定，对一切成规、约束的反抗，鲁迅作为独立个人的存在状态，已经被众多的研究者所感知并深入探究过。自然，鲁迅自己也表达过"思想行为，必以己为中枢，亦以己为终极：即立我性为绝对之自由者"④ 的观点。笔者认同这些研究者的观点，这正是鲁迅身上的自反性。但笔者的问题也正是从这里出发：如果说鲁迅的独立人格的获得不依赖任何东西，那是确实的，但并不意味着鲁迅的存在不需要支点，笔者的看法恰恰相反：鲁迅的生命结构中，支点的存在非常必要。他需要支点来架构自我与世界的关系，也需要对象化的支点来生成主体性自我。在厦门时，鲁迅曾在给许广平的信中说："在

---

① ［日］伊藤虎丸：《鲁迅与终末论》，李冬木译，生活·读书·新知三联书店 2008 年版，第 183 页。

② 汪晖：《反抗绝望：鲁迅及其文学世界》（增订版），生活·读书·新知三联书店 2008 年版，第 69 页。

③ ［日］尾崎文昭：《试论鲁迅"多疑"的思维特征》，孙歌译，《鲁迅研究月刊》1993 年第 1 期。

④ 鲁迅：《文化偏至论》，《鲁迅全集》第 1 卷，人民文学出版社 2005 年版，第 52 页。

此地似乎刺戟少些，所以我颇能睡，但也做不出文章来。"① 他不断说到"能吃能睡"，"无聊"，正是因为鲁迅之为鲁迅的支点缺失了。甚至可以说，他是需要那些外在的"刺戟"来生成自身的反抗能量的。同时，当他无法找到这一支点的时候，他便陷入了广漠的虚无之中，为了把自己从这一虚无中拯救出来，他不惜将身体作为对象，来架构自己的存在。

对此，李欧梵有过这样的论述："诗人的内心自我，陷在一系列难于解决的矛盾的绝路上，开始进行一种荒诞的对意义的求索。他认识到，在他长久求索的终点，并无什么至高的目的，只有死。……诗人痛苦的情绪，可视为在希望与失望之间不断的挣扎。当他到达最黑暗的底层时，他在每一极找到的都是虚空；就在这最虚无的时刻，他决定依靠从身内看向身外，依靠着确定自己和他人的关系，而走出这绝境。"② 李欧梵洞悉了鲁迅的存在本身正是"确定自己与他人的关系"，但他对此却并没有再展开，因而带来殊多遗憾。笔者正是想从这一"关系"进入鲁迅话语建构和生命存在的内质。

鲁迅对于建构关系的追求，是一种恒定的存在状态。而鲁迅的不同话语，正是从不同的路径进入自我与世界关系的建构之中。鲁迅的《野草·题辞》中如此表达生存与话语的关系："当我沉默着的时候，我觉得充实；我将开口，同时感到空虚。""开口"即一种自我与世界关系的建构。开口说话，其言说对象、诉说对象都是外在于"我"的世界。哪怕是独语，自我争辩，也有一个分离于主体之外的"我"。这就决定了"开口"必然是一种关系的开始，也正是话语空间的开启。但一旦这一实践付诸行动，自我与世界的不契性便出现，自我的"异乡人"的存在困境就避无可避了。所以说，"我将开口，同时感到空虚"，这是鲁迅的话语与生存之间的悖论性关系。

从之前对于"铁屋子"关系结构的分析，我们可以知道，鲁迅话语世界中的关系体系分为以下几类：

第一，外在世界的关系结构，以"吃人"连接起了一个密布的网罗。

---

① 鲁迅：《书信·261004 致许广平》，《鲁迅全集》第 11 卷，人民文学出版社 2005 年版，第 566 页。

② ［美］李欧梵：《铁屋中的呐喊》，尹慧珉译，河北教育出版社 2002 年版，第 101 页。

这一网罗作用于每个人的身上，其内在机制是：社会规训和自我规训。"铁屋子"就是规训实施的话语场。

第二，我与世界的关系。否定、挣扎、对峙、反抗等方式是搭建起"我"与世界的关系的路径。

第三，无法建立关系。也就是虚无，无法获得/建立起一种有效的自我与世界的联系。

第四，主体自我与客体自我的关系。

鲁迅的话语本身就是自我与世界关系的建构。"空虚和充实，沉默和开口，生长和腐朽，生和死，明和暗，过去和未来，希望和失望。这些都被置于互相作用、互相补充和对照的永恒的环链里：朽腐促进生长，但生长又造成朽腐；死肯定了生，但生也走向死；充实让位于空虚，但空虚也会变成充实。这就是鲁迅的矛盾的逻辑，他还给这逻辑补充上、染上感情色彩的另一些成对的形象，爱与憎，友与仇，大欢喜与痛苦，静与放纵。诗人似乎是在对这些观念的重复使用中织成了一幅只有他自己能捉住的多层次的严密的网。就这样，他的多种冲突着的两极建立起一个不可能逻辑地解决的悖论的漩涡。这是希望与失望之间的一种心理的绝境，隐喻地反照出鲁迅在他生命的这一关键时刻的内心情绪。"① 李欧梵的这段话，其实可以窥见鲁迅的关系构建的某种思路。

关系经由行为建立——这一建构过程正是生命的此在，它不是静止的，而是永恒生成的，是生命力量和生命意志本身。在鲁迅的生命存在的内部与外部都有着均衡的对峙力量。他的世界正是建立在这两种力量的均衡基础之上，任何打破这种均衡的实践都会导致这个世界的坍塌。只有保持了自我与世界关系的平衡，才能够为存在开拓出一个空间。

自我与世界之间关系的搭建是需要支点来支撑的。这一关系，其实是自我认同、主体实现的路径和场域，自我与世界之间的任何对话方式都开启了新的话语空间。鲁迅无时无刻不在寻求这种支点，支点是架构他的存在的平衡的重要元素。但这并不是说，支点是支撑他的东西，支点不是支撑他的信念或者行为，而是支撑他的存在，甚至是用来支撑他的话语世界。——这个支点就是对象化了的一切。他通过这个支点（对象或者客

---

① ［美］李欧梵：《铁屋中的呐喊》，尹慧珉译，河北教育出版社 2002 年版，第 90—91 页。

体）生成自己的主体世界。这里有一个前提，那就是，主体无法生成自己，必须借由外在的、对象化的世界来生成自己。

鲁迅话语世界中的主—客关系是显在的，但其中的关系构成不尽相同。鲁迅话语中没有单一方向的力度，只有两种力量反向撕扯或相对进攻才能够使文本成形，而这两种力量正是不同意向的话语。这就是生命体系与话语体系的合一性。正体现着鲁迅精神结构中追求力量平衡，却始终冲突重重的内在特征。——鲁迅架构的平衡关系当然不是和谐相处的模式，而是对立的、冲突的，却能够在彼此的对抗中支撑自我的挥出去的生命，是能够使自我的生命能量得以托付的关系。通过强烈的冲突而使自己焦躁不安的灵魂获得安宁，是鲁迅生命存在的最根本的方式。这对象是庸众，也是自我，是外在的一切，也是自我潜意识中的内在的一切。在鲁迅的话语构成中，对象是与自我对立的存在。而自我通过各种方式与对象建立起平衡的关系。

### 二　自反：修复破碎生命的方式

鲁迅与外在于自己的世界抗战，与内在于自己的世界抗战，都是为了摆脱个人存在的荒诞和恐惧感。鲁迅的根本，是以对峙的姿态生存。他在《书信·041008 致蒋抑卮》中对于自己的性情有过描述："解剖人体已略视之。树人自信性颇酷忍，然目睹之后，胸中亦殊作恶，形状历久犹灼然陈于目前。然观已，即归寓大啮，健饭如恒，差足自喜。"[①]"酷忍"而孤勇，这在鲁迅的生命气质中的确占据着中心的地位。他是抱着无路选择而倔强对峙的生存姿态来安身立命的。

少年经历的作用是，打破了鲁迅自我内在世界以及自我与外部世界的平衡关系，使得他的生命呈现出破碎感。我们在鲁迅的小说和杂文中都感觉到一种根柢上的不安全感，贯穿始终的是面对外在世界的受伤姿态。内在的神经的紧张和精神焦虑以一种近乎神经质的方式传递出来。被破坏的安全感通过什么途径获得修复？鲁迅的话语方式，正体现着他在危机感迫使下的生命存在方式："直面"和对峙。他通过对峙、抗争、辩论、攻

---

① 鲁迅：《书信·041008 致蒋抑卮》，《鲁迅全集》第 11 卷，人民文学出版社 2005 年版，第 330 页。

击、复仇来修复他被破坏掉的与世界的平衡关系，以此获得安全感。这是一个根柢上的写作的动力。鲁迅书写阿Q解决自身问题的手段之一就是向外攻击，他选取更弱小者，实在是为了获得一种关系的平衡，以此修复他的被破坏的生命体系。鲁迅文本有这样的特点：外在压力与内在反弹力几乎相当。每遇到外界的刺激，他就会以同样的力度进行反击。鲁迅的创作，尤其是杂文多是由这种外部刺激获得。而他的话语世界也是一样，启蒙话语形成怎样的表层话语，其内部，就有同样力度的对于启蒙话语的个人性反弹。而潜在话语与表层话语之间的力的较量形成鲁迅话语世界的悖论性。同时，他以不断的破坏性来获得重重反向的力，建构起波涌浪叠的话语世界，这正是他的生命的能量。——他所采取的方式是不断打破完整性。这很奇怪，但这恰恰是鲁迅的整个话语体系涌动生长的形式。他的话语迂回缠绕，话语的完形伴随着缺口的生长，一个缺口盖住了，再打开新的意向，一个完整恒定的世界在他那里是不能存在的。不管是他的生活，还是文本、话语，正因为这种打破平衡的实践，才使得他的话语不是一成不变的，而是不断生成的，有着各种方向上的拓展的可能。

另外，当鲁迅被破坏的安全感成为他生命的负重的时候，他采取了一种令人诧异的卸重方式，即在另一个肩膀上再加上同样重量的东西，以此来获得某种平衡。在形式上，似乎是痛苦的叠加，但其本质却又是痛苦的转移，是以更大的痛苦来对抗原有的痛苦。这很奇怪，但在鲁迅的世界里这不成为问题，这是一种生命本能。前者的力量越大，鲁迅的生命反弹的强度就会越强。就像是鲁迅的敏感，微小的事情都能触痛他，但与这种似乎是脆弱的神经质相平衡的，是他的巨大的耐受性。一个有力的证明就是，他越是虚弱，缠绵于病榻之际，他的文字越偏激锋利，充满生气。鲁迅在《〈食人人种的话〉译者附记》中说："查理路易·腓立普爱读尼采，托尔斯泰，陀斯妥夫斯基的著作；自己的住房的墙上，写着一句陀斯妥夫斯基的句子道：'得到许多苦恼者。是因为有能堪许多苦恼的力量。'但又自己加以说明云：'这话其实是不确的，虽然知道不确，却是大可作为安慰的话。'即此一端，说明他的性行和思想就很分明。"① 同时他对陀思

① 鲁迅：《〈食人人种的话〉译者附记》，《鲁迅全集》第10卷，人民文学出版社2005年版，第506页。

妥耶夫斯基有着这样的评价："穿掘着灵魂的深处，使人受了精神底苦刑而得到创伤，又即从这得伤和养伤和愈合中，得到苦的涤除，而上了苏生的路。"① 可以说，鲁迅自身的精神意志中，也存在着"以痛驱痛"的倾向。也就是说，对于痛苦，鲁迅往往采取自虐、自残的方式，以此获得涤荡，从而新生。这种话语方式较之其话语内容，更能够说明鲁迅的精神结构。比如，《墓碣文》："有一游魂，化为长蛇，口有毒牙。不以啮人，自啮其身。"——以"自啮"的痛楚来抵抗作为"游魂"的痛楚。游魂即与世界的关系不复存在，但化为长蛇之后的自啮、自我抵抗和自我追问，实现了关系的平衡。也正是鲁迅所谓的，"我自己对于苦闷的办法，是专与袭来的苦痛捣乱，将无赖手段当作胜利，硬唱凯歌，算是乐趣，这或者就是糖罢"②。

　　鲁迅生活中的选择也体现出这一特点。他对于自己的婚姻采取的消极抵抗态度被称为"牺牲"，但笔者认为，将其理解为"复仇"也绝对没有问题。这种"陪着做一世的牺牲"的选择，是否是对于母亲的更加决绝的复仇呢？这种心理在《复仇（其二）》中有明显的印证：鲁迅在叙事选择上放弃了"神之子"的复活，而将其作为真正的"人之子"，以其不能复活，而使人类背负更血污的罪。这同样是牺牲—复仇式的话语意向。

　　综上，我们会看到一个向外具有极大破坏性的鲁迅，也同时会看到一个极度内倾的、将自我生命逼入内部极限的鲁迅。外在的冲击与向内的深潜就像是地表的树干与地下的根系，两者之间是一体的、平衡的，向着两个方向的生命生成和生命力释放。向外的强力与向内的癫狂幽深共成一体。而维持这种一体性的路径是多种的，但其根本的底子正是反向的使力本能。

## 第二节　鲁迅话语范式与其生命存在形式

　　鲁迅的话语世界存在着两个空间。"身外"与"身内"两个世界在鲁

---

① 鲁迅：《〈穷人〉小引》，《鲁迅全集》第7卷，人民文学出版社2005年版，第107页。
② 鲁迅：《书信·250311 致许广平》，《鲁迅全集》第11卷，人民文学出版社2005年版，第462页。

迅话语中的空间分割是明显的。建构外向的话语空间的时候，对象是"身外"世界。鲁迅的话语形式表现为向外的否定性，以拒绝、否定为特征，是以否定式行为和意志介入外在世界，并超越外在世界，鲁迅的现实关注就体现在这里。而在建构"身内"世界的时候，对象是分裂生成的自我，话语形式虽然也是否定性的，但却呈现为向内的自省和自审，是一种自啮性、自戕式否定。

在这个层面上，《复仇》的关系模式具有鲁迅精神结构的"模型"性质。《复仇》的基本关系模式为"他们"与"路人们"的对立，也可以表示为——"他＋她"："路人们"。"他＋她"的结构就是一个整体的内在的"自我"，是一个分裂的、相悖的双重人格的自我；而"路人们"是外在世界。"他＋她"："路人们"这一形式正是自我与外界的对峙。这一对峙是通过"不作为"（"也不拥抱，也不杀戮，而且也不见有拥抱或杀戮之意"）的复仇和否定来实现的，而自我内部的两种身份之间的对立（"杀戮"）和合一（"拥抱"）选择，其聚焦点正在"身体"。拥抱，或者杀戮，正表现出自身内部的精神悖论结构。

### 一 "身外"：否定、对抗的生命意志和"抗世"的价值追求

当我们以"《复仇》模式"观照鲁迅的整体话语，"身外"的关系建构为向外的否定：

> 他们俩将要拥抱，将要杀戮……路人们从四面奔来，密密层层地，如槐蚕爬上墙壁，如马蚁要扛鲞头。衣服都漂亮，手倒空的。然而从四面奔来，而且拼命地伸长颈子，要赏鉴这拥抱或杀戮。他们已经豫觉着事后的自己的舌上的汗或血的鲜味。

> 然而他们俩对立着，在广漠的旷野之上，裸着全身，捏着利刃，然而也不拥抱，也不杀戮，而且也不见有拥抱或杀戮之意。①

"也不"，"也不"，"也不见有……之意"——"他们俩"以整体的"不"对抗着外部的"路人们"。鲁迅的精神空间中广泛存在着此类否定

---

① 鲁迅：《复仇》，《鲁迅全集》第 2 卷，人民文学出版社 2005 年版，第 176 页。

式关系建构。

对于鲁迅作品世界中广泛存在的否定性特征，已经有众多的研究者进行过探讨。王得后认为"否定性这一特色，是鲁迅思想的第一个也是最根本的一个特色。其他特色是以此为基础并由此而派生的"①。可谓直抵鲁迅思想体系的中枢。而汪晖在《反抗绝望：鲁迅及其文学世界》中对鲁迅否定性特点的论述是从"缄默""吃人"和"荒原"三个否定性意象着眼。鲁迅文本中的否定性的确是显性特征。但否定形式对于鲁迅，不仅仅意味着思维方式，也是他的生命存在方式，是他与世界之间建立连接的方式。鲁迅向外的否定性的建构，同样是王乾坤所说的"以一种置入方式整体地与世界相遇"，在"他同这个世界"的"复杂的情绪纠缠关系中"②，否定式"置入"，正是一种根柢性的关系建构方式。——执着于个体生命认同的建立，并以此掀动生命能量，从而积极作用于世界。也就是说，否定的言说形式既是鲁迅自反精神的表达，也恰恰是"抗世"③的方式。

否定是鲁迅话语的关键词。鲁迅的话语世界中存在着众多的"否定者"——否定性的话语模式是他众多主人公的言说方式和存在方式，如以否定形式出现的主人公：狂人，疯子，方玄绰，N 先生，魏连殳，墨子，宴之敖者等。狂人是鲁迅小说世界中的第一个否定者，他对于古文明的"吃人"本质的洞察即否定，对于自身的吃人过去的自剖，是又一重否定。通过对于外界的否定实现自身的"异"化，以此来打破蒙昧，甚至进入悲剧性的自我诘问。这种否定性人格的建构目的，在《野草》中我们能够找到答案：《野草》中的过客、魔鬼、影、死尸，甚至傻子（《聪明人和傻子和奴才》）和狗（《狗的驳诘》），都以执拗的否定塑造了新的个体。生命主体正是以这种否定形式实现自我肯定和自我完成。

否定性表达也体现了鲁迅一贯的对于"道义""规则"中的话语以及符号的警惕和抗拒本能。鲁迅在《辞"大义"》中说："公理和正义，都

---

①　王得后：《鲁迅心解》，浙江文艺出版社 1996 年版，第 362 页。

②　王乾坤：《鲁迅的生命哲学》，人民文学出版社 1999 年版，第 46 页。

③　鲁迅的《题〈呐喊〉》中有"弄文罹文网，抗世违世情"句，参见《鲁迅全集》第 7 卷，人民文学出版社 2005 年版，第 466 页。（明）唐寅《与文徵明书》曰："甚厚鲁连先生与朱家二人，为其言足以抗世。"抗世，救世之意也。

被正人君子夺去了，所以我已经一无所有。大义么，我连它是圆柱形的呢还是椭圆形的都不知道。"① 在《新的蔷薇》中他也再次重申："我的话倘会合于讲'公理'者的胃口，我也不成了'公理维持会'会员了么？我不也成了他，和其余的一切会员了么？我的话不就等于他们的话了么？许多人和许多话不就等于一个人和一番话了么？公理是只有一个的。然而听说这早被他们拿去了，所以我已经一无所有。"② 钱理群认为："鲁迅在这里表达的是一种恐惧感：恐惧于在实现学院体制化、学术和学者规范化的过程中，会落入'许多人'变成'一个人'、'许多话'变成'一番话'，思想学术文化被高度地一体化的陷阱之中。这就会导致知识分子的独立个性，自由意志和创造活力的丧失。他同时忧虑于人的生命本来应该有的野性的彻底丧失。"③ 鲁迅这番话固然和他与现代评论派论争的现实背景有关，同时也正如钱理群所说，他是由拒绝而保持"我"的"独立个性，自由意志和创造活力"。鲁迅否定和抗拒历史、公理、规范、价值——那些"话语"和符号，其间有着深刻的"我"与群体的对峙，其根本正是追求完整的自我主体性。而这否定，源自一种根柢性的生存方式。

鲁迅在给许广平的信中提及"这里的几个学生力劝我回骂长虹，说道，你不是你自己了，许多青年等着听你的话。我为之吃惊，我成了他们的公物，那是不得了的，我不愿意"④。拒绝成为"他们的公物"，拒绝被规定，拒绝被裹挟，是"我"之为"我"的根本。同样的"我不愿意"的表达，也无数次在他的文本中出现："你要那样，我偏要这样是有的；偏不遵命，偏不磕头是有的；偏要在庄严高尚的假面上拨它一拨也是有的，此外却毫无什么大举。"⑤ ——"偏要"，正是这种否定性行为方式的

① 鲁迅：《辞"大义"》，《鲁迅全集》第 3 卷，人民文学出版社 2005 年版，第 481—482 页。

② 鲁迅：《新的蔷薇》，《鲁迅全集》第 3 卷，人民文学出版社 2005 年版，第 308 页。

③ 钱理群：《与鲁迅相遇——北大演讲录之二》，生活·读书·新知三联书店 2003 年版，第 258 页。

④ 鲁迅：《书信·270105 致许广平》，《鲁迅全集》第 12 卷，人民文学出版社 2005 年版，第 4 页。

⑤ 鲁迅：《华盖集续编·小引》，《鲁迅全集》第 3 卷，人民文学出版社 2005 年版，第 195 页。

真正本质，是一种主体性意志。它像是鲁迅文本中的利剑，穿透了那些"公理和正义的美名，正人君子的徽号，温良纯厚的假脸，流言公论的武器，吞吞吐吐曲折的文字"①。

若要寻求或提炼鲁迅的否定性表达式，莫过于《影的告别》：

> 有我所不乐意的在天堂里，我不愿去；有我所不乐意的在地狱里，我不愿去；有我所不乐意的在你们将来的黄金世界里，我不愿去。
>
> 然而你就是我所不乐意的。
>
> 朋友，我不想跟随你了，我不愿住。
>
> 我不愿意！
>
> 呜呼呜呼，我不愿意，我不如彷徨于无地。②

"我不愿意"——这是鲁迅精神的核心动力，它成为鲁迅创造独立自我的根本路径：这不仅仅是一般意义上的否定，而是一种对抗式的生存行动。它同时是创造自我生命价值的根本路径：因为也正是它掀动了意志能量和言说能量。——反叛与对抗，在生命哲学层面是鲁迅生命主体的生存行动，而在价值层面，是施力于世界的救世行动。

在更整体性的视界中，由"我"及"他"的否定形式建构的实现，还有着更重要的对象世界，那个他致力于改变和重建的世界。对鲁迅来说，生命个体从来都不存在于真空环境，它只有进入世界才真正产生意义。而否定正是鲁迅最重要的建立自我与世界关系的方式。经由否定反抗世界，并以此而"进入"世界——虽然是否定世界，但却不是弃绝，而是以否定建立起一种进入世界的通道，它终究是指向"行动"的。

摩罗精神就意味着一种以反抗为其精神旨归的，渴望行动、指向实践的根本生命范式，一种寄望有效作用于生存世界，从而与之建立起有机联系的生命存在方式："立意在反抗，旨归在动作，而为世所不甚愉悦

---

① 鲁迅：《我还不能"带住"》，《鲁迅全集》第 3 卷，人民文学出版社 2005 年版，第 260 页。

② 鲁迅：《影的告别》，《鲁迅全集》第 2 卷，人民文学出版社 2005 年版，第 169 页。

者……要其大归，则趣于一：大都不为顺世和乐之音，动吭一呼，闻者兴起，争天拒俗，而精神复深感后世人心，绵延至于无已。"① 这就使得这种否定性的话语模式与世界担当意识相连接。——我们需要再次回顾"铁屋子"关系系统中，自我与世界的同源性关系中衍生出来的担当意识，自我与世界的对峙也正由这同源性的抗世意志而起。

从摩罗诗人的召唤，到狂人、孤独者群体的塑造，都体现着鲁迅的这种生命范式：否定一切价值，不惜以"疯狂"的手段建立这种对立关系，而其本质正是要建立新的价值。此间破与立的关系，正如尼采所说："把他们的价值之石板打碎的人，那个破坏者，那个犯罪者——不过，他却是创造者。"② 鲁迅的否定不是对于一切都弃绝，而是以"自我""个体"的价值否定一切不合理的秩序和规约，而这种以"生命个体"来否定一切的实践，在根本目的上却又属于社会性的价值建构。这一话语行为和存在方式，是通过自我与世界的对峙而搭建自我与世界关系，以此形成自我对世界的有效和深度作用。

所以鲁迅对于小品文的论说为："小品文的生存，也只仗着挣扎和战斗的。晋朝的清言，早和它的朝代一同消歇了。唐末诗风衰落，而小品放了光辉。但罗隐的《谗书》，几乎全部是抗争和愤激之谈；皮日休和陆龟蒙自以为隐士，别人也称之为隐士，而看他们在《皮子文薮》和《笠翁丛书》中的小品文，并没有忘记天下，正是一塌糊涂的泥塘里的光辉和锋芒。明末的小品虽然比较的颓放，却并非全是吟风弄月，其中有不平，有讽刺，有攻击，有破坏。"③ 这一段文字中出现的"挣扎""战斗""抗争""愤激""锋芒""不平""讽刺""攻击""破坏"等语汇，内部有着悍然激越的生命能量。鲁迅对于"没有忘记天下，正是一塌糊涂的泥塘里的光辉和锋芒"的激赏，也正说明，他自己的否定性存在方式和言说方式，是以抵抗的姿态"入世"和"抗世"。

或者可以这样理解，鲁迅陷入了原有价值被打破的世界中。他一边抛

---

① 鲁迅：《摩罗诗力说》，《鲁迅全集》第 1 卷，人民文学出版社 2005 年版，第 68 页。

② ［德］尼采：《查拉图斯特拉如是说》，钱春绮译，生活·读书·新知三联书店 2014 年版，第 19 页。

③ 鲁迅：《小品文的危机》，《鲁迅全集》第 4 卷，人民文学出版社 2005 年版，第 591—592 页。

弃自己的知识/价值的前结构，一边需要将自己从价值凭依消失的地方打捞上来，这种打捞和挣扎就是愈加强烈的否定性。他需要凭借这种否定性建构新的价值体系。反抗绝望这一行动本身并不能拯救他，拯救他的，是反抗绝望的形式所搭建起来的一个平台，这个立足之地。但鲁迅绝不是一个绝对自由的个体，鲁迅不可能成为抽掉一切价值建立欲望的自由个体，鲁迅的存在结构必然有向外、向内双向的价值、精神凭依。

王晓明对鲁迅有这样的剖析："看到他那样依赖身外的精神价值，总是不断去寻找集体性的社会和政治理想，来充作自己的生存依据；看到他那样重视现实功利，几乎凡事都以它为重，很少有超越现实的兴趣和愿望；看到他那样害怕作社会的旁观者和边缘人，一旦发现自己被挤到了旁观席上，就不自觉地想要重返中心——我才真正明白了，他身上的文人性有多么深刻，在骨子里，他其实还是一个文人，一个孔孟和庄子的血缘后代。"[1] 笔者并不完全认同王晓明所说的鲁迅"依赖身外的精神价值"，事实上鲁迅的"生存依据"与"价值世界"是在不同的甚至相反的向度中。他的"生存依据"恰恰是在冲破"身外的精神价值"的否定式实践上。但王晓明对于鲁迅"价值世界"的阐释的确准确把握到了鲁迅文化血脉的根柢。鲁迅自己也在《两地书·八三》中说："再后来，思想变了，但还是多所顾忌，这些顾忌，大部分自然是为生活，几分也为地位，所谓地位者，就是指我历来的小小工作而言，怕因我的行为的巨变而失去力量。"[2] 联系鲁迅常说的"做事"一词，这正是鲁迅的"参与"和"介入"意志。

可以说，鲁迅在生命意识层面是"个人主义"的，而其价值依托层面是"人道主义"的，在他的世界中，前者是哲学根柢、精神动力，后者是价值旨归，我们会意识到前者在他的生命结构中的浩瀚能量，也会意识到，前者以激越的力量通向后者。——他并不能真正离开这种价值依存关系。他的"个人主义"的实现需要通过与外界的对抗来完成。而怀疑、否定、抵抗、挣扎都是以"个体—世界"的连接方式出现的，它们使生命获得了真实的存在和立足之处。

---

① 王晓明：《无法直面的人生——鲁迅传》，上海文艺出版社1993年版，第239—240页。
② 鲁迅：《两地书·八三》，《鲁迅全集》第11卷，人民文学出版社2005年版，第225页。

这也就构成了鲁迅自己说的"个人主义"与"人道主义"的悖论：以否定的生命形式进入世界，以获得对于世界的有效作用，从而抵达救世的目的，但这种否定和抵抗，恰恰是"违世情"的。他"拔剑平四海，横戈却万夫"，却是在更广大浩瀚的爱意中致力于"弃"和"否"的深刻卓绝的生命形塑。这深刻且宽广的救世者，如沈尹默所说，却是"雅人不喜俗人嫌"，鲁迅对此同样有着清醒的认知，正是他"抗世违世情"之谓也。而他自己又甘愿且决绝地背负这一重担和悲剧，"证成多所爱者，当大苦恼"①。

## 二 "身内"：荒原体验与痛感召唤

我们不能忽略的是，鲁迅的世界中有大片的灰色地带，即空虚，"无物之阵"，"无形"的"鬼打墙"，"谁也看不见的地狱"，"无主名无意识的杀人团"，"无所有"……统统指向"无"的世界，"它比实在的对手更令人焦虑，因为它似乎如影随形地对我的存在构成否定"②，这是否定、抵抗、挣扎都无法发挥有效作用的地带，也就是说，在这个灰色地带，自我丧失了一切与外在世界搭建起有效联系的途径，当世界消失了的时候，自我也将失去自身的立足之地，鲁迅将之称为"绝望"。其实这正是鲁迅生命中的荒原体验。这是鲁迅对自己精神状态的一个非常重要的描述。

李长之对此有过如下论述：

> 然而倘若我们攻击的是刀枪，倒也罢了，因为无论如何，胜负总有个分晓。甚而倘若我们攻击的是水，是火，纵然失败，也还壮烈。独独倘若我们的敌人有而若无，是棉花，是皮球，是腐士，并不和你对阵，不过有的是弹力或韧性，这就使你最为沮丧了。就这一端，能不令人感到寂寞么？③

---

① 鲁迅：《〈绛花洞主〉小引》，《鲁迅全集》第 8 卷，人民文学出版社 2005 年版，第 179 页。

② 王乾坤：《鲁迅的生命哲学》，人民文学出版社 1999 年版，第 181 页。

③ 李长之：《鲁迅批判》，天津人民出版社 2010 年版，第 138 页。

无所用其力量，无所用其意志——这也便是鲁迅所谓叫喊于荒原之上的寂寞。鲁迅最早提到他的荒原体验时这样说："凡有一人的主张，得了赞和，是促其前进的，得了反对，是促其奋斗的，独有叫喊于生人中，而生人并无反应，既非赞同，也无反对，如置身毫无边际的荒原，无可措手的了，这是怎样的悲哀呵，我于是以我所感到者为寂寞。"①　实际上，这是鲁迅话语世界中的一个重要的维度，即对象世界的不可建立性，"无可措手"便是对象之"无"的结果。

荒原体验是鲁迅生命结构中的一个重要层面。这种体验形成的压迫力对鲁迅的生活产生了巨大影响，在鲁迅的生命中出现过两次：第一章已经分析过鲁迅的第一次蛰伏期，鲁迅在这一次蛰伏中，完成了政治"禁欲"与生命"纵欲"的基本的对抗意志，而这一生命的自由意志在日后逐渐转化成实在的生存形态，并成为鲁迅生命结构中的稳定的自主意识，且参与建构了鲁迅的话语世界。

如果说，鲁迅对外在一切的否定是自主的自我放逐的生命选择的话，他在对对象世界的否定中获得了自己。《狂人日记》《药》《阿 Q 正传》就是通过强烈的否定性力量实现了启蒙话语的建构。而我们知道，主体必须借由对象世界来生成自己。《呐喊》整个话语体系的建构中就始终伴随着启蒙者主体的建构。也就是说，以对外在世界的否定和拒绝为特征的《呐喊》，其国民性话语的建构过程，正是否定性对象生成的过程，同时也是启蒙者主体性建构的过程。第二章论述国民性话语生产中"差异"的发现和使用，正是对"差异"的拒绝塑造完成了启蒙主体。但到了《彷徨》以及之后的创作，以国民劣根性具象存在的"故乡"日益复杂化。其突出的小说内部的关系建构已然从启蒙者与庸众的对立，逼近了启蒙者的自我矛盾。这也正是为什么，从《祝福》开始，《在酒楼上》《孤独者》都以"我"与另一个"我"的对话、对峙形式建立小说的结构。

当对象消失了的时候，也就是自我主体世界轰然坍塌的时候。而这一荒原体验导致了两个结果：其一就是对于主体性的怀疑；其二，便是向内构建对象世界。这两个结果的文本实验就是《在酒楼上》和《孤独者》。

在提到荒原体验的《〈呐喊〉自序》中，鲁迅说："只是我自己的寂

---

① 鲁迅：《〈呐喊〉自序》，《鲁迅全集》第 1 卷，人民文学出版社 2005 年版，第 439 页。

寞是不可不驱除的，因为这于我太痛苦。我于是用了种种法，来麻醉自己的灵魂，使我沉入于国民中，使我回到古代去。"① 这种鲁迅所谓的"麻醉法"是吕纬甫的生命选择。吕纬甫在自身的荒原体验中，选择了向外获取安慰。他将自身与外在世界合一，原来"去城隍庙里拔掉神像的胡子"的鲜明性格已经变得"模模糊糊"；为小兄弟迁葬和给顺姑送剪绒花的两件事，明显带有情感安慰的性质，正合于鲁迅的"麻醉法"。而吕纬甫的选择正是生命的主体性质疑。而其表现便是历史轮回观的形成，那个著名的飞了一圈又绕回来的论断，正是主体性质疑的结果。

相较于吕纬甫的向外寻求情感安慰的"麻醉法"，魏连殳的选择则是向内的自啮，是以非妥协的生命形态获得自我生命的意志。他失去了外在世界的所有支点之后，寻找到了"身体"。否定性的、交恶于群的生存方式并不难，困难在于，丧失了否定和对抗的对象之后，人如何才能生成自己？鲁迅选择了以自己的身体为对象，将自身对象化，从而再次在虚无中搭建起平衡的关系，在这种关系开启的空间中安放自己。"荒原""寂寞""无人""空虚""虚无"……这种自我生命的无所凭依感才是最可怕的，而消除这种寂寞和虚无的，正是肉搏空虚中的暗夜，是自啮，是呐喊，是向自己内部发起挑战和逼摧。

这个契机发生在绍兴会馆时期。竹内好说鲁迅在这一蛰伏时期获得了文学的正觉。笔者认为"回心"是存在的，但鲁迅获得的不是自己的骨骼，而是某种对于自我的生命的启悟。鲁迅在这个闹鬼的房子里，发现了生命的内向依托和价值。给他这种力量的，应该是嵇康，而指引给他这个向内的方向的，可能是佛经，或者是墓志（以及死亡意识），在这一段时间，鲁迅获得了一种神秘的素质，对于虚玄生命的一种强力而实有的把握，这种把握的路径正是自省。这一"身体"的发现和自省、反抗意志的最初成形我们在第一章已经论述过。而这里需要追问的，是更深入的问题，那就是鲁迅在向"身内"搭建关系体系时所采用的方式。而这种话语方式与他的生命形态又有什么样的关系？

"五四"时期在对于旧梦的不能忘怀中开启的"呐喊"，是自我与世界关系的直接建构；但"五四"迅速退潮之后，鲁迅进入了"两间余一卒，

---

① 鲁迅：《〈呐喊〉自序》，《鲁迅全集》第 1 卷，人民文学出版社 2005 年版，第 440 页。

荷戟独彷徨"的状态。此时正是他奔赴厦门决定要去做两年学术研究工作的时候。而这种选择与绍兴会馆的蛰伏期遥遥相对，至少他开始有再次"禁欲"以规避的想法。这种规避选择在他的人生中确实是一种常态的选择，他不断地从一种关系中脱逃。表象上是避祸，但又在自身的内部掀起更加剧烈的骇浪。也就是说，当他与外部世界的关系已经无法为他提供一种精神动力的时候，他开始向生命内部建构自我的存在。这个向内建构的凭依就是身体。在第一次蛰伏期，身体的发现是鲁迅获得自我拯救的一个关键的契机。这一发现的时刻和过程在《希望》中完整地呈现出来。

> 我早先岂不知我的青春已经逝去了？但以为身外的青春固在：星，月光，僵坠的胡蝶，暗中的花，猫头鹰的不祥之言，杜鹃的啼血，笑的渺茫，爱的翔舞……
>
> 我只得由我来肉薄这空虚中的暗夜了，纵使寻不到身外的青春，也总得自己来一掷我身中的迟暮。①

这一"身外"与"身中"的分界正是外在的世界与自身内在的世界，而对于自身的行动实行，鲁迅用了"肉薄"显示着身体的明显的主体性。对身体的征用成为关系向内建构的主要途径。《死后》不惜以身体的死亡来架构"现在我"与"将来我"之间的时间关系；《墓碣文》也开始将自己的身体对象化之后进行咬啮，将自身分裂为双向度的生命关系体式；魏连殳复仇的对象，也恰恰是自己的身体。身体成为自我对象化之后的具象存在，是主体之外的自我，是客体的自我。可以说，彷徨期的鲁迅，开启了《野草》这一以自身为对象的否定性建构。

而身体的发现到底对于鲁迅有着什么样的意义呢？我们需要分析在鲁迅话语建构中，身体的特征和作用。

"铁屋子"中的昏睡者很像医院里被麻醉的病人，在被规训的空间里，人丧失了痛感，这种痛感的丧失，直接结果就是分不清自我与他人的边界。一切"存在"都需要一个边界，这个边界内部，是存在的"自我"，边界外部，是他者。离开了这个边界，人就失去了自我，而最本源

---

① 鲁迅：《希望》，《鲁迅全集》第 2 卷，人民文学出版社 2005 年版，第 181—182 页。

的分界，正是身体，正是身体将自我与他人、与世界区别开来。而当人的身体丧失了痛感，那么，外界对于这个身体的侵犯、挤压，都不再具有意义，那自我也就消失了。阿Q就是一个没有痛感的灵魂。而《阿Q正传》的文本言说所采取的喜剧形式，则正是昭示着一种"无痛感"。生命的"非痛感"，这是多么恐怖的事情，所以，"几乎无事的悲剧"也正是痛感缺失的悲剧。鲁迅的恐惧正在这里。"铁屋子"内部，人的存在状态正是如此，所以鲁迅的"群"是混沌的、没有边界的，汪洋一片的世界，甚至是抽象的，是"无主名无意识的杀人团"。这一杀人团，不但杀人，还自杀。当自己的身体不再有痛感，那外界对身体的一切损伤都会因为人的无知觉而延误了治疗，并进一步损伤，终至身体承受不了负荷而死亡。民族丧失痛感，其危机也正在这里。所以说，鲁迅的国民性话语本质在于召唤一种自我批评的机制，也就是通过自省而获得痛感，"揭出病苦，引起疗救的注意"，也正是这个意思。

身体出现的意义便是：身体建构起一个关于自我与他者的边界。同时，身体对于"痛感"的承担和追求的主动性，在鲁迅话语中有着另外的意思。《墓碣文》自啮的目的是"欲知本味"，结果是"其痛酷烈"，《复仇（其二）》同样追求对于痛楚的体味。透过鲁迅的身体话语，我们能够发现的是一种痛感召唤。也就是说，经由身体的知觉性，鲁迅完成了话语的隐喻：他的国民性话语本身也是一种自啮，"昏睡"状态喻指我们的国民丧失了痛感和恐惧感，鲁迅所做的工作正是通过唤醒行为来召唤这种痛感的回归。如此，他的唤醒行为的粗暴或者决绝就都有了合理的解释。狂人的觉醒，正是从身体的感觉出发的。"吃人"的话语方式，也正是以"吃"这种对于身体的伤害，唤醒人们的痛感。

所以"肩住黑暗的闸门"指向的是身体的毁灭，这种毁灭正是对于牢笼的打破，所以死亡才获得了"大欢喜"的生命感受。在这种意义上，支撑"黑暗的闸门"的身体，完成了危机时刻的最后的拯救，这个故事的象征意义正在这里。鲁迅评论黄鹏基的时候，特意引用了黄本人的话："'沙漠里遍生了荆棘，中国人就会过人的生活了！'这是我相信的。"①

---

① 鲁迅：《〈中国新文学大系〉小说二集序》，《鲁迅全集》第6卷，人民文学出版社2005年版，第261页。

其用意也正在这痛感的召唤。

"所谓'存在'，就是人的主观感受中那些尚未意识到思维和存在的对立的形式，就是这种同个人的感情、情感、情绪、体验紧密相联的东西。"① 克尔凯郭尔第一个赋予"存在"特殊的含义，并以"孤独个体"来理解人的存在方式。他认为每个人都是孤独的，作为精神个体的人只与"它自身发生关系"，才会自己领会自己。"孤独个体"以精神自我的存在作为最本真的存在。克尔凯郭尔认为个体的人只有与自身发生关系，才能够领会自己。而人与自身发生关系的途径，在鲁迅那里演变为自啮其身。经此，鲁迅获得了自己，并把自己从虚无中拯救出来。"抉心自食，欲知本味"，可以作为整部《野草》的核心命题。鲁迅以自己的血肉为对象架构出生命存在的凭依。而这，正是《题辞》中所说的"过去的生命已经死亡。我对于这死亡有大欢喜，因为我借此知道它曾经存活。死亡的生命已经朽腐。我对于这朽腐有大欢喜，因为我借此知道它还非空虚"。鲁迅向内的精神建构的本质，正是通过身体的逼撺而获知存在的意义。

如果说在建构身外世界中的鲁迅是现实性的、历史性的，那么，向内建构身体空间的鲁迅则是哲学性的、存在主义的。虽然二者都呈现出否定式的话语模式，但其意义完全不同，从中我们能够看到鲁迅精神结构的双重性。

## 第三节　话语范式的流变与整合

尼采在《查拉图斯特拉如是说》中的《三种变形》中，以骆驼、狮子、孩子隐喻精神的三种变形："你应当""我要"和"我在"。骆驼的"你应当"，是负重的精神，是一种主动的承担，是他律的（但依然是源自自律的"他律"），关乎价值和道德；狮子的"我要"，是对这一"他律"的否定，是对于自由的要求，是追求自我；孩子的"我在"是"一个新的开始，一个游戏，一个自转的车轮，一个肇始的运动，一个神圣的

①　徐崇温：《存在主义哲学》，中国社会科学出版社1986年版，第8页。

肯定"[①]，是自我与世界的和解状态。事实上，鲁迅的精神也存在着骆驼、狮子和孩子这样三个维度，而他作为"异乡人"的存在形式，决定了三种精神变形在鲁迅这里是集于一身的，也就是说，在鲁迅的话语体系中，三种意愿："你应当""我要"和"我在"同时存在，同时发生作用，但在具体的话语模式上又不尽相同。在鲁迅的话语体系中，最终呈现为这样的话语模式："我应该""我不"和"我需要"。而这三种话语模式与他的生存模式是同构的：鲁迅有着像骆驼一样的负重精神，踽踽独行于荒漠中；在荒漠之中，骆驼变成狮子，就意味着，在重负之中自我被意识到了；而赤子正是鲁迅回到自身，回到世界。这是不同于尼采的三种变形。

首先，"你应当"在尼采那里应该是基督教的他律，是绝对的审判者；而对于鲁迅来说，他所负重的，是传统价值和道德，在中国文化中，这一道德表现的却是"克己"，是一种自律，所以对于鲁迅来说，负重的骆驼所象征的，是"我应该"。这便是他的"听将令"的呐喊，需要指出的是，鲁迅这种"听将令"的"呐喊"是一种自觉地将他律与自律相结合的过程。

其次，当"呐喊"的路上，"他越往前走，就越看不见希望，内心就越焦灼，步履也越沉重"[②] 时，鲁迅在经历了荒原的寂寞，以及从荒原中振拔全副身心投入新文化运动，到再一次"两间余一卒"的败落之后，灵魂的自我审视开始加重，骆驼开始从他的精神结构中退隐（不是消失)，狮子的声音越来越高昂。而这两种意志的交战，在鲁迅那里即体现为"对话/沉默/争辩"的话语模式，是对于召唤的质疑和抵抗。

最后，变成"孩子"在尼采那里是自由的、率性的，完全的自我获得。而鲁迅的"我在"却呈现出尼采所说的"回归大地"的性质，其本质更接近于"我需要"，是内发的渴望。"我需要"是鲁迅对于虚无进行抵抗之后，与世界的和解，以及生命的重启。而这种和解内含着生命的诉求，更接近一种情感需求，这在鲁迅的文本中往往表现为倾诉欲望，并以"独白"的话语模式呈现出来。

---

① ［德］尼采：《查拉图斯特拉如是说》，钱春绮译，生活·读书·新知三联书店 2014 年版，第 22—23 页。

② 徐麟：《鲁迅：在言说与生存的边缘》，山东文艺出版社 1997 年版，第 138 页。

这三个阶段，在鲁迅的生命历程中奇妙地对应着他创作的三个阶段：《呐喊》阶段、《彷徨》《野草》阶段和《朝花夕拾》阶段，在这种纵向梳理中，我们清晰地辨认出鲁迅的精神历程，当然我们必须始终明确的是，鲁迅的精神结构中，这三者既有着历时性的变化过程，又始终是共时性地错杂在一起。在这三种对话关系中，一个贯穿的意象或者动作是"召唤"，是"前面的声音"。对于这一声音的反应态度与生命个体的存在形式紧密相连。

其实从这三个维度出发，笔者在本节想要尝试探讨的，还有鲁迅话语世界中传统性、现代性、民间性的自我的复杂纠葛。

**一 《呐喊》：意志召唤行动——"召唤—质疑—回应"**

鲁迅精神结构中的"三种变形"也是负重的骆驼。鲁迅绝非能够轻松面对社会现实而自造话语的人，他对于社会责任的主动承担是自觉性行为。鲁迅的世界中始终有一个声音在"召唤"。它作为"前面的声音"，在鲁迅的话语体系中也一再被复写。而如何面对这种召唤，正是鲁迅生命意向敞开的地方。也就是说，在对这种召唤做回应的过程中，我们可以窥知鲁迅的精神内在。

对于"召唤"的经典书写应该是《过客》：

> 客：但是，那前面的声音叫我走。
>
> 翁：我知道。
>
> 客：你知道？你知道那声音么？
>
> 翁：是的。他似乎曾经也叫过我。①

暂且不对《过客》的"前面的声音"做具体的阐释，而是想由此指出，在鲁迅的世界里，来自"前面的声音"的召唤出现过无数次，结合我们前面所探讨过的，鲁迅对于一个核心意象的不断思考和复制，我们就会发现这种"召唤"与"回应"的结构在鲁迅的话语世界中一直存在。对于"鲁迅"的诞生，鲁迅在《〈呐喊〉自序》中自画招供，也还原成

---

① 鲁迅：《过客》，《鲁迅全集》第2卷，人民文学出版社2005年版，第196—197页。

了一场"召唤"与"回应"的对话，这几乎可以看作开启了现代文学史的对话：

> "你钞了这些有什么用?"有一夜，他翻着我那古碑的钞本，发了研究的质问了。
>
> "没有什么用。"
>
> "那么，你钞他是什么意思呢?"
>
> "没有什么意思。"
>
> "我想，你可以做点文章……"
>
> 我懂得他的意思了……但是说：
>
> "假如一间铁屋子，是绝无窗户而万难破毁的，里面有许多熟睡的人们，不久都要闷死了，然而是从昏睡入死灭，并不感到就死的悲哀。现在你大嚷起来，惊起了较为清醒的几个人，使这不幸的少数者来受无可挽救的临终的苦楚，你倒以为对得起他们么?"
>
> "然而几个人既然起来，你不能说决没有毁坏这铁屋的希望。"
>
> 是的，我虽然自有我的确信，然而说到希望，却是不能抹杀的，因为希望是在于将来，决不能以我之必无的证明，来折服了他之所谓可有，于是我终于答应他也做文章了，这便是最初的一篇《狂人日记》。[①]

这一召唤与回应的重点在于，鲁迅对于召唤的质疑。这段对话依旧显出鲁迅运笔的极尽曲折之态。怀疑，同时怀疑自己的"怀疑"。鲁迅的心理波动也于此尽显。

同样的对话还出现在鲁迅与许寿裳之间的一次信件往来中。1918 年鲁迅给许寿裳的信中说："来论谓当灌输诚爱二字，甚当；第其法则难，思之至今，乃无可报。吾辈诊同胞病颇得七八，而治之有二难焉：未知下药，一也；牙关紧闭，二也。牙关不开尚能以醋涂其腮，更取铁钳搟而启

---

① 鲁迅：《〈呐喊〉自序》，《鲁迅全集》第 1 卷，人民文学出版社 2005 年版，第 440—441 页。

之，而药方则无以下笔。"① 这说明，"诚与爱"是许寿裳的意见，鲁迅虽然说了"甚当"，但他的行文还是按照我们见惯了的迂回方式进行，所谓"第其法则难""未知下药"，其实是抹杀了"灌输诚爱"的可操作性。鲁迅与许寿裳的这一信件交流，是在 1918 年 1 月，大概就是钱玄同与鲁迅的关于"铁屋子"的对话的同一时段，而且我们完全可以将鲁迅与许寿裳的信件来往看作另外一场"铁屋子"的对话，鲁迅的态度似乎是一样的，"第其法则难""未知下药""药方则无以下笔""牙关紧闭"等词语都说明了鲁迅对此召唤的犹疑不决。

但即便态度犹疑，话语中尽显迂回曲折，事实上，鲁迅不但回应了《新青年》的召唤，而且成为最坚定的承担者和践行者。

对于过客听到的"前面的声音"，王乾坤在《鲁迅的生命哲学》中从"良知"的角度做了解释。他是否定了鲁迅的"他律"与"自律"结合这样的说法的。王乾坤对于《过客》的解读从生命哲学的角度出发，而且越过了《呐喊》阶段。自然，在《彷徨》阶段，鲁迅对于召唤的回应更多的是自我内部的心声。但我们在《呐喊》阶段解读这场关于"铁屋子"的对话就会发现，对于鲁迅来说，源自"背负的精神"的"良知"是真实存在的。鲁迅的聆听召唤并非绝对纯粹的自律，若真的只有自己的心音，那也就不存在"个人主义"与"人道主义"的冲突了。而他律也并非简单的"听将令"可以概括，鲁迅的负重选择更是出于知识分子的道德责任感，而这一责任既是他律也是自律。

在本书的第一章，我们已经论述过鲁迅源自个人体验和国族体验的双重屈辱感在他的话语建构中的合力。民族危机与个人危机同时存在，这就是鲁迅话语发生的地方。所以他听到的召唤，也是源自两种声音：一者为知识分子对于自身的社会责任的主动承担；一者为自我生命内在的意志力量。前者近于传统道德，后者更多现代人格。所以，对于这场《呐喊》发生前的对话，鲁迅的回应召唤中有着双重的心理原因。首先，对于召唤，鲁迅从一开始就有着聆听的欲望。他对于这一召唤的源头并不拒绝。而这召唤的实质，正是以《新青年》为中心的文化革新运动，这与鲁迅

---

① 鲁迅：《书信·180104 致许寿裳》，《鲁迅全集》第 11 卷，人民文学出版社 2005 年版，第 357 页。

当初创办《新生》源自同一目的。对于鲁迅来说，"改变他们"的意愿从未远离，因为他对于民族的忧患意识，他的社会承担意识是其生命结构中的根本性元素。其次，他所质疑的不是行动本身，他已经确认了这一行动的必要性。对于太过强大的敌手，这一行动的有效作用有多少，这是他的疑虑所在。但他的生命意志的自反性又使他迅速进入"然而"，以此质问自己的怀疑，并进行对于"质疑"的反抗。

也就是说，在这一场召唤与回应的对话中，鲁迅回应了钱玄同的召唤，但实际上也正是他聆听到了自己的"心音"。这正是他律与自律相结合的最终结果。这种心理的动因，这一行为选择也可由《查拉图斯特拉如是说》的一段话中窥知：

> 孤独者啊，清醒着听吧！有风从未来吹来，发出暗暗振翅的声音；灵敏的耳朵将听到好消息。
>
> 你们，今天的孤独者，你们，离开群众者，你们有一天会成为一种人民：从你们自己选出的你们当中，应当产生一种选民——从这种选民中产生超人。
>
> 确实，大地还应当成为康复的场所！在大地的四周已经散发一种新的清香，带来拯救——和新的希望的清香！①

尼采在鲁迅思想构型中的重要作用众所周知，笔者认为，这段话对于鲁迅有着特殊的意义。"孤独者""超人""希望"，这样的词汇在鲁迅的早期文论中并不鲜见。鲁迅对于"声音"的最早阐述是"别求新声于异邦"。对于来自"异邦"的呼唤，青年时期的鲁迅是具备了"灵敏的耳朵"的。当青年鲁迅回国后遭遇到了一系列的挫折之后，他已然将"孤独者""超人""人民""希望"这些词汇深味了一遍，最终的结果我们在第一章已经做过分析，他已经弃绝了"振臂一呼应者云集"的"超人"梦想，也不再抱有"希望"，但作为一个"孤独者"的鲁迅，却并不能真正卸下或逃避他的责任，他始终是要纵身于真实的世界的，"哪怕是污

---

① ［德］尼采：《查拉图斯特拉如是说》，钱春绮译，生活·读书·新知三联书店2014年版，第84—85页。

水，也跳进去"①。对于这一召唤的聆听和积极回应，其背后的动力是民族的、社会的。这正是《呐喊》的心理动因。

对于聆听召唤的内在动力，鲁迅在《死火》中以象征性的方式进行了描述，"我"对于"死火"的召唤，与此类似：

> "我愿意携带你去，使你永不冰结，永得燃烧。"
> "唉唉！那么，我将烧完！"
> "你的烧完，使我惋惜。我便将你留下，仍在这里罢。"
> "唉唉！那么，我将冻灭了！"
> "那么，怎么办呢？"
> "但你自己，又怎么办呢？"他反而问。
> "我说过了：我要出这冰谷……"
> "那我就不如烧完！"
> 他忽而跃起，如红彗星，并我都出冰谷口外。②

在"烧完"与"冻灭"之间，鲁迅为死火做出了选择。事实上，这也正是他对于钱玄同的召唤的回应。即便没有希望，但生命的燃烧依旧胜过冻灭。这正是王乾坤对于《过客》的解读中所凸显的，"超越人道主义良心的存在论内容"③。在存在主义层面，召唤与回应的关系更加复杂，那个"前面的声音"不再以类似钱玄同这样的外在的形式出现，而直接从自我的内部发声。

对于鲁迅来说，对召唤的聆听，源自他律与自律的结合。而对于召唤的回应和践行，却更多是在社会历史层面上进行的。也就是说，鲁迅对于来自《新青年》的召唤，并非经由精神上的领悟而达到生命共振，而是社会历史层面的自愿承担。其精神的意志力量也并不能引导他相信未来的愿景，只是给他行动的力量。实际上，鲁迅从他自己的体悟中获得的认知

---

① ［德］尼采：《查拉图斯特拉如是说》，钱春绮译，生活·读书·新知三联书店 2014 年版，第 22 页。

② 鲁迅：《死火》，《鲁迅全集》第 2 卷，人民文学出版社 2005 年版，第 201 页。

③ 王乾坤：《鲁迅的生命哲学》，人民文学出版社 1999 年版，第 151 页。

是与他的实际行动相悖的。他从接受召唤加入启蒙阵营开始，就仅限于行动上的"支持"，这就是所谓的"呐喊"。而更大的悖论却在于，鲁迅的所有实际行动的指向，又不限于社会历史层面（钱玄同的劝说指向的正是社会历史层面），而是更深入人的精神结构改变。换句话说，鲁迅的呐喊实践源自一种社会历史层面的责任意识，但他的实践行动却越过了这一层面而达到精神结构层面。

鲁迅的启蒙行为的基本构架正是一场召唤与回应之间的努力。这一"召唤—回应"是鲁迅寄望于"铁屋子"中的清醒者和昏睡者之间的，即，希望通过某种声音，唤醒昏睡者，将他们从"沉沦"中拯救出来。而他将自己最初的实践命名为"呐喊"，将他的呐喊比为"枭鸣""反狱的绝叫""旷野中的长嗥"……呐喊而"听将令"，是鲁迅"我应该"的阶段。之后鲁迅所从事的工作，也正是这样寻找"聪耳"、寻找无数"孤独者"的行为。在这一层面上，鲁迅的聆听召唤具有社会性。但因其内在的怀疑，他的社会行为还有更多的源自自身意志方面的支撑。也就是说，这一重社会性话语中的"召唤—质疑—回应"的根柢，其本质是意志在召唤行动。

## 二 《彷徨》《野草》："召唤—沉默—聆听自我"

如果说《呐喊》阶段，鲁迅对于召唤的聆听更多是在社会性承担，此时他的自我意志也能够支撑他的积极行动，那么，《新青年》解散之后，鲁迅的自我怀疑和分裂导致文本中大量出现的自我主客对话形式，俨然成为无法遏制的话语态势。而这种对话关系主要有两种方式：一为对话，一为沉默，以此构建了一种主体与客体之间的召唤—回应/召唤—抵抗的关系。

（一）从"意志召唤行动"到"灵魂召唤自我"："骆驼"变成"狮子"

写作于这一阶段的《过客》，王乾坤认为已经与"前驱"分道扬镳，是一种不存在他律的存在哲学。"'前面的声音'不应该理解为'我'之外的任何对象，它并不受制于任何它物，而是'我'的神圣的心声，它引领'我'对'我'的罪性、有限性、缺陷或污浊予以超越，而趋于完善。"① 王乾坤认为这是"一种通过本己'能在'的召唤，在'沉沦'和

---

① 王乾坤：《鲁迅的生命哲学》，人民文学出版社1999年版，第147页。

'人们'状态中自我拯救和提升的寓言","过客要走出的,首先是他自己的沉沦状态"。他所用的"沉沦""人们"是海德格尔的存在论内容,而海德格尔认为,良知的发生,是因为"人处于被抛境况""此在沉沦于常人"。① 在这一寓言中,过客对于这种"前面的声音"的召唤发生了聆听和回应的动作,于是产生了耐人寻味和永无休止的"行走"。

新的问题是从这种"被抛境况"出发的,也就是说,当个体的"被抛境况"被自身深切领会,那么,个体的自我感知和自我意识也同时放大,来自自我内部的"声音"就会极度凸显。过客也正是在这茫茫荒原般的世界认知中领受了绝对的"自我",听到了更强悍的那个内部的声音。永恒地行走,却并不为了走向"理想世界",而是走向更高阶的那个生命主体。

以鲁迅的"铁屋子"的意象观照此在的世界,事实上,这个世界中的每一个人,都是处于被抛状态的"异乡人",不论是"沉沦"状态中的昏睡者,还是孤独(甚至恐惧)的清醒者。如果说,这是一个广大的"被弃"的世界,昏睡者是被真正的"家园"所弃,是忘记了自己的"家园"的异乡人,而清醒者,是对于自己的"被抛状态"有着清醒的认知的异乡人,是"悲凉之雾,遍被华林"的"呼吸而领会之者"② ——鲁迅是这样的领会者,但他绝不是会溺毙于绝望的个体,他的生命内部是有真正的"风雷之音"的。在《呐喊》阶段,这个声音在召唤那些和他一样的尼采所谓的"孤独者",是向外的,是为"呐喊";而在《彷徨》《野草》阶段,这声音召唤的是自身,是无限内倾的,是以"沉默"。如果说,前者表现为意志在召唤行动,这行动是指向"理想世界"的,那么后者便是灵魂在召唤自我,而这自我对于世界与人性有着深刻的"察见渊鱼"的洞彻。——鲁迅对于这一"理想世界"的执拗追求与绝不信任,构成了他的生存悖论。

《呐喊》时期的"主将是不主张消极的",鲁迅可以做到不去破坏别

---

① 〔德〕马丁·海德格尔:《存在与时间》(修订译本),陈嘉映、王庆节合译,生活·读书·新知三联书店 2014 年版,第 318 页。

② 鲁迅:《中国小说史略·清之人情小说》,《鲁迅全集》第 9 卷,人民文学出版社 2005 年版,第 239 页。

人的希望之"可有",但却无法为自己提供真实的"理想家园"的希望,所以《呐喊》呈现出绝望与希望之间不断调停的面貌,"不恤用了曲笔"来装点希望正源于此。可他依然深谙这个"铁屋子"的没有门窗,明了前面是坟,"理想家园"是虚幻的。他自己可以聆听生命内部神秘的"前面的声音",可他对别人无法指路。然而自欺的希望在他自己身上也逐渐打破,那个更彻底地洞察了"虚妄"的"我"开始以强势的面貌出现在鲁迅的话语世界。

这种转变是由具体的事件开启的,那就是《新青年》的解体,以及兄弟失和事件,双重的打击几乎击垮了鲁迅。——这个阶段,他更深切地领会到自己的"两间余一卒"的"被抛状态",但从这孤绝状态中"重生"的鲁迅较之此前,已经恢复到个人状态,他身上的"骆驼"开始隐退,"狮子"的声音渐渐高涨。而显示了这一过渡的,是《彷徨》和《野草》。这一阶段,大量的"我"涌现在鲁迅的文本中,这说明他开始真正思考个人性的存在问题。——《呐喊》中的"我"其实是"我们"的,"我们"即他身在的启蒙者群体,而"我们"与"他们"的分界在《呐喊》中是明显的。但是到了《彷徨》阶段,更加突出的是对于"我"的思考,其肇始之作,却是《〈呐喊〉自序》,意味深长的地方就在于,一篇对于"社会性"叙事的《呐喊》的总结性文字,《自序》却不完全是"社会性"叙事,社会完全被纳入"我"的精神历程之中。丸尾常喜说鲁迅"对于'希望'的动摇反映到他的作品里,开始于'五四退潮'时期"[①],《〈呐喊〉自序》正是这一时期鲁迅精神和心理状态的直接反映。

"五四"退潮对于鲁迅的打击不亚于辛亥革命的失败,鲁迅在参与新文化运动中时,即便有疑虑,他投入的时候也是付诸全部心力的,并没有他在《〈呐喊〉自序》中所写的那样悲观(当然,鲁迅的怀疑是一以贯之的,即便是全情投入也并不例外)。那时的投入热情暂时抑制了他的悲观。直到"五四"退潮,他的悲观再一次成为绝望。所谓"寂寞新文苑,平安旧战场。两间余一卒,荷戟独彷徨",正是对于抗世而被世所弃的深刻领会。

---

① 〔日〕丸尾常喜:《耻辱与恢复》,秦弓、孙丽华编译,北京大学出版社 2009 年版,第 200 页。

（二）"沉默"与自我聆听

进入《彷徨》期的鲁迅，其文字中也始终存在着"召唤"。但显然，意志召唤行动的模式渐渐失效。这召唤的无力感最初表现为对话的不能进行。典型的例子就是《在酒楼上》和《孤独者》，以及《野草》诸篇。

在这一阶段，鲁迅文本中的对话关系不断出现"沉默"的意象。这在《头发的故事》中早见端倪，到了《影的告别》中已然登峰造极。沉默，事实上表达的是一种质疑和抵抗，如果说，《狂人日记》所写的是启蒙的呐喊没有回应，这是社会意义上的，是"身外"的荒原感。而此时鲁迅意识到的，是自我内部的虚无（上一节我们已经进行过论述）。此时的沉默来自一个更深处的自我——这个自我更明了世界的幽暗和生命的困局。《影的告别》中，影子喋喋不休地要冲决而去，而身体却一味沉默不言。郜元宝曾对此有精彩的分析，但他并未明确影子与身体的确指，他说："活跃的是精神之'影'，更加稳重有力的却是一直沉默着的清醒而无奈的身体。"[1] 事实上，我们从这种活跃与沉默中，能够窥知另外的意义。这恰恰是自我内部的交战和胶着的状态："向外"的呐喊者、动作者与无限内倾的沉默者和"不动"者，像是堂吉诃德和哈姆雷特的交战和叠加——他同时是行动者和思考者，行动者的决绝意志与思考者浩瀚的悲感体认在撕扯、交战。

《呐喊》阶段，鲁迅的国民性话语的建构秉持着"听将令"的他律，这种社会性话语的建构以"不主张消极"为标准，即使是在书写个人在群体中的隔绝和寂寞，文字中也存在着一个强力的主体——一个以"否定式"言说出场的批判者，一个积极的话语建构者，一个真实世界的"介入者"。——知识分子的承担意识决定了他的坚定的话语意志，这就导致他的个人话语更多服从于他的社会性话语，甚至，他的社会性话语意志中带有不易察觉的强权色彩，于是，其个人性话语便具有了服从、妥协甚至牺牲的性质。但问题正在于，恰恰是他的个人性话语才是由他的真实体验生成的，是属于真正的内部的声音。

"五四"退潮，也就意味着"将令"解除，阴冷孤绝的元素渐渐占据精神主导。自我对于外部召唤的质疑与抵抗频频出现，《在酒楼上》《孤

---

① 郜元宝：《从舍身到身受》，《鲁迅研究月刊》2004 年第 4 期。

独者》《伤逝》甚至《祝福》，都暗隐着对于外在召唤的质疑，且正是这质疑和抵抗的力量成为小说中更强力的叙事驱动。但另一面，也因这质疑与抵抗，《在酒楼上》《孤独者》《伤逝》中流露出非常明显的"负罪感"。这"负罪感"多由私人性话语与其社会性话语的冲突导致。召唤—抵抗—罪感纠结在一处，所以《彷徨》的色调较之《呐喊》要斑驳深邃得多。而《野草》中大量的悖论漩涡的出现，也正源于此。从这些文本中我们也可窥知，鲁迅的生命内部正在蕴蓄和经历风暴，而在此时，"沉默"成为隐在的更强大的、更幽深内旋的能量。

鲁迅在《野草·题辞》中说："当我沉默着的时候，我觉得充实；我将开口，同时感到空虚。""沉默"代表着什么？是更强有力的那一部分主体，他在聆听"自己的心音"：

> 我沉静下去了。寂静浓到如酒，令人微醺。……我靠了石栏远眺，听得自己的心音，四远还仿佛有无量悲哀……这也就是我所谓"当我沉默着的时候，我觉得充实；我将开口，同时感到空虚。"①

对"自己的心音"的聆听模式在《野草》中大规模地敷演，分裂的、对抗的自我一遍一遍地进行着较量，焦灼而胶着的撕扯中，却始终存在着一股似乎暗沉却亢奋、似乎凝抑却郁勃的力——它在底部生长，又在分裂中最后抵达，终究汇聚到过客无尽的、不休的行走。在此意义上，《野草》是属于鲁迅的"为一切人又不为任何人所作的书"②，它是由"身外"走向"身内"、由"地上"走向"地下"、由世界走向个体的孤绝的自语——他在自我言说和自我倾听，却也经由极度敏异的内在体悟抵达世界和宇宙。所以过客身上，实则具有两种关系的实践：一为行走与抛却形成的关系；一为召唤与回应形成的关系。前者是孤绝个体最终对于"他律"的抛弃，后者是绝对精神对自我内在世界的聆听。在这种对于自我

---

① 鲁迅：《怎么写——夜记之一》，《鲁迅全集》第 4 卷，人民文学出版社 2005 年版，第18—19 页。

② ［德］尼采：《查拉图斯特拉如是说》，钱春绮译，生活·读书·新知三联书店 2014 年版，第1 页。

灵魂深处的"召唤"的"回应"中，人实现了超越，即过客的向前行走。这行走，是一种沉静中的内在癫狂。它以更加内倾的、更加孤绝的姿态出现，以遒劲内旋的形态回应着"摩罗诗力"的召唤。——不是激昂的、向外的摩罗诗力，是孤绝内旋的"摩罗诗力"，这在鲁迅后期文字中以近乎"地火"的形式蕴蓄、发力，愈沉凝，愈癫狂。

　　这种沉默中的"魔鬼性"元素在《野草》开篇处、那魅影骚动的《秋夜》里已现形："哇的一声，夜游的恶鸟飞过了。我忽而听到夜半的笑声，吃吃地，似乎不愿意惊动睡着的人，然而四周的空气都应和着笑。夜半，没有别的人，我即刻听出这声音就在我嘴里。"① 广袤的寂静中神经质的"夜半的笑声"，是来自精神内部的，是对于恶鸟的叫声的回应，是在暗夜中遇到自己的精神同类的神秘交流。事实上，与"夜半的笑声"类似的对于神秘世界聆听的描写在鲁迅那里是非常常见的，《狂人日记》中早见端倪：日记开篇就是由月光而产生的心灵震颤。这种带有神秘主义色彩的人对世界的谛听与心灵交汇在鲁迅那里并不乏见。鲁迅似乎非常享受在暗夜中捕捉自己心灵中的神秘声音，以此确认自己与某种幽暗"灵界"的神秘关联。甚至有时候会给人这样的感觉，鲁迅似乎在那个闹鬼的房子里与另一神秘黑暗世界相交了，他身上的魔鬼性的东西正缘此而来。

　　在这些地方，对于神秘自我和神秘声音的直觉以及回应，其实带有癫狂化的性质。"于浩歌狂热之际中寒，于天上看见深渊"此类书写，便是一种精神的癫狂状态——一种极度的"静"中的内倾的癫狂。——不仅仅是一种精神气质，它事实上凝练成了鲁迅的话语方式。鲁迅通过这样的话语方式呈现出一种与世界相交接时，人对于自我主体极度敏锐的生命状态。这正是"狂人"开启的精神状态，鲁迅借由这种癫狂使其自我意志抵达极境。同样，《这样的战士》一遍一遍咏叹着"但他举起了投枪"，与《长明灯》中疯子一遍一遍的"我放火"之间的同源关系不言而喻，当然还有那个像得了躁郁症的"影"。在这类被放大的执拗和"漫画般"的行为描摹中，那个"个人"、那个"自我"便极度凸显了。

　　事实上，我们在鲁迅自己身上不难发现，在某些不经意的地方，他会

---

① 鲁迅：《秋夜》，《鲁迅全集》第2卷，人民文学出版社2005年版，第167页。

露出某种狂诞的精神状态。《人间鲁迅》中，林贤治记录了绍兴光复时期的一件事，鲁迅组织武装演说队上街辟谣，"走在最前头的是周树人。他一手握着传单，一手握着钢刀，大有当年在南京时跑马旗营的气概"，当学生问有人阻拦怎么办，鲁迅"正色回答道：'你手上的指挥刀做什么用的!?'"① 在这些地方，总有一个令人一惊的鲁迅，他的身上有一种因过于理想化而呈现出来的姿态性的东西，甚至类似阿Q身上的某些在紧张中呈示出来的怪诞和僵硬。林贤治描述的这件事情其实与"不读中国书"一脉相承。"不读中国书"的行为其实也是有着类似于他的老师章太炎的狂诞色彩。对于鲁迅非理性的神经状态的记录，在他的同代人那里也并不乏见。钱稻孙晚年对鲁迅曾有这样的回忆："鲁迅身体并不很健康，常生病，瘦瘦的，我看他顶起劲是在女师大风潮中。当时他精神很兴奋。我吃一惊，觉得他精神上有些异常。"② 鲁迅精神兴奋的状态，是的确有一种酒神气质的。他的这种生命状态本质上与尼采和章太炎非常接近，而后两者，正是公认的"疯子"。

鲁迅将自身内部某种幽暗偏僻和敏异狂怪的元素涂抹在他的文字中的时候，每每演荡出一派文字奇景，而这些诗气、鬼气、剑气纵横交错的内部，却始终有着神秘幽暗的通道，它通向更纵深的灵魂内部，鲁迅最绝望、最紧张（《彷徨》《野草》阶段即可作证）的时候——鲁迅向外的生命是"沉默"的，而他生命内部却是虎啸龙吟的，他在聆听这声音。

这种迷醉状态中的自我聆听，实则是自我对于生命意志的回应，是一个"主体自我"与"客体自我"做着"召唤"与"回应"的游戏的过程，对应于上一节所探讨的身体的征用，鲁迅正是以自啮架构自我与生命内部的自我的关系，在这个幽深内旋的世界里，渊中暗有蛟龙奋舞，涌荡着华诡奇绝的力量，暗流汹涌的《野草》，正是他将所有矛盾抛掷在一处进行厮杀的文字奇观，鲁迅的强悍之处正在于，他在这巨大的撞击掀起的巨浪中完成了生命的更内在的融汇——他的生命内部获得了更强有力的意志召唤。

---

① 林贤治：《人间鲁迅》，人民文学出版社2010年版，第162页。
② 左瑾、王燕芝、叶淑穗整理：《访问钱稻孙记录》，《鲁迅研究资料第四辑》，天津人民出版社1980年版，第199页。

### 三　《朝花夕拾》："独白—和解"

鲁迅的名文《死》中有一段广为摘引的话："只还记得在发热时，又曾想到欧洲人临死时，往往有一种仪式，是请别人宽恕，自己也宽恕了别人。我的怨敌可谓多矣，倘有新式的人问起我来，怎么回答呢？我想了一想，决定的是：让他们怨恨去，我也一个都不宽恕。"① 即便到死也不肯与世界和解，这与他在《孤独者》中为魏连殳（其实也是自己）构想的死亡殊途同归："他在不妥帖的衣冠中，安静地躺着，合了眼，闭着嘴，口角间仿佛含着冰冷的微笑，冷笑着这可笑的死尸。"② 永远地"冷笑"世间（以及自我在世间）的"不妥帖"，的确是鲁迅的存在姿态。他的生命中的不和谐因子始终将他的意志力量扩张到极处。在这个层面，鲁迅似乎一直是一个战士，是勇猛执拗地抵抗世界和自我的意志者。但事实上，他同样有着"回归大地"的渴望。人与世界的合一，在鲁迅早期文论中言及的"纯白之心""气禀未失"即有体现，这是他的"赤子"的追求。鲁迅的生命中其实有强烈的情感诉求，这种欲望始终是他话语中的顽强的隐性存在。在鲁迅的话语体系中，这回归性、合一性的暗在诉求更多以"独白"的言说形式呈现。

需要先明确独白式言说的忏悔性质和救赎性质。独白是主体与世界的和解的意愿，以及和解的途径。在鲁迅的文本中，独白出现的地方，总会有贴近情感需求甚至伦理需求的方面。祥林嫂一遍一遍讲述阿毛的故事，其实类似宗教中的忏悔，渴望以诉说得到救赎；吕纬甫独白中的小故事，也隐含着自我辩护的意味，是他对于自己曾经摒弃的世界的谅解和渴望得到谅解。魏连殳最后给"我"的信，同样有乞求原谅的信号传达。当然，以完全的独白形式来叙述的《伤逝》更是一开篇就表明了目的："如果我能够，我要写下我的悔恨和悲哀，为子君，为自己。"③ 独白的话语形式也可以看作主体对自我与世界、自我与自我的分裂进行弥合的意图和行动。而在鲁迅自身的世界里，独白主要表现为与故乡的"和解"。

---

① 鲁迅：《死》，《鲁迅全集》第6卷，人民文学出版社2005年版，第635页。
② 鲁迅：《孤独者》，《鲁迅全集》第2卷，人民文学出版社2005年版，第110页。
③ 鲁迅：《伤逝》，《鲁迅全集》第2卷，人民文学出版社2005年版，第113页。

　　众所周知，鲁迅的国民性话语建构依赖于对故乡的"他者化"书写：故乡化为未庄、鲁镇、S 城，在鲁迅的笔下作为"沉默的中国"的具象。鲁迅在这重话语建构中对于故乡的摒弃、否定显而易见。但他的复杂的生命和情感世界中，另有不容忽视的维度——他对于故乡的怀念不绝于耳地响起在他文字中。这一和解过程是经历三个阶段的：第一阶段在《呐喊》中的《故乡》与《社戏》；第二阶段在《祝福》和《在酒楼上》；第三阶段在《朝花夕拾》。三个不同的"和解阶段"，与他生命历程中的境遇变化、情感变化息息相关，但又都在这一条可见的"和解"的情感线索中波动。

　　1919 年 8 月 19 日，周氏兄弟买下了八道湾宅，1919 年末回绍兴，卖掉了祖屋，接全家至京。这是鲁迅生命中的大事件，从此以后，鲁迅再未回绍兴。对于这次卖祖屋，鲁迅在给许寿裳的信中言及此事："明年，在绍之屋为族人所迫，必须卖去，便拟挈眷居于北京，不复有越人安越之想。而近来与绍兴之感情亦日恶，殊不自至〔知〕其何故也。"① 鲁迅在 1919 年末的回乡，引发了《故乡》《社戏》《祝福》《在酒楼上》四篇小说的创作。它们分别作于 1921 年 1 月、1922 年 10 月、1924 年 2 月 7 日、1924 年 2 月 16 日。1926 年 2 月，鲁迅开始写作《朝花夕拾》。之所以详细记录这些作品的书写日期，是为了将鲁迅的心境变化做更详细的剖析。

　　1919 年末卖掉祖屋之后，在八道湾，鲁迅于 1921 年 1 月写下了《故乡》，1922 年 10 月，做《社戏》。诀别与眷恋之情可见。1923 年兄弟失和之后，鲁迅离开八道湾，创作的第一篇作品就是《祝福》，紧接着不到十天的时间，他写了《在酒楼上》。而这两部小说可以窥见鲁迅对于故乡与家的暗隐却深切的情感渴望。

　　《祝福》内部始终存在着两条线："我"的无家可归和祥林嫂的无处安身，二者的境遇是并置的。一方面，"我"的回乡是"寄住"在鲁四老爷的家里，而祥林嫂一直被驱逐；另一方面，祥林嫂的改嫁导致她到阴间不知归属的问题，直接指向"我"叛离故乡/传统文化之后的不知所至，

---

　　① 鲁迅：《书信·190116 致许寿裳》，《鲁迅全集》第 11 卷，人民文学出版社 2005 年版，第 370 页。

祥林嫂的"改嫁"直接隐喻着"我"的"离乡"。如果我们深入《祝福》就能发现更多鲁迅自身的影子，《祝福》作于 1924 年 2 月 7 日，《在酒楼上》作于 2 月 16 日，短短的十天之内，鲁迅用两篇以回乡为模式的小说抒发某种隐秘情愫。如果再细心一点，我们就能发现，这两篇小说分别完成于农历的正月初三、正月十四，而这个新年，是鲁迅和周作人关系破裂搬离八道湾的第一个新年。在新年、元宵节前后创作的两篇小说内部，难道没有类似祥林嫂在众人祝福的时候感受到的无家可归、亲人离散的痛苦？祥林嫂的故事在外在层面呈现出祥林嫂与鲁镇的对峙关系，而在内部，她的被逼改嫁、亲人死亡、被驱逐、无家可归，无不暗示着鲁迅的内心创伤。在这一层面，《祝福》中有鲁迅的自伤（联系《颓败线的颤动》当更能印证这类似的自伤）。而由此开启的对于故乡的怀念，却也正透露出鲁迅的和解欲望。《呐喊》中的丑陋故乡被他决绝摒弃之后，在现实中负伤需要慰安的生命，却再次回归故乡渴求抚慰。

有明确的事实证明鲁迅的故乡书写与传统节日之间的深切关联：1921 年 1 月，春节期间，鲁迅写作了《故乡》；1925 年 1 月 24 日，正月初一，鲁迅写下了关于小兄弟的《风筝》；1925 年 1 月 28 日，正月初五，鲁迅写了充斥着噩梦的《野草》中最美的一篇怀乡文字，那就是《好的故事》，而《风筝》和《好的故事》完全又在《朝花夕拾》系统的延长线上。传统节日、故土思亲，当这系列书写的暗在关联被察觉，其在鲁迅繁若莽林的语义空间中便渐成"阡陌"，引我们逐渐接近、抵达作者内在隐秘的情感核心。在此层面理解《祝福》和《在酒楼上》，其内部以"自言自语"呈现的那些倾诉式的关乎情感的故事，其内蕴的属于作者自身的那些创伤及"返归"渴望便清晰可辨。

事实上，我们确可从这些对于故乡的言说中发现鲁迅暗藏的情感变化：

> 《故乡》："我冒了严寒，回到相隔二千余里，别了二十余年的故乡去。"
>
> 《祝福》："我是正在这一夜回到我的故乡鲁镇的。虽说是故乡，然而已没有家，所以只得暂寓在鲁四老爷的宅子里。"
>
> 《在酒楼上》："我从北地向东南旅行，绕道访了我的家乡，就到

S 城。……暂寓在 S 城的洛思旅馆里了。""北方固不是我的旧乡，但南来又只能算一个客子，无论那边的干血怎么样纷飞，这里的柔雪又怎样的依恋，于我都没有什么关系了。"

三篇小说内部的情感变化是明显的，由"回到"故乡，到"回到"故乡却"已没有家"；再到"访"了故乡，彻底变成"客子"。对于自己已然成为故乡的"客子"这一事实的越来越明晰的认识，其间透漏出的正是鲁迅自己的怀乡情感。而小说中大量的独白性质的抒情，正是隐在的和解欲望的传递。

沿着这一条"情感线索"而下，我们会发现，鲁迅与世界达到真正和解是在《朝花夕拾》。竹内好有过这样的说法："《朝花夕拾》在通常的情况下被强调的是作为自传的一面，但我在很大程度上感到它们是作品，并以为是《故乡》系统小说的延长。"① 竹内好并没有在这个问题上继续，但却给了我们提示。暂且不论《朝花夕拾》是自传还是作品，毋庸置疑的是，它的确是对于鲁迅《故乡》系列小说的补充。或者说，在《朝花夕拾》里，鲁迅对于故乡的背弃和眷恋之间巨大的沟壑得已弥合，从而真正实现了"故乡"书写的整体完成。而内在的情感驱动，笔者认为正是和解。

鲁迅的前期创作较之后期有着明显的紧张感，尤其是《呐喊》，绷得太紧，很不舒服，《彷徨》虽则是精神紧张的状态，但他的书写却是放松的，这很大程度上是因为他变成了彻底孤独的个人，在这个层面，可以说，与周作人的决裂是他生命中的"解放"性质的事件，同时伴随的是家庭伦理对他的束缚的瓦解，即使是被动的，也不是他情愿的，但正是这一事件，使他的生命状态发生了极大的改变。这种彻底的孤独虽然源自鲁迅生命中最痛苦的事件，但它真正成全了最顶点的鲁迅。即使在之后的笔战之中，他也完全获得了真正的"个的自觉"状态，与《呐喊》时期明确的主题奔赴有明显的不同。越过了生命中这场巨大的撕裂之痛，此后他的生命状态明显自由从容了很多，《朝花夕拾》就是非常重要的回归性

---

① ［日］竹内好：《近代的超克》，李冬木、赵京华、孙歌译，生活·读书·新知三联书店2005 年版，第 166 页。

文本。

这种回归状态中，个人性的自我占据了生命的主要地位。他的精神结构中的真正源自生命体验的、感性的力量开始支配他的话语的选择。对于鲁迅来说，虽然依旧在"铁屋子"中，他依旧在与之战斗，但是束缚他自己的精神世界的那个"铁屋子"已经打开了那扇"黑暗的闸门"，他已经能够自如地穿行到另外一个自由世界：他的传统/民间趣味开放了。

竹内好将鲁迅小说中的《故乡》和《社戏》看作一个小说系统，这个小说系统以"抒情性"连接在一起，而他同时认为《朝花夕拾》是沿着这一"抒情"传统的文学创作。自然，这些作品的风格、情感的相似和相通是明显的。但值得关注的是，这些作品的创作背景极有深意。《故乡》和《社戏》创作的时候，正好是鲁迅之前努力过而失败了的启蒙事业重新看到了希望的时期，且全家团聚而较少现实生活的忧虑，《社戏》中那种岁月悠然静好的味道与这一时期的生活境况有极大关联。而紧接着，《彷徨》中的故乡书写打断了这一"抒情"线索，其背后的事件却正是兄弟失和。《祝福》《在酒楼上》里，那些嵌在小说内部的独白性的小故事，有着极其复杂的情感层次：自我厌弃的、自我辩白的、情感渴望的，整个言说呈现出繁复的"不能已于言"又不知"如何言之"的纠结缠绕状态，但小说的"内在的声音"却因这纠结缠绕而得以凸显——鲁迅小说深处的作者的"声音"正是因这复杂的情感渴望而泄露，并为我们捕捉。——我们愿意相信，周作人一定敏感地捕捉到了这一信息，并坚定地认为《伤逝》是"哀悼兄弟恩情的断绝"。局限在这个思路中解读《伤逝》多少是有问题的，但周作人真正聆听到了"独白"的言说形式背后的，鲁迅的"声音"，那暗隐的情感渴求。——当这内在渴望一旦冒头，便呈难遏之势，于是在某种程度上开启了《野草》的深度"独白"和《朝花夕拾》的倾诉式书写。

至1926年，鲁迅开始创作《朝花夕拾》，恰恰是在他与许广平热恋的时期，这一阶段与八道湾共享天伦的短暂时期是鲁迅生命中最明亮的两个时段。《朝花夕拾》里，我们看到鲁迅的温暖、放松，甚至一点点余裕，甚至与恋人分享童年的隐秘欲望。哪怕依然带着隐痛，但很明显，这些伤口在某种程度上得到了愈合。之所以这样说，是因为鲁迅开始敞开这些伤口，而真正不能愈合的伤，鲁迅是从不宣之于口的（比如说，祖父和兄弟失和)。《朝花夕拾》的书写心境和书写笔触都呈现出疗愈感，此前的生命"痛点"以及自我损伤被一一清理、重新面对，如果说在《祝福》和《在酒楼上》这一故乡书写阶段，情感渴望还处于纠结难言的压抑状态，至此，自我的真实的情感渴望已真正被作者直面，所以《朝花夕拾》里哪怕依然有持续的钝痛，也依然有批判，但内在的舒缓深情的独白式言说方式，使《朝花夕拾》整体呈现出温润的"包浆"感——那种与情感相关的独白式言说，是诗人聂鲁达"我坦言我曾历尽沧桑"式的运笔，这种言说形式实现了书写对象的转换，将"故乡"变成了"岁月"，也确证了此前的想要"逃离"与想要"遗忘"在鲁迅内在世界中的彼此呼应。

《朝花夕拾》流露的温暖雍容感已经无须赘言，而与之相辅的，是《两地书》。《两地书》中，我们会看到这段时间鲁迅的生命状态："楼下的后面有一片花圃，用有刺的铁丝拦着，我因为要看它有怎样的拦阻力，前几天跳了一回试试。跳出了，但那刺果然有效，给了我两个小伤。"甚至有"夜间小解也不下楼去了，就用磁的唾壶装着，看夜半无人时，即从窗口泼下去"① 之语，其琐碎、庸常中的陶然乐趣，在鲁迅的生命中是极少见的。而许广平的回信则是："在有刺的铁丝栏跳过，我默然在脑海中浮现那一幅图画，有一个小孩子跳来跳去，即便怕到跌伤，见着的也没有不欢喜其活泼泼地的。"② 许广平凭着书信获知的画面，似乎更有一部分来自《朝花夕拾》的直觉。这个跳铁丝栏的鲁迅与《朝花夕拾》里的"迅哥儿"直接接通了。

《朝花夕拾》的童年感无须赘言，它的言说方式奇妙地对应着尼采《三种变形》里所论的"孩子"的阶段，而《朝花夕拾》的精神内核同样印证着"一个新的开始，一个游戏，一个自转的车轮，一个肇始的运动，一个神圣的肯定"③。——《朝花夕拾》是鲁迅穿透了《野草》之后

---

① 鲁迅：《两地书·六二》，《鲁迅全集》第 11 卷，人民文学出版社 2005 年版，第 180—181 页。

② 鲁迅、许广平：《鲁迅景宋通信集：〈两地书〉的原信》，湖南人民出版社 1984 年版，第 203 页。

③ ［德］尼采：《查拉图斯特拉如是说》，钱春绮译，生活·读书·新知三联书店 2014 年版，第 22—23 页。

的"再生性"文字。如果说《野草》深系于自我搏斗和自我认识，以深邃的自我言说和自我聆听为话语形式，那么《朝花夕拾》可以说是承接这搏斗和认识而来的自我更新，这个世界的深处，是一个独白的声音，这声音似春水缘笔而行，流动处，融冰生绿，终于从时光、际遇、情感、伤痛、厌恨与爱的交缠中破出和超越，在返归、弥合与新生中完成。

鲁迅写《朝花夕拾》的同时在翻译被他誉为"无韵的诗，成人的童话"① 的《小约翰》，他对此书的言说当可验证《朝花夕拾》的新生性："约翰正是寻求着这样一本一看便知一切的书……直到他在自身中看见神，将径向'人性和他们悲痛之所在的大都市'时，才明白这书不在人间，惟从两处可以觅得：一是'旋儿'，已失的原与自然合体的混沌；一是'永终'——死，未到的复与自然合体的混沌。而且分明看见，他们俩本是同舟……"② 在根柢上，《朝花夕拾》是爱与死之书。正是"在自身中看见神"之后，生命中被剥离的、他拼命想要逃离的那些碎片重新汇聚为更浩瀚和深沉的中心，那个面对故乡曾决绝似"剔骨还父"的少年，却再次赖此重新化出血肉。死生同舟的谜底，只是重返源头，生生不息。

与此"独白"式的言说形式相对应的，鲁迅对于白话、文言的话语方式的选择，同样有暗在的情感牵系。如果说鲁迅对于故乡的摒弃与和解，在其言说形式中暗藏端倪，他与传统的决裂与"和解"，也有显见的言说形式的选择。

传统是他的故乡，而他是传统文化的负气远行的儿子，背负着"故土"给他的创伤，却也带着拳拳眷念。即使他终生不肯回他的故乡，他对于他来的那个地方也是眷恋的。前文已言及鲁迅的故乡书写大多是在春节期间完成的，传统节日、民间习俗和亲情渴望纠结缠绕之处，正是作者的真实情感聚焦之处。而传统文化的滋养与"毒"、伤害与疗愈、厌恨与依恋同样纠缠在他的生命内部。

———————————

① 鲁迅：《〈小约翰〉引言》，《鲁迅全集》第 10 卷，人民文学出版社 2005 年版，第 281—282 页。

② 鲁迅：《〈小约翰〉引言》，《鲁迅全集》第 10 卷，人民文学出版社 2005 年版，第 282 页。

最有力的一个证据是，鲁迅情感激越悲愤到难以自持的时候，往往会选择古体诗来抒发自己的情感和愤懑（这与春节期间的故乡书写有着同质的情感内核）。比如著名的《为了忘却的纪念》写于 1933 年，距离左联五烈士被害隔了两年，这样深情的文章是隔了两年之后写的，但是在伤痛的现场，他第一时间写了"忍看朋辈成新鬼，怒向刀丛觅小诗"。比如，《哀范君三章》是在得知范爱农死亡后第一时间写的，而《朝花夕拾》里的《范爱农》则写于多年之后。——并不是说他的小说、散文里没有伤痛，但这些都是隔了时间的"朝花夕拾"。在他迎面撞上伤痛的那一刹那，他都是本能地选择旧体诗。再比如《悼丁君》就是在谣传丁玲被害的时候写出来的，再比如，《悼杨铨》。——这才是他的根柢和命脉。在最悲愤的时候，他不由自主地回到他的来处。就像我们每个人在最伤痛的时候总是想要回家，鲁迅即在他的伤痛中选择了自己血脉相系的言说形式。这难道不是皈依和眷恋？这种几近本能的选择，暴露了他的根柢处的情感依恋和原生审美。

值得注意的是，小说《孔乙己》里，孔乙己也在表达体系这个维度上遭逢窘境。丸尾常喜说："孔乙己越是被紧逼穷追就越是失去口语，代之以文言。他正是在用文言文构建的他的观念世界里才是自由的。而他的观念世界恰恰完全堵死了参与现实中与民众共有的日常世界的通路。"① 丸尾常喜用"观念世界"来说明的孔乙己的"自由表达"的世界，它可能的确是"观念世界"，但也毫无疑问是缠绕在孔乙己生命根部的，在某种程度上，这也是他的血脉所系。孔乙己的表达体系始终在他的情感"安全区"——鲁迅自然并不，他是不断冲出"安全区"的勇猛个体，但事实上，割裂与弥合集于一身的这一代作者，尤其是鲁迅，未必不在某种时刻也处于这样尴尬的境地。在当时的文化语境中，他未尝不是那个站着喝酒而穿长衫的人。"孔乙己越是被紧逼穷追就越是失去口语，代之以文言"，而鲁迅伤痛最甚的时刻，情感激越难遏的时刻，也往往回归文言。他在孔乙己的身上悄然投注了他自己的某种体验：他在旧与新、传统与现代之间的情感倾向和价值凭依大概还是各有倾斜的。毫无疑问的是，鲁迅

---

① ［日］丸尾常喜：《"人"与"鬼"的纠葛——鲁迅小说论析》，秦弓译，人民文学出版社 1995 年版，第 56 页。

从来都深谙言说形式的选择中暗藏着精神和情感密码。

同时，鲁迅在伤痛的时候，会同时选择逃离，进入蛰伏期。而这种"逃避"，也正是逃回到自己的"来处"。在绍兴会馆的沉寂的岁月里，抄古碑，读佛经；从北京逃亡至厦门时期，为了排遣忧伤，也是在研究古代文学。他说"一个人处在沉闷的时代，是容易喜欢看古书的"①，他一旦遭遇伤痛，即立刻躲回传统里，这有很深的意味。——一个人"入世"所行或许会被时与势裹挟（自然鲁迅在时与势的洪流中依然有逆向而行的一面），但"出世"所归却一定是其灵魂能得到慰安的所在。所以，鲁迅的根柢和血脉所系始终明朗。许广平回忆鲁迅曾自称是"中国最后一个士大夫"，恐怕是非常真诚的自剖，只不过这句话往往被忽略和误读。

当我们明了鲁迅生命深处的这一情感"通道"，便能由此懂得与《朝花夕拾》相应相生的《故事新编》同样是某种"回归"——"朝花"之"夕拾"与"故事"之"新编"，都源自同样的心境："一九二六年的秋天，一个人住在厦门的石屋里，对着大海，翻着古书，四近无生人气，心里空空洞洞。而北京的未名社，却不绝的来信，催促杂志的文章。这时我不愿意想到目前；于是回忆在心里出土了，写了十篇《朝华夕拾》；并且仍旧拾取古代的传说之类，预备足成八则《故事新编》。"② 鲁迅并言了《朝花夕拾》和《故事新编》，当然源自它们启动或行进的起因：远离现实世界"翻着古书""心里空空洞洞"的状态。但以鲁迅一贯的书名"配对儿"的习惯，他更是把这两部作品放在某种共有的维度上来言说的："断舍离"的背后，均有旧梦缠绕。

《朝花夕拾》与《故事新编》都是鲁迅对于"历史"的回望以及对话。"自我的历史"和"文化的历史"（作者所来之处的文化历史，以及作者精神血脉中的文化历史）在"拾"与"编"中都一一被重新言说。但与《朝花夕拾》相比，《故事新编》是另外一种回归：由向传统回归而内省、而对话，以此实现的投身于世界。它同时也体现了鲁迅整个生命阶

---

① 鲁迅：《书信·341128 致刘炜明》，《鲁迅全集》第 13 卷，人民文学出版社 2005 年版，第 270 页。

② 鲁迅：《〈故事新编〉序言》，《鲁迅全集》第 2 卷，人民文学出版社 2005 年版，第 354 页。

段不断地在"向外"——"向内"之间变化的"高低起伏"的状态。鲁迅经过了日本时期激扬明亮的"向外"的社会抱负，经历了"向内"的十年沉默，再一次"向外"的《呐喊》，再一次"向内"的《彷徨》和自我激烈争战的《野草》，在《朝花夕拾》里灵魂得到疗愈，而开始再一次投身于世界，《故事新编》正是体现。

### 四 《故事新编》：与自己文学世界的对话和回归行动的自我言说

高远东《〈故事新编〉的读法》中论及对于鲁迅的《故事新编》的研究始终不尽人意的原因在于，研究者太执着于"共时性"："大家不是把《故事新编》的思想和艺术置于鲁迅创作的脉络中"串联"式地理解，而是把它置于更宽广的古今中外的文学成规中"并联"式地理解，进而把握其意义和价值。"① 高远东独具慧眼，的确，在鲁迅创作及其精神流变的脉络里理解《故事新编》，或许才是进入这本始终充满争议也充满悖论的小说集的路径，自然也是更深地进入鲁迅精神世界的路径。沿着鲁迅的精神脉络，《故事新编》恰恰是从《朝花夕拾》的"孩子阶段"重新启动和继续前行的。

鲁迅的精神体系及脉络，与尼采的"骆驼""狮子""孩子"的"三种变形"既有微妙的对应，也自有独异之处。"和解"绝不会是鲁迅的终点，这是鲁迅精神体系中非常重要的一环。尼采的"骆驼""狮子""孩子"的"三种变形"，与中国文化传统中"积极昂扬的入世者—放荡反叛的名士—逍遥退避的隐士"这一文化脉络有着微妙的对应，中国传统文人的文化选择循环般、预言般地重复出现这样的过程。在某种程度上，周作人可以说在这个"预言"之中，但鲁迅的确是不同的：你以为到《朝花夕拾》，是英雄归来，在乡间园里娓娓道来他的苦难沧桑、挣扎和解，但并不的，近乎惨烈的生命撕裂之后，鲁迅"朝花夕拾"，却并不导向"自己的园地"。他有自己的英雄时代，也有自己彷徨于"平安旧战场"的后英雄时代，但他却并不会在"隐士"阶段停止，就如他慧眼洞穿陶渊明也有"金刚怒目"的时候，也知己式地明了"非常和平的田园诗人"也"总不能超于尘世，而且，于朝政还

---

① 高远东：《〈故事新编〉的读法》，《中国现代文学研究丛刊》2012 年第 12 期。

是留心，也不能忘掉'死'"①。因为从他一出场，这些历时性的精神维度就已然参错杂糅于一起共同作用。他在自己的生命脉络中用那些"毒"滋养了他磅礴的文学创作，经过了《野草》的"以毒攻毒"、《朝花夕拾》清理了那些伤及自身的毒素，之后，他重新长出再次入世的力量乃至剑戟。《故事新编》正属于鲁迅的再次出发的阶段。他的根柢，始终是"行动"的。

（一）与自己文学世界的对话：以荒诞的言说形式对抗荒诞的话语

《故事新编》研究中，其实大部分研究者被这个小说集的名字"故事新编"所凸显出来的小说的文法形式特征带偏了，即使我们想要探索小说集的言说，也往往被"故事如何新编"这一大的研究框架所框住——鲁迅一向乐于在其言说中与读者（和世界）周旋，这个题目本身也是这个集子整体"油滑"的一部分，是《故事新编》的"花腔"之一。

《坟》《呐喊》《彷徨》，题目都是极其提纯的精神凝练，《朝花夕拾》与《故事新编》则是动作性的关于"为何""如何"言说的形式宣告："拾"这一关键性动作，对于丢失的重新寻回——对应于我们上面所说的"回归"与"和解"；"编"这一动作却比任何集子都更着力于整体的演绎与"言说"。事实上，当鲁迅用"故事新编"这个题目来总括这部小说集的时候，"故事"就已然是创作中的主要问题和审视、重编的对象，或者说，"故事"已经是创作者主体审视中的"他者"。而"呐喊""彷徨"分明不同，此二者却是"我的呐喊""我的彷徨"，作者在作品是有某种精神投射的。《故事新编》很明显的一点是，文学世界中的审视对象的凸显和他者的出现，而作者是在外部与之对话的，"新编"正意味着"对话"，那么，《故事新编》进行对话的对象是谁？

首先，"新编"的对象是"故事"：那些历史、传说；其次，"新编"的根本在于给那些"故事"——记载的故事、流传的故事、经过演绎的故事——注入新的认知与评断；最后，最重要的是，这"记载、流传、演绎"的本质是"言说"，是经过选择的"话语"。鲁迅在《中国小说史略·神话与传说》中就论及神话在流传中被话语"改易"的事实："诗人

---

① 鲁迅：《魏晋风度及文章与药及酒之关系》，《鲁迅全集》第3卷，人民文学出版社2005年版，第537—538页。

则为神话之仇敌，盖当歌颂记叙之际，每不免有所粉饰，失其本来，是以神话虽托诗歌以光大，以存留，然亦因之而改易，而销歇也。"[1] 与其说鲁迅的《故事新编》在与"故事"进行对话，不如说，鲁迅是与历史叙述中"故事的阐释"进行对话（当然他对话的方式也是在重新"阐释"的范畴，是以"话语"对话于"话语"）。不论是"女娲补天""伯夷、叔齐采薇"，还是"老子出关""庄周起死"，鲁迅审视的目光所聚焦之处，都是这些故事的"言说"与阐释，而不是"故事"本身。在这一层面，鲁迅依旧沿着此前的创作思路在对"历史"进行重审，但《故事新编》更彰显其对于"认知"的认知。如果说《故事新编》之前的书写是让世界的本质得以明晰，那么，《故事新编》之"新编"则让历史话语本质化的原因得以凸显。

另外，"故事新编"这个题目是鲁迅与自己文学事业的真正的对话——鲁迅生命中进行的或许是另外一场"生成"。如果我们将这作为对象的"故事"（及其阐释）看作"新文学话语体系"的对应物，如果我们考虑到《故事新编》的大部分创作完成于鲁迅生命的最后两年，那么，《故事新编》则是鲁迅生命后期对于自己一生文学创作整体的回顾和寓言性言说。《故事新编》开启以及相伴的鲁迅生命后期的杂文生涯，与这一问题密切相关。不断被引用而使我们熟视无睹的鲁迅杂文的"匕首"之喻，也当在这个层面被重新认识：举着投枪的那个作者，最终意识到他决绝刺向的那个世界，正是他曾孜孜建构、念兹在兹的"文字建构"。当一个写作者意识到了文字和话语的权力，他写与不写，他如何写，都具有悲剧性。鲁迅1933年写下的《题〈呐喊〉》中"弄文罹文网"句，当然指向论争中铺天盖地打向他的话语，但又何尝不是他自己创作的"莫比乌斯环"？他被密集的外部话语围攻的时候，他也深刻明了自己建构的文字世界同样是围困他的"文网"。《故事新编》对于话语的审视终于落在自己身上的时候，作者与其文本世界、话语世界之间关系的参错与更迭处才终于分明。

《故事新编》之前的创作是"不能已于言"，《呐喊》《彷徨》《野草》

---

[1] 鲁迅：《中国小说史略·神话与传说》，《鲁迅全集》第9卷，人民文学出版社2005年版，第19页。

《朝花夕拾》中，鲁迅统统是"身在"的，而《故事新编》中除了在"故事新编时段"之外的《奔月》和《铸剑》外，我们在其中几乎是找不到鲁迅的。《故事新编》中有着冗余的、重复的甚至令人烦躁的饶舌，正是借用这样的话语方式，作者将"自我"抽离出来，而将对象世界推至一种整体的荒诞。也就是说，在小说内部的话语关系中，创作者已然不再是局中人。这也是竹内好所言及的"作者并没把自己投放到虚构当中"①的另外一种表现——《故事新编》中，鲁迅更像是站立于他的作品的边缘，而不是投射其中——他的文学，终于成为他的"对象"，他开始与自己的文本世界进行对话了。

在这种抽离的审视之下，《故事新编》中凸显出"话语"狂欢之象：道德是话语，闲话是权力，信仰是妄诞，言说是网罗……其遮天蔽日、触目惊心的席卷性从日常的习焉不察中渐渐浮现和明晰。所有人的行动都被困于层层的密集的话语笼罩，在《补天》《采薇》《理水》中尤甚。《采薇》步步遵行"话语"，也因"话语"步步避退，"故事"中围绕"采薇"这一动作的"生存还是毁灭"的巨大道德和哲学命题，被重新演绎为悲剧性的被"话语"操纵和愚弄的行为。叙事者不在文本中，他在文本之外，不无嘲讽但依旧充满同情悲悯地注视着"故事中"的高华人物被"话语"的大风所卷荡的一生，生是遵顺于"话语"垒铸的"道"而行动的木偶戏中人，死后被描绘成"张开白胡子的大口拼命的吃鹿肉"的不堪模样，"生"与"死"都困在话语之网中。《采薇》结尾遥遥照应着《补天》女娲死后"无聊之徒，谬托知己，是非蜂起，既以自炫，又以卖钱，连死尸也成了他们的沽名获利之具"②，若明了鲁迅《补天》的初衷是"解释创造——人和文学的——缘起"③，那女娲的结局显然是鲁迅对自己（以及这一代文学者）文学创造的悲剧预言，文人（作者自身以及一切人）终将被"话语"肢解的命运始终在鲁迅的注视之中。到"禹是一条虫"的时候，

---

① ［日］竹内好：《近代的超克》，李冬木、赵京华、孙歌译，生活·读书·新知三联书店2005年版，第162页。

② 鲁迅：《忆韦素园君》，《鲁迅全集》第6卷，人民文学出版社2005年版，第70页。

③ 鲁迅：《〈故事新编〉序言》，《鲁迅全集》第2卷，人民文学出版社2005年版，第353页。

我们分明已经能够听到鲁迅愤怒的冷笑了，"禹是一条虫"，那么，在历史话语中，你自己是谁？他1933年写《题〈呐喊〉》："弄文罹文网，抗世违世情。积毁可销骨，空留纸上声。"[1] 最令人悚然且延绵不已的结局是，这"纸上声"会再次卷入"弄文罹文网"的循环，已然不能够再发声的作者，也还是"文网"追捕的对象。

所以，《故事新编》中众声喧哗之中凸显出的恐怖谜底是：那些被困于话语中的人物，不论是"故事"中，还是"新编"中，他们都是"无己"的。——鲁迅既将"话语"对人的塑造看得通透，他必然明了自己所投身的一切行动正在这一轮回之中：启蒙所依赖的也正是"话语"对人的塑造。鲁迅后期一切的言说，都是在抵抗他自己创作的"莫比乌斯环"："筑台呢还在掘坑"？——"铁屋子"悖论重新浮现，他走不出这个悖论之圈。以子之矛攻子之盾，而"不可陷之盾与不可陷之矛，不可同世而立"，《故事新编》中"破话语"的鲁迅的一大悲剧是也。

在一贯的研究中，我们更多把《故事新编》的作者看作一个"中枢"或者"过滤器"，而那些"故事"，通过他的消化和认知，进行了转换和重新编码，但是越过文本，在抽离的视域中重新审视这一转换关系，我们会发现另外一重意义：鲁迅从建立新文学范式的《呐喊》一路行至《故事新编》，只是走到了抵抗、反叛他亲自建立的新文学（包括话语以及文学规范）的阶段，这个层面，我们或者可以窥得鲁迅的文学意识和文学史意识。他是把自身放在文学史中，而不是"文学创作"中来言说的。当他将自己放置在文学史中的时候，对自我的文学者身份的重新考量也必然成为题中应有之义。

这重新考量在《坟》编订时已见端倪。《〈坟〉题记》（写于1926年）中有一段非常重要的文字，提示着我们这一时期的鲁迅对于自己的文学创作和文学事业的审视："偶尔看见了几篇将近二十年前所做的所谓文章。这是我做的么？我想。看下去，似乎也确是我做的。"[2] 而《写在〈坟〉后面》（写于1926年）与之对应的言说是："我似乎有些后悔印行我的杂文了。我很奇怪我的后悔；这在我是不大遇到的，到如今，我还没

---

① 鲁迅：《题〈呐喊〉》，《鲁迅全集》第7卷，人民文学出版社2005年版，第466页。

② 鲁迅：《〈坟〉题记》，《鲁迅全集》第1卷，人民文学出版社2005年版，第3页。

有深知道所谓悔者究竟是怎么一回事。"①《坟》的首尾出现的这两句话从意思上来说并不重要,重要的却是,作者对自身文学创作的"审视的意识"开始频频出现。同时《写在〈坟〉后面》中有着非常明确地对"文学者自我"的审视:"然而我至今终于不明白我一向是在做什么。比方作土工的罢,做着做着,而不明白是在筑台呢还在掘坑。所知道的是即使是筑台,也无非要将自己从那上面跌下来或者显示老死;倘是掘坑,那就当然不过是埋掉自己。"②

而紧接着,从 1927 年开始,鲁迅大量地翻译、书写关于思考、审视"文学者""知识分子"身份与工作的文章:1 月,翻译了武者小路实笃的《文学者的一生》;4 月,写了《革命时代的文学》;5 月,翻译鹤见祐辅的《读的文章和听的文字》;8 月,做了著名演讲《魏晋风度及文章与药及酒之关系》(同样是关乎文学者、文学及政治社会的关系);9 月,有著名的《怎么写》;10 月,有《革命文学》;11 月,有《关于知识阶级》;12 月,有《文艺与政治的歧途》《文学和出汗》《文艺和革命》,还翻译了青野季吉的《关于知识阶级》。

这一系列密集的对于"文学"的论说,在鲁迅的语境中被重新观照的时候,《故事新编》书写中隐藏的某些密码也呼之欲出了。鲁迅是在对于过往文本(已完成)和正在进行的文学事业(未完成)的双重审视中进入这部小说集的创作的。过去、此在以及将来都被放置在审视对象的位置上。研究者大都注意到了《故事新编》将历史现实化的这一面,但是另外一点,我们也需要更深切地意识到《故事新编》将现实"历史化"的那一面(与《坟》的编订相印证,所谓"坟",正是将现实历史化的行为方式和言说方式),这种对话式的、审视式的小说结构所凸显的文学者的"身位"意识以及对"史中的自我"的关注,正是鲁迅将现实历史化的表现。在这一维度上,《故事新编》既是"新编",也不啻为"祭坛",以《坟》为开端的鲁迅的文学事业,终以"新编"为"坟"。此间一直

---

① 鲁迅:《写在〈坟〉后面》,《鲁迅全集》第 1 卷,人民文学出版社 2005 年版,第 298 页。

② 鲁迅:《写在〈坟〉后面》,《鲁迅全集》第 1 卷,人民文学出版社 2005 年版,第 299 页。

埋着的那根线，正是文学者与史（甚至是时间）的关系，以及文学者与自身的关系。

《故事新编》小说文本中参错且层叠的"油滑"笔墨，不断把现实元素带入历史语境，其狂欢错杂的言说方式在几十年后"先锋小说"出现时我们才更接近和明了其本旨。将书写这一实践过程本身袒露给读者看，正是以叙事与言说的方式凸显作者与文本建构之间的对话性。很明显，鲁迅通过文字往复于历史与现实、话语和真相之间，从而达到建构更多维复杂的文本空间的效果，因为他要在其中解决的是更复杂的文学与政治、话语与真理、历史与个体的关系。

在这持续的对于"文学"及"文学者"的思考，以及越来越多的"杂文"元素对小说文本的渗入中，我们能窥得涌荡如漩涡的关系：文学者整体、作为文学者的自我、作为"他者"的文学者，以及，文学的"他者"。将这些问题放置在它们原有的 1927 年之后鲁迅身处的社会政治与文化语境中，其纷乱纠缠如迷宫般的围困意味才凸显出其吞噬性的本质。鲁迅身处如此沼泽般的话语围困中，却有着政治式的"破局"方式。其一表现在他后期的杂文书写中：投身论争，迎着"箭"射来的方向去，将"敌人"所来的方向当作他自己走出围困的"阿里阿德涅线团"——正如竹内好模糊意识到的鲁迅"论争的展开"："他所抗争的，其实却并非对手……他把那痛苦从自己身上取出，放在对手身上，从而再对这被对象化了的痛苦施加打击。……他是在和自己孕育的'阿Q'搏斗。"① 其二便是在《故事新编》中：以话语对抗话语，以荒诞对抗荒诞。

《故事新编》整体的悖论性和对抗性特征一直被研究者所注意。众多小说的话语分裂与鲁迅之前的创作在表象上也并无二致：《奔月》的文本是分裂的，这种分裂撕破了"奔月"一词在"传说"和"演绎"中的高蹈性，而将其缘起还原为"在地"的原因：人是需要吃饭的。《起死》有着同样的内核：庄子的"飘逸凌虚"，遇到"穿衣吃饭"之后是失效的，庄子的天花乱坠的言说与汉子现实需求之间的对峙，庄子落荒而逃的结局，也是《伤逝》与《祝福》的复写。……

---

① ［日］竹内好：《近代的超克》，李冬木、赵京华、孙歌译，生活·读书·新知三联书店2005 年版，第 182—183 页。

但仅在"精神与生存"的维度上解读这些作品，实在是不够的。《故事新编》里的"吃饭"，绝不仅仅是关于"精神与生存"的言说，其意义更在言说方式所显现的意义层面，它是鲁迅式的"故意捣乱"：当鲁迅看透了话语的虚伪性，他就要故意挑衅其权威。《采薇》中的"吃"如此，《奔月》中的乌鸦炸酱面如此，《出关》中的饽饽如此，《起死》中的"白糖南枣"同样如此。这也就是鲁迅《故事新编》不断出现"吃"但对于"吃"的言说却往往粗鄙又有力的原因所在。因为它根本就是挑战。而这调侃的、粗鄙的言说形成的荒诞语境恰恰破解了"历史话语"的迷障，将那些"道义、公理、伦理、信条"中的虚伪、破败撕开了。鲁迅的"油滑"笔墨正是对于"正襟危坐"的"话语"的彻底反叛，以荒诞的书写形式对抗历史叙述中的"荒诞的话语"。

《魏晋风度及文章与药及酒之关系》中，鲁迅也正是用"酒"与"药"破解了那些"名士风流"的真正密码。赵园曾论及"有魅力的'语言'、'姿势'"，她说："嵇康的锻铁，阮孚的蜡屐，也被作为'语言'运用。"① 鲁迅也正是发现了这种"姿势的语言"以及这语言背后的真正本质，从而将"解释"还原为"认识"。他将那些已经被"话语"建构完成了的人，从"话语"的硬壳中揪了出来，让他们呼吸、吃饭，他通过这样的方式打破时间的界限，让今人古人、历史现实一起涌现和作用，由此让"建构"的本质得到凸显，并让自身与这种"建构"对峙而立。

用荒诞来对抗荒诞，这是后期鲁迅的根本选择。经过了生命的种种分裂和重新弥合之后，鲁迅对于世界的撕裂本质有了更清晰的认知，当他跳脱出文本而对文本进行审视的时候，再次发现世界本相的混沌和诡论。在这种更高维的视界中，他明了抵达这个核心的唯一方式就是"捣乱"。诡论而混沌的世界本相，要以诡论混沌的方式去抵达。所以当鲁迅以彼之道施之彼身，用荒诞的、古今杂错的、话语狂欢的方式进入纷繁混乱的对象的时候，隐喻与真相、象征与事实之间的界限被"假作真时真亦假"的言说打破了，当界限消失的时候，言说之"水落"，本相之"石出"。

鲁迅式的"用魔法打败魔法"，其机锋正在于《起死》。《起死》小

---

① 赵园：《地之子》，北京十月文艺出版社1993年版，第9页。

说的戏剧形式揭示了整部《故事新编》的"对话"性。所执言的双方"庄子"和"汉子"是互照的两面镜子，镜与镜相照，荒诞对荒诞，镜中人双双显了形。精神话语之矫饰荒诞、生存话语之无知粗鄙、对话之无效、存在之荒芜全都现了形。《起死》浓缩了也夸张化了《故事新编》的"剧场性"。而作者不是剧中人，他是观看者。《起死》所本是《庄子·至乐》中的"庄子遇骷髅"，骷髅见梦曰："子之谈者似辩士，视子所言，皆生人之累也，死则无此矣。"① 在《庄子·至乐》中庄子与骷髅的对话性质实则是"辩士"对"辩士"，而鲁迅发现了这"辩"中言说之虚诞，所以"新编"为"汉子"对"辩士"，"汉子"是赤条条无"话语"的，以"无话语"对抗庄子的天花乱坠的"话语"，只剩下了"还我衣服、包裹和伞子"的重复出现，类似于《这样的战士》中层叠复沓的无言之言："但他举起了投枪"。这就是"破局"之法。

鲁迅在话语的政治中，以政治式的方式把水搅浑了，从而让"浑水摸鱼"的话语显了形。鲁迅晚年的论争及由此而生的"杂文"生涯中，始终在话语的"水里火里"，但因这出入话语世界的混不吝式的智勇，《故事新编》中的他入水不濡、入火难焚。

（二）回归"行动"的自我言说

当鲁迅用现实元素的渗入、荒诞反讽的刻画破除了"话语"的迷信之后，我们会发现另外叫人悚然的走向：解构了话语的权力，那鲁迅践行的"启蒙话语"的骨架也会崩塌。这与鲁迅"挽狂澜于既倒"的"补天"矢志是相背离的，鲁迅一定意识到了当他以《故事新编》整体性地与他的文学世界对话的时候，《故事新编》以及他所有的文字建构终将变成他的"文网"，他必须重建（以及自救），寻找那些及物的、在地的、无"柔光"打照、无记忆篡改及话语涂抹的真实的力量。何以重建？尤其是当他意识到"以话语重建话语"终将陷入另一场虚无的时候？

鲁迅在《故事新编》中领取了"动作"的语言。那一片荒芜背景下的"行动"：补天、奔月、理水、采薇、铸剑、出关、非攻、起死，一个一个动词，成为整部小说集中的重音，行动是人在世界中的选择，比如《奔月》《出关》《采薇》，同时，行动被世界所困，如《补天》《铸剑》

---

① 鲁迅：《起死》，《鲁迅全集》第 2 卷，人民文学出版社 2005 年版，第 495 页。

《非攻》《理水》《起死》……关注"行动"、深思"何以行动",正是《故事新编》的内在骨架。这些主人公们,不论是正面肯定的,还是被否定嘲讽的,他们都有着同样的特征:在那些动词中确认和救赎自身。或许,这是另一层面的属于鲁迅的启蒙者的自证。行动不是《故事新编》的文本属性,而是鲁迅在创作中的自我选择。我们需要时刻记得,《故事新编》创作的大部分时间是在 20 世纪 30 年代,那正是鲁迅"十步杀一人"的杂文阶段,《故事新编》的行动的意义在于正在写作的作者自身,以"动作"建构的《故事新编》的"鼓点",代表的是鲁迅自己的节奏,而不完全属于《故事新编》,只是《故事新编》以这动作的"鼓点"暗暗传递着鲁迅的秘密。

让我们从《故事新编》的"缘起"开始寻找鲁迅的节奏和脉络。

小说集以"补天"("补天"一词中的中国文化密码不言而喻)开始铺展开了莽苍的时空,可能因其出发自"解释创造——人和文学的——缘起"[1],《补天》的文字开篇呈现出《故事新编》少有的光华和气象,这与 1922 年鲁迅的外显状态是一致的,他的《补天》,是关于自己在新文学现场的实践寓言,其开篇有着 1922 年鲁迅的大许诺、大信念,尽管,写了一半就坍塌了。他对于由此而来的"油滑"的不满意,也正说明"油滑"并不是初衷,更不是自觉。

但很难说这意外是毁掉了《故事新编》还是成全了《故事新编》。在鲁迅整体的文学世界中,我们不认为《故事新编》是文学的成功,尽管里面有他的所有小说里笔者认为最好的《铸剑》,但《故事新编》对于鲁迅自身来说是重要的,甚至在精神境界上超越他一切书写(希望这句话不要产生歧义)。就精神维度繁复、深邃、混茫的迷人来说,《野草》是前无古人后无来者的,鲁迅自己也无法超越,但从更大开大合、恣肆不忌、泥沙俱在的生命状态而言,《故事新编》自有其他作品无法企及之处。而正是"油滑"带来了这部作品的整体芜杂。

《补天》初名"不周山",是鲁迅对于世界的根本认知。这篇作于1922 年的小说,最初的取名显然与鲁迅身处的"天柱折、地维绝"的环境息息相关。"不周山"是《呐喊》阶段的鲁迅对于世界的根本认识,鲁

---

[1]　鲁迅:《〈故事新编〉序言》,《鲁迅全集》第 2 卷,人民文学出版社 2005 年版,第 353 页。

迅早期文字中的荒原感与荒原意象中的精气弥漫在这篇小说的开篇处让我们得以窥见，此时鲁迅的"补天"之志亦可想见。而"改名"则意味深长地进入"行动"（这一举动是鲁迅的宣言，其意义或许未被研究者深识），从"不周山"到"补天"，"补天"不再是"动因"，而是行动本身。

至此，或许我们已经可以对前面未尽的重要问题做一点补充了，那就是鲁迅与其作品的关系。《呐喊》的书写目的很明确，"补天"的矢志也很分明，但在文学世界的呈现上，鲁迅着力写的不是"补天"行动，而是"不周之山"，他的文学呈现的世界是在认知的层面，所以《呐喊》内部小说的名称以名词性为主，而《故事新编》作为鲁迅最后的小说创作，一连串的动词如贯珠，真正凸显出他的创作背后的动因，即"补天之志"，有"图穷匕见"的意味。行动和选择（补天、奔月、出关……）则成为呈现的世界。可以说，名"不周山"即没有疑义地属于《呐喊》系统，名"补天"则必然地属于《故事新编》系统，明确这一点，才能更深入地理解鲁迅作品的整体格局。而归属何处，关键在于"改名"。抓取到这一关键点，则可以引领我们进入鲁迅暗在的精神脉络。

前面我们提及 1927 年鲁迅书写和翻译了大量的关于文学以及文学者的文字，在鲁迅的精神脉络中，1927 年的确是引人注目的一个时间节点。1927 年是鲁迅生命的转折点，政治上的"清党"、与顾颉刚的已至白热化的恩怨在现实层面促使他对自己的身份重新审视，对自己的道路重新选择。这方面的研究众多，研究者都意识到了鲁迅在这个时期的变化，鲁迅的"转向"研究也属汗牛充栋，但问题在于，根本的"变"，在哪里？鲁迅的精神内部，他的生命结构的动势是如何体现的？事实上是，鲁迅的文学创作内在的转变驱动已经启动，他已经走向对于自己的文学世界的整体审视。在鲁迅的世界中，这种"向外"的"转向"，仍是由"内部"决定的。

在后来的杂文创作中鲁迅选取的论争与搏斗的路径我们已经看到，但是在《故事新编》前期写作中，我们也看清了这一"选择"的动向，满蕴着动势的整体基调和气象已经出现了，这也是为什么有研究者意识到了《故事新编》与杂文之间的纠葛。《故事新编》正露出了这种杂文的端倪。

这种"动势"是清晰可见的，既有一贯性，又由偶然性现实卷入而引发或推动。1927 年鲁迅写了一组以对抗为核心、以动词为姿态的杂文：《辞"大义"》《反"漫谈"》《忧"天乳"》《革"首领"》《谈"激烈"》。这自然是鲁迅一贯的修辞，像"呐喊""彷徨"、"三闲""二心"这种"配对儿"的积习，但这同样如串珠般的一串动词，正是这一阶段鲁迅的"动"的秘密，笔者觉得这组杂文的一连串动词可与《故事新编》相生发。

《铸剑》文后说明："原载 1927 年……《莽原》……题作《眉间尺》，副题为'故事新编之一'；1932 年 3 月编入《鲁迅自选集》时，改题《铸剑》。"① 关于《补天》："后更名《补天》，收 1936 年 1 月上海文化生活出版社'文学丛刊'之一《故事新编》。"②

鲁迅 1927 年作《眉间尺》，1932 年才改名。1927 年的鲁迅处身于大变动之中，但对于自我与世界、自我与历史关系的处理方式并不清晰，此时的动势仍在酝酿之中，还未成自觉。——"改名"是鲁迅领受行动之后的"自觉性"的体现。上述一系列的对抗性文字则显示了鲁迅的根本精神，在他还未自觉意识到的时候，他的生命意志本能地做出了"动"的选择。鲁迅一生都是在外在的挤压之下，生出无限内生的力量，这生命内蕴的地火般的动势正是由动荡错综的外在环境挤压而蕴蓄和发力。

尽管《铸剑》最早出现的时候以"眉间尺"名，但与这一组动作相印证，鲁迅此时已经开启和进入新一轮行动。只是这一阶段的"行动"与呐喊时期的慷慨激昂的英雄阶段的行动已经完全不同。呐喊阶段是"我应该"（无我的社会背负和"听将令"的启蒙实践），至此一阶段，是只属于我的"我应该"，《铸剑》正是自证。此时的投身于世界，鲁迅已不再是"听将令"的鲁迅，他是"孤魂野鬼"——个人的"血气"在此前是深潜而涌荡的形态，至此已化为寒剑，以出鞘自绝为形态——英雄的、诗人的、哲学的鲁迅唯余此剑：《铸剑》是鲁迅小说最后的"龙蛇飞动"气象，甚至可以说，《铸剑》之后，鲁迅在小说中已经说无可说，他后续的小说创作，都不是内生的。所以说，《铸剑》之后的小说，鲁迅自身已然从言说中抽离。

---

① 鲁迅：《铸剑》，《鲁迅著译编年全集》（捌），人民出版社 2009 年版，第 74 页。
② 鲁迅：《补天》，《鲁迅著译编年全集》（肆），人民出版社 2009 年版，第 641 页。

《铸剑》是只属于鲁迅的（最后的）狂怪文章。它明显是在《野草》"鬼语秋坟"的言说系统中，而《铸剑》是《野草》的总结之作和最终清理。鲁迅内在精神世界的悖论、纠结，《野草》里未了的那些东西全部在《铸剑》里终结了。《狂人日记》《在酒楼上》《孤独者》《影的告别》《墓碣文》里那些分裂的内心世界里的半人半鬼，终于在眉间尺挥剑砍下头颅，真正变成"鬼"——内在幽综的、激荡的地火奔涌出来了，原来蓄积的能量（铁的、火的、毒的）在三头交战中完成了绚丽激扬的喷发。《铸剑》决绝的快意，其穿透、剥离一切枷锁，承接死生的意义可印证1926 年创作的《淡淡的血痕中》："洞见一切已改和现有的废墟和荒坟，记得一切深广和久远的苦痛，正视一切重叠淤积的凝血，深知一切已死、方生、将生和未生。"①

从此以后，鲁迅的内在挣扎完成了，清理完成，解脱完成（《铸剑》之后的文字意兴已是冷却许多。《奔月》在颓唐中亦有迂拙的力道，而从《采薇》开始，鲁迅的疲惫感非常明显，重病之后的寂寥况味，甚至反讽讽及自身的悲哀都开始显现，《出关》意兴阑珊入流沙，更是出现了暮气。其实深入鲁迅的精神暗区，那种滋养他的创作的深邃痛苦淡化了，也正说明其生命力的衰退）。于鲁迅言，《铸剑》是伍子胥过昭关，穿过了那片"杉树林"，少年割去了他的头颅，被恶狼吃掉了身体——想象《西游记》中唐僧在凌云渡看见自己的尸身——鲁迅在《铸剑》中暗藏了某种蜕变和证悟："凡所有相，皆是虚妄；若见诸相非相，即见如来。"（《金刚经》）《铸剑》有佛教意味，铸剑的过程，也是生命证悟的过程。所以，"改名"不会发生在这个过程之中（所以《眉间尺》仍是《眉间尺》），而必须在《眉间尺》完成之后，"悟"的完成之后。因为挣扎结束，选择才开始成为自觉。很明显，鲁迅并不是带着这样一种自觉进入《故事新编》的创作，而是，他在《故事新编》的创作过程中（不要忘记这部小说集创作的时间长度），渐渐获得了这种自觉。《铸剑》是契机。

所以《铸剑》之后，鲁迅成了他的小说的旁观者，作者和写作对象之间的关系在悄然发生变化。——在《呐喊》和《彷徨》里，鲁迅在

---

① 鲁迅：《淡淡的血痕中》，《鲁迅全集》第 1 卷，人民文学出版社 2005 年版，第 226—227 页。

"侵占"和"决定"他笔下人物的故事以及结局，那些人物被他们的作者的认知和意志"说服"，但在《故事新编》里，那些行动者们，与鲁迅的"语调"剥离了——大部分时候，作者是旁观和抽离的。

总体而言，此前的鲁迅是背负着启蒙重任的文学者（或者说，是具有诗人气质的启蒙者），而《铸剑》之后的鲁迅，是有着文学者身份的启蒙者。鲁迅最终在绝望之中决定承受世界的重量。所以竹内好说鲁迅"晚年所致力的对版画家的培养"，"最能体现出鲁迅启蒙者的一面"，[①]竹内好的结论正是指向了鲁迅的"行动"的一面。他开始走向更现实的、对外的对抗——鲁迅从哲学的鲁迅，走向了伟大的鲁迅。这个伟大不是指他的"转向"是伟大的，而是，一个真正的中国的作家，直面现实世界的，纵身其中的牺牲。这种选择是只属于鲁迅的"道"和只属于他的"殉道"：《故事新编》以及同时期的杂文书写，是"游勇"的行动，"荷戟独彷徨"（1933 年写）之谓也。

当我们梳理了鲁迅在《故事新编》创作过程中的内在变化之后，再次以"动作"观照《铸剑》之外另外一篇经过了"改名"的小说《补天》（不是《不周山》）——改名后被赋予灵魂而最终完成的小说，其为整部小说集定调、压舱的特质最终凸显：《补天》是《故事新编》的第一篇小说，也是 1936 年结集时才改名的（可以说最后一篇完成的）小说，鲁迅所有的"动作"即都有了"补天"的命名。印证《铸剑》，印证《过客》，那是行走、奔赴、投身于"此在"，以及投身于"流沙"。

《韩非子·难一》载："历山之农者侵畔，舜往耕焉，期年甽亩正。河滨之渔者争坻，舜往渔焉，期年而让长。东夷之陶者器苦窳，舜往陶焉，期年而器牢。仲尼叹曰：'耕、渔与陶，非舜官也，而舜往为之者，所以救败也。'"以"补天"压舱的《故事新编》，鲁迅所有的努力即在"救败"，这是他的矢志。

同样在 1927 年，鲁迅在《书苑折枝（三）》中摘录明陆容《菽园杂记》："洪武年间秀才做官，吃多少辛苦，受多少惊怕，与朝廷出多少心力，到头来……善终者十二三耳。其时士大夫无负国家，国家负士大夫多

---

① ［日］竹内好：《近代的超克》，李冬木、赵京华、孙歌译，生活·读书·新知三联书店 2005 年版，第 152 页。

矣。这便是还债的。……今日国家无负士大夫，天下士大夫负国家多矣。这便是讨债的。"鲁迅在下面做案语："无论什么局面，当开创之际，必靠许多'还债的'……呜呼'还债的'也！"① 鲁迅以"还债的"自命，正是把自己放置在了"开创之际"的背负和牺牲者的位置上，也正是在"补天者"的脉络中。——但我们也分明看到，小说的内部有种种谓之"油滑"实则曲尽荒谬且殊死搏斗的书写，但女娲之"起源"处开启的，依旧是鲁迅的"大荒山无稽崖"。而他所有的生命选择，正类似于舜之"往"——过客之"往"，宴之敖者之"往"，正是他以一连串的动词完成的生命言说。内山完造称鲁迅是"深山中苦行的一位佛神"②，在此处我们当可深悟。

作家阿城说："圣贤可学，于是觉得鲁迅可学，不料鲁迅其实是英雄。英雄难学，除非你自己就是英雄。若你自己就是英雄，还向英雄学什么？"③ 英雄是属于个体的生命气质，比如《铸剑》，自是千秋仅笔也；但在某种程度上，鲁迅亦在"圣贤"的层面上有其根本的领受，他的"圣贤"不在言筌，而在"姿势"。尽管，《故事新编》的指向，事实上恰恰是破"姿势"的，在这一层面，鲁迅自身的"姿势"是打破一切的"举起了投枪"；而这反讽的、打破的背后，在更深的一层，所有的"动作"的背后，更根本的那个鲁迅的"姿势"，却是"补天"和"铸剑"，在这一层面，鲁迅是英雄，也同时在"圣贤"的脉络中还原其质朴的在地性，并赋予其现代精神。

行文至此，可能我们可以做一个结论了：《故事新编》的"对话性"与"动作性"，都在指向一个真相——鲁迅在暗暗做一种整体性的"收拾"和"整合"的工作。如同读佛经的最后都需念"回向偈"，《故事新编》具有鲁迅话语整体的"回向偈"意味，回向更广大的世界，也回向自身的内在，从而完成某种精神闭环。这点上，《故事新编》既是自觉，也有自身的宿命般的魅力，其上承《呐喊》的《不周山》，照应《彷徨》

---

① 鲁迅：《书苑折枝（三）》，《鲁迅著译编年全集》（捌），人民出版社 2009 年版，第 379 页。

② 徐梵澄：《古典重温》，北京大学出版社 2007 年版，第 244 页。

③ 阿城：《闲话闲说：中国世俗与中国小说》，江苏凤凰文艺出版社 2026 年版，第 71 页。

的《奔月》，自我清理、向"前半生"告别式地照应着《野草》的《铸剑》，又整体性地返归从《坟》开启的"立意在反抗，旨归在动作"。在这一"回向"中，《故事新编》是鲁迅的"书中之书"。

正是因为这种清理、整合、审视、对话诸种意识的存在，《故事新编》又成为鲁迅最奇特的一本小说集。它在结构体系上比《呐喊》《彷徨》更具自身浑融的严整性。尤其是题目的整饬，显示着它是一个完足的整体，且以其"整体"与其他作品并立和对话。但极有趣的是，也因为这种整合特征，这本小说又无比斑斓：鲁迅最喧哗闹腾的一部小说集，其指向的却是最干瘪贫瘠的"存在"，里面有最具奇气的《铸剑》，最在地迂拙的《理水》，最兵荒马乱的潦草收束，最混不吝的摧枯拉朽……其驳杂之貌从《补天》意外而来的"油滑"开始就已然注定了。所以《故事新编》以"故事"为起始，却最终以"话语"为对象。这意外的"宿命"既是《故事新编》的，也是鲁迅的，正因为书写对象的改变，完成了鲁迅书写中最后的也最残酷的悖论：以话语对抗话语，不啻为以子之矛攻子之盾。

我们在对《故事新编》的探入过程中，不断言及鲁迅是站在文本之外与自己的文学世界进行对话，但必须明确的前提是，他始终是以历史的参与者、建造者、见证者和观察者的身份来进行对话的。《故事新编》是另一种意义上的本雅明所谓的"用引文写一本书"，鲁迅的"引文"绝不仅仅是那些"故事的阐释"，也包含了参与、建造历史的他自己。所以《故事新编》对于鲁迅的意义绝非我们在浅层次能够明了的。

《补天》是《故事新编》的"起势"和定调，《铸剑》却是"点睛"，《起死》则终结收束于"再生"。在这个整体中，"旷野"与"废墟"同时在他的笔端。

如果说，在鲁迅的整个行动和精神历程中，《坟》源于"荒野"，源于周树人荒旷世界中的振臂高呼的孤独，那么，《呐喊》则起于"废墟"——"鲁迅"是周树人在失败坍塌的世界中重建而生的那个主体。这之后的创作，《彷徨》《野草》是鲁迅在直面自身的"残骸"，《朝花夕拾》是修复，《故事新编》是主体的再生，而这再生的主体，从"废墟"出发，所以"补天"，而终将自己重新放置于"荒野"，他是"孤魂野鬼"。正是这"孤魂野鬼"，才能从原有背负中跳出，《故事新编》破除了一切被创造的神祇，却以《铸剑》铸了孤魂，从而衍荡出《故事新编》荒芜世界中的再生之力。若这孤魂野鬼属"阴"，则与之相对的"阳"则自然是《非攻》，而在《故事新编》整体中，二者又皆属"阳"，是荒芜世界中的再生力。

我们在说到《朝花夕拾》和《故事新编》的时候一再提及鲁迅文字中的"再生性"，他深谙佛经的深在意义，不是绝望空茫，而是生生不息。正是在这点上，我们又明显看到，《故事新编》耐人寻味地在它内部并"未完成"，这"未完成"指向的是敞开的、有再生能力的言说。他最后一篇小说以《起死》名，当有深意存焉。起死，不在"活"，而在"何以活"。以"何以活"观照"起死"行动，则是又一次"开启"。《起死》既照应《故事新编》的开篇《补天》（"造人"对"还魂"），又照应鲁迅创作的起始《坟》（"生"对"死"），《故事新编》既返归从《坟》开启的"立意在反抗，旨归在动作"①，又以《补天》始，以《起死》终，不能不说有极其深远的意蕴。

《起死》在庄周一派喧嚣的"胡言乱语"中结束了鲁迅的小说创作，看上去总是潦草，它也绝对不能算是鲁迅的好的小说，但在鲁迅创作的整体中认识它，又只能是由它来做这结束。因为恰恰是《起死》之"还魂"，照应《补天》之"造人"。尽管这"还魂"与"造人"均沉陷于一片话语的荒诞，但若明了"补天"行动正是鲁迅这一代作者所投身的事业，那女娲生前死后被一片言说覆盖与鲁迅"缪托知己"之谓，却恰恰在《起死》中由那粗鄙汉子复了仇。

《起死》这篇小说以堪称整部小说集最夸张的反讽对于整部小说集建构的世界进行了颠覆，但也在《故事新编》的封闭性世界中撬动了裂口，那个胡言乱语、荒诞无稽的庄子从这个世界逃逸了："故事"没有完，完不了。"起死"既是原有故事的核心动作和叙事缘起，也暗隐着这"生生不息"的循环之象。《故事新编》八篇小说，其结构的整饬、言说的无尽，其阴与阳、破与立、话语与真相、对话与行动建构出严整又诡奇的"八卦阵"，《起死》照应的《补天》正像是此阵的"生门"——"生门"入而得生，所以《故事新编》从"定调"的时候就是向着广大世界奔赴

---

① 鲁迅：《摩罗诗力说》，《鲁迅全集》第1卷，人民文学出版社2005年版，第68页。

的。在《故事新编》的世界中，鲁迅是通晓奇门遁甲的兵家，却同时将自己困在话语的阵中，但因由《补天》这一大托底、大承诺、大为、大勇的定调之作杀入，所以鲁迅的话语最终不是陷在循环与轮回之中，而是通向"鸿蒙初生"。他终得恃"剑"　（此剑乃聚鲁迅一生精魂）杀出。——他是自己的矛与盾，是自己的系铃人与解铃人，这是一个文学者最终的宿命和完成。

# 参考文献

一 论著

陈佑松:《主体性与中国文学现代性的缘起》,中国社会科学出版社 2010 年版。

邓云乡:《鲁迅与北京风土》,河北教育出版社 2004 年版。

房向东:《鲁迅与他的论敌》,上海书店出版社 2007 年版。

高玉:《"话语"视角的文学问题研究》,中国社会科学出版社 2009 年版。

郜元宝:《鲁迅六讲》,北京大学出版社 2007 年版。

谷大勇:《"解构"语境下的传承与对话——鲁迅与 1990 年代后中国文学和文化思潮》,中国社会科学出版社 2011 年版。

何浩:《价值的中间物:论鲁迅生存叙事的政治修辞》,北京大学出版社 2009 年版。

胡尹强:《破毁铁屋子的希望》,人民文学出版社 2001 年版。

黄乔生:《鲁迅与胡风》,河北人民出版社 2003 年版。

李长之:《鲁迅批判》,天津人民出版社 2010 年版。

林非:《鲁迅和中国文化》,南开大学出版社 2007 年版。

林贤治:《鲁迅的最后十年》,复旦大学出版社 2011 年版。

林贤治:《人间鲁迅》,人民文学出版社 2010 年版。

刘春勇:《多疑鲁迅:鲁迅世界中主体生成困境之研究》,中国传媒大学出版社 2009 年版。

潘磊:《"鲁迅"在延安》,广西师范大学出版社 2008 年版。

彭定安:《鲁迅学导论》,中国社会科学出版社 2001 年版。

钱理群:《心灵的探寻》,河北教育出版社 2000 年版。

钱理群：《与鲁迅相遇——北大演讲录之二》，生活·读书·新知三联书店2003年版。

孙歌：《竹内好的悖论》，北京大学出版社2005年版。

孙郁：《鲁迅与周作人》，辽宁人民出版社2007年版。

田刚：《鲁迅与中国士人传统》，中国社会科学出版社2005年版。

汪晖：《反抗绝望：鲁迅及其文学世界》（增订版），生活·读书·新知三联书店2008年版。

汪卫东：《鲁迅前期文本中的"个人"观念》，人民文学出版社2006年版。

汪卫东：《鲁迅与20世纪中国民族国家话语》，百花洲文艺出版社2018年版。

汪卫东：《现代型之痛苦"肉身"：鲁迅思想与文学新论》，北京大学出版社2013年版。

王得后：《鲁迅心解》，浙江文艺出版社1996年版。

王富仁、赵卓：《突破盲点——世纪末社会思潮与鲁迅》，中国文联出版社2001年版。

王富仁：《中国反封建思想革命的一面镜子》，中国人民大学出版社2010年版。

王乾坤：《鲁迅的生命哲学》，人民文学出版社1999年版。

王晓明：《无法直面的人生——鲁迅传》，上海文艺出版社1993年版。

魏韶华：《〈林中路〉上的精神相遇：鲁迅与克尔凯郭尔比较研究》，中国社会科学出版社2004年版。

文贵良：《话语与文学》，上海文艺出版社2012年版。

吴海发：《鲁迅诗歌编年译释》，中国社会科学出版社2010年版。

吴海勇：《时为公务员的鲁迅》，广西师范大学出版社2005年版。

吴俊：《鲁迅个性心理研究》，华东师范大学出版社1992年版。

吴翔宇：《鲁迅时间意识的文学建构与嬗变》，中国社会科学出版社2010年版。

吴中杰：《鲁迅的艺术世界》，复旦大学出版社2006年版。

徐麟：《鲁迅：在言说与生存的边缘》，山东文艺出版社1997年版。

严家炎：《论鲁迅的复调小说》，北京大学出版社2011年版。

杨剑龙:《鲁迅的乡土世界》,安徽大学出版社 2013 年版。

杨联芬:《晚清至五四:中国文学现代性的发生》,北京大学出版社 2003 年版。

杨希之:《鲁迅思想面面观》,重庆出版社 2002 年版。

杨义:《鲁迅文化血脉还原》,安徽大学出版社 2013 年版。

杨义:《中国现代小说史》,人民文学出版社 1986 年版。

郁达夫:《郁达夫忆鲁迅》,陈子善、王自立编注,花城出版社 1982 年版。

袁良骏:《当代鲁迅研究史》,陕西人民教育出版社 1992 年版。

张宁:《无数的人们与无穷的远方:鲁迅与左翼》,复旦大学出版社 2006 年版。

张品兴主编:《梁启超全集》,北京出版社 1999 年版。

赵一凡、张中载、李德恩:《西方文论关键词》,外语教学与研究出版社 2006 年版。

郑欣淼:《鲁迅与宗教文化》,中国社会科学出版社 2004 年版。

周建人:《回忆大哥鲁迅》,上海教育出版社 2001 年版。

周作人:《知堂回想录》,《周作人自编文集》,河北教育出版社 2002 年版。

朱崇科:《鲁迅小说中的话语形构:"实人生"的枭鸣》,人民出版社 2011 年版。

朱正:《周氏三兄弟》,东方出版社 2003 年版。

[德]尼采:《查拉图斯特拉如是说》,钱春绮译,生活·读书·新知三联书店 2014 年版。

[俄]罗赞诺夫:《陀思妥耶夫斯基的"大法官"》,张百春译,华夏出版社 2002 年版。

[法]米歇尔·福柯:《临床医学的诞生》,刘北成译,译林出版社 2001 年版。

[法]米歇尔·福柯:《知识考古学》,谢强、马月译,生活·读书·新知三联书店 1998 年版。

[古希腊]柏拉图:《理想国》,郭斌和、张竹明译,商务印书馆 1996 年版。

[荷兰]米克·巴尔:《叙述学:叙事理论导论》,谭军强译,中国社会科

学出版社 1995 年版。

［美］李欧梵：《铁屋中的呐喊》，尹慧珉译，河北教育出版社 2002 年版。

［美］刘禾：《跨语际实践：文学，民族文化与被译介的现代性（中国，1900—1937)》（修订译本），宋伟杰等译，生活·读书·新知三联书店 2008 年版。

［日］柄谷行人：《日本现代文学的起源》，赵京华译，生活·读书·新知三联书店 2003 年版。

［日］福泽谕吉：《文明论概略》，北京编译社译，商务印书馆 1959 年版。

［日］丸尾常喜：《"人"与"鬼"的纠葛——鲁迅小说论析》，秦弓译，人民文学出版社 1995 年版。

［日］丸尾常喜：《耻辱与恢复》，秦弓、孙丽华译，北京大学出版社 2009 年版。

［日］伊藤虎丸：《鲁迅与终末论》，李冬木译，生活·读书·新知三联书店 2008 年版。

［日］竹内好：《近代的超克》，李冬木、赵京华、孙歌译，生活·读书·新知三联书店 2005 年版。

［英］诺曼·费尔克拉夫：《话语与社会变迁》，殷晓蓉译，华夏出版社 2003 年版。

## 二 期刊论文

曹禧修：《时间、修辞策略与鲁迅"铁屋子"的破解》，《文学评论》2008 年第 5 期。

符杰祥：《鲁迅文学的起源与文学鲁迅的发生——对"弃医从文"内部原理的再认知》，《文学评论》2010 年第 2 期。

高远东：《〈故事新编〉的读法》，《中国现代文学研究丛刊》2012 年第 12 期。

高远东：《鲁迅的可能性——也从〈破恶声论〉寻找支援》，《鲁迅研究月刊》2003 年第 7 期。

郜元宝：《从舍身到身受》，《鲁迅研究月刊》2004 年第 4 期。

何平：《〈故乡〉细读》，《鲁迅研究月刊》2004 年第 9 期。

姜异新：《翻译自主与现代性自觉——以北京时期的鲁迅为例》，《鲁迅研究月刊》2012 年第 3 期。

刘文明：《19 世纪欧洲"文明"话语与晚清"文明"观的嬗变》，《首都
　　师范大学学报》2011 年第 6 期。

孟庆澍：《自性与中迷——理解青年鲁迅的两个关键词》，《鲁迅研究月
　　刊》2005 年第 9 期。

逄增玉：《启蒙主义与民族主义的诉求及其悖论——以鲁迅的〈故乡〉为
　　中心》，《文艺研究》2009 年第 8 期。

钱理群：《鲁迅散文漫谈》，《南京师范大学文学院学报》2006 年第 2 期。

沈刚：《鲁迅黑暗意象发生学解释——1—18 岁居住空间对鲁迅视觉图像
　　的影响》，《复旦学报》2008 年第 1 期。

孙强：《国民性研究的理论反思——兼论话语研究的意义》，《文艺争鸣》
　　2010 年第 5 期。

孙郁：《鲁迅话语的维度》，《鲁迅研究月刊》2011 年第 2 期。

陶徽希：《福柯"话语"概念之解码》，《安徽大学学报（哲学社会科学
　　版）》2009 年第 2 期。

汪晖：《声之善恶：什么是启蒙？——重读鲁迅〈破恶声论〉》，《开放时
　　代》2010 年第 10 期。

汪卫东：《鲁迅的又一个原点——1923 年的鲁迅》，《文学评论》2005 年
　　第 1 期。

杨义：《鲁迅与中国文化的现代启示》，《文学评论》2006 年第 5 期。

张克：《从"且夫……然则"到"倘若……然而……"——鲁迅与中国传
　　统的话语方式》，《鲁迅研究月刊》2012 年第 3 期。

赵奎英：《论福柯的空间化转向与本质性写作》，《天津社会科学》2010 年
　　第 6 期。

# 后　记

　　停笔处想起来的是《荒原》："望着光亮的中心看时，是一片寂静。荒凉而空虚是那大海。"在言说着的时候，我们处身于鲁迅的空寂的大海，只有停笔之后，那光焰、力量，以及意义，才尽在彼处重新向我们涌现。——鲁旨遥深。鲁迅文本的言说难度，对于所有研究者来说，始终是更致命的吸引力。

　　在众多的阐释中，鲁迅大概是擦除世界的"雾化"而让精确世界呈现的作家，但是，可能不止如此。擦除世界的"雾化"而让精确世界（不是简化世界）呈现，却因这世界的非单一性、层叠性，使得进入他的文本出现了更多的"路障"——不是他有意设置了迷障，而是因为他在让人迷路的森林之上对于世界进行判断，而我们却不得不在森林里打转。

　　鲁迅比我们更知道自己阐释不尽，他拒绝一切"谬托知己"，其实他给每一个人都埋下了预言："当我沉默着的时候，我觉得充实；我将开口，同时感到空虚。"我想，所有研究鲁迅的人，在言说的尽头，都会看到鲁迅站在彼处，神秘而得意地示之以此预言和真相。那些缠绕鲁迅的"言说之艰难"，在此时又将我们紧缚。自然，在这点上以己度人是不合适的，在本书开篇处狂妄写下要"沿波讨源"的，正是我自己——对于鲁迅话语的言说，是从他的话语世界的表象，进入背后的精神结构和运思的模式，再进入更内里的"驱动"的繁复作用的元素。但再里面呢？我知道的，再往前一步，只是我自己。在这点上，事实上文学研究的所有工作，都是令人心惊的，我们最终不过是用自己无能的囚牢将对象关闭在自己的认知当中了。言说之艰难，哀梨之蒸食，自是"因识照之自浅"罢了。

这本书是以我的博士论文为基础的，是彼时对于鲁迅的论断。但即便在当时，这也并不是在"鲁迅"这个题目上我想要建立或呈现的文字的最终形态。用鲁迅的话说，我对自己很不满。也因为这个原因，这本书的出版，中间几度犹疑和延宕。或许根本上，与鲁迅相遇可以有很多种方式，而我始终不满意的，是自己与他的关系是在一个所谓的学术的维度上。或者更准确地说，对于鲁迅，我始终有另外的梦想，那就是以更文学的方式来面对和书写他。

我大概还是有些失望于最后拿出来的这本书的样子。可对于这些文字，却还是敝帚自珍的。因为有一段自己的生命烧在里面。同时，我要以最深切的谢意，献给我的导师古世仓教授。感谢他在我的学术成长路上的指引。仅为此，我希望下一次自己能做得更好。也感谢我的编辑王琪老师，感谢她的温和、耐心、专业和对本书出版的辛苦付出。

张春燕

2022 年 4 月 19 日于兰州